HANNI MÜNZER

AU NOM DE MA MÈRE

traduit de l'allemand
par Anne-Judith Descombey

ARCHIPOCHE

Ce roman a été publié sous le titre
Honigtot
par Piper, 2015.

Notre catalogue est consultable à l'adresse suivante :
www.editionsarchipoche.com

Éditions Archipoche
34, rue des Bourdonnais
75001 Paris

ISBN 978-2-37735-407-8

À Simon, petit ange
resté trop peu de temps sur cette terre.

Honigtot

Jadis un peuple actif se délectait
Du nectar de fleurs dont il se repaissait,
En harmonie avec la nature,
Suave, d'or et d'ambre, proie à l'état pur.

Il offrait à l'Être divin sa joie indicible
Sous la garde vigilante d'une reine hautaine.
Deborah, car tel était le nom de cette reine
Belle, avisée et éternellement inaccessible,
Insensible à l'éclat du soleil aveuglant,
Suivait des yeux la danse de l'essaim exultant.

Quand soudain elle flaira un parfum inconnu
De quelle obscure créature messagère de mort ?
De l'homme, bourreau de la nature, qui sans pitié tue :
Il fit taire à jamais la nuée d'or.

Seule la reine du carnage réchappa.
Ivre de désespoir, elle se vengea
En achevant l'œuvre de l'ennemi
Au prix de sa propre vie.

Aujourd'hui, des ombres surgies du passé
Pleurent la perte du royaume de jadis
Et le peuple joyeux n'est plus qu'un spectre figé.
Qui prise la vengeance plus que la vie
N'est qu'un pauvre insensé.

Raffael Valeriani

« L'instinct du mal ressemble d'abord à un passant, puis à un invité et enfin au maître de la maison. »

Talmud, Bavli Sukka, 52

Prologue

On dit que le poids de la vérité est trop lourd à porter même pour Dieu.

La vérité possède ses propres lois physiques. Au moment où on l'attend le moins, elle remonte à la surface comme une bulle pour nous accuser.

Ma famille a nié cette évidence le jour de la mort de ma grand-mère, qui a également été celui de la disparition de ma mère.

Ces événements étaient liés au contenu jauni d'une boîte en carton oubliée.

Le passé nous avait rattrapés.

Première partie

FELICITY

AUJOURD'HUI

1

Seattle, État de Washington, mai 2012

— Tu es vraiment sûre d'avoir pris la bonne décision ? demanda Olivia à son amie pour la énième fois en une heure.

L'indignation qui perçait dans sa voix s'était néanmoins émoussée en même temps que la disposition de Felicity à lui répondre.

Felicity préférait se concentrer pour remplir son énorme valise, cadeau de sa mère qui était la femme la moins réaliste et la moins pratique du monde.

À plat ventre sur le lit, Olivia grignotait une pomme en suivant ses gestes d'un air sombre.

Felicity pressentait qu'elle ne lâcherait pas prise et elle ne se trompait pas.

— Je n'en reviens pas que tu me fasses un coup pareil, déclara Olivia. Et que tu aies tout mijoté dans mon dos par-dessus le marché ! Qu'est-ce qui t'a pris ?

Nous y voilà, pensa Felicity en réprimant un sourire. Ce n'était pas ce qu'elle faisait qui irritait Olivia, mais qu'elle ait été capable de le lui dissimuler, à elle, sa meilleure amie et l'être humain le plus curieux de la terre.

Felicity ignora ce commentaire comme tous ceux qui l'avaient précédé.

— Terminé ! lança-t-elle en refermant énergiquement la valise.

Le claquement du couvercle donnait une impression de définitif : fin de la discussion. Mais pas pour Olivia.

— As-tu seulement pensé une minute à Richard ? demanda-t-elle, abattant sa carte maîtresse.

Felicity pivota sur elle-même. Olivia venait de toucher son point sensible. Richard… Solide, talentueux, promis à un brillant avenir et séduisant qui plus est. Le frère d'Olivia avait dix ans de plus qu'elle et était déjà un chirurgien renommé quand Olivia et elle-même venaient de décrocher leur diplôme de médecin.

Alors que tout le personnel féminin de l'hôpital pour enfants de Seattle était à ses pieds, elle, Felicity, allait le quitter et mettre un continent entier entre eux.

— Il t'aime vraiment, tu sais ? reprit Olivia, maintenant toute douceur.

— Je sais.

Il le lui avait encore dit la veille, quand elle lui avait fait ses adieux. Richard ne voulait pas qu'elle parte. Il avait fait son possible pour la retenir, il l'avait même demandée en mariage. Elle préférait oublier la tristesse de son expression, la déception qui se lisait dans ses yeux lorsqu'elle avait refusé. Cette séparation déchirait le cœur de Felicity. Depuis ce moment, elle avait le cœur lourd. Elle ne comprenait pas son propre comportement, mais c'était plus fort qu'elle.

À vrai dire, il en avait toujours été ainsi. Une constante agitation intérieure l'avait toujours entraînée ailleurs, plus loin, et à présent elle doutait de pouvoir changer. Elle avait espéré surmonter cette compulsion lorsqu'elle aurait atteint cet objectif essentiel à ses yeux : devenir médecin. Mais à mesure que la fin de ses études et la date de ses examens approchaient, son besoin d'un nouveau départ qui la libérerait de son existence bien réglée n'avait fait que croître.

Elle désirait pourtant plus que tout arriver quelque part et trouver sa place, mais elle agissait toujours en contradiction avec ce désir, mue par une anxiété profondément enracinée en elle. Alors qu'elle rêvait d'une certaine vie, elle se sentait contrainte d'en mener une autre toute différente comme si elle était éternellement en conflit avec elle-même. Elle avait bien tenté de l'expliquer à Richard, mais comment expliquer ce qu'on comprend à peine soi-même ? Elle avait lamentablement échoué et Richard avait fini par s'en aller.

« L'amour restera une terre étrangère pour moi », pensa-t-elle sans savoir d'où venait cette phrase mélancolique qui lui laissait un sentiment d'abandon et l'arrière-goût fade de la peur.

— Qu'est-ce que tu racontes ? demanda Olivia, qui la regardait avec stupeur.

Felicity ne s'était pas rendu compte qu'elle avait prononcé cette phrase à voix haute. Elle se souvint alors d'où elle venait : c'était sa grand-mère qui la lui avait dite bien des années auparavant, peu avant d'être atteinte d'Alzheimer. C'était curieux qu'elle lui revienne en mémoire précisément à cet instant – mais, au fond, peut-être pas si curieux : sa grand-mère était morte six jours plus tôt à l'âge de quatre-vingt-sept ans et sa mort avait été un soulagement non seulement pour elle, mais pour toute sa famille.

Afin d'assister à l'enterrement, Felicity avait reporté son vol pour Kaboul, où elle allait travailler pour Médecins du monde.

Son téléphone portable sonna. C'était probablement Martha, sa mère, qui aurait dû être là depuis longtemps car elle avait insisté pour conduire sa fille à l'aéroport.

Felicity poussa un soupir. Elle redoutait d'avance ce trajet d'une heure durant lequel, elle en était sûre, sa mère tenterait encore de la dissuader de partir.

« Dieu du ciel, pourquoi l'Afghanistan ? s'exclamerait-elle. Tu dois vraiment être folle, Felicity : faire d'aussi longues études pour se retrouver voilée à l'autre bout du monde ! Qu'est-ce qui te prend ? Sans parler des talibans qui jouent aux kamikazes là-bas… quelle horreur ! »

Ce n'était pourtant pas sa mère qui l'appelait, mais son père. Depuis son attaque, un an auparavant, il se déplaçait en fauteuil roulant, mais c'était provisoire : il se rétablissait.

— Bonjour, ma petite, la salua-t-il. Dis-moi, est-ce que maman est avec toi ?

— Bonjour, papa. Non, je voulais justement te téléphoner pour demander ce qu'elle faisait. Quand est-elle partie ?

— C'est justement ce qui me chiffonne : elle n'est apparemment même pas rentrée hier soir. Elle n'avait encore jamais fait ça. Pour tout dire, j'espérais qu'elle était avec toi.

— Comment ? Elle n'est pas rentrée ? s'exclama Felicity, incrédule.

Si sa mère avait ses faiblesses, on pouvait néanmoins compter sur elle. Elle n'aurait jamais laissé son mari seul la nuit, et encore moins depuis son attaque.

— Est-il possible qu'elle t'ait appelée, mais que tu n'aies pas entendu la sonnerie ? demanda son père.

— Non, j'ai écouté tous les messages sur le répondeur : pas de nouvelles. Et elle a éteint son portable. Où est-elle passée ? Où devait-elle se rendre hier ? Peut-être à une réunion d'une de ses œuvres ? On pourrait appeler les responsables.

La mère de Felicity était active dans plusieurs œuvres charitables il était crucial pour elle de s'occuper des autres. « De tout le monde, sauf de sa famille », pensa soudain Felicity. « Arrête, tu es injuste », se réprimanda-t-elle. Depuis quelques années, sa mère était moins active dans ces œuvres.

— Non, elle n'avait pas de réunion, mais elle a reçu un coup de fil de la maison de retraite hier à midi. On lui demandait de venir récupérer les affaires de ta grand-mère car on avait besoin de sa chambre en urgence pour une autre patiente.

— Tu as téléphoné là-bas ?

— Oui, bien sûr. On m'a dit qu'elle était passée hier après-midi et qu'elle était restée à peine une demi-heure. L'un des soignants l'a vue repartir en courant, un carton sous le bras.

— En courant ? Maman ? Ça ne lui ressemble vraiment pas.

— Non, et ça ne lui ressemble pas plus de ne pas donner de nouvelles. Tu crois qu'il lui est arrivé quelque chose, un accident, peut-être ? demanda le père de Felicity avec anxiété.

— Dans ce cas, nous le saurions sûrement à l'heure qu'il est. Écoute, papa, je vais te rejoindre et nous téléphonerons aux responsables de ces œuvres charitables. Il y a sûrement une explication toute bête à sa disparition. Peut-être a-t-elle été encore prise d'une de ses crises de pénitence et oublié du même coup tout ce qui l'entourait…

« Ou alors c'est sa dernière invention pour m'empêcher de partir à Kaboul », pensa-t-elle.

— Mais… et ton vol ? demanda son père au même moment.

— Pas de problème : je peux encore le reporter. Je commence à travailler là-bas seulement dans une semaine. Je serai chez toi dans une demi-heure. D'ici là, tu peux encore essayer de joindre maman sur son portable. À tout à l'heure.

— Ai-je bien compris : ta mère a disparu ? demanda Olivia avec incrédulité.

— Oui, probablement depuis hier après-midi. En tout cas, elle n'a pas donné de ses nouvelles. Depuis l'attaque de mon père, ma mère et lui ne dorment plus dans la même chambre et, comme les médicaments qu'il prend le fatiguent, papa se couche tôt. Il n'a donc remarqué son absence que ce matin.

Olivia sauta à bas du lit et jeta sa pomme à la poubelle.

— Viens, je t'emmène, dit-elle. Je suis curieuse de savoir ce qui est arrivé à ta mère. Tu as parlé de ses crises de pénitence, reprit-elle sur un ton pensif. Tu as peur que ça recommence ?

Comme les deux amies se connaissaient depuis le jardin d'enfants, Olivia était au courant des étranges accès de piété de la mère de Felicity.

— À quand remonte la dernière fois au juste ? demanda-t-elle.

Felicity réfléchit un instant. Il y avait près de huit ans que l'ancienne sœur Martha Benedict s'était enfermée plusieurs jours de suite pour demander pardon à Dieu de l'avoir déçu. Ces accès de contrition survenaient autrefois à des intervalles de six mois environ. Pour la première fois de sa vie, Felicity prit conscience que la piété autrefois fanatique de sa mère avait décliné d'année en année. Elle fronça les sourcils, perdue dans ses réflexions. En réalité, cette évolution encourageante de sa mère remontait à l'hospitalisation de Maria, sa mère et la grand-mère de Felicity, en raison des progrès de son Alzheimer. Elle fit part de ces réflexions à Olivia.

— Peut-être que la mort de grand-maman a provoqué chez elle un retour de piété, ajouta-t-elle, même si j'espère de tout mon cœur que ce n'est pas le cas. Ce serait terrible pour papa, car ça rouvrirait de vieilles blessures : il se sent toujours coupable d'avoir volé sa vie à ma mère.

— Il serait plus juste de dire que c'est elle qui a volé la vie de ton père et la tienne, déclara Olivia, qui n'avait pas l'habitude de mâcher ses mots. Pour être franche, je vous ai toujours admirés, ton père et toi, pour la patience avec laquelle vous avez supporté ses manies. J'ai encore ses « c'est ma faute, c'est ma très grande faute » dans les oreilles. Martha est deux fois plus croyante que mon frère Fred, et pourtant il est jésuite !

Felicity se renfrogna. Ce n'était pas la première fois que son amie abordait ce sujet. Et elle avait raison : son père passait tout à sa mère parce qu'il l'idolâtrait. Il avait quinze ans de plus qu'elle et ils s'étaient mariés sur le tard. Felicity était leur unique enfant. Sa mère avait plus de quarante ans quand elle était tombée enceinte. L'enfant et elle-même avaient failli ne pas survivre à l'accouchement et Felicity avait dû rester plusieurs mois à l'hôpital. Martha croyait que Dieu l'avait punie ainsi d'avoir quitté l'ordre des Franciscaines pour épouser Arthur Benedict. Felicity espérait de toute son âme que la disparition de sa mère n'avait pas pour raison une rechute dans la pénitence.

La vieille Peugeot d'Olivia tourna dans Richmond Beach Drive et s'arrêta devant la maison en briques des parents de Felicity. Celle-ci vit son père lourdement appuyé sur ses béquilles dans l'encadrement de la porte. Il ne portait pas de veste alors qu'un vent froid soufflant de la côte ébouriffait ses cheveux blancs. La maison était au bord de Puget Sound, un détroit que seule une bande de terre séparait du Pacifique. Felicity pensa qu'il allait s'enrhumer, mais s'abstint de tout commentaire à la vue de son visage inquiet.

Elle l'entraîna à l'intérieur de la maison. Il était toujours sans nouvelles de la mère de Felicity, dont le téléphone était débranché, et les appels aux responsables des œuvres charitables n'avaient donné aucun résultat. Felicity écouta le répondeur, sur lequel elle ne trouva aucun message de sa mère. Son père n'avait pas de téléphone portable.

Elle appela de nouveau la maison de retraite de Woodhill, pour recevoir la même réponse que son père : sa mère était restée là-bas une demi-heure tout au plus et était repartie sans même prendre congé.

— Cet aide-soignant qui a aperçu ma mère… pourrais-je m'entretenir brièvement avec lui ? Peut-être lui a-t-elle dit quelque chose ? demanda-t-elle.

— Non, lui répondit la directrice adjointe de la maison de retraite. M. Gonzales n'est pas disponible en ce moment, mais je sais qu'il a remarqué votre mère uniquement parce qu'elle a failli le renverser et fait tomber le plateau qu'il portait. Pourriez-vous me dire ce que nous devons faire de la chambre de votre grand-mère ? Si vous ne l'avez pas libérée d'ici demain midi, nous serons obligés de vous facturer un mois supplémentaire.

Felicity leva les yeux au ciel et dut faire un effort pour répondre calmement.

— Je la libérerai avant demain midi, promit-elle avant de raccrocher, perplexe.

— Et maintenant ? Ta mère doit bien se trouver quelque part. Et s'il lui était arrivé quelque chose ? demanda son père, dont le visage se creusait d'angoisse.

Felicity lui prit la main et la serra.

— Je vais appeler les urgences de tous les hôpitaux des environs : ainsi, nous saurons à quoi nous en tenir, d'accord, papa ? dit-elle.

— Ça, je peux le faire, Felicity. Appelle plutôt la compagnie du téléphone : ils pourront sûrement localiser le dernier appel sur le portable de ta mère, proposa Olivia, qui se mit immédiatement au travail. Par bonheur, les urgences de tous les hôpitaux qu'elle contacta répondirent qu'elles n'avaient accueilli aucune patiente du nom de Martha Benedict.

L'appel de Felicity à la compagnie du téléphone se révéla plus fructueux. Lorsqu'elle fut parvenue à prouver son identité, on lui annonça à sa grande surprise que le téléphone de sa mère avait été localisé pour la dernière fois la veille à Tacoma, l'aéroport de Seattle.

— Qu'est-ce que maman fabriquait à l'aéroport ? s'étonna-t-elle en regardant Olivia et son père.

— Peut-être qu'elle a confondu les dates et cru que tu partais hier ? avança son père sans conviction.

— J'ai du mal à le croire. Et puis ça ne rime à rien, puisqu'elle devait m'emmener là-bas, rétorqua Felicity.

— Peut-être est-elle partie en voyage sur un coup de tête ? suggéra Olivia.

— Mais elle avait seulement son sac à main : qui voyagerait sans bagage ? objecta le père de Felicity.

— Si tu savais, oncle Arthur…, répondit Olivia, qui l'appelait ainsi depuis toujours. Mais j'ai une idée : si on vérifiait les règlements sur sa carte de crédit ? Comme on dit, *follow the money* !

— Que veux-tu dire par là ? demanda Arthur ébahi.

— Olivia a vu trop de films policiers, mais elle a raison, déclara Felicity. En tout cas, ça vaut le coup d'essayer. Je vais joindre la société de sa carte de crédit : peut-être que maman a utilisé la sienne tout récemment.

Après une nouvelle série de justifications pour légitimer sa demande, elle reçut enfin la nouvelle qu'elle espérait : sa mère avait réservé la veille en fin d'après-midi un vol pour Fiumicino, l'aéroport de Rome.

— Nous y voilà. Est-ce que ta mère connaît quelqu'un en Italie ? demanda Olivia.

— Non, répondirent en chœur Felicity et son père avant de se regarder, stupéfaits.

— Alors c'est bien une rechute ?

— Pourquoi ?

— Rome, le pape, chef de l'Église catholique, ça ne te rappelle rien ? Ma faute, ma très grande faute ? Ta mère n'avait-elle pas le projet de demander son absolution au plus haut représentant de Dieu sur Terre ?

— Oh, mon Dieu ! s'écrièrent Felicity et son père dans un bel ensemble.

— Amen, conclut froidement Olivia.

Le lendemain à midi, Felicity se retrouva dans le hall des départs de l'aéroport de Tacoma, mais, au lieu d'un billet pour Kaboul, c'était un billet pour Rome qu'elle avait en main.

Elle savait maintenant que sa mère n'avait pas eu de rechute de piété. Non, Martha Benedict était partie pour un voyage dans le passé de sa défunte mère.

Après son passage chez son père, Felicity était repartie pour Woodhill avec Olivia car elle avait le pressentiment qu'elle trouverait là-bas les réponses qu'elle cherchait.

Olivia et elle avaient fouillé de fond en comble la chambre de sa grand-mère, mais sans résultats. Felicity pensait de plus en plus à la mystérieuse boîte que sa mère avait emportée avec tant de hâte : l'inexplicable disparition de Martha était-elle liée à son contenu ? Elle avait pu parler avec l'aide-soignant, un Mexicain d'âge mûr.

La description qu'il avait faite de sa rencontre avec Martha n'avait rien de rassurant : on aurait cru que celle-ci avait le diable à ses trousses. L'aide-soignant avait sorti de la poche de sa blouse un bout de papier froissé.

— C'est ce que votre grand-mère tenait à la main quand elle est morte, dit-il à Felicity. Je voulais le donner à votre mère, mais je n'en ai pas eu le temps.

Felicity défroissa le papier, qui se révéla une coupure de journal. C'était plus précisément une photo prise dans un tribunal et qui montrait vraisemblablement l'accusé. La légende ne figurait malheureusement pas sur la coupure. Ce fut toutefois moins l'homme assis sur le banc des accusés qui frappa Felicity qu'une femme à l'arrière-plan dans laquelle elle reconnut sa grand-mère. Assise au premier rang dans le public, elle regardait fixement l'accusé. Felicity n'avait encore jamais lu tant de haine sur un visage. À en juger par les vêtements de l'homme et l'âge de sa grand-mère, cet article devait dater des années 1960. Qui était cet homme ? Pourquoi sa grand-mère s'était-elle intéressée à lui ? Le verso de la photographie ne l'éclaira pas davantage. Il s'agissait d'un extrait de rubrique nécrologique rédigé dans une langue étrangère dont l'écriture était composée de signes. Felicity crut reconnaître de l'hébreu, mais si tel était le cas, comment sa grand-mère avait-elle atterri sur une photo dans un journal israélien ?

Felicity savait qu'alerter la police ne serait pas d'un grand secours. Sa mère était adulte et, comme telle, pouvait voyager où et quand bon lui semblait. Elle avait rapidement pris sa décision : elle allait partir elle-même à sa recherche. Elle s'inquiétait bien entendu pour sa mère, mais elle lui en voulait aussi d'avoir disparu sans un mot en abandonnant son père, qui ne connaîtrait pas une minute de repos avant d'avoir de ses nouvelles. Olivia avait promis à Felicity de s'occuper de lui en son absence. Le report du départ pour Kaboul n'avait posé aucune difficulté.

— Felicity, attends ! entendit-elle quelqu'un l'appeler. Elle se retourna et vit Richard, son presque fiancé, la rejoindre en hâte.

— Je suis bien content d'avoir pu te retrouver à temps ! s'exclama-t-il.

Il la serra contre lui et l'embrassa comme s'ils ne s'étaient pas séparés la veille, avant de la relâcher avec le sourire qu'elle aimait tant chez lui.

– Excuse-moi : la force de l'habitude, dit-il.

Contrairement à elle, ce baiser ne paraissait nullement l'avoir gêné. Et elle le lui avait rendu spontanément alors qu'elle était bien résolue à ne plus lui laisser aucun espoir ! Elle se répétait qu'il devait rester libre pour un nouvel amour, mais son cœur était visiblement plus inconséquent que sa raison. Que faisait Richard ici ? Elle ne se sentait pas d'attaque pour une répétition de la séparation de la veille.

Mais la présence de Richard s'expliqua dès qu'il reprit la parole.

– Olivia m'a tout raconté hier, dit-il. Elle semble croire que ta mère est partie pour Rome sans un mot d'explication, peut-être parce qu'elle traverse une crise. Je dois dire que ça me surprend : je ne vois pas du tout ta mère agir sur un coup de tête. Et toi, si je comprends bien, tu as décidé de partir à sa recherche ?

Felicity se sentit soulagée à l'idée que Richard était ici à cause de sa mère et non pour essayer de la retenir.

– Oui, je suis inquiète pour elle, expliqua-t-elle. Tu sais comment elle peut réagir. Elle n'est encore jamais allée en Europe, elle ne parle pas italien, elle sait tout juste quelques mots de latin et, à ma connaissance, elle ne connaît pas âme qui vive là-bas.

– Et que comptes-tu faire ? Comment vas-tu t'y prendre pour la retrouver ? Rome est une grande ville.

– Franchement, je n'en ai pas la moindre idée. Même si cela ne servira probablement à rien, je vais d'abord m'adresser à la police italienne. J'ai plus d'espoir avec la banque et la société de la carte de crédit de ma mère, qui se sont montrées très serviables. Grâce à elles, je sais qu'elle a retiré de l'argent à l'aéroport de

Rome. C'est un début de piste : ça confirme qu'elle est là-bas. Et, dès qu'elle utilisera de nouveau sa carte de crédit, j'en serai informée.

— Et moi, j'ai quelque chose pour toi : un nom et un numéro de téléphone à Rome ! déclara Richard en lui remettant un bout de papier. J'ai parlé avec Fred, mon frère cadet, et il m'a donné le nom d'un prêtre, Lukas von Stetten, avec lequel il a fait ses études à Munich pendant deux ans. Le père Lukas est jésuite et vit depuis quelques mois à Rome. Je lui ai téléphoné hier soir.

— Hier soir ? Tu as donc tiré ce malheureux de son lit en pleine nuit ? demanda Felicity en consultant sa montre comme pour s'en assurer.

Richard eut de nouveau son sourire désarmant.

— Fred m'a dit que ce n'était pas grave, car les prêtres sont au service de Dieu vingt-quatre heures sur vingt-quatre, répondit-il. Le père von Stetten a accepté de venir te chercher à l'aéroport de Rome et il t'assistera dans tes recherches.

— Merci… je ne saurais te dire toute ma reconnaissance. Je me sens vraiment gênée : tu es si gentil alors que je…

Elle n'acheva pas sa phrase. En vérité, tout était dit et il n'y avait plus rien à ajouter. Elle se contenta donc de se dresser sur la pointe des pieds pour embrasser Richard sur la joue.

— Dis bonjour à Fred de ma part, fit-il.

Il la serra dans ses bras, puis la lâcha brusquement.

— Bonne chance, et donne de tes nouvelles, d'accord ? reprit-il.

— Bien sûr, répondit-elle.

Elle s'éloigna, puis se retourna.

— Comment pourrai-je reconnaître le père von Stetten ? demanda-t-elle.

— Ce sera facile, dit Richard avec un sourire. Ce sera l'homme le plus séduisant à plusieurs kilomètres à la ronde.

2

Rome

L'avion de Felicity atterrit à Fiumicino treize heures plus tard.

En cette fin d'après-midi, l'Italie se montrait sous son aspect le plus enchanteur, avec un soleil éblouissant et un ciel d'un bleu de carte postale.

Comme Felicity n'avait qu'un bagage à main, elle fut parmi les premiers passagers à quitter la salle des bagages. L'Airbus était plein à craquer et une foule attendait les voyageurs derrière la barrière du hall des arrivées. Felicity scrutait les visages des hommes. Les seuls hommes séduisants étaient trop jeunes et personne ne portait la soutane, mais elle se fit la réflexion qu'elle avait rarement vu Fred dans cette tenue. Les Jésuites la portaient-ils à Rome ? Elle n'en avait pas la moindre idée. Pourquoi n'avait-elle pas posé la question à Richard ?

Elle aperçut un très beau jeune homme qui fendait la foule, mais découvrit un instant plus tard qu'il tenait deux jeunes enfants par la main. Il était suivi de près par un gros homme aux vêtements aux couleurs criardes. Son short vert et sa chemise rose rappelèrent à Felicity le costume que Richard avait porté pour Halloween quand il s'était déguisé en pastèque. « Arrête de penser à lui » ! se réprimanda-t-elle.

Elle sortit de sa poche le bout de papier sur lequel il avait noté le numéro de téléphone. Elle allait attendre encore un moment avant de téléphoner au père von Stetten. Il avait sûrement été retardé. Felicity remarqua alors que l'homme-pastèque essayait d'attirer son attention en agitant le mouchoir avec lequel il venait de s'éponger le front. Elle regarda autour d'elle pour s'assurer qu'il ne s'adressait à personne d'autre, mais il lui fit de nouveau signe : il n'y avait pas de malentendu. Elle se dirigea vers lui.

– Êtes-vous la *signorina* Felicity Benedict ? demanda-t-il dans un anglais un peu hésitant.

– Oh, vous êtes donc le père von Stetten ? répondit-elle, les yeux fixés sur son visage rouge, en pensant que Richard lui avait joué un bon tour.

– Hélas non : le père von Stetten a été convoqué en urgence à Bamberg par l'évêque et il m'a donc envoyé à sa place. Je suis le père Simone Olivieri. Bienvenue à Rome, *signorina* Benedict, dit-il en lui tendant la main.

Déconcertée, Felicity saisit sa main moite.

– Merci d'être venu, mais comment m'avez-vous reconnue ? demanda-t-elle.

– Le père Lukas m'a raconté que votre fiancé vous a décrite avec la plus grande précision : il lui a dit de chercher la plus belle femme de l'aéroport. Vous voyez, ce n'était pas sorcier, commenta-t-il avec un sourire espiègle.

Felicity lui rendit son sourire. Elle trouvait ce gros prêtre sympathique.

– C'est vraiment gentil à vous d'être venu me chercher, déclara-t-elle.

– Mais c'est un plaisir. C'est tout ce que vous avez comme bagages ? s'enquit-il avec un regard étonné à sa petite valise à roulettes.

Il n'avait encore jamais vu une femme voyager si léger. Felicity ne pouvait savoir qu'il avait cinq sœurs dont les arrivées à Rome avaient des allures de déménagement.

— Oui, j'espère retrouver ma mère sous peu, répondit-elle. Si jamais cela prend davantage de temps, je pourrai toujours me procurer le nécessaire.

— Dans ce cas, nous allons d'abord nous rendre à votre hôtel, où vous pourrez vous installer. Avez-vous déjà réfléchi aux premières démarches que vous voulez entreprendre ? demanda le père Simone alors qu'ils sortaient de l'aéroport sous le chaud soleil de mai.

— Oui, je pensais aller à la police. Peut-être serait-il également possible de se renseigner dans tous les hôtels de Rome. Ma mère doit bien avoir passé la nuit quelque part : elle est arrivée hier à midi.

— Bien. Quel est le nom de votre hôtel ?

— L'hôtel Visconti.

Felicity voulut sortir sa réservation, mais le père Simone s'interposa.

— Laissez cela, dit-il. Je connais cet hôtel : il est dans le Centro Storico, près de la Piazza del Popolo.

Quand Felicity eut emménagé dans son hôtel, il la conduisit au commissariat le plus proche, sur la Piazza Trinità dei Pellegrini.

Le policier qui la reçut se montra très aimable et compréhensif, mais déclara qu'il lui serait impossible de rechercher sa mère dans tous les hôtels de Rome.

— Je suis désolé, *signorina*, dit-il, mais votre mère n'est pas portée disparue, personne n'a déposé de plainte et vous me dites vous-même que vous n'avez aucune raison d'envisager un crime. Attendez donc simplement que votre mère vous donne de ses nouvelles. Sinon, je vous conseillerais de vous adresser au consulat américain, sur la Via Veneto. *Arrivederci*.

— C'est bien ce que je pensais, commenta le père Simone en s'épongeant le front avec son mouchoir. Ces fonctionnaires italiens… ils font tout pour se décharger de leurs responsabilités. Mais avec Forza Italia, ça ne marchera plus !

— Que faisons-nous, alors ? demanda Felicity, qui s'attardait, indécise, sur l'escalier du commissariat.

— Nous allons d'abord manger : nous pourrons parler à table de ce que nous ferons ensuite. J'ai une idée. Venez avec moi, la Trattoria da Gino est à deux pas d'ici à pied.

Felicity n'avait guère d'appétit, mais le père lui avait annoncé ce déjeuner avec tant d'enthousiasme qu'elle n'eut pas le cœur de l'en priver. Le propriétaire du restaurant, Gino, accueillit le père Simone comme un vieil ami et se réjouit qu'il lui ait amené *una bella signorina*. Il s'empressa auprès de Felicity, venant lui demander toutes les cinq minutes si elle aimait ce qu'elle mangeait.

Elle se força à avaler au moins la moitié de son entrée tandis que le père Simone dévorait avec appétit et faisait honneur au vin, dont elle but seulement quelques gorgées. Elle sentait venir une migraine que le vin rouge ne manquerait pas d'aggraver. Dès qu'on leur servit en *primo piatto* des *pasta e fagioli*, Felicity ne put y tenir plus longtemps et interrogea le père Simone, qui nouait cérémonieusement sa serviette à son cou.

— Le père von Stetten m'a informé que votre mère est très pieuse, répondit-il. Il se pourrait qu'elle cherche une église pour prier. Si vous avez une photo d'elle, je pourrais la faire reproduire en plusieurs exemplaires et la distribuer à mes confrères dans leurs églises afin qu'ils puissent repérer votre mère.

— C'est une excellente idée ! Oui, bien sûr, j'ai une photo d'elle.

— Et maintenant, goûtez-moi ça, dit le père en empoignant sa cuillère. Gino prépare les meilleures *pasta e fagioli* de Rome. Et ne vous inquiétez pas pour votre mère, *signorina* Benedict : nous la retrouverons.

3

Il se révéla inutile de faire reproduire la photo.

Alors que Gino servait les *espressi*, la société de la carte de crédit de Martha Benedict téléphona à Felicity pour lui donner le nom de l'hôtel dans lequel sa mère avait réservé une chambre. Le père Simone et Felicity se rendirent aussitôt à l'hôtel, qui était sur la Via della Conciliazione.

À la réception, Felicity présenta son passeport afin de prouver qu'elle était bien la fille de Martha Benedict. La réceptionniste l'informa que sa mère était dans sa chambre, car la carte électronique qui assurait l'alimentation en électricité était activée. Martha ne répondit pourtant pas au téléphone.

— Il est possible que la *signora* prenne une douche ou se sèche les cheveux en ce moment, si bien qu'elle ne peut pas entendre la sonnerie du téléphone, observa l'employée.

Felicity dut réprimer son impatience.

— Très bien, dit-elle. Nous attendrons dix minutes avant de téléphoner de nouveau. Si ma mère ne répond toujours pas, peut-être pourrions-nous monter dans sa chambre pour vérifier que tout va bien ?

— Naturellement.

La porte de l'ascenseur s'ouvrit, livrant passage à une Asiatique d'âge mûr en blouse de service poussant un chariot rempli de produits ménagers. Elle se dirigea vers la réception, parla à l'employée et il s'ensuivit une brève conversation de laquelle Felicity ne saisit que le nom de sa mère. Elle interrogea du regard le père Simone.

— Il paraît que la pancarte « Ne pas déranger » est accrochée depuis hier soir à la porte de la chambre de votre mère, expliqua-t-il. Je crois que nous ferions mieux de monter sans attendre, dit-il sur un ton résolu à la réceptionniste. Peut-être cette dame est-elle malade et a-t-elle besoin d'un médecin.

La réceptionniste acquiesça, pria une collègue d'accompagner le père Simone et Felicity à l'étage et les mena à l'ascenseur.

Un instant plus tard, ils étaient devant la porte de la chambre 212 à laquelle ils frappèrent sans obtenir de réponse. Felicity appela sa mère en vain. Elle se sentait de plus en plus nerveuse.

— Pouvez-vous ouvrir, s'il vous plaît ? demanda-t-elle à l'employée.

Celle-ci ouvrit la porte avec un passe. Felicity entra la première dans la chambre et se figea, stupéfaite devant le chaos qui s'offrait à sa vue. Chaque centimètre du sol était couvert d'articles de journaux et de notes. Presque tous ces papiers étaient déchirés et quelques-uns étaient roulés en boule. L'ensemble ressemblait à un puzzle géant. Agenouillée sur le lit également couvert de papiers déchirés, sa mère feuilletait un calepin. Ses cheveux pendaient sur son visage et elle avait une expression absente. Elle n'avait même pas remarqué qu'on était entré dans sa chambre et elle réagit seulement lorsque sa fille lui toucha le bras : elle poussa un petit cri de frayeur.

— Maman, c'est moi, Felicity !

Martha dévisagea sa fille comme si elle avait une inconnue devant elle, puis soupira et passa la main sur son visage dans un geste las.

— Que fais-tu ici, Felicity ? demanda-t-elle à mi-voix.

— Je te cherchais. Papa et moi nous faisions un sang d'encre. Tu as disparu sans même laisser un mot : qu'est-ce qui t'a pris ? Pourquoi n'as-tu pas au moins téléphoné ? Et que fais-tu ici ? Qu'est-ce que c'est que tous ces papiers ?

Malgré son soulagement d'avoir retrouvé sa mère, la voix de Felicity était empreinte de reproche.

Martha regarda autour d'elle comme si elle découvrait à cet instant le désordre de la pièce. Au lieu de répondre à la question de Felicity, elle repoussa ses cheveux décoiffés.

— Je dois avoir une tête épouvantable, dit-elle.

— Ce n'est pas grave : l'important, c'est que tu ailles bien... Tu vas bien ?

— Oui, bien sûr.

Martha se leva lourdement, fit quelques pas incertains et faillit s'effondrer. Le père Simone la rattrapa et l'aida à se rasseoir sur le lit. Felicity prit le pouls de sa mère.

— Ta pression artérielle est beaucoup trop faible, déclara-t-elle. Quand as-tu mangé pour la dernière fois, maman ?

— Je ne sais plus, répondit celle-ci sur un ton hésitant. Hier matin, peut-être ?

Le père Simone avait rempli d'eau un verre qu'il lui tendit. L'employée restait immobile, visiblement déconcertée.

— Pouvez-vous faire monter un repas léger pour ma mère ? Une soupe ou une omelette ? lui demanda Felicity.

Elle acquiesça et sortit en hâte.

Le père Simone avait commencé à examiner les coupures de journaux éparses dans la chambre. Certaines lui paraissaient très anciennes. À en juger par les vêtements sur une photo, l'un de ces articles datait peut-être même des années 1920. Il remarqua sur un fauteuil de la chambre une serviette verte sur laquelle était posé un dossier – les actes d'un procès ? Puis son regard tomba sur le calepin que la *signora* feuilletait à leur entrée dans sa chambre. Il avait glissé à terre quand elle avait essayé de se lever et il gisait sur la moquette, ouvert à la dernière page. Il le ramassa et regarda la page. Il crut reconnaître l'écriture. De l'hébreu ? songea-t-il avec étonnement. Le dernier mot était *met*, « mort » en hébreu : qu'est-ce que cela signifiait ?

— Comprenez-vous le sens de ce mot ? lui demanda la mère de Felicity dont le regard avait retrouvé sa vivacité.

— Oui, c'est de l'hébreu.

— Vous comprenez l'hébreu ?

— Oui, je l'ai appris.

— Pourriez-vous me traduire ce qui est écrit dans ce carnet ?

— Ça fait beaucoup, répliqua le père Simone, qui feuilletait rapidement le carnet.

— Je vous en prie, c'est très important : je dois absolument savoir ce qu'il contient.

— Qui a écrit dans ce carnet ? interrogea Felicity.

— Je crois qu'il a appartenu à ta grand-mère, répondit Martha.

— Elle parlait donc l'hébreu ?

— Apparemment, oui.

— Tu le savais ?

— Non, elle ne m'en avait jamais rien dit. Et elle n'était pas italienne, mais allemande. Elle est arrivée à Rome seulement après la fin de la guerre. C'est pour cette raison que je suis venue ici. Elle nous a menti et elle nous a trompés toute sa vie, mon père et moi. Et je suis certaine qu'elle a causé ainsi la mort de mon père.

— Quoi ? s'exclama Felicity, horrifiée. Tu es devenue folle ? Qu'est-ce que tu racontes ?

— C'est la vérité : ta grand-mère est responsable de la mort de ton grand-père.

— Mais on m'a toujours raconté qu'il était mort dans un accident de voiture en 1960 !

— Oui, parce qu'elle s'était disputée avec lui et l'avait mis à la porte. Il est monté dans sa voiture, il s'est écrasé contre un arbre et je crois qu'il l'a fait délibérément.

— Comment peux-tu affirmer une chose pareille, maman ? Comment peux-tu en être sûre ? Tu étais encore enfant à l'époque !

— J'avais quatorze ans : j'étais en âge de comprendre ce qui arrivait ! Mais je m'en suis souvenue seulement quand j'ai trouvé ce carton dans la chambre de ta grand-mère. Il contenait un poème que ton grand-père avait écrit pour elle. J'avais probablement tout refoulé, mais, dès que j'ai lu ce poème, ça m'est revenu. Tiens, lis-le, dit Martha en tirant de son sac à main une feuille de papier froissée qu'elle tendit à sa fille. Il est daté au verso : ton grand-père l'a écrit deux jours avant sa mort.

— « Honigtot », murmura Felicity après avoir lu le poème. C'est mélancolique et triste.

— Oui. Cette dispute entre tes grands-parents n'était pas la première. Celle-ci a duré plusieurs jours, mais ton grand-père n'a jamais élevé la voix, car c'était un homme doux qui adorait ta grand-mère. Il la traitait comme une reine. Il l'appelait d'ailleurs « ma reine des abeilles ». À l'époque, leurs disputes commençaient toujours de la même manière : elle hurlait à ton grand-père qu'il lui avait menti, que cet homme n'était pas mort, et elle lui reprochait de lui avoir volé sa vengeance. Elle en devenait hystérique. Il se défendait en lui répétant qu'il avait dû penser d'abord à l'enfant. Il voulait surtout empêcher ta grand-mère de se rendre en Israël. Je me souviens qu'il était question d'un procès auquel elle voulait à tout prix témoigner. Il affirmait qu'elle ne voulait pas témoigner, mais tuer cet homme.

— Quel homme ?

— Je n'en ai aucune idée, mais je suis venue ici pour le découvrir.

Bouleversée, Felicity se laissa tomber sur le lit à côté de sa mère. Sa grand-mère avait projeté d'assassiner quelqu'un et son grand-père avait tenté de l'en empêcher... Tout cela n'avait aucun sens pour elle.

— Comment peux-tu être si sûre de trouver des réponses à ces questions ici, en Italie ?

— Parce que toute cette histoire a commencé à Rome. C'est là que ton grand-père et ta grand-mère se sont rencontrés juste après la guerre, et non à Seattle, comme ils l'ont toujours prétendu – un mensonge de plus.

Felicity regarda sa mère avec incrédulité.

— Comment le sais-tu ? Et pourquoi nous auraient-ils menti ?

— Ce carton contenait aussi mon acte de naissance, qui a été délivré en Italie. Je sais assez de latin pour comprendre ce qu'est un *Certificato di nascita*. Contrairement à ce que prétendait maman, je ne suis pas née aux États-Unis mais à Rome, et dans une prison ! Elle a dû se procurer un certificat de baptême américain à la faveur du chaos qui régnait à la fin de la guerre.

— Tu veux dire que grand-mère aurait accouché de toi dans une prison italienne ?

Bouleversée, Felicity chercha du regard le père Simone. Il paraissait aussi ahuri qu'elle.

— Hier, je me suis rendue à l'adresse figurant sur l'acte de naissance, mais la prison a été rasée il y a longtemps et on a construit un immeuble à sa place. Maman a sûrement rencontré ton grand-père là-bas, car il y travaillait : son nom figure sur une liste d'employés de la prison dans les archives municipales de 1944. D'après ce document, il était non seulement médecin mais prêtre.

Martha paraissait bouleversée, comme si elle ne pouvait croire à cette dernière nouvelle.

— Comment as-tu pu obtenir des renseignements si précis ?

— Grâce à une étudiante qui fait un stage aux archives municipales et qui parle très bien anglais. Elle n'a malheureusement pas pu me dire pourquoi maman était en prison à ma naissance, mais seulement qu'elle avait commis un crime dans l'enceinte du Vatican. Elle n'a pu me fournir aucune preuve écrite, car les documents en question sont dans les archives du Vatican et il faut faire une demande pour les consulter. C'est d'ailleurs ce que je compte faire dès demain. Cette étudiante a découvert que le vrai nom de ton grand-père était Raffael Valeriani et non Ralph Valerian. D'après mon acte de naissance italien, je suis née de père inconnu, ce qui signifie que l'homme que j'ai toujours considéré comme mon père ne l'était pas. Ma mère et lui m'ont menti tous les deux. Maintenant, je dois découvrir qui était mon vrai père. Je suis sûre que si ma mère ne m'a jamais aimée, c'est à cause de lui. Je sais bien que je n'aurais jamais dû partir aussi précipitamment, mais j'étais trop bouleversée.

Felicity regarda sa mère. Elle se sentait complètement désemparée. Elle se souvint alors de la coupure de journal que l'aide-soignant lui avait remise et qu'elle gardait dans son sac à main. L'accusé figurant sur la photo était-il l'homme que, à en croire son grand-père, sa grand-mère avait voulu tuer en 1960 ? Avait-elle déjà tenté de le tuer auparavant ? Saisie d'un soupçon terrifiant, Felicity se demandait si elle devait montrer cette coupure à sa mère.

Mais cette dernière s'était déjà détournée d'elle et sondait du regard le père Simone.

— Pourriez-vous traduire ce texte ? s'enquit-elle avec un regard qui n'était pas une prière mais plutôt un ordre, comme s'il était du devoir du prêtre d'obtempérer.

Le père Simone se retrouva dans l'embarras. Il passa mentalement en revue toutes ses obligations pour les jours à venir. Il devait faire passer des examens, rendre lui-même un mémoire, et le théâtre des Jésuites dont il était le directeur préparait une représentation du *Songe d'une nuit d'été* de Shakespeare. Les coulisses étaient loin d'être prêtes, la mise en scène faisait l'objet de discussions sans fin et il n'avait pas encore trouvé de remplaçant pour son acteur principal qui avait attrapé une mauvaise grippe. Il ne lui restait donc pas une minute pour cette traduction. Les quelques heures qu'il avait consacrées à Felicity et à sa mère ce jour-là mettaient déjà sérieusement à mal son emploi du temps. Non, c'était exclu, il n'avait pas un instant de libre même pour une bonne action.

— Ce sera avec plaisir, *signora* Benedict, mais cela me prendra quelques jours, s'entendit-il pourtant répondre. Peut-être pourriez-vous entre-temps visiter Rome avec votre fille ? Je vous ferai signe dès que j'aurai fini. *Va bene ?* acheva-t-il en se maudissant intérieurement.

La curiosité était décidément son pire défaut. Le huitième péché capital, pensa-t-il. Mais ce n'était pas seulement par curiosité qu'il avait consenti.

Il avait charge d'âmes et avait senti combien la relation entre cette mère et sa fille était fragile. Elles étaient séparées par tout ce qu'elles passaient sous silence comme si elles se tenaient de part et d'autre d'un gouffre. Si la raison de ce qui les séparait résidait dans le passé de la grand-mère, il tenterait au moins de les réunir en les aidant à résoudre cette énigme.

4

Cinq jours plus tard, un père Simone éreinté téléphona à Felicity. Il avait mis de côté toutes ses obligations pour se consacrer à la traduction du carnet, à laquelle il avait travaillé presque sans interruption.

— Votre mère est-elle auprès de vous ? demanda-t-il d'une voix qui était à peine plus qu'un murmure.

— Non, elle est sortie : elle avait quelques courses à faire, répondit Felicity, surprise par cette question.

— Très bien. J'ai terminé la traduction et je dois avouer que ce que j'ai traduit m'a bouleversé. Je ne m'étais pas attendu à cela, *signorina* Felicity, mais je ne veux ni ne peux vous en dire davantage pour l'instant. Vous devez de toute urgence lire cette histoire et vous comprendrez alors ce que je veux dire. Ces notes sont bel et bien de votre grand-mère, comme votre mère l'avait supposé. Avez-vous un ordinateur portable à votre disposition ?

— Oui.

— Alors veuillez me donner votre adresse e-mail et je vous enverrai la traduction en pièce jointe. Si je puis me permettre un conseil, lisez seule la lettre et les notes de votre grand-mère et prévenez-moi quand vous aurez fini. Je vous rapporterai alors le carnet et sa traduction que nous remettrons à votre mère, *va bene* ?

Felicity acquiesça sans poser davantage de questions, même si le secret que lui demandait le père Simone sur cette traduction la laissait perplexe. Que pouvait receler l'histoire de sa grand-mère pour avoir tant ému le prêtre ?

Au cours de ces cinq derniers jours, Felicity et sa mère avaient fait peu de progrès dans leur étude des documents que contenait le carton. À part quelques brèves promenades auxquelles Felicity avait presque dû contraindre sa mère, elles n'avaient guère vu Rome, car elles avaient passé pratiquement tout leur temps à s'interroger sur le contenu des coupures de presse.

— Il y a une chose que je ne comprends pas, avait dit Felicity à sa mère dès le début de leurs spéculations. Pourquoi grand-mère a-t-elle déchiré toutes ces coupures pour les garder finalement dans un carton ? Pourquoi n'a-t-elle pas tout jeté ?

Sa mère lui avait avoué non sans embarras que c'était elle qui les avait déchirées sous le coup de l'émotion. Avec un soupir, Felicity avait commencé à trier les innombrables bouts de papier. C'étaient uniquement des coupures de journaux et non des lettres ou autres documents. La plupart de ces articles étaient rédigés en allemand ou en italien et quelques-uns en hébreu, langues que ni la mère ni la fille ne connaissaient.

Les tentatives de Felicity pour en traduire quelques-uns à l'aide d'un logiciel de traduction sur Internet n'avaient produit qu'un chaos qui pouvait en partie s'expliquer par le fait que certains textes dataient de plus de soixante-dix ans. Elle avait passé ensuite plusieurs heures à rechercher la traduction de certains mots dans un dictionnaire et le résultat laissait tout autant à désirer. Finalement, sa mère et elle-même n'étaient guère plus avancées qu'au départ.

Ces quelques journées les avaient cependant un peu rapprochées, moins par des paroles que par un subtil changement d'atmosphère entre elles. Cette transformation de leur relation restait néanmoins insaisissable pour Felicity. C'était plutôt un rapprochement timide et hésitant, comme si les sentiments de l'une pour l'autre étaient aussi fragiles que la porcelaine la plus fine.

Au cours de ces journées, Felicity avait été plusieurs fois tentée de rompre le silence qui avait plané comme une ombre sur son enfance, mais que pouvait-elle dire à sa mère ? Aurait-elle dû lui demander pourquoi elle avait toujours eu l'impression d'une distance inexplicable entre elles, une distance qui n'aurait pas dû exister entre mère et fille ? Elle l'avait acceptée enfant parce qu'elle n'avait rien connu d'autre et parce qu'elle percevait sa mère uniquement en tant que mère et non en tant qu'être humain.

Mais, une fois adulte, elle avait peu à peu compris qu'il lui avait toujours manqué quelque chose. Elle se faisait en même temps des reproches : pourquoi n'avait-elle pas tenté de franchir ce mur invisible qui les séparait ? Elle se souvint de la remarque de Richard lors de leurs adieux : il lui avait dit qu'elle avait peur des sentiments trop profonds et qu'elle les fuyait pour cette raison. Elle avait jugé superficielle cette remarque qui lui avait fait l'effet d'un lieu commun. Elle se demandait maintenant si au bout du compte Richard n'avait pas raison.

Était-elle lâche ? Choisissait-elle la facilité, quitte à le blesser plutôt que de reconnaître ses propres faiblesses ? Mais si son manque d'égards était un symptôme, quelle en était donc la cause profonde ? Et si la clef de ce comportement résidait dans l'histoire de sa grand-mère ? Elle comprenait pour la première fois que sa grand-mère, sa mère et elle-même avaient en commun une anxiété compulsive et qu'elles dérivaient comme des fétus de paille sur la houle de l'existence.

Felicity pressentait que sa mère était parvenue à la même conclusion qu'elle, mais toutes deux hésitaient à faire vers l'autre le pas qui les aurait réunies. C'est ainsi qu'elles avaient passé ces quelques jours ensemble dans d'étranges dispositions, à mi-chemin entre l'attente et l'espoir.

Sa mère avait néanmoins atteint l'un de ses buts : Felicity n'était pas partie pour Kaboul. Au lieu de prendre son poste là-bas comme elle aurait dû le faire ce jour même, elle ouvrait son ordinateur portable. L'e-mail du père Simone était déjà dans la boîte de réception.

Felicity ouvrit le fichier. Il contenait la traduction des notes et d'une lettre signée Maria qui était adressée à Martha. Felicity lut d'abord la lettre.

> Martha, ma chère fille,
>
> J'ai appris aujourd'hui même par mon médecin que je suis à un premier stade d'Alzheimer, ce que je considère comme une terrible ironie du sort, car toute ma vie n'a été qu'un continuel effort pour oublier mon passé. Et c'est maintenant ce que je vais faire peu à peu.
>
> Avant que cela arrive, je voudrais faire ce que j'aurais dû accomplir longtemps auparavant : te raconter l'histoire de notre famille. Qui nous sommes et d'où tu viens.
>
> Nous autres êtres humains formons les maillons d'une longue chaîne qui nous relie les uns aux autres, car chacun de nous porte en soi un fragment de l'existence et des pensées de ceux qui l'ont précédé. Si l'amour est le cœur, le souvenir est l'âme et tous deux sont immortels. Mais il peut arriver que, dans des circonstances particulièrement graves, l'un des maillons de cette chaîne soit arraché,

plongeant le cœur et l'âme dans la nuit. Le maillon que j'étais a été arraché il y a longtemps.

Je sais que je n'ai pas joué mon rôle de mère vis-à-vis de toi, Martha. J'ai toujours été comme une étrangère pour toi, je t'ai délibérément exclue de mon existence et je t'ai ainsi empêchée de devenir un maillon dans la chaîne de tes ancêtres. Je ne te demande pas de me le pardonner car c'est impardonnable.

Mais peut-être pourras-tu me comprendre un peu mieux quand tu connaîtras notre histoire, qui est également la tienne. J'en ai autrefois rédigé une grande partie en hébreu, la langue que mon père m'a apprise. C'était une idée de ton beau-père Raffael : il espérait que cela m'aiderait à surmonter mon passé.

Ton beau-père était un homme merveilleux, Martha. Il t'a apporté ce que j'étais incapable de te donner. Quand je l'ai rencontré à Rome, c'était un jeune prêtre dont la ferveur dans la prière ne le cédait qu'au désir de répandre la compassion et l'amour du prochain dans le monde. Il était persuadé que Dieu m'avait envoyée à lui afin qu'il puisse me secourir, et c'est ainsi que j'ai fait le malheur de sa vie. Pour moi, il a tout abandonné : sa vocation et son pays, l'Italie. Je n'ai ni mérité ni récompensé son amour. Bien des années plus tard, peu avant sa mort, il m'a dit qu'il avait enfin compris que l'amour n'était pas seulement une mission, mais aussi une action.

Cette phrase ne m'a plus laissée en repos depuis. Au début, je ne comprenais pas ce qu'il entendait par là. Et puis, un jour, je me suis rendu compte qu'il ressentait son amour pour moi comme une action contre lui-même. Son amour pour moi l'a détruit. Je l'ai détruit. Tu penses que je ne t'ai jamais aimée, n'est-ce pas ? La vérité, c'est que je n'ai jamais voulu t'aimer. Je ne voulais pas d'enfant. J'ai d'abord haï mon corps de m'infliger cela, puis moi-même parce que j'étais impuissante.

Quand tu es née et que je t'ai tenue dans mes bras pour la première fois, j'ai cru pendant un moment extraordinaire que tout irait bien, car j'ai éprouvé ce sentiment ineffable qu'on appelle l'amour. Mais, soudain, la haine l'a de nouveau emporté – non contre toi, Martha, mais contre moi-même, parce que je t'aimais ! Cela me bouleversait de t'aimer parce que je refusais d'éprouver ce sentiment : je ne voulais plus rien ressentir. L'amour appartenait au passé et ne devait plus jamais resurgir dans ma vie, c'est pourquoi j'ai étouffé tout sentiment en moi. La haine est le diable et il me tenait bien en main.

Je te souhaite pourtant de tout mon cœur une vie heureuse et remplie d'amour, Martha. Tu as en Felicity une fille merveilleuse. Donne-lui tout l'amour que je t'ai refusé et trouvez ensemble votre place dans la chaîne de vos ancêtres.

En te racontant cette histoire qui est aussi la tienne et celle de Felicity, j'apporte un témoignage contre l'oubli.

Et je te dis malgré tout : pardonne-moi, Martha.

Adieu.

Ta mère.

Deuxième partie

GUSTAV ET ÉLISABETH

HIER

5

Le merle blanc

Munich, le 9 novembre 1923

Élisabeth avait mauvaise conscience car elle rentrait très en retard. Son époux devait être inquiet depuis un bon moment déjà. Alors qu'elle revenait de Diessen, elle avait remarqué non sans agacement que presque toutes les rues de Munich étaient barrées.

À peine la bonne eut-elle ouvert la porte de leur vaste appartement de la Prinzregentenplatz que le mari d'Élisabeth se précipita à sa rencontre, leur teckel Felix sur les talons.

— Bonsoir, Gustav, dit-elle avec une vivacité un peu forcée. Je suis désolée d'arriver si tard, mais je crois qu'il est arrivé quelque chose en ville : tous les hommes que j'ai croisés dans la rue avaient des allures de militaires. Et qui crois-tu que j'ai rencontré aujourd'hui ? Cet homme à propos duquel on fait tant d'histoires… comment s'appelle-t-il, déjà ? Hudler ?

Elle eut tout juste le temps de remettre parapluie et gants à Ottilie, la bonne, car son mari la saisit par les épaules et la serra brusquement dans ses bras. Déconcertée, Élisabeth se laissa aller contre lui. Il semblait avoir perdu ses esprits. Elle ne l'avait encore jamais vu si bouleversé.

Le médecin renommé et l'ambitieuse jeune cantatrice, tous deux natifs de Vienne, n'étaient à vrai dire mariés que depuis quelques mois. Moins d'un mois s'était écoulé entre leur rencontre et leur mariage. Cette hâte avait provoqué des commentaires dans les salons de la bonne société, car des fiançailles aussi brèves donnaient à penser. Mais Élisabeth et Gustav n'en avaient cure : ils ne voulaient pas attendre un jour de plus.

Élisabeth avait du tempérament et une impulsivité frôlant l'anxiété. Avec une avidité insatiable, elle avait fait son chemin, sans avoir réellement goûté à la vie jusqu'au jour mémorable où elle avait rencontré Gustav et aussitôt cédé à la fascination que sa sérénité exerçait sur elle. Peu à peu, toujours en douceur, Gustav avait apporté le calme dans le tourbillon de son existence.

Élisabeth restait néanmoins Élisabeth, avec ses escapades et son irrémédiable manque de ponctualité, mais Gustav considérait ces travers avec l'indulgence des jeunes mariés heureux et la bonhomie de celui qui a vingt ans de plus que l'être aimé.

C'était parce qu'elle le savait si solide que sa réaction l'effraya. Il avait dû arriver Dieu savait quoi de grave ! Son retour tardif ne pouvait à lui seul expliquer l'émoi de Gustav. Elle récapitula rapidement le déroulement de son bref voyage.

Comme elle le faisait tous les quinze jours, elle avait loué chez AutoSixt, sur la Setzstrasse, une Mercedes-Benz avec chauffeur afin de rendre une visite de deux jours à sa mère, la veuve Maria Kasegger, dans sa petite maison à Diessen, au bord du lac Ammer. Élisabeth avait acheté avec l'argent de ses premiers cachets cette maison située à deux heures de route de Munich. À part quelques rhumatismes, la santé de la veuve Kasegger était excellente.

Ce matin, la mère et la fille avaient fait une longue promenade au bord du lac. Après leur déjeuner suivi d'un café, le chauffeur était venu chercher Élisabeth à l'heure convenue.

Élisabeth était issue d'une famille modeste. Sur son père, il n'y avait pas grand-chose à raconter, à ceci près qu'il avait échoué dans tout ce qu'il avait entrepris.

En 1910, alors qu'Élisabeth venait d'avoir dix ans, il s'était fait dépouiller de son atelier de cordonnier et de sa maison sur la Theresienstrasse par un spéculateur sans scrupules. Sa famille avait été contrainte d'emménager dans un appartement exigu et humide aux portes de Vienne.

Mais comme maître Kasegger possédait à en revendre de ce charme viennois réputé inimitable, il était impossible de lui en vouloir et les deux femmes de son foyer le chérissaient plus que de raison. Il n'eut pas le bonheur d'assister à la réussite de sa fille, car, en 1914, il fut l'un des premiers volontaires à rejoindre l'armée impériale pour venger le lâche assassinat de l'empereur Franz Ferdinand. Il fut également l'un des premiers à tomber pour la patrie. Il n'avait décidément pas eu de chance.

Sur le trajet de retour vers Munich, Élisabeth avait été prise d'un besoin pressant dû à la quantité de café bu chez sa mère. Alors qu'elle allait chercher une auberge assez respectable pour le satisfaire, elle s'était souvenue de son amie Helga Putzinger qui avait une petite ferme à Utting, non loin de la route de Munich. Comme elle savait que son amie y séjournait fréquemment, elle décida de tenter sa chance.

Les deux jeunes femmes se connaissaient depuis tout juste six mois. Elles avaient suivi ensemble les cours du professeur de chant Lilli Lehmann à Munich. Elles avaient presque le même âge et elles étaient immédiatement devenues amies bien que, physiquement et moralement, elles fussent comme le jour et la nuit. Grande et blonde, Helga était d'un naturel calme et réfléchi tandis qu'Élisabeth, petite et menue comme un moineau, avait des cheveux noirs brillants et une vivacité inépuisable.

Élisabeth avait naturellement fait la connaissance de Bubi, le mari d'Helga. Son nom de baptême était Egon, mais le surnom de Bubi[1] donné dans son enfance ne devait plus le quitter, même si Élisabeth n'avait jamais rencontré quelqu'un auquel ce diminutif mignard convenait plus mal. Tout chez Bubi, mains, pieds, nez, tête, semblait trop grand. Il était de plus fort comme un bœuf, avec une voix sonore et une tendance à la rudesse. Il jouait pourtant du piano admirablement et avec passion. Élisabeth, qui était elle-même une pianiste accomplie, avait rencontré une âme sœur en Bubi.

Élisabeth et Gustav avaient été invités un dimanche chez les Putzinger à Utting. Sans avoir sympathisé avec Bubi comme l'avait fait sa femme, Gustav avait reconnu en lui un homme cultivé. Bubi était issu d'une vieille famille de Munich qui possédait entre autres une maison d'édition d'art. Ces revenus avaient permis à Bubi de faire des études à Harvard. Il avait ensuite vécu quelques années à New York où il avait dirigé un magasin d'objets d'art appartenant également à sa famille. Cet après-midi-là, les deux hommes avaient fumé un cigare devant la cheminée en poursuivant une conversation animée. Ils avaient notamment évoqué la fin tragique de Louis II de Bavière, qui avait eu le malheur de ne pas savoir nager, car Bubi avait l'intention d'écrire un livre sur lui.

Quand Élisabeth parvint à Utting, elle constata qu'elle avait eu de la chance : Helga était arrivée la veille

---

1. Bubi est le diminutif de Bube, qui signifie « gamin ». (Toutes les notes sont de la traductrice.)

de Munich avec son jeune fils Egon et sa bonne. Toute joyeuse de ces retrouvailles imprévues, elle avait invité son amie à prendre un vrai café.

Elles avaient envoyé le chauffeur d'Élisabeth dans une auberge toute proche et passé ensemble un agréable après-midi qui s'était prolongé jusqu'au soir.

Chacun sait que la nuit tombe tôt en novembre, mais quand 19 heures sonnèrent à l'horloge de la salle à manger, Élisabeth sursauta. On envoya en hâte la bonne prévenir le chauffeur à l'auberge.

Alors qu'Helga tentait de convaincre son amie qu'elle ferait mieux de rester pour la nuit, on frappa énergiquement à la porte.

Supposant que c'était le chauffeur d'Élisabeth, Helga alla ouvrir et se retrouva face à un groupe d'hommes sales et visiblement épuisés qui lançaient des regards nerveux autour d'eux.

Si elle fut surprise de cette irruption, elle n'en laissa rien paraître.

Elle devait raconter plus tard à Élisabeth qu'elle avait aussitôt deviné qu'il était arrivé quelque chose de grave, sans quoi son mari ne l'aurait pas envoyée à Utting la veille avec Egon sans la moindre explication.

Élisabeth, qui ne s'intéressait guère à ce qui était étranger à l'univers de la musique et encore moins à d'obscures affaires d'hommes telles que la politique et la république, ne soupçonnait rien. Si le terme de détaché des réalités de ce monde n'avait pas existé, il aurait fallu l'inventer exprès pour elle.

L'homme à la tête du petit groupe était blême, mal rasé et engoncé dans un imperméable crasseux. Helga l'invita néanmoins poliment à entrer. Un autre homme se présenta comme le docteur Schultz. Le reste du groupe s'aligna sans un mot devant l'entrée, sur le qui-vive.

Comme Élisabeth était pressée et son chauffeur arrivé entre-temps avec la voiture, on s'en tint à de rapides présentations. Élisabeth avait néanmoins remarqué que l'homme en imperméable était blessé à l'épaule.

À sa vue, elle avait soudain éprouvé une inexplicable envie de fuir. Ce fut donc avec une hâte inusitée qu'elle prit congé d'Helga, qui du reste consacrait toute son attention à l'étrange visiteur.

Gustav repoussa Élisabeth à bout de bras pour la regarder, l'interrompant dans ses pensées.

— Qu'est-ce que tu viens de dire, Élisabeth ? Qui as-tu rencontré aujourd'hui ? demanda-t-il avec stupeur, et, sans lui laisser le temps de répondre, il l'entraîna vers le salon dont il referma les portes.

Alors Élisabeth lui raconta tout, sa visite à Helga et sa rencontre avec cet Autrichien blafard dont elle avait oublié le nom.

— Mon Dieu ! s'écria Gustav, encore plus livide que l'homme en question, et il secoua presque sa femme qu'il tenait de nouveau à bout de bras. C'était Hitler ! Tu as rencontré Adolf Hitler ! Tout Munich est à ses trousses ! Ce criminel a tenté de renverser le gouvernement pas plus tard qu'hier ! Et tu me dis qu'il se cache chez les Putzinger ?

— Ah, c'est pour ça que toutes les rues étaient barrées ! Ça a été la croix et la bannière pour rentrer, Gustav. C'est ce qui explique mon retard : nous avons dû…

— Peu importe, Élisabeth, déclara Gustav, qui d'habitude n'interrompait jamais sa femme. L'essentiel, c'est qu'il ne t'est rien n'arrivé. Il y a eu une quantité de morts et j'étais fou d'inquiétude pour toi. Maintenant, j'ai besoin d'un cognac et ensuite, je te raconterai tout.

« Écoute-moi bien, Élisabeth, reprit-il sur un ton pressant après s'en être versé un verre et avoir bu une gorgée, tu ne dois dire à personne que tu as vu cet homme, ni où tu l'as vu. C'est déjà assez grave qu'il ait entraîné Helga et Bubi dans toute cette histoire. Je ne veux rien avoir à faire avec lui. Il est dangereux.

Il relata alors à Élisabeth les événements lourds de conséquences qui s'étaient déroulés la veille, le 8 novembre 1923, à Munich.

Les dirigeants d'un parti politique qui prenait de l'essor en Bavière avaient fait une tentative de putsch à la grande brasserie de Munich. Le lendemain à midi, les putschistes avaient traversé la ville et, arrivés à la Feldhernnhalle sur Odeonplatz, ils s'étaient retrouvés face aux troupes du gouvernement. L'affrontement avait fait plus de vingt morts.

Le coup d'État avait échoué, et son meneur et ses complices étaient maintenant en fuite.

Gustav était encore en proie à la stupeur et à l'indignation : une tentative de putsch en Bavière ! Rien d'étonnant si Munich était en ébullition ! On recherchait les fugitifs dans toute la ville.

Le général Ludendorff, un héros de la Première Guerre mondiale qui avait participé à la tentative de putsch, avait été arrêté dans son uniforme impérial.

Afin de retrouver l'instigateur du putsch, Ritter von Kahr, le président du Conseil de Bavière récemment promu commissaire général de l'État, avait employé toutes les ressources à sa disposition. Von Kahr avait en effet fort mal digéré qu'Hitler l'ait retenu prisonnier plusieurs heures à la brasserie, humilié et finalement forcé sous la menace d'un pistolet à donner par écrit son consentement à la formation d'un nouveau gouvernement qui devait « sauver l'Allemagne de la misère et de l'opprobre ».

Et cet Hitler n'était même pas allemand, mais autrichien. Qu'il sauve donc l'Autriche, mais qu'il ne touche pas à l'Allemagne ! avait conclu Gustav avec fureur.

Il venait à peine d'achever son récit qu'on sonna à la porte de leur appartement.

Ottilie alla ouvrir et revint annoncer que le docteur était attendu pour un accouchement imminent. Présentation par le siège, précisa-t-elle d'un air entendu. Ottilie entretenait de bonnes relations avec la sage-femme du quartier et, comme elle se mêlait de tout sans qu'on le lui demande, elle était plus ou moins la chroniqueuse officieuse du quartier.

Le docteur passa son manteau, que la zélée Ottilie tenait prêt avec sa sacoche de médecin, se coiffa de son chapeau et, après un baiser rapide à son épouse, sortit en hâte pour aller assister une future mère.

Au départ, les projets de mariage de Gustav avaient causé des insomnies à Ottilie. Il y avait près de six ans qu'elle était seule à régner chez le docteur, depuis que les parents de ce dernier étaient morts l'un après l'autre. Mais, comme aux yeux d'Ottilie tout ce que le docteur faisait était bien, elle s'était vite rassérénée.

Du reste, la célébrité de madame avait rejailli sur Ottilie, accroissant son prestige et son statut dans le cercle des domestiques de la Prinzregentenplatz. Et, par-dessus le marché, madame ne se mêlait jamais du ménage : que pouvait-on demander de plus ?

Ottilie était l'image même de la santé, avec un teint coloré et un robuste appétit. Elle n'avait qu'une faiblesse : sa peur irraisonnée de l'orage. Dès que le tonnerre grondait et que des éclairs illuminaient le ciel, elle courait se réfugier à la cave dont elle ne ressortait qu'à la fin de l'orage.

Le docteur avait déclaré un jour par plaisanterie qu'avec Hans, l'homme à tout faire de la maison qui la suivait comme son ombre, elle y construisait une nouvelle arche de Noé. Cette expression fut bientôt sur les lèvres de toute la maisonnée. Celui ou celle qui cherchait en vain Ottilie s'entendait promptement répondre : « Elle est en train de construire l'arche. »

Plus tard, quand un membre de la famille se souvenait des jours heureux à Munich avant l'arrivée du national-socialisme au pouvoir, il les évoquait comme « le temps de l'arche de Noé ».

L'ordre et la propreté gouvernaient l'existence d'Ottilie. Comme l'appartement reflétait ces qualités, on pardonnait volontiers ses lubies à la bonne. Elle avait du reste un brave cœur bavarois qui battait depuis longtemps pour Hans, un être simple et d'un bon naturel.

Quand Élisabeth l'avait vu pour la première fois, elle avait eu ce cri du cœur :

– Quel brave géant ! Il a l'air sorti tout droit de l'Olympe !

Et elle avait raison. Hans, qui mesurait presque deux mètres, aurait fait un candidat idéal à la garde du Vieux Fritz et de son père le roi soldat. Dans le langage populaire, on évoquait encore avec plaisir la garde des « grands échalas ». Depuis la fin de la monarchie, la défaite de la dernière guerre et, dans la foulée, la foire d'empoigne politique de la République de Weimar, nombreux étaient les anciens qui conservaient la nostalgie de l'époque brillante des légendaires rois de Prusse.

Hans, qui n'avait même pas conscience de correspondre à l'image idéale de la race des seigneurs véhiculée par le Parti national-socialiste en plein essor, avait un frère aîné prénommé Franz. Ce dernier était comme une copie grossière de Hans. Dès 1921, il avait chanté, hurlé et marché – généralement en même temps – dans les troupes d'assaut paramilitaires de ce même parti. Toutes ces activités simultanées ne lui laissaient guère le temps de penser, de l'avis d'Ottilie, qui l'exécrait.

Quant à Hans, il n'avait d'opinion sur rien et se réglait en tout sur sa chère Ottilie.

Les agissements de Franz et de son chef, ce révolutionnaire au teint blafard, n'obtenaient d'Ottilie qu'un reniflement méprisant.

— Oh, arrête un peu avec ce pantin qui a trois poils sous le nez ! lança-t-elle un jour à Hans alors qu'il lui répétait l'éloge du Führer par Franz, car, à ses yeux, un homme sans barbe ne pouvait être qu'un incapable.

Cette explosion de fureur, qui n'en était pas vraiment une pour le tempérament d'Ottilie, était survenue quand Hans lui avait demandé ce qu'elle dirait s'il se joignait aux troupes d'assaut du Parti selon le désir de Franz. Comme d'habitude, il se soumit à la volonté d'Ottilie et c'est ainsi que l'affaire fut réglée – du moins le crurent-ils.

Gustav et Élisabeth habitaient dix pièces au quatrième et dernier étage d'un immeuble Art nouveau construit en 1901 sur Prinzregentenplatz que Gustav avait hérité de ses parents. Il avait un frère, un peintre au succès médiocre qui vivait à Nuremberg avec sa femme.

Le cabinet du médecin se trouvait au rez-de-chaussée. Les trois domestiques – Ottilie, Hans et Bertha, la cuisinière – avaient des chambres sous les combles.

Le premier étage était loué à des Américains fabuleusement riches dont personne ne se souvenait car on ne les avait plus revus depuis une éternité, soit deux ans avant la Grande Guerre, à en croire Ottilie. Ils n'en continuaient pas moins à régler le loyer et tous les frais afférents, qui étaient régulièrement versés sur le compte en banque de Gustav.

Le deuxième étage était également inhabité depuis de nombreux mois et le resterait probablement longtemps en raison de la crise économique persistante.

Au troisième étage vivait un général à la retraite si vieux que l'armée n'avait pas voulu de lui en 1914. Un scandale ! vitupérait-il à pleine voix quand on avait la malchance de le croiser dans l'escalier. À l'entendre, on aurait pu croire qu'il avait décidé cette guerre pour sauver l'Allemagne et l'empereur Guillaume. Bref, c'était une vivante antiquité du siècle précédent. Outre qu'il marchait comme s'il défilait encore au son du tambour et des fifres, ses signes distinctifs étaient un monocle, une canne, une redingote, un haut-de-forme et toute une batterie de médailles brillant fièrement sur sa poitrine creuse.

De mauvaises langues, parmi lesquelles Ottilie figurait à coup sûr, prétendaient qu'il les épinglait sur sa chemise de nuit pour dormir. Mais ce qu'il avait de mieux, c'était sa surdité presque complète : pour des musiciens, de tels voisins étaient aussi appréciables que des Américains toujours absents.

6

Ce fut le curé, directeur de la chorale de la modeste église Saint-Leopold dans le deuxième arrondissement extérieur de Vienne, qui eut une influence décisive sur le destin d'Élisabeth, une fille de cordonnier âgée de dix ans.

Il fut immédiatement fasciné par la pureté de sa voix qui ennoblissait sa petite chorale. Le bruit se répandit bientôt dans le quartier qu'un ange descendu du ciel chantait à l'église. Jamais Saint-Leopold n'avait été aussi fréquentée. On faisait la queue devant l'entrée pour entendre chanter l'enfant.

Un paroissien parla d'elle à l'un de ses amis qui avait un certain renom et des relations influentes dans le milieu de la musique. Lorsqu'il eut entendu Élisabeth chanter, il lui prédit une belle carrière et organisa pour elle une audition au Mozarteum de Salzbourg. Élisabeth s'y rendit avec ses parents et obtint une bourse dans l'année qui suivit.

La séparation d'avec ses parents fut douloureuse, mais ils avaient pris la bonne décision. Dès 1920, à l'âge de vingt ans, Élisabeth fit ses débuts à Salzbourg sous le nom de jeune fille de sa mère, Malpran – celui de Kasegger ne convenant guère à une cantatrice – dans le rôle de Marguerite dans le *Faust* de Gounod.

Elle devint célèbre grâce à son interprétation de Desdémone dans l'*Otello* de Verdi à peine un an plus tard, alors qu'elle chantait pour la première fois à l'Opéra de Berlin sur Unter den Linden. Elle entama alors une carrière internationale qui la mena à Milan, à Paris, à Bruxelles et à Rome. Une nouvelle étoile était née au firmament de l'opéra.

7

Le docteur ne rentra qu'au petit matin, blême, éreinté et avec un début de barbe. Il s'était effectivement agi d'une présentation par le siège, un accouchement particulièrement éprouvant pour tout médecin et surtout pour la mère.

La tentative de putsch ne revint donc dans la conversation que le lendemain, car le docteur avait dû redescendre dans son cabinet après deux heures de sommeil alors que la maîtresse de maison se reposait encore. Ils se retrouvèrent à la salle à manger pour le déjeuner.

À la grande contrariété de son épouse, Gustav mangea à peine et se plongea dans la lecture de son journal, *Les Dernières Nouvelles de Munich*, dont son ami Fritz Gerlich était le rédacteur en chef depuis 1920.

La tentative de putsch et la recherche du fugitif faisaient bien entendu la une du journal. L'article était illustré du portrait du révolutionnaire au visage blafard qu'Élisabeth découvrit seulement lorsque Gustav eut tourné la page et disparu derrière celle-ci.

Elle boudait un peu parce qu'il accordait plus d'attention à sa lecture qu'au repas, sans parler de la présence de sa ravissante épouse. Elle s'était faite belle pour lui ce jour-là et elle était ensorcelante dans sa robe bleue sur mesure qui soulignait à la perfection les douces courbes de son corps.

Mais, dès qu'elle avait reconnu l'homme dont le portrait s'étalait en première page, elle avait su comment ramener à elle l'attention de son époux.

— Regarde, Gusterl, c'est bien lui, sur la page de titre ! lança-t-elle de sa voix mélodieuse. C'est l'homme que j'ai rencontré hier soir chez Helga. Je ne comprends vraiment pas pourquoi vous faites tant d'histoires à propos de lui. Je l'ai trouvé vraiment insipide. Et figure-toi qu'il n'était même pas rasé ! Un petit homme insignifiant. Là-dessus, Ottilie est du même avis que moi. On devrait davantage écouter le peuple dans ce genre de situations : il sent ces choses-là.

L'effet de ces paroles sur Gustav fut spectaculaire. Il tressaillit comme si on lui avait tiré dessus, le journal lui glissa des doigts et, en tentant de le rattraper, il balaya de la main sa tasse de café presque pleine qui tomba sous la table.

Felix, le teckel de la maison, qui était comme à son habitude couché là, bondit hors de sa cachette avec un jappement aigu. Deux jours plus tard, il sentait encore le café. Mais Gustav ignora complètement cet incident pour dévisager Élisabeth par-dessus la table.

— Dieu du ciel, tu n'as quand même pas raconté à Ottilie que tu as vu cet homme hier soir ? s'écria-t-il, horrifié à la pensée de la pipelette qu'était leur bonne.

Si la nouvelle se répandait que sa femme avait rencontré Hitler en personne… il préférait ne pas penser aux conséquences que cela pourrait avoir par ces temps troublés ! Il passa fébrilement en revue toutes leurs relations qui connaissaient l'amitié liant sa femme et Helga Putzinger. Il voyait déjà une dizaine de gendarmes de Kahr envahir sa demeure.

Les relations de Bubi Putzinger et d'Adolf Hitler étaient connues de tous : ce dernier était même le parrain du petit Egon ! Gustav savait que Putzinger croyait à l'avenir politique d'Hitler et qu'il mettait en œuvre tous les moyens à sa disposition pour le soutenir. Il était récemment parvenu à le présenter aux notables de Munich, qui finançaient désormais le parti politique de l'ancien clochard viennois avec une générosité non dépourvue de calcul. Bubi remplissait de plus en plus le rôle d'attaché de presse officieux d'Hitler. Il se vantait même de lui avoir suggéré l'idée des marches aux flambeaux, une cérémonie à laquelle il avait assisté lors de ses études à Harvard et dont l'effet imposant l'avait frappé.

Il avait également accompli le tour de force d'improviser dans la brasserie, en plein putsch, une conférence de presse destinée aux reporters étrangers présents, principalement des Américains. Gustav l'avait appris le matin même par un patient qui avait fait la veille au soir la déplaisante rencontre d'une bande de SA.

Tout heureuse d'avoir reconquis l'attention sans faille de son mari, Élisabeth lui livra une version améliorée de sa brève rencontre chez les Putzinger. Cédant à son penchant pour la dramatisation, elle enjoliva et prolongea cette rencontre en insistant sur le sang-froid dont Helga avait fait preuve.

— Je peux t'assurer qu'à sa place, si j'avais eu affaire à cette bande d'hommes crasseux à la nuit tombée, j'aurais été terrifiée, conclut-elle.

Quand elle exprima par un sourire sa jubilation de s'être retrouvée au cœur d'un événement aussi considérable, son époux dut prendre sur lui pour ne pas la secouer comme un prunier. Ces révolutionnaires étaient armés, dangereux, traqués et par conséquent prêts à tout. Ils auraient pu prendre en otage une célèbre cantatrice, mais une telle éventualité ne serait jamais venue à l'esprit d'Élisabeth.

Gustav songea pour la première fois avec inquiétude qu'il s'était peut-être surestimé dans le rôle du professeur Higgins de *Pygmalion.*

Il avait d'emblée su à quoi s'en tenir sur les faiblesses d'Élisabeth : elle possédait une belle âme, mais cette âme avait besoin d'être formée avec réflexion, mission dont il s'était senti investi. Élisabeth n'était toutefois pas Eliza, la petite marchande de fleurs de *Pygmalion.*

Gustav se demandait un peu tard s'il n'avait pas épousé une éternelle enfant de vingt-trois ans. Vue de l'extérieur, c'était une splendide jeune femme, mais, intérieurement, elle était d'une innocence désarmante, telle une petite fille qui veut plus que tout être aimée et admirée. Il devait jeter tout son amour dans la balance pour ne pas gratifier d'adjectifs tels que « naïve » ou « sotte » l'ensorcelante créature assise à ses côtés.

Et, comme toujours lorsqu'il risquait de découvrir un défaut à cette épouse si tendrement aimée, il le minimisa aussitôt en lui trouvant une excuse : quoi d'étonnant qu'Élisabeth ait si peu le sens des réalités alors qu'elle avait passé le plus clair de sa vie dans l'univers retranché de la musique ? Elle vivait comme dans une tour d'ivoire. Elle avait elle-même choisi cette existence, au milieu des partitions et des œuvres de compositeurs du passé dont elle prolongeait le souffle ici et maintenant. C'était son talent qui insufflait vie à la musique, la splendeur de sa voix qui rendait toutes ces mélodies immortelles.

Tout en plaçant le comportement d'Élisabeth sous un éclairage plus flatteur pour préserver sa propre paix intérieure, Gustav se souvenait de l'habitude qu'elle avait d'établir constamment un lien entre la musique et tout le reste, les faits quotidiens comme les grands événements.

Quand par exemple au restaurant elle goûtait à un nouveau plat qui lui plaisait, elle était capable de donner libre cours à son enthousiasme en s'écriant devant les convives : « Oh, c'est aussi léger et aussi fin au goût que du Vivaldi ! » Le tempérament d'Élisabeth moussait comme du champagne.

Leur lune de miel au bord de la Baltique avait laissé à Gustav un souvenir inoubliable. Ce jour-là, le temps était mauvais, le vent violent et des nuages gris sombre menaçants s'amassaient au-dessus d'eux. Alors que les autres promeneurs rentraient en hâte pour se réchauffer avec un thé au rhum, Élisabeth s'était obstinée à rester au bord de la mer, qu'elle voyait pour la première fois de sa vie. Elle s'était arrachée à Gustav pour se précipiter vers les vagues, point minuscule sur un horizon écrasant. Elle avait ôté ses bottines, relevé sa robe en un éclair, et elle aurait plongé la tête la première si son époux ne l'en avait retenue.

Avec une passion dont le souvenir le faisait encore frissonner aujourd'hui, elle avait ouvert les bras et tourné son visage trempé vers l'océan.

— C'est exactement ça ! avait-elle crié. Peux-tu le sentir comme moi, Gustav ? L'ouverture du monde, à l'instant où Dieu l'a créé ! C'est Tristan et Iseut, c'est l'amour et la passion, la fougue et la puissance, le déchaînement de forces aveugles ! acheva-t-elle tandis que ses bottines partaient à la dérive.

Élisabeth était pourtant moins détachée et inconsciente qu'elle le paraissait. Elle avait la subtilité d'une âme d'artiste, qui se nourrit de musique et se dérobe à tout ce qui vient troubler l'harmonie de son univers mental, mais elle savait au besoin faire preuve d'intuition dans les relations humaines.

Elle avait ainsi fait une pause dans sa carrière pour profiter de tous les agréments et de la liberté que connaissent les femmes mariées. Elle n'en continuait pas moins à travailler sa voix avec la discipline sévère des cantatrices accomplies en s'accompagnant elle-même au piano.

Gustav, médecin par vocation, se montrait très compréhensif envers tous ceux qui aimaient leur métier. Il accorda donc sans hésiter son consentement quand le directeur de la Scala de Milan proposa à Élisabeth le rôle de Violetta dans *La Traviata* de Verdi. Le célèbre ténor Benjamino Gigli devait tenir celui d'Alfredo. Les répétitions commenceraient à la mi-janvier. Élisabeth s'en faisait une joie car Violetta était l'un de ses rôles préférés.

Son succès précoce de soprano n'était pas seulement dû à sa voix remarquable, ni à sa beauté au caractère exotique : malgré sa jeunesse, Élisabeth était déjà une tragédienne confirmée dont la critique louait l'extraordinaire expressivité.

Dans l'immédiat, la cantatrice travaillait son rôle de jeune mariée entièrement dévouée au bonheur et au bien-être de son époux. Après trois mois de vie conjugale, elle commençait à deviner assez bien les pensées de ce dernier.

Élisabeth se consacrait à cette nouvelle tâche avec le zèle qu'elle déployait pour apprendre un rôle à l'opéra. Elle se demandait donc à l'instant si elle devait sonner pour faire apporter le café ou laisser encore un peu de temps à son époux pour lire ses revues médicales. Aurait-il envie de faire une promenade ensuite, et serait-il même d'humeur à passer la soirée au Lichtspielhaus, le tout nouveau théâtre où l'on jouait *Lumpacivagabundus*, avec Hans Albers, qu'elle mourait d'envie de voir ?

Ce n'étaient bien entendu pas des questions cruciales, mais elles lui permettaient de mener une vie paisible, réglée sur les humeurs masculines. Par ces efforts,

Élisabeth démontrait qu'elle avait fort bien compris que sa propre existence n'était pas une éternelle représentation à la fin de laquelle le rideau tombait et elle récoltait ovations et bouquets de fleurs.

Elle était fermement résolue à accomplir ses premiers pas hésitants pour sortir de l'ombre dont la musique l'enveloppait et accorder à Gustav une place égale à la sienne dans son univers mental.

Avant sa rencontre avec Gustav – une collègue l'avait adressée à lui pour soigner un rhume persistant –, Élisabeth n'avait guère pensé aux hommes et n'en avait même pas éprouvé le besoin. Elle consacrait toute son attention et tout son temps à la musique, car si le talent était une condition nécessaire pour réussir, le savoir-faire demandait un travail acharné.

Sa réserve vis-à-vis des hommes était dictée par une autre raison : elle avait appris par l'exemple de sa mère qu'aimer quelqu'un à la folie peut faire votre malheur.

Mais Élisabeth refusait de s'inquiéter à ce sujet. Elle voulait être heureuse et acclamée. Elle voulait vivre intensément, chanter, danser, jouer et voyager dans des pays lointains. Elle était jeune.

Et puis Gustav était entré dans sa vie, cet homme merveilleux qui faisait et disait sans cesse des choses remarquables et avait des mains plus belles et plus sensibles que tous les pianistes de ce monde. Gustav avait fait naître en elle une musique nouvelle et ensorcelante qui résonnait jour après jour dans son âme.

Gustav avait entre-temps retrouvé son journal et sa langue, mais, malheureusement pour lui, pas encore sa tranquillité d'esprit. Il tint à Élisabeth un discours des plus sérieux dont l'essentiel s'évanouit rapidement de la mémoire de sa femme ; elle en retint seulement certains termes tels que « dangereux », « prendre des précautions », « ne plus partir seule » dont elle saisit très bien les conséquences pratiques. Cela signifiait en résumé que Gustav allait restreindre sa liberté !

Cette perspective déplaisait souverainement à Élisabeth, qui avait appris à apprécier les avantages de son statut de femme mariée et en particulier l'autonomie qu'il lui valait.

Quand elle n'était qu'une boursière encore mineure, on l'avait toujours tenue en bride au Mozarteum. Lors de ses premiers pas dans sa carrière de cantatrice, le corps enseignant l'avait flanquée d'un observateur désigné par le conseil de la fondation pour surveiller tous ses mouvements. Cet homme en complet miteux l'avait suivie comme son ombre, ce qui l'avait d'autant plus exaspérée qu'il dégageait une odeur franchement déplaisante. Elle emportait un ravitaillement de parfums dans tous ses déplacements. Après ses premiers succès, toutefois, elle avait gagné davantage, ce qui avait permis à Maria, sa mère, qui vivait chichement de sa pension de veuve de guerre, de l'accompagner comme chaperon dans ses tournées.

Aux yeux de la pieuse Maria, le monde palpitant et frénétique de l'opéra dans lequel sa fille s'était immergée était à peine concevable. En robe longue et un châle de laine sur les épaules, elle attendait sa fille en coulisses comme un accessoire d'une représentation tombée dans l'oubli. Elle contemplait avec incrédulité la multitude humaine outrageusement fardée et souvent à peine vêtue qui passait à la hâte devant elle entre deux actes. Mais elle ne prononçait jamais un mot de blâme, car elle admirait sa fille et savourait le bonheur paisible d'être réunie avec elle.

Dès que sa liberté était en jeu, Élisabeth se montrait très chatouilleuse. Il s'en fallut de peu qu'une première querelle vienne troubler le bonheur du jeune ménage. Mais, tout comme la musique, la spontanéité était un don chez Élisabeth. Suivant une impulsion soudaine, elle se leva d'un bond, rejoignit son mari de l'autre côté de la table et lui passa les bras autour du cou.

– Oh, mon chéri, ronronna-t-elle, sa tête fine pressée contre sa joue, ne parlons plus de ces horreurs ! Mon impresario dit toujours qu'on doit se répéter seulement aux répétitions. Après tout, je n'y peux rien si ce Hudler voulait venir chez Helga. Écoute, je te promets que je ne sortirai plus qu'accompagnée du grand Hans. Es-tu content maintenant ?

Gustav respira la douce senteur de sa peau, nota distraitement qu'elle avait de nouveau oublié le vrai nom de cet homme et déposa les armes.

Un dernier baiser sur la joue de son époux apaisa tous les orages, mais Gustav s'estima néanmoins tenu à quelques précisions.

– Très bien, Élisabeth, mais n'oublie pas que tu m'as promis de ne souffler mot à personne de cette rencontre à Utting, et surtout pas à Ottilie. Je parlerai à Helga. Elle comprendra certainement que je considère ce genre d'incident comme dangereux en ces temps troublés, surtout tant que cet Hitler sera en fuite. Heureusement qu'elle t'a présentée à lui sous mon nom. Et le chauffeur, a-t-il remarqué quelque chose ? demanda-t-il soudain.

Alors que d'autres auraient pris une attitude de penseur, Élisabeth se contenta de froncer son petit nez ravissant.

– Je ne crois pas, répondit-elle. Je suis à peu près certaine que, lorsque la voiture est arrivée, ces hommes étaient déjà entrés. Il a dû voir au mieux l'arrière de leurs têtes. Ne t'inquiète donc pas du chauffeur, mon Gusterl ! Veux-tu que je te joue un air au piano ?

Le lendemain, soit le 11 novembre, Ottilie fit irruption dans la cuisine. Bertha était devant ses fourneaux et Hans assis à la table, sur laquelle il réparait le manche branlant d'une poêle.

Ottilie annonça triomphalement la nouvelle qu'elle rapportait du marché.

— Jésus, on a arrêté ce beau M. Hitler ! Il s'était caché à Utting, chez les Putzinger. On l'a emmené en pyjama et en robe de chambre. J'aurais bien aimé voir ça, d'autant que M. Putzinger est plus grand d'une bonne tête et bien plus large que cette demi-portion. C'est un agent de police d'Uttingen qui l'a cueilli avec trente policiers qu'il avait fait venir de Munich : trente hommes pour arrêter ce gugusse !

Ottilie donna une petite tape affectueuse sur la tête de Hans.

— Maintenant, monsieur ton frère peut aller se rhabiller, reprit-elle. J'espère qu'on enfermera ces deux crétins dans la même cellule : comme ça, ils pourront défiler et chanter ensemble.

La politique en général et Hitler en particulier repassèrent rapidement à l'arrière-plan. Quelques jours plus tard, il s'avéra qu'Élisabeth était enceinte, bien que le jeune couple ait pris toutes les précautions nécessaires pour prévenir une grossesse.

Les jeunes mariés avaient abordé la question des enfants avec une franchise inhabituelle pour leur époque, car le médecin connaissait bien les inquiétudes et les besoins d'une parturiente et les difficultés d'un accouchement. On pouvait considérer ses opinions sur ce sujet comme résolument modernes, car il affirmait qu'une femme devait décider elle-même du nombre de ses enfants et du moment où elle se sentait prête à assumer cette responsabilité.

Le couple, qui souhaitait avoir des enfants, avait seulement reporté la réalisation de ce projet à plus tard, mais, comme chacun sait, tout ne se passe pas toujours comme prévu.

C'est ainsi que Milan, *La Traviata* et le rôle de Violetta durent passer à la trappe.

Troisième partie

DEBORAH

AUJOURD'HUI

8

L'arche de Noé

Juin 1924

Gustav et Élisabeth étaient certains d'avoir conçu un prodige. Les prénoms furent rapidement choisis : si l'enfant était une fille, elle s'appellerait Deborah comme la défunte mère de Gustav ; et si c'était un garçon, il porterait le nom de Wolfgang, comme Mozart, l'idole d'Élisabeth.

La petite Deborah vint au monde en juin 1924 par une journée ensoleillée. Elle était née sous le signe des Gémeaux, qui passait pour être celui de nombreux artistes. On pouvait au moins affirmer qu'elle était née sous une bonne étoile, car son foyer était heureux, rempli de musique et pourvu de tout le confort bourgeois, ses parents s'adoraient et adoraient leur enfant.

Quand Gustav contemplait le petit miracle qu'était Deborah dans son berceau, il entrevoyait en elle la promesse d'un avenir meilleur. Mais le passé et le présent lui revenaient alors en mémoire, un présent dans lequel beaucoup souffraient de la faim et où l'angoisse face à un avenir incertain dominait.

Six ans à peine s'étaient écoulés depuis que l'Allemagne avait perdu la guerre la plus meurtrière de l'histoire de l'humanité. Gustav avait participé à cette guerre en tant que médecin et il en avait vécu l'horreur et l'absurdité en première ligne, au front.

Mais il était encore plus inquiet devant l'évolution désastreuse qui avait poussé son pays au bord de l'abîme après la révolution de novembre 1918 et la chute de l'Empire scellée par le traité de Versailles en 1919. Ce traité avait imposé à l'Allemagne le paiement de dommages et intérêts d'un montant vertigineux aux puissances victorieuses. Cette paix forcée était allée de pair avec une agitation sociale alarmante qui avait provoqué une guerre civile et finalement débouché sur la fondation de la République de Weimar, au sein de laquelle plus de trente partis politiques différents se bousculaient, se querellaient et s'entravaient mutuellement.

C'était moins la terreur persistante des hordes communistes, le fameux « Bloc noir », que la montée de l'antisémitisme qui angoissait Gustav. L'hostilité et la violence vis-à-vis des Juifs étaient virulentes depuis la fin de l'Empire. Les agressions antisémites étaient devenues une caractéristique de la toute nouvelle République de Weimar, que l'on disait « enjuivée ». La plus récente et la plus prestigieuse victime de cette violence avait été le ministre des Affaires étrangères Walther Rathenau. Après avoir longtemps chanté « Abattons Walther Rathenau, ce sale cochon de Juif ! », on était passé à l'acte : Rathenau avait été assassiné au cours de l'été 1922. Un ami de Gustav, Maximilian Harden, socialiste et rédacteur de l'hebdomadaire politique *L'Avenir*, était encore en convalescence à la suite d'un attentat au cours duquel il avait été grièvement blessé. L'antisémitisme se répandait dans toutes les strates de la société, mais surtout chez la classe moyenne et la bourgeoisie cultivée. Les Juifs servaient une fois de plus de paratonnerres et de boucs émissaires. On les rendait responsables de tous les maux, y compris de la défaite de l'Allemagne dans la dernière guerre : ils étaient dénoncés soit comme des lâches qui s'étaient défilés pour ne pas rejoindre le front, soit, dans les caricatures, les affiches et les tracts qui inondaient le pays, comme des profiteurs éhontés.

Même le vainqueur de Tannenberg, le maréchal von Hindenburg, avait apporté de l'eau au moulin de l'antisémitisme réactionnaire par sa déclaration devant l'Assemblée nationale de Weimar en 1919. Il avait affirmé que l'armée allemande était restée « invaincue sur le champ de bataille » avant d'être « poignardée dans le dos » par des civils apatrides et des révolutionnaires de novembre. Ce discours avait déchaîné la fureur et l'indignation de l'opinion publique contre les Juifs, car, selon elle, le maréchal ne pouvait avoir fait allusion qu'à ces derniers par le terme d'« apatrides ».

Pour couronner le tout, la légende d'un complot mondial juif se répandait, alimentée par les ignobles *Protocoles des sages de Sion*, un pamphlet antisémite qui se vendait par milliers. Après l'avoir lu, Gustav avait hoché la tête avec un soupir. Quand les hommes feraient-ils enfin preuve de réflexion ? se demandait-il. Pourquoi se laissaient-ils toujours prendre à des diatribes haineuses ? Pourquoi était-il si simple de leur faire croire au mal ? Pourquoi se laissaient-ils manipuler si facilement ? Ce n'était pas la première fois qu'il se posait ces questions. En tant que Juif, il se considérait comme ni meilleur ni pire que n'importe quel être humain normal.

Ballotté dans les remous de la politique, le pays se perdait ainsi dans des querelles stériles et interminables pendant que le peuple allemand dépérissait. La guerre et une politique erronée l'avaient mené tout droit à une inflation galopante.

En octobre 1923, une miche de pain coûtait cinquante-huit millions de Reichsmarks. On allait faire ses courses avec une brouette remplie de billets sans valeur pour en revenir les mains presque vides.

Les Allemands au chômage et affamés perdaient tout espoir d'un avenir meilleur. Ce n'était plus la politique qui les guidait, mais la misère, un terreau dangereux sur lequel poussent les pires manigances et tous les extrémismes.

Heureusement, à la grande joie de ses parents, la bonne étoile de leur enfant faisait déjà sentir ses effets : Deborah était née au milieu des années 1920, les « Goldenen Zwanziger », au moment où le pays commençait à reprendre espoir.

À partir de novembre 1923, la situation du pays se stabilisa grâce à une réforme monétaire et au plan Dawes, deux mesures qui aidèrent l'économie chancelante de l'Allemagne à se rétablir quelque peu.

La frêle Deborah réagit très tôt aux sonorités. À peine Élisabeth entonnait-elle une berceuse qu'elle pédalait en l'air avec ravissement, ouvrait bras et jambes et battait la mesure sans en avoir conscience.

La jeune mère dut néanmoins constater que ces berceuses ne remplissaient pas leur but, à savoir endormir l'enfant. Celle-ci ne supportait pas le silence : dès qu'Élisabeth cessait de chanter, elle devenait écarlate et rugissait comme un lion.

Même une soprano rompue à la scène comme Élisabeth Malpran se fatiguait après plusieurs heures de chant sans interruption. Gustav aussi en avait assez de ne pouvoir fermer l'œil jusqu'au moment où sa femme et son enfant cédaient à l'épuisement.

Cette situation ne pouvait évidemment durer. Gustav, qui était non seulement un médecin mais aussi un homme de réflexion, était persuadé qu'il y existait une solution à tout. Un soir, il rentra chez lui avec un gramophone Victrola flambant neuf qu'il installa dans la chambre du bébé.

C'est avec une ardeur toute scientifique que le jeune père se livra à diverses expériences phoniques sur son nourrisson. Il observa d'abord ses réactions à d'autres voix féminines que celle de sa mère, notamment celles de célèbres sopranos telles que Kirsten Flagstad ou Mary Garden. Il s'avéra que la petite Deborah appréciait toutes les voix féminines : seule la durée du chant comptait.

Gustav lui fit écouter ensuite un interprète masculin. Il possédait quelques enregistrements d'Enrico Caruso, qu'il vénérait presque comme un dieu. Deborah aimait également cette voix remarquable, en particulier dans l'aria *La donna è mobile* du *Rigoletto* de Verdi.

Cette méthode avait néanmoins un grave inconvénient : en 1924, les disques devaient être déposés avec le plus grand soin sur la platine, l'aiguille très sensible constamment époussetée, et la durée maximale de six minutes correspondant à une face de disque était insuffisante pour obtenir le sommeil tant désiré du bébé. C'est ainsi que Gustav et Élisabeth somnolents se relayaient à six minutes d'intervalle pour remettre le disque, mais cette ruse était loin d'être toujours efficace et, à la longue, son pouvoir s'émoussa.

Gustav décida de mettre un terme à ces expériences nocturnes et engagea une nouvelle domestique : Magda, une jeune fille de quinze ans qui était la nièce de la cuisinière Bertha. Il venait sans le savoir d'inventer un nouveau métier qui ne serait reconnu comme tel que dans plusieurs décennies : celui de disc-jockey.

Magda était une jeune fille insignifiante aux tresses minces et à la raie bien droite, un être timide qui levait rarement les yeux. Son vocabulaire semblait se résumer à de mornes « Oui, madame », « Oui, monsieur » et

« Merci ». Elle craignait comme le feu sa tante Bertha, qui n'hésitait pas à la corriger avec la cuillère en bois avec laquelle elle remuait le contenu de ses casseroles.

Mais cette enveloppe insipide dissimulait un esprit vif. Magda remplit d'emblée sa tâche avec un zèle de missionnaire. Elle veillait sur le gramophone comme sur la prunelle de ses yeux, le nettoyait, changeait ses aiguilles usées, et bientôt elle put même faire de petites réparations. Elle traitait de même les disques comme des objets précieux. Élisabeth lui avait offert pour le nettoyage deux paires de ses gants, que Magda n'ôtait plus de la journée.

Après son arrivée, les nuits redevinrent enfin paisibles. Parents et enfant vécurent ensuite des années florissantes et heureuses. Le docteur travaillait beaucoup et Élisabeth avait grand plaisir à voir grandir Deborah.

Elle prenait deux fois par semaine des leçons de chant chez Mme Lehmann et s'entraînait quotidiennement au piano afin de conserver la souplesse de ses doigts et la virtuosité de sa voix. La petite Deborah était toujours à ses côtés dans son berceau. Mais l'opéra ne tarda pas à lui manquer, avec ses répétitions entre confrères, leur communion dans la musique, l'attente fiévreuse précédant chaque représentation, les solos et les duos et enfin le salut venant des applaudissements du public.

Elle en parla à Gustav et bientôt, la bonne d'enfants Klara Schnapphahn, une femme mûre qui louchait légèrement mais possédait d'excellentes références, fit son entrée au 10, Prinzregentenplatz.

C'est ainsi qu'Élisabeth put enfin accepter l'offre de la Scala de Milan, qu'elle avait dû décliner deux ans auparavant.

Le public n'avait pas oublié Élisabeth Malpran. On n'avait jamais vu une Violetta plus irrésistible sous la direction de maître Arturo Toscanini, déclara le chef d'orchestre à la presse éblouie le lendemain de la première. Dans son enthousiasme, un critique alla jusqu'à déclarer que la cantatrice aurait emporté l'adhésion unanime même si elle n'avait pas chanté, tant son interprétation avait fasciné le public.

Élisabeth manqua d'être ensevelie sous une pluie de fleurs, et les levers de rideau et les acclamations en son hommage ne se comptaient plus.

Tout en savourant ces succès, elle ne pouvait rester longtemps séparée de Deborah, qu'elle aimait tendrement. Elle refusa ainsi toutes les invitations du Metropolitan de New York et des opéras de Chicago et de San Francisco, car ces engagements l'auraient retenue trop longtemps loin de son enfant. Pour Deborah, Élisabeth renonça à la sécurité d'une carrière mondiale.

9

Vers le milieu de l'année 1929, le national-socialisme se rapprocha du 10, Prinzregentenplatz au sens littéral du terme. Au retour d'une promenade avec Hans, Ottilie rapporta la nouvelle du jour : le deuxième étage du 16, Prinzregentenplatz venait d'accueillir un nouveau locataire, cet Hitler qui avait le don d'exaspérer monsieur le docteur.

— Et il ne paie même pas le loyer ! Il se laisse entretenir comme une cocotte ! Un joli monsieur, cet Adolf nazi ! s'indigna Ottilie.

En 1931, on invita Élisabeth Malpran pour la troisième fois au Festival de Bayreuth. Elle avait dû décliner cette offre en 1927 et en 1929 en raison d'engagements antérieurs à l'étranger. On lui proposait le rôle d'Isolde et celui d'Élisabeth dans *Tannhäuser*. Elle se produirait avec son chef d'orchestre préféré, Arturo Toscanini.

Cette fois-ci, Élisabeth était disponible, mais elle hésita à accepter cet engagement. Elle voulait d'abord consulter son époux. Les Wagner de Bayreuth, qui avaient ressuscité le festival en 1924, ne faisaient nul mystère de leur adhésion au national-socialisme, tandis que Gustav et son ami Fritz Gerlich, qui avait tout récemment fondé sa propre revue, *Le Droit Chemin*, le journal allemand de la vérité et du droit, étaient des adversaires déclarés de cette idéologie.

Depuis l'échec du putsch de 1923, Gerlich était devenu l'un des critiques les plus virulents du Parti national-socialiste. Quand Élisabeth et Gustav le recevaient chez eux, les deux hommes n'avaient que ce sujet de conversation et cette préoccupation commune : neutraliser Adolf Hitler !

Gerlich avait très tôt décrit le national-socialisme en termes prophétiques : mensonge, haine fratricide et misère sans fin. Mais personne ne voulait entendre ou lire de telles analyses, expliqua Gustav à Élisabeth. L'ignorance et les préjugés régnaient en maîtres et le virus brun prospérait, car il trouvait largement assez de victimes consentantes parmi les aveugles et les enthousiastes, les sourds et les soumis.

Bien des années plus tard, Élisabeth devait se souvenir encore d'une conversation des deux amis sur Hitler, car elle avait été la cause d'une première querelle sérieuse entre Gustav et elle. Le point de départ de cette conversation avait été la libération d'Hitler, sorti de la prison de Landsberg après seulement neuf mois de détention alors qu'il avait été condamné à une peine de cinq ans. Le futur Führer avait été libéré le 20 décembre 1924 pour bonne conduite. Pour Fritz et Gustav, cette mesure signait l'échec complet du droit pénal de l'État bavarois.

Le soir du 20 décembre, on avait sonné à toute volée à la porte du 10, Prinzregentenplatz, et Fritz s'était engouffré dans l'entrée comme une bourrasque. Il pouvait à peine réprimer sa fureur.

— C'est scandaleux, Gustav ! avait-il tonné. Cet homme a tenté un coup d'État au cours duquel quatre policiers, tous honnêtes pères de famille, ont été tués, et il s'en tire après seulement neuf mois de prison ! poursuivit-il en arpentant la salle à manger. Son procès était déjà une farce. J'y étais. Le juge l'a laissé parler quatre heures de suite. Ce n'était pas une audience publique, mais un meeting !

Gustav acquiesça.

– Cet homme a malheureusement trouvé le ton juste, qui correspond à l'air du temps, et ceux qui lui font écho sont nombreux, observa-t-il. C'est un dangereux démagogue. Il a des boucs émissaires, les Juifs en tête, qu'il désigne comme responsables de tous les malheurs de l'Allemagne. Et il est loin d'être seul. Il a des compagnons de route intelligents, comme Alfred Rosenberg et Hermann Göring, qui lui soufflent des idées et le soutiennent dans l'espoir d'être propulsés au sommet dans son sillage.

– Oui, il a de plus en plus de sympathisants influents et c'est la raison pour laquelle ses conditions de détention ont été une plaisanterie : il vivait en prison comme à l'hôtel.

– J'en ai entendu parler. L'un de mes amis est un médecin qui a travaillé là-bas et il m'a donné des détails. La cellule d'Hitler était pourvue de tout le confort imaginable.

– Oui, une chambre avec vue et des visites, un va-et-vient continuel d'amis : les Wagner de Bayreuth, Mme Bruckmann et la moitié de la bonne société de Munich. Il a reçu assez de colis pour ouvrir une épicerie et, en les partageant avec ses codétenus, il s'est fait de nouveaux alliés. Il paraît que c'était devenu un rituel de saluer d'un « *Heil Hitler !* » l'arrivée de chaque colis. Quelle bande de crétins ! Comme si nous étions encore dans la Rome antique !

Gerlich raconta également qu'à Landsberg Hitler avait dicté à son fidèle compagnon de route Rudolf Hess son pamphlet démagogique intitulé *Mon combat*, dans lequel le national-socialisme apportait de l'eau au moulin de tous les extrémistes de droite frustrés.

— Des sympathisants d'Hitler, on en voit partout désormais et qui sait où cela va nous mener ? poursuivit Gerlich sur sa lancée. Les Allemands ne se doutent pas de ce qu'il leur en coûtera de suivre cet Autrichien.

La querelle d'Élisabeth avec Gustav eut lieu le lendemain. Helga Putzinger avait invité Élisabeth à une petite réunion entre dames le 21 décembre à son nouveau domicile de la Pienzenauerstrasse, dans le quartier de Bogenhausen.

Cet après-midi-là, elle avait dit à Élisabeth que Bubi et elle voulaient recevoir quelques amis le soir de Noël, dont elle, Gustav et la petite Deborah.

— Egon serait tellement content de voir le bébé, Élisabeth ! M. Hitler, qui a été libéré de Landsberg pas plus tard qu'hier, vient d'accepter notre invitation, avait-elle ajouté.

Élisabeth, qui se réjouissait d'avance de son premier Noël avec Deborah et son époux, n'eut pourtant pas le cœur d'opposer à son amie un refus franc et net.

— Ce serait avec plaisir, Helga, avait-elle louvoyé, mais j'aimerais d'abord en parler avec Gustav. Comme tu le sais, ce sera notre premier Noël en famille.

Elle ne souffla mot de l'aversion de Gustav pour Hitler. La politique n'avait aucune place dans les relations d'Élisabeth et d'Helga. Cette dernière évitait ce sujet qui, comme chacun le savait, n'avait jamais intéressé Élisabeth.

De retour chez elle, Élisabeth parla de cette invitation à Gustav comme si de rien n'était en précisant toutefois qu'Helga et Bubi avaient également invité cet Hitler. Persuadée que son époux serait du même avis qu'elle sur ce Noël qu'ils préféraient passer en famille, elle s'attendait de sa part à un simple refus de cette invitation.

Il en fut tout autrement : au nom d'Hitler, Gustav entra dans une rage folle et n'eut pas de mots assez durs pour reprocher à Helga et à Bubi la fréquentation de ce parasite. Élisabeth tomba des nues quand il lui interdit de revoir les Putzinger.

D'abord stupéfaite, elle devint furieuse. Non contre Gustav, mais contre cet Hitler, et non contre les méfaits de ce dernier, dont elle ignorait presque tout, mais uniquement parce qu'il semait la discorde.

Elle s'en voulait surtout de ne pas avoir osé refuser franchement l'invitation d'Helga. Mais comme elle tenait à garder son amie, elle réagit stupidement en prenant le parti de l'ennemi.

– Écoute, Gusterl, je crois que tu exagères vraiment à propos de cet Hitler, dit-elle. Vous avez pourtant beaucoup en commun, lui et toi. Helga m'a raconté aujourd'hui combien il aime la musique. Dès qu'il vient chez eux, il demande à Bubi de lui jouer un air au piano. Il est végétarien comme toi parce qu'il adore les chiens. Et il est fou du petit Egon. Un pareil homme ne peut pas être tout à fait mauvais, tu ne crois pas ? Qui sait, si vous pouviez faire connaissance et parler, peut-être…

Mais alors qu'elle prononçait ces paroles, Élisabeth changea soudain d'humeur comme cela lui arrivait souvent. Elle jugea ridicule et vaine cette querelle dont elle avait déjà oublié le point de départ et elle éprouva un désir subit de musique et d'harmonie. Plantant là son café et son mari rouge de colère, elle se leva, alla s'asseoir devant son piano et se mit à feuilleter tranquillement ses partitions à la recherche de l'air qui l'inspirerait.

Gustav était resté figé sur place. Encore écarlate un instant plus tôt, il était devenu livide comme s'il s'était vidé de son sang.

Ce n'était pourtant ni la colère ni la stupeur devant l'inconscience caractéristique d'Élisabeth qui le plongeaient dans cette torpeur horrifiée, mais un simple mot qui avait fait resurgir l'atrocité bestiale de la guerre et libéré les démons qui le hantaient: «végétarien»... Un flot de souvenirs l'assaillit et il se retrouva sur le théâtre de la guerre la plus dévastatrice de l'histoire de l'humanité, sur les champs de bataille de Verdun, de la Somme et d'Ypres où les gaz toxiques avaient donné de nouvelles dimensions à la notion d'effroyable.

Cette guerre avait généré un massacre sur une grande échelle. L'armement moderne – tanks, grenades et mitrailleuses – avait laissé des monceaux de cadavres des deux côtés. De plus, on manquait de tout pour soulager les blessés: de médecins, d'infirmières, de lits, de couvertures et de pansements, et les stocks de médicaments et d'analgésiques n'étaient plus qu'un souvenir.

On trouvait en revanche quantité de morts et de blessés, d'hommes aveuglés par les gaz ou estropiés. Et tous hurlaient, juraient, suppliaient en vain, en un terrible chœur de douleur et de détresse. Voilà la vraie voix de la guerre, avait alors pensé Gustav, celle que devraient entendre tous les va-t-en-guerre au lieu des vibrants «Vive l'empereur!» et du cliquetis de sabres de rangées de boutonneux en marche auxquels une foule en liesse, ivre de patriotisme délirant, lançait des fleurs.

Ce n'était pourtant pas ce défilé d'images hallucinant qui le pétrifiait, ni celles des amputations à la chaîne et sans chloroforme de patients ficelés comme des paquets pour les empêcher de se débattre.

Non, c'était le souvenir du jeune lieutenant encore imberbe qui gisait dans son sang devant lui et serrait sa jambe arrachée contre sa poitrine comme si c'était son enfant. Gustav revoyait cette jambe jeune et vigoureuse encore chaussée d'une botte. Il avait fallu deux costauds pour l'ôter au blessé hurlant.

Un peu plus tard ce même après-midi, alors qu'il quittait l'hôpital pour un bref instant de repos, son regard tomba bien malgré lui sur la montagne de membres amputés qui s'entassait chaque jour devant l'établissement, bras et jambes de pères et de fils, de frères et d'époux.

Chair encore vivante quelques heures auparavant, devenue déchets de guerre prêts à être brûlés… Il regarda un infirmier saisir une jambe, en retirer la botte – à la guerre, on ne gaspillait que les vies humaines – et reconnut alors la jambe et la botte du jeune lieutenant.

Depuis ces jours durant lesquels il avait dû supporter au quotidien l'odeur de la chair humaine brûlée, il n'avait plus jamais touché à de la viande.

Quant à Hitler, Gustav était d'avis qu'il avait renoncé à la viande pour une tout autre raison. Il l'avait aperçu plusieurs fois au café Heck de Munich, et sa pâleur malsaine et ses traits crispés l'avaient frappé. Cet homme souffrait probablement de crampes d'estomac et de fortes flatulences.

Gustav avait entendu dire que ses camarades au front, qui ne l'appréciaient guère, lui reprochant en particulier sa servilité, l'avaient surnommé le « merle blanc ».

Tout cela est vraiment aussi triste que stupide, songeait Gustav. Le monde pourrait être un paradis si seulement les hommes étaient capables de vivre en paix.

Ce fut avec un goût amer dans la bouche qu'il rentra de son voyage mental en France pour retrouver le présent au côté de sa versatile épouse qui se livrait à des gammes silencieuses sur le clavier.

Gustav se conduisit par la suite comme s'il ne s'était rien passé et, le 24 décembre 1924, son épouse et lui passèrent un merveilleux premier réveillon avec leur petite Deborah.

10

Quelques jours plus tard, Élisabeth devait réfléchir à son comportement après avoir assisté à une nouvelle conversation entre Gustav et Fritz sur les menées d'Hitler.

Elle eut alors honte de ce qu'elle avait dit à Gustav. Ce dernier, qui se sentait un peu gêné de s'être emporté et de lui avoir interdit de revoir ses amis, était revenu sur cette interdiction en lui assurant qu'elle était libre de ses décisions.

Malgré tout, Helga et Élisabeth ne se virent plus que rarement par la suite. Quant à Gustav et Bubi, ils ne se revirent jamais.

C'est ainsi qu'en 1931 Élisabeth hésita à accepter un engagement pour le Festival de Bayreuth, bien que l'idée de travailler de nouveau avec Toscanini la tentât. On racontait qu'Adolf Hitler ne manquait jamais ce festival et qu'il fréquentait régulièrement les Wahnfried.

Élisabeth devait comprendre seulement plus tard qu'elle avait pour la première fois de sa vie pris une décision en faisant intervenir des considérations politiques.

Elle attendit un jour où Gustav et elle passaient une paisible soirée à deux au salon pour aborder le sujet de Bayreuth. Gustav sirotait un cognac qu'elle venait de lui servir. Elle alla s'asseoir à côté de lui et se blottit contre son épaule.

Comme c'était prévisible, de tels projets ne disaient rien qui vaille à Gustav, mais il s'attendait depuis longtemps à ce que le sujet vienne sur le tapis. Tôt ou tard, chaque diva rêvait au Bayreuth de Wagner, et il ne pouvait ni ne voulait l'interdire à Élisabeth. Il était trop ému par la passion illuminant son regard alors qu'elle évoquait les deux rôles et Toscanini qu'elle portait aux nues. En pensée, elle était déjà Isolde, dont elle répétait la partition, les poses et les scènes.

Élisabeth alla donc à Bayreuth et y triompha. À la réception qui suivit la première, Winifred Wagner lui présenta avec un orgueil de propriétaire M. Adolf Hitler. Ce dernier était aux anges de faire enfin la connaissance de cette magnifique artiste. En admiration devant elle, il déploya auprès d'elle toute sa galanterie autrichienne.

Élisabeth dut reconnaître qu'il s'était montré charmant, mais elle se sentait mal à l'aise en sa présence et elle fut soulagée d'en rester à cette unique et brève rencontre avec lui. Elle n'en souffla mot à Gustav, car elle savait que cela l'aurait mis dans tous ses états, et il ne lui posa aucune question à ce sujet.

Depuis plus de huit ans qu'ils étaient mariés, chacun d'eux connaissait les points sensibles de l'autre.

En 1932, par un heureux hasard, le Festival de Bayreuth fut annulé, si bien qu'Élisabeth ne se vit pas contrainte de refuser un nouvel engagement. Quelques semaines plus tôt, en effet, l'évolution politique du pays avait projeté ses premières ombres menaçantes sur le 10, Prinzregentenplatz.

Les victimes en furent Hans, Ottilie et Gustav dans cet ordre. Élisabeth était en tournée à Rome, où elle jouait le rôle titre de la *Tosca* de Puccini.

Tout commença ainsi : Franz, frère de Hans et SA de la première heure, avait, mû par ses convictions et plus encore par son zèle, rapidement fait carrière dans la SA, où il était devenu capitaine. Mais il n'avait jamais digéré le refus de son frère cadet de marcher sur ses traces. Pour parvenir à ses fins, il se servit de ce qui faisait sa force : la violence et la ruse.

Il invita son frère un soir que celui-ci était en congé, l'enivra et le rossa jusqu'à lui faire perdre conscience. Hans ne sut jamais comment ni quand il avait signé le formulaire d'adhésion à la SA, mais il était désormais officiellement membre de la SA et du Parti national-socialiste.

Chacun sait qu'après-guerre de nombreux nationaux-socialistes prétendirent ne pas l'être devenus par conviction, mais parce qu'ils avaient été recrutés de force après avoir été enivrés (d'alcool ou d'ambition, nous ne trancherons pas cette question). On peut néanmoins affirmer avec certitude que Hans était du fond du cœur le contraire d'un national-socialiste.

Cette confrontation avec son frère fut suivie d'une autre tout aussi déplaisante avec sa chère Ottilie, qui lui assena en supplément de la raclée administrée par Franz quelques gifles retentissantes suivies d'un sermon bien senti. Mais rien n'y fit : la loi était la loi et Hans dut rejoindre son peloton.

Comme avec le national-socialisme, rien n'était gratuit sauf les persécutions, la torture et la mort, Hans fut contraint de puiser dans ses économies péniblement amassées pour payer son uniforme. Le prix des bottes taille 50 mit Ottilie hors d'elle.

Elle demanda au docteur un après-midi de congé et se rendit chez Franz pour tenter de tirer Hans d'affaire. Franz le rustre, qui se jugeait nettement supérieur à son frère de par sa fonction (« Un capitaine et un concierge : allons donc ! », disait-il), apprécia fort les rondeurs d'Ottilie, mais, quand il voulut en tâter, elle ne l'entendit pas de cette oreille et se défendit avec vigueur. Considérant cette défense comme une agression, il enferma la malheureuse dans son bureau tapissé de fanions et appela une police obligeante qui arrêta Ottilie sans autre forme de procès.

Ne la voyant réapparaître ni le soir, ni le lendemain, Gustav soupçonna qu'elle se trouvait en difficulté. Il lança des recherches, en premier lieu chez Franz qui se lava les mains de cette affaire et renvoya les enquêteurs à la police locale.

Sur le chemin du commissariat, le docteur fut arrêté en pleine rue par une troupe de SA qui le rossa avant de le faire arrêter par la police accourue sur les lieux.

Les SA repartirent avec son portefeuille sans être inquiétés.

Ottilie et maintenant le docteur n'étaient toujours pas rentrés à Prinzregentenplatz, et madame était encore en Italie !

Bertha, la cuisinière et la domestique la plus âgée du ménage, perdit aussitôt la tête et le moral comme la plupart des colériques quand ils n'ont plus rien ni personne à fustiger. Klara, la bonne d'enfants, fit ce qu'elle savait faire et ce pour quoi elle avait été engagée, c'est-à-dire s'occuper de la petite Deborah qui avait sept ans, et rien de plus.

Comble de malheur, l'assistante du docteur, Renate, était partie vivre en Rhénanie après son mariage. Contrairement à sa remplaçante de fraîche date, peut-être aurait-elle su comment réagir en la circonstance. La remplaçante en question était arrivée comme tous les matins à 7 heures pour ouvrir le cabinet. Elle frappait maintenant pour la troisième fois à la porte de l'appartement pour réclamer la présence du docteur au cabinet, où des patients l'attendaient.

L'heure de gloire de Magda, la bonne, avait sonné : ce fut elle qui prit l'initiative. Elle enfila sa plus belle robe et elle allait sortir quand Bertha, qui semblait découvrir à l'instant la profondeur de son affection pour sa nièce, se cramponna à elle.

– Je t'en supplie, Magda, n'y va pas ! Tous ceux qui sortent de cet appartement disparaissent ! Crois-moi, il se passe quelque chose d'épouvantable dehors, sanglota-t-elle en prononçant ces paroles prophétiques. Il faut prier et nous en remettre à Dieu ! s'écria-t-elle, et elle tomba à genoux dans un accès de ferveur religieuse.

Madga ne se laissa pas troubler et descendit promptement au cabinet. Elle passa sans un salut devant l'increvable général qui revenait de sa promenade quotidienne comme toujours bardé de ses médailles et la fusilla du regard.

Elle renvoya chez eux l'assistante et les patients avec quelques brèves formules d'excuse. Autrefois si timide, elle parlait en choisissant soigneusement ses mots et imitait à la perfection les modulations viennoises de Mme Élisabeth. Âgée de vingt-trois ans, Magda était désormais une vraie demoiselle.

Quand elle entra dans le saint des saints, la salle de consultation, son courage l'abandonna un instant et elle se sentit abattue comme si ce sacrilège allait l'expédier directement en enfer. Elle en conclut que, dans ce cas, elle disparaîtrait comme le docteur et Ottilie. Qu'en dirait Bertha ? Elle n'oserait probablement plus sortir, resterait en prières et dépérirait. On retrouverait plus tard ses os blanchis dans la cuisine… Cette idée aida Magda à surmonter son effroi. La situation réclamait des actions et des solutions ! se dit-elle.

Elle fouilla méthodiquement la table de travail de Gustav et trouva bientôt ce qu'elle cherchait : une carte de visite du cabinet d'avocats Finkelstein et

Associés. Le docteur avait récemment mentionné ce M. Finkelstein au cours d'une conversation avec madame en précisant qu'il était son conseiller juridique.

Si elle lisait rarement, Magda savait d'autant mieux prêter l'oreille, non pour espionner mais pour s'instruire. Elle absorbait comme une éponge tout ce qu'elle entendait, l'essentiel comme l'accessoire, les futilités comme les informations intéressantes. Elle ne pouvait pas toujours situer correctement certaines de ces informations, car les tenants et les aboutissants lui faisaient souvent défaut, mais elle était passée maîtresse dans l'art d'interpréter les intonations. Elle devinait grâce à elles l'importance des sujets abordés et apprenait ainsi à reconnaître l'essentiel.

À l'école de son village, qu'elle avait dû quitter au bout de trois ans sur l'ordre de son père car on avait besoin d'elle à la ferme, elle avait déjà pressenti que, avec la naissance l'instruction était la clef livrant accès au monde des privilégiés. Son engagement au 10, Prinzregentenplatz fut une aubaine qui lui permit de réaliser ses rêves et de garder l'espoir d'un avenir meilleur. Elle était dévouée à ses employeurs, qui l'avaient toujours encouragée à apprendre. Dès son arrivée, elle avait été autorisée à suivre les cours donnés à Deborah alors qu'elle n'aurait même pas osé le demander.

Elle emporta donc toutes ses économies pour le cas où l'avocat aurait exigé une avance. Comme elles étaient plutôt maigres, Magda se réjouissait de ce que le cabinet fût proche, sur la Briennerstrasse, sans quoi, comme le temps pressait, elle aurait été obligée de prendre un fiacre. Elle se mit en route sans traîner.

La vue de la Briennerstrasse stupéfia Magda : la rue fourmillait d'uniformes militaires et paramilitaires, parmi lesquels les chemises brunes des SA. Magda se souvint alors que le docteur avait recommandé à Klara d'éviter cette rue et ses environs lors de ses promenades avec Deborah.

Le quartier général du Parti national-socialiste était en effet au 45, dans le palais Berlow. On voyait au premier coup d'œil que le Parti, confortablement renfloué par les fortunes d'industriels, n'avait pas lésiné sur le tissu. Magda éprouva de la répulsion devant la pompe des fanions rouge sang. Des croix gammées se détachaient sur le portail de bronze et, en approchant, elle lut sur le battant le slogan du Parti : « Allemagne, réveille-toi ! »

La réceptionniste du cabinet Finkelstein et Associés, qui se trouvait à quelques portes du palais, lui parut tout aussi distinguée que les lieux. Elle toisa Magda d'un air pincé comme s'il avait été au-dessous de sa dignité de lui adresser la parole et, bien entendu, refusa catégoriquement de transmettre la demande de l'indésirable.

Magda tint bon et déclara qu'elle était envoyée par le docteur en personne pour régler avec M. Finkelstein « une affaire urgente et lucrative ».

C'était une phrase soignée et ardue. Le terme de lucratif est accueilli avec bienveillance dans tous les cabinets d'avocats. Les manières hautaines de la réceptionniste se muèrent en un zèle presque poli et, après une réponse favorable, Magda fut conduite au bureau de Samuel Finkelstein.

Samuel Finkelstein, un homme aux traits marqués et au beau nez vigoureux, avait l'air avisé de celui qui connaît l'existence dans tous ses détours et sous toutes ses formes. Il plut aussitôt à Magda, car son regard paisible lui rappelait celui du docteur, un regard qui rendait espoir et incitait à donner le meilleur de soi-même.

L'avocat écouta attentivement ce que lui racontait Magda avant de lui poser une série de questions. Quand il eut fini, il se souleva de son siège et pria la réceptionniste de leur apporter du café.

Cette dernière les servit avec la plus grande politesse et ajouta même quelques petits-fours aux boissons. Magda, qui n'avait jamais été servie sauf dans un café, savourait pleinement cette inversion des rôles. L'avocat la laissa un instant seule dans son vaste bureau lambrissé de bois précieux.

Alors qu'elle se demandait combien d'arbres il avait fallu abattre pour obtenir ce résultat, il revint avec son associé, un grand homme digne qui était l'incarnation de la race aryenne, le baron Gerhard von Meyerlinck.

Samuel Finkelstein, qui était aussi petit qu'intelligent et aussi débrouillard que prévoyant, déclara qu'il resterait à l'arrière-plan dans cette affaire. Dès 1932, à Munich, le quartier général du Parti et la ville allemande qui comptait le plus grand nombre de SA, les temps étaient difficiles pour les citoyens juifs et la vitrerie était devenue un commerce florissant.

M. von Meyerlinck possédait, comme Samuel Finkelstein l'assura à Magda, les meilleures qualités humaines et professionnelles pour l'aider. Elle pouvait donc rentrer chez elle sans inquiétude pour y attendre le retour du docteur.

Le baron passa ensuite quelques appels téléphoniques, lança de nouvelles recherches et envoya des messagers. Enfin, à la suite d'une série de transactions financières, le docteur et Ottilie purent enfin rentrer chez eux.

Le retour des disparus accompagnés de MM. Finkelstein et von Meyerlinck fut salué par un joyeux tumulte au 10, Prinzregentenplatz. La promptitude et l'ingéniosité de Magda furent louées comme il se devait. Elle reçut une augmentation de salaire et Bertha pleura de joie et de fierté en répétant : « C'est ma nièce. »

Le docteur dut ensuite se rendre chez le médecin, car les SA n'avaient pas épargné leur peine. Il en garda une bosse sur le nez et il avait perdu une molaire, mais son œil guérit rapidement.

Le problème du recrutement forcé de Hans dans la SA ne fut évidemment pas résolu pour autant. Il fallut acquitter une somme rondelette et faire jouer des relations politiques pour le tirer des griffes de la SA, mais ce répit fut bref.

Quelques jours après la nomination d'Hitler comme chancelier par le vieux président von Hindenburg, le 30 janvier 1933, le formulaire d'adhésion de Hans à la SA refit surface en même temps qu'un capitaine Franz fielleux. La SA avait beau être corruptible, une signature gardait force de loi. On emmena Hans, qui dut de nouveau revêtir l'uniforme brun et marcher droit à sa perte.

— Jésus, maintenant, ça sent le roussi, confia Ottilie à Bertha en cuisine.

— Pourquoi ? demanda Bertha.

— Parce que monsieur le docteur est juif, que les SA mènent la danse et qu'ils ne les portent pas dans leur cœur.

— Les Juifs ne portent pas les SA dans leur cœur ?

— Mais non, c'est l'inverse, nigaude.

— Le docteur est juif ? intervint Klara, la bonne d'enfants, qui, contrairement à ses habitudes, se trouvait également dans la cuisine.

Juste à cet instant, le teckel Felix qui, comme chaque jour à cette heure, restait vissé sur place dans l'attente de son repas, péta voluptueusement.

— Quel vieux cochon tu fais, Felix, dit Ottilie à son favori avec un sourire.

— Ça lui arrive plus souvent depuis quelque temps, observa Bertha sur un ton désapprobateur, mais sans oser chasser le chien de la cuisine en présence d'Ottilie.

— Je sais, répliqua Ottilie. Les maîtres aussi l'ont remarqué. Le docteur a dit que ce sont des flatulences.

Ce que tu peux puer ! ajouta-t-elle à l'adresse de Felix en le caressant et, de joie devant cette marque d'affection, il lâcha encore un pet.

— Ah oui, répondit Bertha d'un air entendu, car elle ne voulait surtout pas paraître moins intelligente que sa vieille rivale Ottilie aux yeux de la bonne d'enfants si pleine de prétention.

Mais Ottilie savait toujours quand elle avait remporté une victoire. Elle rafla une pomme bien rouge dans la corbeille de fruits avant de sortir.

— Demande donc des explications à mademoiselle ta nièce qui est si intelligente, lança-t-elle à Bertha, l'humiliant doublement en présence de Klara.

— Il a des vents, expliqua cette dernière, traduisant le terme latin avant de sortir à son tour.

— Merci, je l'avais senti, pesta la cuisinière en posant un couvercle sur le bouillon de poulet.

La petite Deborah ne regretta guère Klara quand, au lendemain de cette conversation sur le docteur, elle donna sa démission et disparut du 10, Prinzregentenplatz.

Élisabeth ne retourna jamais à Bayreuth. Elle ne partit plus que rarement en tournée au cours des années suivantes, et presque toujours à l'étranger.

Même Richard Strauss, le nouveau président de la Chambre de musique du Reich (car à tous les termes relevant de la chancellerie on accolait désormais le mot de « Reich », ce que Gustav qualifiait de « Reichmanie » en hochant la tête), ne put la convaincre d'accepter un engagement à l'Opéra de Berlin.

Après ce refus, on lui fit savoir que sa décision avait causé « une grande déception » au Führer, mais elle n'en avait cure car elle se faisait trop de souci pour Gustav. Voyant combien la victoire du national-socialisme l'angoissait, elle avait décidé de rester auprès de son mari pour veiller sur lui.

Il dormait encore plus mal qu'auparavant quand il parvenait à fermer l'œil. Il avait de plus perdu de nombreux patients fortunés et d'autres ne lui faisaient plus que des visites nocturnes en se glissant par l'entrée de service.

Une nouvelle maladie sévissait : la peur.

11

Le Droit Chemin

Le restaurant de l'hôtel de ville sur Marienplatz était gigantesque, tout en coins et en recoins, et son plafond voûté et enfumé dégageait une sensation de bien-être typiquement bavarois.

Gustav et Fritz se retrouvaient là-bas tous les jeudis soir depuis bien des années. Des collègues avec lesquels Gustav avait lié amitié et des confrères de Fritz se joignaient parfois à eux. Ils étaient généralement une douzaine à table.

Depuis qu'Hitler avait pris le pouvoir, toutefois, ils étaient de moins en moins nombreux. Ce soir-là, ils n'étaient plus que cinq : deux médecins, deux membres du SPD et un rédacteur du *Courrier de Munich*.

Les litres de bière commandés arrivèrent et Gustav s'efforça d'égayer l'atmosphère plutôt morne.

— Il semblerait que la peur tarisse la soif, mais que cela ne nous empêche pas de savourer notre bière, mes amis ! À votre santé ! dit-il.

Ce soir-là, les discussions furent particulièrement animées. Le tenancier, embarrassé, vint même prier les convives de baisser la voix pour ne pas déranger les autres clients avant de se réfugier de nouveau derrière son comptoir.

Les pensées de Gustav dérivaient. La nomination d'Adolf Hitler au poste de chancelier remontait à six semaines. À Munich, on avait accueilli avec une nonchalance typiquement bavaroise le changement de régime à Berlin avant de se consacrer à l'ordre du jour : le carnaval. L'élection du prince du carnaval paraissait aussi importante que celle du Parlement, qui devait avoir lieu le 6 mars. On avait au cours de ces dernières années assisté à un continuel va-et-vient de chanceliers à Berlin : Brüning, von Papen, Schleicher, Hitler...

Le tenancier s'approcha de nouveau de la table. Il pétrissait un torchon en jetant des regards anxieux à l'autre extrémité de la salle, vers la porte que quelques SA venaient de franchir. Il s'éloigna précipitamment de la table comme s'il voulait éviter d'être vu auprès de ses occupants.

Gustav le suivit des yeux en hochant la tête. Ses amis et lui fréquentaient depuis dix ans ce restaurant où ils avaient réglé de belles additions et eu de bonnes conversations auxquelles le tenancier s'était souvent mêlé avec plaisir, mais, maintenant, cet homme semblait ne plus les connaître. Gustav contempla avec mélancolie le fond de son bock en songeant que ce n'était que le début : tout le monde s'adaptait à la nouvelle donne politique.

Il consulta une fois de plus sa montre : il était un peu plus de 20 heures. Que faisait Fritz ? Gustav commençait à s'inquiéter pour son ami. Fritz n'avait encore jamais manqué une seule de ces réunions du jeudi soir. Il lui arrivait d'être en retard, par exemple quand il venait de recevoir une nouvelle qui l'obligeait à revoir la composition de la une pour le lendemain, mais, dans ce cas, il envoyait toujours un coursier prévenir ses amis au restaurant. Cette absence inexplicable ne lui ressemblait guère. Fritz lui avait d'ailleurs téléphoné le matin même pour lui confier qu'il voulait lui parler de quelque chose de très important ce soir-là. Gustav espérait qu'il s'était enfin décidé à retourner en Autriche, car le parti au pouvoir ne supportait pas son journal, *Le Droit Chemin.*

À ce qu'on racontait, Hitler en achetait chaque édition et lisait les articles de Gerlich avec une mauvaise humeur croissante. Il lui en voulait de surcroît d'avoir rédigé de nombreux discours de son ennemi, le commissaire du Reich Ritter von Kahr, notamment celui qu'il avait fait à la brasserie de Munich lors de sa tentative de putsch.

Gerlich avait déjà subi des représailles de la SA. On avait récemment brisé les vitres des fenêtres de sa maison, ce qui avait terrorisé Sophie, son épouse. L'une des pierres l'avait même manquée de peu. Et Fritz recevait de plus en plus souvent par courrier des menaces de mort, mais il persévérait courageusement à publier dans son journal des textes provocateurs vis-à-vis du régime.

Ces lettres de menace à la fois malveillantes et confuses révélaient la stupidité et l'étroitesse d'esprit de leurs auteurs. Les amis de Fritz tentaient depuis longtemps de le persuader de quitter Munich avec son épouse.

Gustav se leva et demanda au tenancier la permission de se servir de son téléphone. Quand il appela la rédaction, la ligne était occupée, et personne ne lui répondit au domicile de Gerlich. Il renouvela plusieurs fois son appel au cours des vingt minutes suivantes. Son inquiétude ne faisait que croître et il ne trouvait plus aucun goût à sa bière. Il prit congé des autres convives, les laissant à leurs propres soucis et à leurs bières.

Il avait décidé d'aller chercher Fritz à la rédaction de son journal. Peut-être les événements du jour l'avaient-ils retenu là-bas, se répétait-il pour se rassurer. Mais ses sombres pressentiments persistaient, car il avait entendu dire que le maire de Munich, Karl Scharnagl, un conservateur modéré en fonction à l'hôtel de ville depuis douze ans, avait été contraint de vider les lieux le jour même sur l'ordre des nouvelles autorités de Berlin.

L'hôtel de ville était à moins de quatre cents mètres de la rédaction du journal. Gustav pressa le pas, puis se mit à courir. Il perdit son chapeau sans même s'en rendre compte. À mi-chemin, il réussit de justesse à se cacher pour éviter une bande de SA. Il avait presque honte de sa frayeur. Ses amis et lui-même ne venaient-ils pas de faire de grands discours, de déclarer qu'il ne fallait à aucun prix se laisser intimider, qu'il fallait combattre pour la liberté et s'opposer à l'arbitraire et à l'injustice ?

Et, maintenant, il se dissimulait dans l'ombre d'une entrée, le cœur battant. Au fond, se conduisait-il mieux que tous ceux qui se soumettaient lâchement ? « Comme la peur est contagieuse »..., pensa-t-il. « Et elle peut vous anéantir. Arrête, Gustav ! l'interrompit une voix intérieure. Tu es juif. Tu es issu d'un peuple qui est apatride depuis plus de trois mille ans. Les Juifs de chaque génération ou presque ont été persécutés, traqués, dépouillés et assassinés. Être juif, c'est ne jamais être en sécurité. Reste donc en paix avec toi-même. Protège ta famille. Tu ne peux pas changer le cours du monde, car tu ne peux pas changer la nature humaine. Tu peux seulement faire ce que tous les pères doivent faire : soustraire tes enfants au monde de haine que les adultes construisent pour eux. »

Gustav n'en éprouvait que plus d'admiration pour son ami Fritz, qui était catholique. Fritz Gerlich était un homme courageux comme il en existait peu. Depuis des années, il combattait vaillamment la tyrannie avec sa plume, sans jamais renoncer à ses convictions malgré les menaces de mort et de ruine.

Le tirage de son journal diminuaient en effet de semaine en semaine car la SA intimidait ouvertement les acheteurs.

La troupe de SA s'éloigna dans la direction opposée de celle qu'avait prise Gustav. Après avoir inspecté les alentours, il repartit. Il croisait de temps à autre un promeneur, un couche-tard ou des amoureux qui évitaient comme lui l'éclairage des rues, mais pour d'autres raisons.

Avant même d'être arrivé devant l'immeuble, il sentit une odeur de fumée refroidie. Il accéléra, tourna à l'angle de la rue et s'arrêta net.

À terre, devant lui, il discernait plusieurs amoncellements dont certaines parties luisaient dans l'obscurité. Une bourrasque balaya la rue, ravivant le feu presque éteint.

Quelques promeneurs et des curieux s'attardaient dans la rue. Certains gesticulaient tandis que d'autres commençaient à se disperser lentement. La tension d'événements tout récents était palpable. Gustav se dirigea vers le numéro 6, en proie aux pires pressentiments. Deux maisons le séparaient encore de ce qui mettrait fin à ses derniers doutes. Il priait malgré tout pour qu'au moins son ami ait été épargné.

Il eut honte de sa réaction pour la deuxième fois en l'espace de quelques minutes : comment pouvait-on souhaiter d'un cœur léger que le malheur ait frappé quelqu'un d'autre ? Mais les hommes étaient ainsi : ils ne voyaient pas plus loin qu'eux-mêmes et que leurs proches, et ils poussaient un soupir de soulagement quand ils restaient indemnes.

Pour préserver sa paix intérieure, on trouvait toujours des arguments : on se disait par exemple que ces choses ne pouvaient pas arriver sans raison valable, bien entendu… et puis on chassait l'événement de sa mémoire, on poursuivait son chemin et la vie continuait… après tout, chacun avait sa part de soucis, n'est-ce pas ?

Gustav franchit d'un pas incertain les derniers mètres et s'arrêta devant la rédaction du journal.

Sa raison se refusait à concevoir ce que son cœur savait depuis longtemps. Il leva lentement la tête pour examiner la façade sombre du bâtiment en brique jusqu'au deuxième étage. Les ravages exercés et approuvés par l'État s'offrirent à sa vue dans toute leur étendue.

Toutes les vitres étaient brisées et les décombres dans la rue provenaient de meubles, de livres et de papiers jetés par les fenêtres. Bouleversé, Gustav s'attarda devant eux. À côté d'un pied de chaise émergeant d'un tas de cendres comme un doigt levé gisait une machine à écrire Triumph toute cabossée dans laquelle une feuille de papier carbonisée était encore coincée : toute l'œuvre de Fritz était détruite et perdue. Mais où était-il passé ? Qu'était devenu son ami ? Il ne l'avait pas retrouvé parmi les badauds. Avait-il pu échapper à temps aux sbires de la SA ?

Un petit homme âgé qui portait des lunettes en nickel s'arrêta à côté de Gustav, leva les yeux et contempla avec la même consternation que lui les fenêtres défoncées.

— Bonsoir. Seriez-vous l'ami de M. Gerlich… le médecin ? chuchota-t-il, et il regarda autour de lui à la dérobée comme s'il avait peur d'être espionné.

— Qui êtes-vous ? demanda Gustav en l'examinant avec méfiance.

Il avait l'impression de l'avoir déjà vu quelque part.

— Excusez-moi, je me présente : Köhler, Friedrich Köhler. Je suis… (Il s'interrompit, déglutit et reprit :) Je devrais plutôt dire : j'étais le rédacteur en chef de nuit de M. Gerlich.

Il paraissait si désemparé et si vulnérable qu'à sa vue Gustav frissonna d'angoisse. Il lui saisit le bras.

— Savez-vous ce qui est arrivé à M. Gerlich ? Où est-il ? Mais parlez donc ! s'écria-t-il.

— Où il est ? Je n'en sais rien. C'étaient des SA, cette racaille… ils ont tout démoli dans les salles de rédaction et jeté les machines à écrire et les meubles par la fenêtre. Quand M. Gerlich a essayé de les en empêcher, ils lui sont tombés dessus à plusieurs et ils l'ont roué de coups. M. Gerlich criait : « Vous me frappez, moi, l'un des fondateurs du Mouvement pour la patrie[1] ? » Et puis ils l'ont emmené. Terrible… c'était terrible. Cette brutalité dans les mœurs actuelles… où cela va-t-il nous mener ?

Le vieux rédacteur ôta ses lunettes et frotta la racine de son nez. Ce faisant, il secouait la tête, encore effaré devant ces événements inconcevables.

Gustav fut seulement capable d'acquiescer. Il comprenait que la guerre contre la liberté avait commencé et se poursuivrait inexorablement, et cette idée lui glaçait le sang.

Il savait que la vérité venait de mourir ce jour-là et à cet endroit précis. Le monstre de la dictature avait dressé la tête. C'était le lundi 9 mars 1933, le jour de la prise du pouvoir en Bavière par le nouveau commissaire du Reich, Franz Ritter von Epp.

Ce fut aussi le jour de la dernière parution du *Droit Chemin* – le journal allemand de la vérité et du droit. Le droit à la vérité avait cessé d'exister. Les nationaux-socialistes avaient commencé à régler brutalement leurs comptes.

Fritz Gerlich fut l'une de leurs premières victimes.

Même Meyerlinck et Associés (car Finkelstein avait eu la prévoyance de s'abriter sous la mention

1. Le Mouvement pour la patrie (*Vaterlandsbewegung*) est un concept élaboré par le Parti social-démocrate allemand sous la République de Weimar en opposition à la monarchie wilhelminienne. Le Mouvement pour la patrie visait l'unité allemande dans le cadre d'un régime démocratique et pacifiste.

d'associés) ne pouvaient plus lui venir en aide. Ils purent seulement informer ses proches qu'il avait été interné dans la prison du commissariat d'Ettstrasse avant d'être transféré à Stadelheim. Toute visite était interdite.

Le docteur ne revit jamais son ami.

En ce même jour funeste, Magda s'enferma dans sa chambre pour n'en ressortir que le lendemain, les yeux rougis de larmes.

— Regarde-la donc, dit Gustav à Élisabeth. Le courage est la clef du cœur de Magda. Et c'est le courage, chère Élisabeth, que l'ennemi en brun redoute le plus, ce sont les irréductibles et les justes comme notre ami Fritz qui affrontent sans peur la tempête de l'injustice.

Le 8 mai 1933 eut lieu le premier autodafé de Munich. La même cérémonie se reproduisit le 10 à Berlin, la capitale du Reich.

Les ouvrages de tous les auteurs que l'on trouvait reliés en cuir fin dans la bibliothèque de Gustav, parmi lesquels ceux d'Heinrich Mann et de son frère Thomas, le prix Nobel de littérature, d'Heinrich Heine et de Kurt Tucholsky, périrent dans les flammes.

— « Là où l'on brûle des livres, on brûlera un jour des hommes », dit Gustav à Élisabeth en citant Heine.

Et il s'enferma dans sa bibliothèque pour dissimuler ses larmes.

Gustav devait apprendre bien plus tard que Fritz Gerlich avait subi des interrogatoires, la torture et l'arbitraire au quotidien pendant près de seize mois sans jamais renier ses convictions, fidèle à lui-même jusqu'à la fin.

Le 30 juin 1934, Hitler ordonna l'élimination de toute opposition politique. Deux jours plus tard, des hommes de main de la SS assassinèrent l'ancien chancelier Kurt von Schleicher et sa femme, l'ancien commissaire général de la Bavière Gustav Ritter von Kahr, qui s'était opposé à Hitler lors de sa tentative de putsch en 1923, et le journaliste Fritz Gerlich. On le fusilla dans le premier camp de concentration d'Allemagne, Dachau, dans les environs de Munich. Ces assassinats qui firent plus de deux cents victimes restèrent dans l'histoire sous le nom de « Nuit des longs couteaux[1]. »

— Fritz avait raison dans tout ce qu'il a prédit, vois-tu, dit Gustav à Élisabeth après que Sophie lui eut annoncé la nouvelle de la mort de Fritz. Et cela dès le premier jour. Il a été assez intelligent et perspicace pour tout prévoir. C'est une tragédie que par son assassinat les nazis aient confirmé la justesse de ses vues, à savoir qu'ils sont monstrueux, fanatiques, sans loi ni morale. Et qu'au lieu d'un État de droit ils établiront une dictature fatale. Fritz a été dans toute cette histoire à la fois témoin à charge et condamné. Il a joué le rôle de l'insecte qui avertit ses semblables du danger du feu : comme ils ne voulaient pas le croire, il s'est jeté dans les flammes et il a brûlé devant leurs yeux pour les convaincre. Mais il est mort en vain, Élisabeth, car tous ces gens ne veulent ni voir, ni entendre et encore moins comprendre. Que le Tout-Puissant nous vienne en aide…

1. La purge de la « Nuit des longs couteaux » visait en particulier la SA, qu'Hitler voulait éliminer car il la jugeait trop révolutionnaire. L'assassinat d'opposants au nazisme au cours de ces trois journées et le total des victimes sont moins connus du public.

12

Gustav ne reconnaissait plus son pays à travers la multiplicité et l'excès de ses transformations. Dès mars 1933, après l'arrestation de Fritz Gerlich, il envisagea pour la première fois de quitter l'Allemagne avec sa famille.

Son frère Paul et son épouse Annabelle, une Juive française d'Alsace, avaient plusieurs mois auparavant quitté Nuremberg pour Londres, où ils étaient bien établis.

Mais la vie imprévisible et capricieuse dans ses détours avait d'autres projets pour Gustav et Élisabeth.

Un jour où celle-ci donnait un cours de piano à Deborah, qui avait maintenant dix ans, on frappa à la porte de l'appartement. Ottilie alla ouvrir et, un instant plus tard, un vacarme retentit dans le vestibule.

Élisabeth ordonna à sa fille, qui tendait l'oreille avec curiosité, de poursuivre ses gammes, et alla voir de quoi il retournait.

Elle trouva dans l'entrée un inconnu à l'air fort embarrassé. Ottilie, en revanche, semblait le connaître. Elle était en train de l'injurier copieusement tandis que le malheureux se recroquevillait en rentrant la tête dans son col. Élisabeth eut pitié de lui. Il portait un panier dont s'échappaient des gémissements plaintifs. Felix, visiblement intéressé, restait planté sous le panier.

— Regarde-moi ça ! Et maintenant, tu as dérangé madame avec ton boucan ! pesta Ottilie, qui était la seule à faire du bruit. Du balai, crétin !

Elle le saisit par le bras pour le jeter dehors sans plus de cérémonies.

— Que se passe-t-il donc ? s'enquit Élisabeth.

L'homme se serait volontiers découvert pour saluer cette belle dame s'il avait eu un bras de libre.

— Bonjour, madame, je prends la liberté de vous remettre ceci, répondit-il en tendant à Élisabeth le panier aux gémissements.

Sous le torchon à carreaux qui le recouvrait, quelque chose remuait faiblement. Élisabeth souleva doucement le tissu et découvrit trois chiots encore trop petits pour qu'on pût discerner leur race.

— Cet imbécile raconte que ce sont les petits de Felix et que son maître, une de ces racailles de SA qui m'ont pris mon Hans, lui a dit de le débarrasser de cette vermine juive. Il est timbré ! fulmina Ottilie.

— J'ai reçu l'ordre de jeter ces chiots dans l'Isar, expliqua l'homme, mais ils sont de pure race, nés de notre brave Biene ! Je n'ai pas eu le cœur de les noyer. Je vous en prie, ne dites à personne que je vous les ai apportés, implora-t-il.

Il agissait dans une bonne intention, mais forçait ainsi Élisabeth à prendre une décision.

— Mon bon monsieur, comment pouvez-vous être si sûr que ces chiots sont de notre Felix ? tenta-t-elle de louvoyer, mais, à cet instant précis, un long gémissement familier à ses oreilles fusa du panier, salué d'un « ouaf ! » triomphant de Felix.

Élisabeth soupira et tendit un bras résigné vers le panier.

— C'est bon, je les prends, dit-elle.

Deborah sauta de joie devant les nouveaux venus, mais, le soir, le docteur se montra nettement moins enthousiaste.

Les chiots avaient à peine trois semaines et, sans lait maternel, aucune chance de survivre, mais devant le regard suppliant de sa fille, le docteur tenta l'impossible. Il dilua le lait trop riche qu'on livrait chaque jour à la maison et y ajouta une pincée de vitamines en poudre de sa fabrication.

Ottilie, Magda et Deborah s'acquittèrent de la délicate mission de donner le biberon aux trois chiots, qui avaient reçu les noms de Biene, Liesl et Felix II.

Liesl, qui était la plus faible des trois, mourut deux jours plus tard. Felix II lui survécut une semaine. Deborah en resta inconsolable et abattue comme seules les petites filles peuvent l'être.

Ce furent les premières morts provoquées par le national-socialisme au 10, Prinzregentenplatz, uniquement parce que le propriétaire de Biene considérait Felix comme un teckel juif.

Le pedigree de Felix attestait pourtant qu'il était de race plus pure que tous les nazis du gouvernement réunis, déclara Gustav à Élisabeth en secouant la tête.

— Cette nouvelle race des seigneurs autoproclamée est d'un primitif effrayant, Élisabeth, lui dit-il le même soir. Au fond, les animaux sont plus intelligents que les hommes. Ils ne connaissent ni la prétention, ni les différences de races, ils n'éprouvent pas le besoin irrépressible de se mettre en valeur, ils ne sacrifient pas tout au pouvoir et ils ne tuent jamais leurs semblables par haine ou parce qu'ils sont différents d'eux. Ils tuent seulement pour survivre. L'homme, en revanche, est l'artisan de son malheur.

Deborah veilla jour et nuit, jusqu'à l'épuisement, sur la fragile Biene qui dormait dans un panier près de son lit. Lorsqu'elle atteignit son deuxième mois d'existence, le docteur dit à sa fille qu'elle avait accompli un miracle.

Biene faisait désormais partie de la famille et Felix était à ses pieds. Le docteur fit châtrer ce dernier afin d'éviter de nouvelles surprises.

Mais Felix n'avait pas été le seul à assurer sa descendance. Depuis quelques jours, Élisabeth se sentait faible, souffrait de vertiges et vomissait sans cesse. Le docteur constata bientôt qu'elle attendait de nouveau un enfant. Ce fut dès le début une grossesse difficile, qui survenait de plus à un moment particulièrement défavorable.

Les projets d'émigration en Autriche, la patrie d'Élisabeth, furent repoussés après ses couches. Elle se portait si mal qu'elle passait presque toute la journée au lit et que le docteur en grisonnait d'inquiétude.

Élisabeth souffrait beaucoup de se sentir si faible et si lasse alors qu'elle n'avait que trente-trois ans. Pour la première fois de sa vie, elle n'entendait plus en elle-même que des échos assourdis de la musique tant aimée, comme si cette musique avait sombré dans les sinistres profondeurs de sa mélancolie.

La naissance du petit Wolfgang à la fin de l'année 1933 fut pour Élisabeth un calvaire de dix-neuf heures. Les douleurs avaient commencé un mois trop tôt et l'enfant se présentait de travers. Pour sauver la vie de la mère, qui s'épuisait, le docteur fut contraint à une césarienne, opération compliquée et dangereuse.

Élisabeth mit longtemps à se rétablir et ne put nourrir elle-même son enfant. Le bébé était maladif, avec des poumons faibles et une jambe légèrement plus courte que l'autre. Il fallut lui prodiguer tous les soins pendant sa première année.

C'est ainsi que Gustav dut repousser tout projet de départ.

13

Entraînée dans le tourbillon de l'histoire, l'arche de Noé dérivait sur une mer houleuse d'angoisse.

Les pensées des habitants du 10, Prinzregentenplatz étaient de plus en plus sombres. Gustav et Élisabeth s'inquiétaient pour leurs enfants et l'avenir qui les attendait. Magda redoutait son retour à une existence sous le boisseau dans la ferme paternelle si ses maîtres émigraient. Et Ottilie se tourmentait pour le salut de l'âme de Hans qu'elle voyait désormais à peine.

Seule la cuisinière ne se préoccupait que de ses fourneaux et de sa cuisine. Bertha s'acheminait gaillardement vers ses soixante-dix ans. Ses joues autrefois rebondies s'étaient affaissées car son appétit avait diminué, et ses dents de plus en plus branlantes laissaient des intervalles qui la gênaient pour s'exprimer. Quand elle parlait, elle postillonnait en tous sens et une partie de ces postillons atterrissait probablement dans les poêles et les casseroles.

Ni Gustav ni Élisabeth n'avait pourtant le cœur de la congédier. Ils évitaient simplement de lui rendre visite dans son royaume, car il valait mieux ne pas la voir à l'œuvre pour garder l'appétit, comme le fit remarquer Élisabeth.

Biene, la dame teckel de la maison, était désormais la seule à tenir compagnie à Berthe dans sa cuisine. Elle dévorait avec le même appétit toutes les friandises avec lesquelles la cuisinière la récompensait de sa fidélité et de sa compagnie et elle devint bientôt replète sur ses courtes pattes.

Un jour qu'un ragoût particulièrement trouble et crémeux venait d'arriver sur la table, repas appétissant que le docteur aurait autrefois avalé sans hésiter, tous les convives se turent, soudain réticents.

Le docteur haussa les épaules.

— Bah, qu'est-ce que ça peut faire ? dit-il vaillamment. Ce que je ne connais pas ne peut pas me faire de mal, pas vrai ?

Sur ces mots, il prit la louche et se servit. Tout le monde imita le chef de famille et constata que le ragoût était savoureux et épicé.

Plus tard, Gustav parla en ces termes à Deborah, qui était intelligente et à laquelle il voulait inculquer les valeurs de tolérance et d'humanité :

— Écoute-moi bien, Deborah. Au fond, notre attitude envers les… disons les essais culinaires de Bertha est à l'image du peuple allemand : il ne voit malheureusement que ce qu'il veut bien voir et il devra boire cette coupe jusqu'à la lie, déclara-t-il.

Magda, qui avait comme toujours soigneusement retenu les paroles du docteur, courut à la bibliothèque et ouvrit le dictionnaire pour rechercher le sens du mot « image ». Elle y trouva comme synonymes « symbole » et « allégorie », cette dernière suivie d'un exemple lourd de présage à ses yeux : « La mort sous les traits de la Faucheuse ».

Cette nuit-là, elle se tourna et se retourna dans son lit et rêva de l'allégorie de la mort, dont le visage rappelait trait pour trait celui d'un homme blême au regard de fanatique et à la minuscule moustache.

Gustav et Élisabeth durent attendre jusqu'à la fin de l'année 1936, car Élisabeth avait été souffrante à plusieurs reprises, pour revenir à leurs projets de quitter l'Allemagne. Mais, en janvier 1937, le petit Wolfgang tomba gravement malade et le médecin diagnostiqua le typhus.

Le typhus comme la tuberculose ne valaient guère mieux que la lèpre aux yeux d'Hitler, qui les avait proscrits de son Reich. Aucun hôpital n'aurait admis Wolfgang. Le docteur le soigna donc à la maison. Près d'un an s'écoula ainsi. Peu avant la Noël, Gustav put enfin annoncer à Élisabeth que leur fils était guéri et assez robuste pour supporter le voyage.

Gustav prépara leur départ dans les moindres détails, courut les bureaux et attendit pendant plusieurs mois les documents dûment tamponnés. Mais, en mars 1938, l'Autriche fut rattachée au Reich, ou plutôt, comme on le disait alors, elle retourna dans son giron, si bien qu'ils durent abandonner tout projet de départ pour ce pays.

Ils avaient ensuite envisagé la Suisse, où Bubi Putzinger, qui s'était finalement mis le régime à dos par ses excentricités et ses discours tonitruants, avait trouvé refuge dès le début de l'année 1937. Franz Lehár, l'ancien mécène d'Élisabeth, et son épouse juive logeaient au luxueux hôtel Baur au Lac à Zurich.

Mais comme Hitler gagnait en puissance, Gustav et Élisabeth craignaient que la Suisse ne soit trop menacée par sa politique expansionniste.

Alors qu'ils pesaient encore le pour et le contre, Élisabeth, qui avait signalé à son imprésario qu'elle était disponible pour de nouveaux engagements, reçut une lettre en papier artisanal de première qualité. L'enveloppe contenait une invitation à Covent Garden pour y interpréter le rôle de la reine de la Nuit dans *La Flûte enchantée* de Mozart.

— Tu vois, ma chérie, dit Gustav, il suffit d'attendre ou d'hésiter assez longtemps pour que les propositions affluent.

Il fut alors décidé que suivant l'exemple de Paul, le frère de Gustav, ils iraient s'installer à Londres. Restait à savoir s'ils devaient annoncer officiellement leur départ.

Si les nazis voyaient d'un œil favorable l'exode de leurs concitoyens juifs, ces derniers étaient sommés de laisser une bonne partie de leurs biens en Allemagne. On soutirait aux candidats à l'exil ce que l'on appelait un « impôt sur les biens juifs » auquel s'ajoutait une « taxe sur la sortie du Reich ».

Le fisc déployait une grande activité pour recouvrer ces impôts.

— Ce n'est que du vol légalisé ! fulminait Gustav.

Élisabeth prit contact avec l'ambassade du Royaume-Uni et rencontra un attaché qui se révéla un grand admirateur de son art. Il lui proposa dans le plus grand secret de procéder de la manière suivante : la cantatrice devait annoncer officiellement à la Chambre de la musique du Reich son engagement à Londres et demander l'autorisation d'être accompagnée de ses enfants et de leur gouvernante Magda. Elle devait néanmoins faire cette démarche le plus tard possible, comme si elle avait longuement réfléchi avant d'accepter l'engagement, et laisser entendre qu'elle demeurait disponible pour des engagements ultérieurs dans le Reich.

Afin de ne pas éveiller les soupçons, son époux devrait prendre le train pour Zurich avec un bagage léger quelques jours avant elle. De Zurich, Gustav se rendrait à Londres. L'attaché recommandait qu'il se procure de faux papiers d'identité pour circuler à l'intérieur de l'Allemagne.

Gustav comprit aussitôt que la fabrication de ces documents allait lui coûter une petite fortune. Il prit conseil auprès de M. von Meyerlinck, avec qui il s'était entre-temps lié d'amitié. Ce dernier, dont le cabinet était, comme on le sait, tout proche du quartier général du Parti, parvint, en faisant jouer ses relations, à lui procurer ces papiers. Gustav devait voyager sous le nom de Peter Friehling.

La fidèle Ottilie prendrait le même train pour Zurich avec les véritables papiers d'identité du docteur, dont ce dernier aurait besoin pour entrer légalement en Angleterre. Le prévoyant attaché estimait trop dangereux pour Gustav d'avoir ces documents sur lui, tandis qu'une Aryenne d'âge mûr voyageant en troisième classe n'aurait rien à craindre. Ottilie n'avait que quarante et un ans, mais elle en paraissait bien davantage depuis qu'on lui avait enlevé son Hans.

Le docteur la laissa libre de décider si elle voulait l'accompagner, car il était d'avis qu'elle courrait un risque, mais elle y consentit sans hésiter : les nazis lui avaient pris son Hans, et maintenant ils chassaient ses maîtres du pays ! Elle considérait comme son devoir le plus sacré de les aider.

14

Départ

Tout le monde était devenu méfiant et inquisiteur.

Ceux qui autrefois possédaient peu vivaient du jour au lendemain dans l'abondance et ceux qui comptaient pour rien avaient soudain de l'influence et du pouvoir. Et qui détenait du pouvoir le faisait savoir au plus grand nombre possible.

Et ceux qui n'avaient fait de mal à personne devenaient des victimes.

L'avocat Samuel Finkelstein avait émigré aux États-Unis dès la fin 1934 et, avec lui, presque toute l'élite intellectuelle de l'Allemagne, pays autrefois renommé pour ses poètes et ses penseurs.

Ces émigrants comprenaient une vingtaine de Prix Nobel, ce qui aurait dû donner à réfléchir à l'étranger, comme l'avait fait remarquer Gustav, partagé entre le chagrin et la fureur. Car chaque dictature commençait ainsi : ce n'étaient pas les rats qui quittaient le navire près de sombrer, mais les citoyens les plus méritants et les plus intelligents d'un pays courant à sa perte. Les chemises brunes ne voulaient pas d'eux car leur intelligence perturbait le mal dans son œuvre.

Et tous ceux qui restaient pour protester étaient réduits au silence par la racaille brune marchant au pas. Aujourd'hui encore, on rend hommage à ces rares opposants par des couronnes, des commémorations et des discours, nais on ne devrait jamais oublier que seul le courage d'un grand nombre d'individus peut vaincre le mal.

Gustav et Élisabeth dévoilèrent à Deborah, qui avait une intelligence peu commune pour son âge, leurs projets de départ et leur destination.

Mais Deborah n'avait qu'une préoccupation à laquelle ils n'avaient pas pensé : « Que deviendra ma Biene ? » Felix avait rejoint le paradis des chiens trois ans auparavant, à l'âge vénérable de seize ans. Deborah laissa clairement entendre qu'elle n'avait aucune intention d'abandonner sa bien-aimée Biene, bien que le teckel fût soigné comme un coq en pâte par Ottilie, qui devait rester à Munich.

On reprit contact avec l'ambassade du Royaume-Uni pour se renseigner sur les conditions d'admission des chiens. La réponse fut qu'une mise en quarantaine de plusieurs mois attendrait Biene sur l'île, mais Deborah tint bon et c'est ainsi que l'affaire fut réglée.

Les dates de départ avaient été fixées : le 12 juin 1938, Gustav prendrait le train pour Zurich en seconde classe et, après trois heures de trajet, franchirait la frontière près de Lindau. Ottilie voyagerait dans le même train en troisième.

De Zurich, Gustav poursuivrait son voyage jusqu'en France, à Calais, où il s'embarquerait pour Douvres. Son frère Paul l'accueillerait à l'arrivée et l'emmènerait à Londres, à l'hôtel Mayfair sur Stratton Street. La direction de l'opéra de Covent Garden avait réservé dans ce même hôtel une suite pour Élisabeth et ses enfants.

Gustav n'aurait voulu pour rien au monde être à la charge de son frère, qui avait un certain succès dans son métier mais qui, comme la plupart des peintres, ne connaîtrait pas la richesse de son vivant. Il vivait essentiellement de l'héritage de leurs parents.

Gustav ignorait s'il serait autorisé à exercer la médecine à Londres et ne pourrait le savoir que sur place. Il avait entre-temps liquidé tous ses avoirs avec l'aide de l'avocat von Meyerlinck. La majeure partie de sa fortune avait été déposée sur un compte de consignation du cabinet d'avocats pour être ensuite discrètement virée par petites sommes sur un compte que Gustav ouvrirait dans une banque de Londres. Meyerlinck avait également reçu les pleins pouvoirs pour résilier le contrat de location avec les Américains et mettre en vente les appartements du 10, Prinzregentenplatz et le cabinet du médecin dès que celui-ci lui en donnerait l'ordre depuis Londres.

Gustav avait également pris des mesures pour que l'avocat verse à Ottilie et à Bertha une somme importante en récompense de leurs longues années de loyaux services, car il tenait à ce qu'elles restent à l'abri du besoin.

Élisabeth emporterait tous ses bijoux à Londres, pour laquelle elle partirait avec ses enfants le 15 juin, deux jours avant le quatorzième anniversaire de Deborah.

Quelques jours avant ces départs, le 9 juin 1938, la grande synagogue de Munich sur la Herzog-Max-Strasse fut rasée par l'entreprise de construction munichoise Leonhard Moll sur l'ordre du Führer, comme Ottilie le tenait de « l'un de ceux qui habitent au 16 de la Prinz' », et tout ça, ajouta-t-elle, « parce que ça dérangeait cet Adolf de malheur de la voir par la fenêtre du café Beck qu'il fréquente. J'espérais qu'il n'y remettrait plus les pieds parce qu'il puait vraiment : les pets de notre Felix, c'étaient du pipi de chat à côté des siens. Il est vraiment malsain, cet Hitler ! ».

— Nous avons raison de partir : ils ont entamé leur œuvre de destruction. Ma patrie se meurt, confia Gustav à Élisabeth.

Et, cette fois-ci, il ne lui dissimula pas ses larmes.

15

Leçons

Comme il l'avait fait et le faisait encore avec Deborah s'il n'était pas appelé en urgence au chevet d'un malade, Gustav allait voir son fils tous les soirs avant que celui-ci s'endorme. Quand Wolferl[1] fut plus grand, il commença à lui raconter des histoires qu'il tâchait de rendre aussi captivantes que possible pour l'inciter à la réflexion.

Dès que son fils fut en âge de le comprendre, il lui expliqua le principe des causes et des effets. Il devait faire attention à tout ce qu'il faisait et réfléchir aux conséquences avant d'agir, car la moindre action peut transformer le cours du monde, lui déclara-t-il. Dieu a créé toute chose afin qu'elle soit simple et compréhensible : le bien obéit à la logique simple de ce qu'on appelle la raison alors que le mal est un détour tortueux et funeste qu'on nomme la bêtise. Cette sagesse limpide est toute naturelle aux enfants, mais ils l'oublient en grandissant.

Malgré sa jeunesse, Wolferl possédait une intelligence éveillée, une perception lucide des événements dans son entourage et un sens inné de l'injustice, comme en témoignaient les questions qu'il posait. En l'écoutant, Gustav regrettait une fois de plus qu'après avoir connu la vérité enfant on ne la comprenne plus ou on

1. Diminutif de Wolfgang.

refuse de la comprendre à l'âge adulte, pour finir par l'oublier presque complètement.

Aux yeux de Gustav, les enfants étaient la preuve de l'existence de la raison, et les adultes la preuve qu'on peut compliquer et déformer des vérités simples au point de les rendre méconnaissables. C'était selon lui l'origine de toutes les guerres.

— Raconte-moi encore l'histoire d'Adam et Ève et de la première fourmi, papa, demanda Wolferl le dernier soir de Gustav à Munich.

Il l'avait déjà entendue une bonne douzaine de fois, mais Gustav se réjouissait de ce que son fils prenne tant de plaisir à cette histoire. Il commença donc son récit.

— Adam et Ève étaient les premiers êtres humains créés par Dieu et ils vivaient au paradis. Un jour, ils partirent se promener, comme ils le faisaient souvent. Adam aperçut soudain par terre un petit point noir qui remuait. C'était la reine Moriah, la première fourmi de la Création. Il l'observa longuement et avec intérêt tandis qu'elle errait apparemment sans but dans l'herbe, puis il leva son grand pied nu et l'écrasa.

« — Pourquoi fais-tu cela, Adam ? demanda Ève.

« — Parce que je le peux, répondit-il.

« Ils arrivèrent un peu plus tard devant l'arbre de la Connaissance. Cet arbre était chargé d'une multitude de belles pommes rouges que Dieu leur avait strictement interdit de toucher. Ève en cueillit néanmoins une et l'offrit à Adam, mais il prit peur en se rappelant l'interdiction de Dieu.

« — Pourquoi fais-tu cela ? demanda-t-il à Ève.

« — Parce que je le peux, répondit-elle.

« Quand il l'apprit, Dieu entra dans une violente colère et chassa Adam et Ève du paradis. Tous deux se lamentèrent et se plaignirent de leur sort.

« — Pourquoi fais-tu cela ? demandèrent-ils à Dieu.

« — Parce que je le peux, répondit-il.

« Dieu a créé une multitude d'espèces, poursuivit Gustav. Parmi elles, les fourmis sont très nombreuses et toutes se souviennent que Moriah, leur première reine, a autrefois été écrasée par le premier homme. Et c'est pourquoi, depuis le premier jour de la Création, les fourmis subissent la même malédiction divine que nous : les hommes et les fourmis sont en effet les seuls êtres vivants sur Terre à faire la guerre à leurs semblables.

Wolferl restait toujours silencieux à la fin de cette histoire et emportait ses réflexions dans son sommeil.

Gustav s'attarda longuement au chevet de son fils endormi. Son lit était en bois sculpté par un artisan et Gustav y avait également dormi enfant, comme son père avant lui. Il l'imaginait assis à son chevet, et lui-même petit garçon couché dans ce lit. Si Wolferl avait un fils, ce dernier dormirait dans un autre lit. Gustav passa lentement la main sur le bois poli que son père avait touché en son temps et, alors qu'il en suivait les nervures, fit ses adieux à sa vie passée. Il retrouva cependant la paix dans la certitude qu'il emporterait ce qu'il avait de plus précieux : sa famille.

Il contempla son fils et son cœur se serra d'amour à sa vue. Sur la table de chevet reposait un exemplaire usé d'*Old Shatterhand*, de Karl May. La bouche de Wolferl tressaillit et Gustav se demanda à quoi son fils était en train de rêver. À des cow-boys et des Indiens, des héros ou des bandits ?

Son univers tout neuf était encore en noir et blanc. Les couleurs de la haine et de la cupidité, de la bassesse et de l'intolérance n'avaient pas encore éclos dans son imagination. Gustav voulait l'en préserver le plus longtemps possible, comme son propre père l'avait fait pour lui-même.

Gustav était certes né de parents juifs, mais il ne définissait pas son identité par le hasard de l'appartenance religieuse. Sa famille vivait à Munich depuis près de deux cents ans. Son arrière-grand-père avait connu la renommée en tant que banquier du roi Maximilien Ier de Bavière, qui lui avait accordé la citoyenneté en récompense de ses mérites.

Avant la montée en puissance du national-socialisme, Gustav n'avait même pas envisagé d'enseigner l'hébreu à ses enfants comme son père l'avait fait pour lui-même. Mais il avait changé d'avis et, depuis quelques années, il aidait ses enfants à se familiariser avec la langue de leurs ancêtres. Deborah se montrait particulièrement douée et il n'aurait bientôt plus rien à lui apprendre.

La pilule était d'autant plus amère pour lui d'être devenu du jour au lendemain indésirable dans son pays parce que le nouveau gouvernement avait décrété que les Israélites étaient des pestiférés, des sous-hommes dépourvus de tous droits.

Gustav se considérait moins comme un membre de la tribu d'Israël que comme un citoyen du monde au-delà de sa nationalité. L'histoire et la religion, en particulier dans leurs répercussions sur l'humanité, l'avaient toujours passionné. Il concevait Dieu comme une force universelle dans laquelle il reconnaissait la possibilité et l'instinct du bien, une force qui devait inciter l'humanité à faire ce même bien.

Estimant que le don de la liberté de pensée avait été accordé aux hommes, Gustav considérait toute religion comme une usurpation, car elle entravait l'indépendance d'esprit et manipulait les hommes en interprétant selon ses intérêts les pensées et les actes de Dieu. Il était pourtant convaincu que les religions étaient fondamentalement bienveillantes et pacifiques, mais il estimait qu'il en allait tout autrement des êtres humains. Il en résultait que les religions ne pouvaient fonctionner selon le plan de leur créateur suprême, puisque les hommes pouvaient user d'elles à leur profit.

— Le fait que certaines œuvres ou professions de foi aient eu davantage d'influence qu'une foule d'autres, qui, après examen approfondi, ne me paraissent ni pires ni meilleures, ne signifie en rien qu'elles sont plus véridiques ou plus bénéfiques, dit-il à Élisabeth et à Deborah. Leur succès est bien davantage dû à l'habileté, au raffinement et malheureusement aussi à la contrainte et à la violence dont leurs représentants ont su faire preuve pour les propager. Le peuple allemand est un exemple des plus révélateurs de l'effet de cette propagande : même si un million de bouches hurlent « *Heil Hitler !* », l'injustice n'en deviendra pas légitime pour autant.

La spiritualité de Gustav s'épanouissait dans son amour pour sa famille et pour son travail. Sa conviction fondamentale se ramenait à la formule d'Emmanuel Kant dans sa *Critique de la raison pratique* : « Agis uniquement en fonction de la maxime que tu voudrais voir ériger en loi universelle. »

Ce principe philosophique était naturellement ardu pour Wolferl, qui avait tout juste cinq ans. Mais le réformateur Luther l'avait traduit dans la Bible et il était devenu dans le langage courant la maxime : « Ne fais pas à autrui ce que tu ne voudrais pas qu'on te fît. »

Wolferl avait fermé les yeux et longuement ruminé cette règle d'or en pesant ses causes et ses effets comme son père le lui avait enseigné. Soudain, il avait rouvert les yeux et adressé à son père un sourire auquel il manquait quelques dents.

— Est-ce que ça veut dire que je ne serai plus obligé de manger de la soupe ? demanda-t-il.

« Quel petit futé... », avait pensé avec fierté le docteur, stupéfait de voir avec quelle aisance son Wolferl avait trouvé la seule interprétation négative possible de ce principe à propos de laquelle les philosophes occidentaux avaient rédigé des traités entiers !

Tout en sachant que la réponse était contenue dans la question de Wolferl, il voulut savoir comment son fils la justifierait.

— Que veux-tu dire ? demanda-t-il.

— Toi, tu n'aimes pas la viande et personne ne te force à en manger, répondit le petit. Moi, je dois toujours manger ma soupe bien sagement, mais, maintenant, je ne suis plus obligé de le faire, non ?

Ce soir-là, le fils avait donné une bonne leçon à son père.

Gustav se trouva donc obligé d'annoncer à sa femme qu'il faudrait modifier l'alimentation de leur cadet. Son embarras ravit Élisabeth et elle rit de bon cœur à l'idée qu'il avait eu affaire à plus malin que lui en la personne de son fils.

Le soir de la veille du départ de Gustav, les époux se serrèrent longuement l'un contre l'autre. Gustav laissa à Élisabeth de nombreuses instructions, dont la principale était que la sécurité des enfants devait avoir la priorité.

Ils parlèrent jusqu'au petit matin de leurs enfants, de la santé fragile et de l'intelligence aiguë de Wolferl et de Deborah, qui était une source de joie pour eux.

— Crois-moi, Gusterl, dit Élisabeth en se blottissant plus étroitement contre son époux, nous n'avons pas de soucis à nous faire pour Deborah. Le bon Dieu lui a donné ce que nous avions de mieux, toi et moi. Elle est déjà plus mûre que je ne l'étais à son âge et elle joue bien mieux du piano parce que, contrairement à moi, elle a l'oreille absolue. Et, ce qui est encore plus important, elle est aussi sérieuse et aussi intelligente que toi, mon chéri ! Je ne l'ai jamais vue perdre contenance. Je crois que notre Deborah fera un jour de grandes choses.

Tout en étant du même avis qu'elle, Gustav pensait que l'âme de Deborah était également absolue. Les êtres courageux devaient vivre dangereusement en ces temps troublés, et une âme absolue passe d'un extrême à l'autre : dans l'amour comme dans la haine, dans la réserve comme dans le courage, elle ne connaît pas de demi-mesures et il est fréquent que ses excès se retournent contre elle.

Gustav pensa à son intrépide ami Fritz emporté par la tornade brune. Il frissonna soudain et sentit s'insinuer en lui un pressentiment sinistre. Sans comprendre pourquoi, il pensa aux deux lettres de Pline dans lesquelles il décrivait les derniers jours de Pompéi.

Élisabeth, qui était mariée à Gustav depuis quinze ans, sentit son angoisse et l'étreignit de toutes ses forces de femme et de mère, avec tout son amour et tout l'espoir qu'elle voulait lui insuffler.

Sa confiance rendit à Gustav la force de chasser ses inquiétudes et ses doutes. Il se répéta la phrase de Pline : « La fortune sourit aux audacieux », même s'il n'éprouvait rien de cette audace.

16

Adieux

Le lendemain, tous étaient aussi tendus qu'attristés. Élisabeth ne pouvait pas accompagner Gustav à la gare à midi, car elle risquait d'être reconnue en tant que cantatrice et ils voulaient à tout prix éviter d'attirer l'attention. Les adieux eurent donc lieu à Prinzregentenplatz dans les étreintes, les larmes, les recommandations et les promesses.

Le soir même, Élisabeth mit Wolferl au lit après lui avoir raconté pour la vingtième fois au moins l'histoire de Winnetou. Elle referma le livre et embrassa l'enfant sur le front.

— Dors bien et rêve des étoiles, lui dit-elle.

Mais Wolferl n'avait pas envie de dormir.

— Maman, pourquoi est-ce que papa est devenu juif ? demanda-t-il soudain. Il n'a rien fait de mal, non ?

Élisabeth, déjà accablée de soucis, faillit tomber à la renverse. Elle dut prendre sur elle pour répondre à son fils.

— Non, mon chéri, bien sûr qu'il n'a rien fait de mal. Pourquoi poses-tu cette question ?

— Ottilie dit que les Juifs sont persécutés et emprisonnés, et c'est ce qu'on fait seulement avec les gens méchants, non ?

— Ottilie ne t'a pas bien expliqué cela. Les Juifs sont gentils comme ton papa, mais ils sont persécutés par des gens méchants, déclara Élisabeth en improvisant de son mieux et en adressant mentalement des excuses à Ottilie.

— On devient juif comment, maman ?

— On ne le devient pas : on naît juif, Wolferl.

— Mais si les Juifs sont gentils comme papa, pourquoi les gens sont méchants avec eux ?

— Parce que les gens méchants sont bêtes et ne savent donc pas ce qu'ils font.

— Ce sont les dernières paroles de Jésus, observa Wolferl en hochant gravement la tête dans un geste qui n'était pas de son âge, et Élisabeth en resta bouche bée.

Encore un cadeau d'Ottilie, fervente lectrice de la Bible.

— Est-ce que les gens bêtes sont toujours méchants, maman ? Ottilie dit que Bertha est bête, mais, moi, je ne la trouve pas méchante.

— Bertha n'est pas méchante, mais Ottilie est incapable de tenir sa langue. Mais tu as raison, mon chéri. C'est le secret du mal : il réussit toujours à faire son chemin dans l'âme humaine. Et maintenant, dors, mon poussin.

Élisabeth aurait préféré s'éclipser avant que son fils l'entraîne dans l'un de ces débats philosophiques prolongés, terrain plus familier à son époux qu'à elle-même, mais Wolferl n'en avait pas encore fini.

— Et Londres, c'est aussi un secret, hein, maman ? demanda-t-il.

Cette fois-ci, Élisabeth resta confondue, car Wolferl n'aurait jamais rien dû savoir à propos de Londres. Ottilie la pipelette allait se faire savonner la tête.

Élisabeth embrassa encore son fils sur le front avant de répondre :

— Oui, c'est aussi un secret. Tu ne dois en parler à personne, tu entends, Wolferl ? Parole d'honneur ?

Wolferl leva la main pour prêter serment.

— Parole de grand chef indien ! s'exclama-t-il.

Bien entendu, Londres tracassait Wolferl, qui mit longtemps à s'endormir. Il aurait bien aimé savoir où se trouvait cette ville mystérieuse, mais Ottilie ne lui avait pas été d'un grand secours : elle lui avait seulement parlé d'une île perdue en mer sur laquelle il pleuvait toujours.

Comme il avait également entendu dire qu'ils iraient vivre là-bas « pour toujours », il avait demandé à son père quelques jours plus tôt combien de temps durait « pour toujours ».

Et son père avait répondu avec un léger sourire : « Jusqu'à ce que tu aies de la barbe, Wolferl. »

Pour les cinq ans de Wolferl, cette durée paraissait des plus vagues, tout comme la ville de Londres, qui existait dans une autre dimension.

Tout était encore abstrait dans l'univers de Wolferl, et son père s'en réjouissait, car il espérait qu'ainsi son enfant souffrirait moins de la perte de son pays natal.

Élisabeth, qui croyait son fils endormi depuis longtemps, se rendit dans sa salle de musique et s'assit devant le piano. Elle joua quelques mesures, puis s'interrompit sur un soupir mélancolique, car l'apaisement habituel de la musique lui faisait défaut ce soir-là.

Elle erra sans trouver de repos. Elle se dirigea plusieurs fois vers le téléphone qu'on avait installé dans le couloir en 1929 et souleva le combiné pour vérifier qu'il fonctionnait toujours. Quand viendrait enfin l'appel libérateur de Gustav ?

Il devait être arrivé à Zurich depuis une heure environ. Le train avait probablement du retard, ou il n'avait pas trouvé de taxi, ou bien on l'avait retenu à la réception de l'hôtel, il n'y avait pas de chambre pour lui, la ligne téléphonique de l'hôtel était en dérangement ou occupée, ceci, cela et mille autres éventualités se présentaient à son esprit, tout ce qui peut aller de travers comme toujours quand on attend un appel urgent.

Elle n'envisageait toutefois jamais le pire, à savoir qu'on avait arrêté Gustav en possession des faux papiers dans le train, tout simplement parce qu'elle s'y refusait. Bien entendu, cette éventualité restait à l'arrière-plan de son esprit comme une mélodie en sourdine qui pouvait devenir plus forte d'un instant à l'autre, la plongeant dans l'effroi.

Élisabeth veilla toute la nuit, mais l'appel tant attendu ne vint pas. Elle luttait contre le découragement et l'angoisse en se répétant qu'il était trop tard et que Gustav n'avait pas voulu réveiller les enfants en téléphonant. Épuisée, elle se raccrocha à l'espoir qu'il le ferait au petit matin.

Sept heures sonnèrent, puis 8 et enfin 9, mais l'appel ne venait toujours pas. La mélodie en sourdine passa de l'adagio au moderato, puis au prestissimo et le cœur d'Élisabeth battit au même rythme rapide et désordonné.

Soudain, juste après 9 heures, la sonnerie caractéristique s'éleva et Élisabeth se jeta sur l'appareil.

— Un appel de Suisse pour vous, annonça la voix métallique de la standardiste. Veuillez attendre un instant.

Élisabeth entendit un bruissement, suivi d'un crépitement, puis, en provenance de la lointaine Zurich, non la voix de Gustav, mais celle d'Ottilie.

— Madame, madame, c'est vous ? criait-elle.

— Oui, c'est moi, Ottilie. Parlez donc, où est le docteur ? Comment va-t-il ?

— Dieu merci, c'est bien vous, madame, mais monsieur le docteur n'est pas là ! répondit Ottilie, qui s'efforçait de parler le haut-allemand comme le docteur le lui avait demandé avant leur départ.

— Comment, il n'est pas là ? Mais où est-il, alors ? s'écria Élisabeth, l'oreille collée au récepteur comme si elle voulait se glisser à l'intérieur.

L'affolement d'Ottilie la gagnait et éveillait en elle les pires pressentiments.

— Mais je n'en sais rien ! J'ai attendu je ne sais combien de temps, jusqu'au moment où il n'est resté plus rien ni personne sur le quai, mais le docteur n'est pas descendu du train. Qu'est-ce que je dois faire, maintenant ? sanglotait Ottilie, accablée par le dépaysement, car elle n'était jamais allée plus loin au sud de Munich que Strasslach.

— Ottilie, je vous en prie, calmez-vous, l'implora Élisabeth et, tout en prononçant ces paroles, elle sentit sur elle des regards angoissés. Blême et les yeux grands ouverts, Deborah luttait pour garder son sang-froid. Elle serrait la main de Wolferl, à la droite duquel se tenait Magda, toujours fidèle au poste.

Élisabeth les regarda tour à tour et sentit à cet instant la force des liens l'unissant à sa famille qui l'aimait et qui se reposait sur elle.

Cette sensation lui rendit courage et une grande paix intérieure l'envahit. Quand bien même le pire serait arrivé, elle avait une mission dans l'accomplissement de laquelle la peur et l'angoisse ne lui seraient d'aucun secours. Seuls comptaient désormais le discernement, la résolution et l'action.

Elle devait d'abord tirer d'Ottilie tout ce qui pourrait lui être utile et lui donner de nouvelles instructions.

— Écoutez-moi bien, Ottilie, reprit-elle. Avez-vous vu monsieur monter dans le train à Munich ?

— Oui, madame, mais seulement de loin, puisqu'il avait été convenu que nous ne devions pas nous parler avant la gare de Zurich !

Cela signifiait donc que Gustav devait être descendu du train entre Munich et Zurich, soit volontairement parce qu'il était en danger, soit… Elle se rendit compte qu'elle ne savait même pas combien de fois le train s'était arrêté en route. Certains arrêts ne devaient même pas figurer sur l'indicateur des chemins de fer.

— Le train s'est-il arrêté quelque part où il n'était pas censé le faire, Ottilie ? La police l'a-t-elle fouillé, ou avez-vous vu d'autres personnes en uniforme ?

— Non, rien de tout ça, mais le docteur a quand même disparu et j'ai toujours ses papiers. Qu'est-ce que je dois faire, maintenant ? se lamenta Ottilie.

— Vous n'avez aucune raison de pleurer, Ottilie, déclara fermement Élisabeth. Écoutez-moi bien : vous resterez à votre pension à Zurich aujourd'hui et demain. Examinez attentivement l'indicateur des chemins de fer et attendez l'arrivée de chaque train en provenance de Munich pour voir si monsieur en descend. Aujourd'hui et demain, entendez-vous ? Le docteur est peut-être descendu en route pour prendre un autre train. Dans ce cas, il lui faudra ses papiers. Faites attention à ne pas vous faire remarquer et téléphonez-moi ce soir à 20 heures. Monsieur et moi-même comptons sur vous, Ottilie. Nous saurons nous montrer reconnaissants. Que Dieu vous protège.

— Vous aussi, madame.

Élisabeth entendit un déclic. Ottilie avait raccroché.

Elle se rendit immédiatement au cabinet de Meyerlinck et Associés pour prendre conseil. Le baron von Meyerlinck recevait ce jour-là de nombreux clients, mais ces derniers étaient moins bienvenus qu'Élisabeth Malpran et assurément beaucoup moins beaux et cultivés qu'elle.

Un désordre indescriptible régnait dans le cabinet. Des dossiers vides et des lambeaux de papier jonchaient le sol, certains meubles avaient été renversés et les tiroirs arrachés. Une quantité d'hommes en uniforme s'en allaient en emportant des cartons pleins. Ils considérèrent avec curiosité l'apparition élégante d'Élisabeth.

Meyerlinck venait de subir une perquisition en règle et se trouvait sérieusement en difficulté. Il prit néanmoins le temps de recevoir Élisabeth dans son bureau saccagé. Il était toutefois préférable qu'on ne la voie pas chez lui, lui confia-t-il, car on le soupçonnait de « faire des affaires avec ces cochons de Juifs ».

Élisabeth lut dans ses yeux las qu'il s'attendait à être arrêté tôt ou tard.

En raison de sa situation, il n'était plus en mesure de l'aider, expliqua-t-il. Abandonnant le rôle de la solliciteuse pour celui de la consolatrice, Élisabeth lui prodigua quelques paroles de réconfort. Il esquissa un sourire.

— Ne vous inquiétez donc pas pour moi, chère madame, répondit-il. J'ai des clients qui occupent de hautes fonctions à quelques pas d'ici : si jamais je suis arrêté, j'aurai des révélations à faire sur certains comptes en banque à l'étranger.

Quand Élisabeth voulut prendre congé, il la retint. À son imperceptible hésitation et à l'expression douloureuse de ses yeux, elle devina qu'elle devait se préparer à encore pire que ce qui avait précédé.

Elle ne se trompait pas.

— Je regrette profondément de devoir vous annoncer cette nouvelle, dit-il, mais vous devez savoir que ces hommes ont emporté avec mes dossiers les procurations du docteur pour la vente de ses biens immobiliers. J'ignore ce que deviendront les comptes en banque de mes clients, mais je suppose que la plupart seront liquidés. J'entends par là, madame Malpran, que vous le saurez avant longtemps, comprenez-vous ? Si je puis vous donner un conseil, quittez l'Allemagne avec vos enfants, et aujourd'hui même si vous en avez encore la possibilité.

C'étaient en effet les pires nouvelles qu'on pouvait imaginer, surtout à ce moment précis. Mais Élisabeth était si inquiète au sujet de Gustav qu'elle ne mesurait pas encore toute l'étendue de la révélation que Meyerlinck venait de lui faire.

Abattue, elle rentra chez elle, où on l'accueillit avec espoir et une foule de questions.

Mais elle avait besoin de quelques instants de tranquillité afin de réfléchir. Des décisions importantes devaient être prises. Elle envoya donc Magda, les enfants et Biene se promener et manger une glace, et expédia Bertha dans sa cuisine.

Elle erra dans l'appartement, pensive, en cherchant inconsciemment les lieux dans lesquels la présence de son époux restait la plus palpable. Au fumoir, elle s'approcha de la boîte à cigares dont elle souleva le couvercle, et inspira l'arôme familier. Elle aimait cette odeur. Gustav, qui fumait rarement en compagnie d'autres hommes, achetait des cigares d'une marque spéciale. Il jugeait malsain d'absorber la fumée, à moins d'être un jambon, disait-il.

Elle entra dans la salle de musique, où elle évoqua les heures inoubliables qu'elle avait passées à étudier ses arias en s'accompagnant au piano. Gustav se glissait parfois dans la pièce à son insu pour s'immerger dans la musique avec elle. Même quand elle ne le voyait pas, elle savait qu'il était là. Elle pouvait sentir sa présence. Ils communiquaient sans émettre un son, vibraient ensemble aux rythmes de la musique qui résonnaient dans leurs cœurs et dont Élisabeth percevait encore l'écho dans la salle. Peut-être subsistent-ils encore aujourd'hui, car les souvenirs sont immortels.

Elle entra ensuite dans la chambre de Gustav. Ses narines délicates frémirent comme si elle sentait le parfum subtil de son eau de Cologne et de son savon à barbe. Mais elle n'était pas venue là pour pleurer et s'abandonner à des élans de sentimentalité pénible, comme de serrer contre elle l'oreiller de Gustav. « Surtout pas ! », pensa-t-elle. Après tout, elle n'était séparée de lui que pour un temps.

Au lieu de s'attrister, elle se reporta avec un léger sourire aux débuts de son mariage, lorsqu'elle faisait irruption dans cette chambre si souvent, maladroitement et avec tant d'impatience, pour l'attendre. Il prenait sa main, embrassait le bout de ses doigts et murmurait avec ardeur : « Je sens la musique vibrer sous ta peau, mon amour. » Il la serrait ensuite contre lui et, enlacés, ils quittaient la pièce pour monter au paradis.

Elle se rendit enfin dans la chambre de Deborah qui avait été meublée et décorée en harmonie avec l'âge de la jeune fille, avec un lit à baldaquin et une coiffeuse.

Élisabeth pouvait encore sentir dans cette pièce l'odeur apaisante du nouveau-né, revoir son petit berceau et se souvenir avec mélancolie de toutes les fois où Gustav et elle-même étaient restés devant lui. Ils se tenaient par la main, les yeux baissés vers la petite merveille qui reposait dans ce berceau, remplis de l'étonnement incrédule de tous les parents de ce monde à la pensée que ce petit être était né de leur union.

« Où est donc passé le berceau de Deborah et de Wolferl ? », se demanda Élisabeth. Cette question prit soudain pour elle une importance primordiale. Elle devait absolument savoir où il se trouvait, comme si la perte du berceau devait signer celle de Gustav. Elle se précipita dans le couloir pour appeler Bertha.

— Bertha, dis-moi, où est passé le berceau des enfants ?

Bertha rejoignit sa maîtresse. Ses joues étaient encore plus rouges que d'habitude comme si la réflexion faisait monter tout son sang à sa tête et elle pétrissait son mouchoir comme pour en extraire la réponse. Elle ouvrit soudain les yeux tout grand quand elle l'eut trouvée.

— Au grenier, madame, au grenier ! répondit-elle. Hans y a monté tout ce qui ne servait plus.

Bertha apporta une échelle et la maintint fermement tandis qu'Élisabeth la gravissait avec légèreté. Elle constata que le sens de l'ordre d'Ottilie n'était jamais parvenu jusque-là. Elle n'en découvrit pas moins rapidement le petit berceau en bois sculpté dissimulé sous une toile de lin.

À sa vue, son affolement s'évanouit et elle put enfin retrouver son sang-froid. Elle caressa tendrement le berceau avant de le recouvrir. Puis elle redescendit, écarta d'un geste Bertha qui agitait un torchon pour débarrasser madame des toiles d'araignée et la renvoya en cuisine.

Une heure plus tard, Élisabeth n'avait encore pris aucune décision. La dernière phrase de Gustav, sur la sécurité des enfants qui devait avoir la priorité, la hantait.

Mais valait-il mieux partir avec eux sans rien savoir du sort de Gustav ? Et s'il avait été arrêté en route à cause de ses faux papiers ? Elle devrait alors rester en Allemagne et remuer ciel et terre pour le faire libérer ! De Londres, elle ne lui serait d'aucun secours.

Du moins connaissait-elle grâce à son métier quelques personnes haut placées à Berlin. Elle les passa mentalement en revue. Meyerlinck lui avait recommandé de partir immédiatement, mais leur départ était fixé au 15 juin, comme l'attestaient tous leurs papiers et leurs billets de train. Il avait été déjà assez difficile de se les procurer et il serait impossible d'avancer la date du départ à si brève échéante. Du reste, elle ne pouvait l'envisager alors qu'Ottilie était encore à Zurich et qu'elle-même ignorait tout du sort de Gustav. Tout en elle se révoltait à cette idée.

Sa mère lui manqua soudain terriblement. Elle était morte paisiblement dans son sommeil deux ans auparavant. En cet instant, Élisabeth aurait tout donné pour sa présence consolatrice.

C'était atroce d'être en proie à des réflexions aussi éprouvantes alors que le temps filait comme un gaz volatil. Elle aurait voulu que sa volonté soit une corde qu'elle puisse rattacher à quelque chose. Elle songea que le temps était la plus cruelle unité de mesure de la Création, car il agissait toujours à rebours des aspirations humaines. Et, dans les moments de tristesse, il était particulièrement résistant et inerte.

Elle jeta un regard anxieux à l'horloge de la cheminée. Il était à peine plus de 13 heures. En additionnant les heures, elle calcula qu'il leur restait un peu plus de deux jours avant de prendre le train pour Calais avec deux arrêts à Stuttgart et à Paris. De Calais, ils traverseraient la Manche en ferry jusqu'à Douvres. C'était presque exactement le trajet que Gustav devait faire, mais en passant par Zurich.

Élisabeth se leva et, toujours nerveuse et indécise, s'approcha de la desserte sur laquelle des photographies de la famille étaient exposées dans des cadres d'argent. C'étaient des moments de bonheur saisis au vol et préservés pour l'éternité, mais Élisabeth s'en repaissait dans l'instant pour y puiser des forces. Chaque sourire sur ces clichés lui insufflait du courage et de la résolution.

Elle sut soudain quoi faire : elle rechercherait elle-même son époux ! Elle retira de son cadre une photographie de Gustav, la rangea dans son sac et prit un taxi pour la gare. Elle allait demander au chef de gare le nom du contrôleur responsable du train de midi pour Zurich qui était parti la veille.

Elle avait de la chance, car elle apprit qu'il devait prendre son service à 14 h 30. Cela lui parut de bon augure.

Elle attendit l'heure dans un café voisin et sa paire de gants ne résista pas à sa nervosité.

Elle trouva sur le quai à 14h30 précises le contrôleur, un homme d'âge mûr, et lui montra la photographie de Gustav en lui demandant s'il se rappelait avoir vu ce voyageur dans le train de Zurich.

Cet homme avait un regard bienveillant de grand-père. Il examina attentivement la photographie à travers son monocle, puis tirailla sa barbe dont les pointes raides étaient un hommage au glorieux empereur Guillaume.

– Non, madame, je suis désolé, répondit-il enfin avant de se détourner rapidement d'elle.

Avec l'âge, Élisabeth avait acquis de la maturité et de la perspicacité. Elle savait en particulier interpréter les regards – elle lisait même en eux comme dans un livre. Elle comprit donc à l'instant que cet homme mentait et pourquoi : il avait peur. De cette peur qui infestait le pays, la peur inspirée par la tyrannie.

Cela l'amena à prendre une nouvelle décision : partir immédiatement pour Berlin, le centre du pouvoir. Elle ne ferait que perdre son temps à Munich, la ville dont Heinrich Himmler était le préfet de police.

Gustav connaissait ce dernier, car tous deux avaient le même âge et avaient fréquenté le lycée Guillaume de Bavière sur la Tierschstrasse. Fondé en 1559 par l'ordre des Jésuites, c'était le lycée le plus ancien et le plus renommé de Munich.

– C'est ainsi que de petits monstres deviennent grands, avait déclaré Gustav à Élisabeth lors de la nomination de Himmler. Pauvre patrie, pauvre Munich !

Afin de pouvoir rentrer à temps de Berlin pour le départ pour Londres, Élisabeth se vit contrainte de prendre pour la première fois de sa vie ce moyen de transport entièrement nouveau qu'était l'avion. Bien que mal à l'aise à cette perspective, elle n'hésita pas un instant.

Elle rentra en hâte chez elle, où Magda l'attendait avec les enfants. Élisabeth lui expliqua son projet et lui laissa des instructions tout en fourrant dans un sac de voyage ce dont elle aurait besoin pour une soirée et une nuit à Berlin.

17

À Berlin

Le petit avion de la Lufthansa atterrit en début de soirée à l'aéroport Tempelhof de Berlin. Après avoir été longuement secouée pendant le vol, Élisabeth était transie de froid et étourdie par les vapeurs d'essence de l'appareil.

Dès son arrivée à l'hôtel Adlon de Brandenburger Tor, elle passa quelques appels téléphoniques.

Elle téléphona d'abord à Wilhelm Furtwängler, le directeur de l'Orchestre philharmonique et vice-président de la Chambre de musique du Reich, mais il était parti en voyage. Son secrétaire la pria de prendre patience et l'assura que M. Furtwängler serait joignable dès le lendemain.

Mais Élisabeth ne voulait pas attendre. Après un instant de réflexion, elle décida qu'il valait mieux commencer par le haut de l'échelle. Elle composa donc le numéro de téléphone du bureau du maréchal Hermann Göring, fondateur de la Gestapo, la police secrète d'État, responsable du plan quadriennal d'armement de la Wehrmacht, en principe confidentiel mais qui n'était un secret pour personne, et deuxième homme du Reich de la Grande Allemagne.

Tout comme Goebbels, le ministre de la Propagande du Reich, Göring faisait partie du cercle des admirateurs d'Élisabeth. À ses yeux, choisir entre ces deux hommes était comme choisir entre la peste et le choléra. Tous deux lui avaient plusieurs fois fait porter dans sa loge des fleurs avec d'imposantes cartes de visite. Elle se réjouissait à présent de ne pas avoir jeté toutes ces cartes, comme si elle avait prévu cet instant.

M. Göring était absent, mais elle put parler à son ordonnance, un certain Bodenschatz. Il l'informa que le maréchal était probablement auprès du Führer en cet instant, mais que lui-même transmettrait avec plaisir le message de madame et que le maréchal la rappellerait dès qu'il le pourrait.

Le miracle eut lieu: moins d'une demi-heure plus tard, le téléphone sonna dans la suite d'Élisabeth et le maréchal en personne lui parla.

Göring était curieux de savoir ce que cette artiste si talentueuse voulait de lui, d'autant plus curieux que son ennemi intime Goebbels s'était empressé en vain auprès de la belle cantatrice. C'était uniquement pour l'exaspérer que Göring avait fait porter des bouquets à Mme Malpran.

Quand Bodenschatz l'avait informé qu'elle devait lui parler de toute urgence, il s'était emparé du combiné. Il décida de joindre l'utile à l'agréable: comme il avait justement rendez-vous en fin de journée à l'Adlon avec une délégation de Roumanie pour négocier des livraisons de matières premières au Reich, il proposa à Élisabeth de le retrouver pour un petit souper au restaurant de l'hôtel.

— À 20 h 30 si vous le voulez bien, ajouta-t-il.

Élisabeth accepta l'invitation en grande dame et consacra tous ses efforts à préparer son apparition: si elle était contrainte de mendier auprès des nazis, autant le faire dans tout l'éclat de sa beauté.

Le maréchal fit son entrée en uniforme à l'heure exacte de leur rendez-vous, entouré comme à son habitude d'un escadron qu'il abandonna toutefois dans le hall de l'hôtel. Il devenait corpulent depuis quelques années. Élisabeth songea que cette corpulence n'était probablement pas innée, car la table menaçait de crouler sous les plats qu'il avait commandés pour leur «petit souper». Elle remarqua aussi que son hôte était visiblement en mauvaise santé: blême, empâté et presque boursouflé, il paraissait plus vieux que ses quarante-cinq ans. Gustav lui avait raconté que Göring était l'un des plus anciens compagnons de route d'Hitler et qu'il avait marché à ses côtés vers l'Odeonplatz en 1923, lors de sa tentative de putsch. À cette occasion, Göring avait reçu à la cuisse une blessure très douloureuse et l'on racontait qu'il était depuis devenu dépendant à la morphine. Robert Ballin, un ami de Gustav, avait hébergé ce jour-là le futur maréchal à son domicile de la Residenzstrasse.

Après avoir patiemment écouté les compliments de Göring sur l'admirable et inoubliable artiste qu'elle était à ses yeux et son monologue dithyrambique à la gloire du Führer et des bienfaits du national-socialisme pour le peuple allemand, Élisabeth put enfin lui exposer ses difficultés. Elle constata avec atterrement qu'il paraissait stupéfait de la disparition de Gustav et la dernière lueur d'espoir qu'elle gardait s'évanouit au dessert.

Göring ne savait rien au sujet de Gustav, comme il le lui avoua sans détour. Il suggéra ensuite que son époux juif l'avait peut-être abandonnée avec ses enfants et ajouta qu'il avait déjà eu vent de malheurs semblables, de ces fripouilles qui avaient lâchement décampé en plantant là leur famille.

Élisabeth dut faire tous ses efforts pour ne pas exploser. Elle aurait été ravie d'assener un bon coup de son petit sac de soirée pailleté sur le crâne blême de son hôte. Tout en lui parlant, Göring passait mentalement en revue toutes les éventualités qui lui venaient à l'esprit : si ce médecin juif avait bel et bien disparu, se demandait-il, lequel de ses hommes avait tiré les ficelles ? Était-ce Goebbels ? Le bruit courait que le « bouc de Babelsberg », comme on surnommait Goebbels dans son dos, avait un projet d'opéra filmé et qu'il avait choisi la Malpran pour le premier rôle dans ce film. Depuis sa petite amie tchèque Lída Baarová, chacun savait qu'il avait un faible pour les beautés exotiques. Cette petite chanteuse autrichienne était une proie toute désignée pour lui. Se serait-il donc permis d'arrêter son mari pour lui imposer ce rôle dans son film ? Si c'était le cas, lui-même se ferait un plaisir de lui mettre des bâtons dans les roues. Il supputa ses chances de souffler la belle cantatrice à son rival.

Ce faisant, il pensait moins à une intrigue amoureuse qu'à un concert privé dans sa propriété familiale à Carinhall – en présence du Führer, bien sûr.

Ce vieux renard avait flairé la profonde déception d'Élisabeth devant son ignorance du sort de son époux. Il se moquait bien de ce dernier, mais il avait toujours su tirer profit de la détresse d'autrui. Il bomba donc le torse et lui déclara qu'il entreprendrait des recherches dès le lendemain. Si elle voulait bien le retrouver dans son bureau de la chancellerie à midi, il aurait sûrement du nouveau à lui apprendre.

— Je peux vous assurer, chère madame, que l'ordre règne dans notre pays : les gens ne peuvent pas si facilement disparaître sans laisser de trace ! déclara-t-il, et il lui demanda quand elle avait vu son époux pour la dernière fois.

Se jetant à l'eau, Élisabeth lui expliqua que son mari devait se rendre à Zurich.

— Franz Lehár, pour lequel j'ai la plus grande admiration, est depuis de nombreuses années l'un des patients de mon mari, qui lui a porté secours pour un ennui de santé assez grave, improvisa-t-elle, et ce mensonge lui vint facilement, mais elle sentit aussitôt que Göring n'en croyait pas un mot même s'il n'en laissait rien paraître.

Elle devinait qu'il ne s'intéressait pas à cette affaire pour l'aider. Il semblait plutôt désireux de savoir lequel de ses camarades du Parti avait trempé dans la disparition de Gustav. Mais peu importait à Élisabeth ce qu'il avait en tête, du moment qu'il pourrait découvrir ce qui était arrivé à son époux.

Elle le remercia en grande dame de ses efforts pour lui venir en aide alors qu'il avait tant à faire pour son travail, le Parti et tous ceux qui venaient le solliciter, etc.

Elle lui abandonna ses doigts gantés de blanc un peu plus longtemps qu'il n'était d'usage, mais prit aussitôt congé en invoquant la fatigue d'une longue et éprouvante journée.

Le maréchal allait obtempérer quand soudain, tout près de leur table, une voix à l'accent anglais prononcé lança un « Souriez, s'il vous plaît ! » suivi d'un flash et de l'odeur âcre du phosphore.

Göring réagit à une vitesse stupéfiante pour quelqu'un de sa corpulence. Il se leva d'un bond et son visage n'exprimait plus la moindre bonhomie. Sa garde de SS, qui s'était jusqu'ici discrètement tenue à l'écart, fit irruption dans la salle pour s'emparer de l'appareil et du photographe.

Des bras vigoureux soulevèrent et emportèrent l'indésirable qui criait : « Je suis un citoyen américain ! »

Le directeur du restaurant accourut, s'inclina à plusieurs reprises et avec une telle souplesse devant Göring que le bout de son nez semblait effleurer le tapis et vitupéra les rapaces de la presse « qu'on met à la porte, mais qui réussissent toujours à rentrer par la fenêtre ».

Sans lui accorder un regard, Göring reprit la main d'Élisabeth, la baisa galamment et lui présenta ses excuses pour cette pénible interruption. Il prit congé d'elle sur la promesse répétée de régler cette affaire qui la préoccupait et assura qu'il se réjouissait d'avance de pouvoir lui donner de bonnes nouvelles le lendemain à midi dans son bureau.

Göring estimait avoir réussi un coup de maître en convoquant Élisabeth Malpran dans son bureau, car il la confirmait ainsi dans sa position de solliciteuse.

Élisabeth envisageait cette nouvelle entrevue à la fois avec répugnance et avec une impatience fébrile, car le puissant Göring représentait peut-être son unique chance d'en savoir plus sur le sort de Gustav.

Elle n'avait néanmoins pas dû se forcer pour feindre la faiblesse : elle avait un mal de tête atroce et elle était brûlante. Elle priait pour ne pas avoir pris froid dans l'avion rempli de courants d'air, car c'était vraiment le pire moment pour tomber malade.

De retour dans sa suite à l'hôtel, elle fit couler un bain très chaud. Pendant que la baignoire se remplissait, elle demanda malgré l'heure tardive une communication avec le 10, Prinzregentenplatz. Peut-être Ottilie avait-elle de bonnes nouvelles, bien qu'Elizabeth en doutât : dans ce cas, Magda n'aurait pas manqué de la prévenir, car elle lui avait laissé le numéro de téléphone de l'Adlon.

Magda l'informa que la journée d'Ottilie à Zurich avait été aussi infructueuse que la précédente et qu'elle retournerait le lendemain à la gare pour attendre Monsieur. Et elle rentrerait comme convenu par le dernier train pour Munich.

Magda avait sagement passé sous silence l'hystérie larmoyante d'Ottilie, qui se lamentait parce qu'elle était « à l'étranger pour la première fois de sa vie, avec le docteur qui disparaît et, avec ça, il pleut des cordes ! ». Connaissant le penchant d'Ottilie pour le drame, Élisabeth n'en estima que davantage Magda pour son tact.

Après son bain, elle commanda un lait au miel très chaud. Sa suite était l'une des meilleures de l'hôtel, avec vue sur la porte de Brandebourg illuminée et ornée de drapeaux à croix gammée.

Même à cette heure tardive, la place bourdonnait d'activité. Quand elle avait fait la réservation, Élisabeth avait demandé une chambre normale, mais la direction avait insisté pour lui donner cette suite. Le directeur rayonnant de joie avait expressément tenu à y mener lui-même la cantatrice adulée avec une armée de serviteurs. L'idée des frais supplémentaires n'avait fait qu'effleurer Élisabeth.

Elle se sentait épuisée, mais malgré tout, ou justement pour cette raison, elle mit longtemps à s'endormir. Elle se tourna et se retourna d'heure en heure dans son lit, comme si ses soucis étaient des pointes garnissant son matelas.

Vers le petit jour seulement, elle sombra dans un sommeil agité dont elle s'éveilla à peine deux heures plus tard, baignée de sueur. Elle ressentait de violentes douleurs dans le cou et dans les membres. Merveilleux ! pensa-t-elle. C'est exactement ce qu'il te fallait, Élisabeth : une bonne grippe !

Suivant le conseil de Gustav, selon lequel une promenade pour prendre l'air en inspirant à fond pouvait accomplir des miracles, elle sortit. Elle fit suivre cette promenade d'un thé assaisonné de rhum, mais le miracle n'eut pas lieu. Maintenant, ses yeux larmoyaient et son nez coulait. La gentille réceptionniste de l'hôtel lui acheta à la pharmacie la plus proche un médicament contre la grippe réputé à toute épreuve qui lui apporta peu de soulagement. Elle allait même de mal en pis alors que son entrevue avec Göring se rapprochait.

En outre, la décision de partir ou non le lendemain pour Londres avec ses enfants lui pesait.

Que devrait-elle faire si le maréchal ne pouvait lui venir en aide ? Vers qui pourrait-elle se tourner ? Où devrait-elle porter ses recherches ? Oh, Gustav, où es-tu donc ? l'implora-t-elle une fois de plus.

Sa tête semblait prête à se fendre sous la pression de ces angoisses. Elle regarda son lit, prise d'un violent désir de rester blottie sous les couvertures jusqu'à la fin des temps, puis s'en détourna avec un soupir. Un coup d'œil à sa montre l'avertit qu'il était temps de s'habiller pour sa deuxième entrevue avec Göring. Elle devait immédiatement retrouver son sang-froid.

Elle ouvrit son sac de voyage et se réjouit pour la première fois de son habitude d'emporter trop d'affaires. Elle choisit une élégante robe noire ornée d'une pèlerine en dentelle légère comme un souffle, se maquilla avec soin et rajusta ses boucles brillantes. Elle eut le plus grand mal à agrafer ses trois rangs de perles – un cadeau de Gustav à la naissance de Deborah – tant ses mains tremblaient. Elle chaussa enfin ses escarpins Chanel et s'examina dans le miroir. « Parfait », pensa-t-elle. La robe noire soulignait les courbes douces de son corps et les perles étaient aussi lumineuses que son teint.

Afin de se ménager, elle se rendit en fiacre à la chancellerie, bien que celle-ci fût proche de l'Adlon.

Le palais Barlow, quartier général du Parti national-socialiste à Munich, était certes imposant, mais il faisait l'effet d'un parent pauvre à côté de la chancellerie du Reich.

C'était un édifice monumental de quatre cent vingt mètres de longueur et de vingt mètres de hauteur, avec une vaste cage d'escalier entre quatre puissantes colonnes de style grec. À la vue du gigantesque aigle, symbole du Reich, et de la profusion de fanions rouge sang flottant dans le vent au-dessus d'elle, Élisabeth eut presque le vertige. Lorsqu'elle s'avança entre les mâts de ces drapeaux, tout son corps fut parcouru d'un frisson.

Pendant qu'elle gravissait lentement les marches du porche, elle évoquait malgré elle la splendeur grandiose des cathédrales de Milan et de Saint-Pierre de Rome. En tant qu'artiste, elle savait que la mise en scène était tout, or ce qu'elle avait sous les yeux à cet instant était pure mascarade.

L'intérieur ne valait guère mieux : il péchait par la surabondance et par le manque de goût. Tout l'édifice bourdonnait comme une ruche. Une multitude de bottes bien cirées faisaient résonner le sol en se hâtant dans toutes les directions vers des affaires urgentes.

Élisabeth se présenta ponctuellement à la réception, mais le maréchal y brillait par son absence. L'une de ses ordonnances informa Élisabeth qu'il avait été appelé d'urgence auprès du Führer, mais qu'il la rejoindrait au plus tôt et la priait donc de bien vouloir patienter.

Elle put ainsi admirer pendant une bonne heure le carnaval de la chancellerie. Les tempes battantes de fièvre, elle se sentait plus mal de minute en minute et elle était presque certaine que Göring la faisait délibérément attendre.

Bodenschatz passa la voir en coup de vent et lui adressa un signe qui signifiait : encore cinq minutes. Ce geste lui parut irréel, mais réveilla un souvenir familier : elle se revit assise devant le miroir de sa loge, dans l'attente fébrile de son entrée en scène.

Et c'était bel et bien de la fièvre qui brûlait en elle avec une intensité grandissante. Elle pria Bodenschatz de lui faire porter un verre d'eau et une aspirine.

Il fronça les sourcils, perplexe, mais il était visible qu'elle se sentait mal. Il s'éloigna rapidement et, un instant plus tard, une jeune serveuse apporta à Élisabeth ce qu'elle avait demandé sur un plateau d'argent.

— Que puis-je faire d'autre pour vous, Madame? s'enquit-elle.

Élisabeth lui demanda si elle pouvait se rafraîchir quelque part et la jeune fille la précéda dans un long couloir menant au salon de toilette à la disposition des dames.

Élisabeth fit dans ce couloir inondé de lumière une rencontre qui devait être déterminante. Un homme aux traits masqués par le contre-jour arriva dans la direction opposée de la sienne. Sa taille et son maintien ressemblaient tant à ceux de son époux qu'elle crut dans un instant d'hallucination fiévreuse voir Gustav surgir de la lumière pour venir à sa rencontre.

Elle s'arrêta court, le cœur battant, et, partagée entre l'espoir et l'angoisse, elle regarda avidement la silhouette qui s'approchait.

Cet homme n'était pas Gustav. Il lui ressemblait certes, mais, de plus près, cette ressemblance s'atténuait. Ses yeux en particulier différaient de ceux de Gustav, dont le regard exprimait l'intelligence, la sensibilité et la bonté. Dans ceux de l'inconnu, elle ne lut qu'une multitude de désirs et de convoitises. Il portait un uniforme de la SS sur mesure et de la plus belle étoffe.

Comme elle restait plantée au milieu du couloir, il s'arrêta à son tour. Une curieuse expression passa sur son visage, mais Élisabeth ne put en déchiffrer le sens, car la fièvre buvait toutes ses forces.

L'homme s'inclina avec élégance devant elle, se présenta sous le nom d'Albrecht Brunnmann et demanda s'il pouvait l'aider en quoi que ce soit.

Interloquée, Élisabeth fit signe que non, lui retira une main qu'elle ne se souvenait pas de lui avoir abandonnée et s'éloigna lentement. Un instant plus tard, elle l'avait oublié parce que cet homme n'était pas Gustav.

— Le capitaine Albrecht Brunnmann est un homme qui monte, et très apprécié du Führer, madame ! Toutes les dames d'ici en sont folles, pépia joyeusement la serveuse qui l'accompagnait.

Sans l'écouter, Élisabeth remonta ses manches pour faire couler de l'eau froide sur ses poignets. Elle trempa ensuite son mouchoir pour tamponner son visage brûlant. Elle entendait le babillage de la jeune femme sans en saisir le sens. Du moins l'eau froide et l'aspirine avaient-elles un effet apaisant. Elle se sentait maintenant capable d'endurer son entrevue avec le maréchal.

Elle trouva Hermann Göring à son retour. Il portait l'un de ses uniformes blancs chargés d'ornements qui lui avaient valu le surnom de « faisan doré » dans le langage populaire.

Il se précipita vers elle, les bras grands ouverts, en s'excusant à profusion d'avoir dû faire attendre aussi longtemps « cette artiste vénérée ». Il poursuivit en baissant théâtralement la voix, car il était apparemment impossible d'évoquer le Führer sur le ton réservé au commun des mortels :

— Vous comprenez… le Führer… une question d'une importance capitale.

Et il cligna de l'œil, rappelant irrésistiblement à Élisabeth un hibou bien gras.

Elle le souhaita d'ailleurs perché en haut d'un arbre en compagnie d'un coucou quand il lui annonça qu'il était sans nouvelles de son mari. Il n'avait malheureusement pas eu le temps de s'occuper personnellement de cette affaire, lui dit-il, mais il affirma que Bodenschatz avait reçu toutes les instructions nécessaires.

Il se déclara navré de n'avoir rien de plus plaisant à lui apprendre et l'invita à passer à table.

Élisabeth ne devait se rappeler ensuite ni son dîner avec le gros maréchal, ni son retour à l'hôtel.

À son réveil, elle trouva un beau SS blond en uniforme assis à son chevet.

Elle avait tout oublié de la soirée de la veille depuis son entretien avec Göring. Elle pensa soudain à son petit sac de soirée, à sa difficulté à se maîtriser face au maréchal et se crut en état d'arrestation.

Mais l'homme en uniforme se révéla n'être qu'un médecin d'état-major inquiet de sa santé qui avait veillé sur son précieux sommeil, lui dit-il. Il paraissait enchanté de la voir lucide. Élisabeth se sentait un peu mieux. Son mal de crâne torturant s'était mué en une douleur sourde, mais la faiblesse qui l'accablait n'avait fait que croître.

— Que s'est-il passé ? demanda-t-elle avant de s'asseoir péniblement.

— Vous avez fait une belle peur au maréchal, madame, répondit le médecin.

— Que voulez-vous dire… ?

— Vous vous êtes évanouie dans son bureau.

Il avait prononcé ces paroles sur un ton grave et respectueux, mais elle devina qu'il trouvait cette situation du plus haut comique. Il aurait sûrement été ravi d'être là quand Mme Malpran avait dégringolé de sa chaise devant le maréchal Göring.

Le maréchal avait appelé à l'aide, Albrecht Brunnmann, qui se trouvait là juste à ce moment, l'avait fait venir, lui – permettez-moi de me présenter : capitaine Ansgar Strelitz – et ils avaient ramené Mme Malpran à son hôtel, car, lors d'un bref instant de lucidité, elle avait insisté avec la plus grande énergie pour ne pas être emmenée à la Charité.

Élisabeth remarqua soudain l'éclairage de sa chambre.

— Mon Dieu, il fait déjà nuit ! s'exclama-t-elle avec effroi. Mais quelle heure est-il ?

— Presque minuit, madame Malpran. Vous avez dormi près de dix heures, répondit le médecin, aussi fier que s'il avait lui-même accompli cet exploit.

Élisabeth voulut se lever, mais il la retint.

— Non, je vous en prie, madame, protesta-t-il. Où voulez-vous donc aller ? Vous devez vous reposer encore. Je vous ai donné un médicament assez fort pour faire baisser la fièvre : vous aviez plus de quarante degrés de température. Le mieux serait de vous rendormir jusqu'à demain matin. Je reviendrai vous voir dans la matinée.

— Mais mes enfants m'attendent à la maison, monsieur Strelitz ! Je leur ai promis de rentrer ce soir. Ils doivent être fous d'inquiétude ! Il faut que je téléphone chez moi.

Elle essaya encore de se lever. Le médecin la rattrapa de justesse quand ses jambes affaiblies par la fièvre se dérobèrent sous elle.

— Mais que faites-vous donc, madame Malpran ? Je vous en prie, recouchez-vous ! s'écria-t-il. Vous êtes trop fatiguée pour vous lever. Je peux du reste vous assurer que M. Brunnmann s'est personnellement occupé de tout. Il a parlé au téléphone avec la gouvernante de vos enfants. Il vous fait dire que tout va pour le mieux à Munich et qu'on vous souhaite un prompt rétablissement. Vous n'avez donc aucune raison de vous inquiéter. Et maintenant, je vous en prie, dormez : plus vous dormirez, plus vite vous serez guérie.

Il prit sur la table de chevet un verre à demi plein contenant un liquide trouble et le fit boire à la malade. La boisson contenait probablement un puissant somnifère, car Élisabeth sombra aussitôt dans les bras de Morphée.

Lorsqu'elle se réveilla vers 8 heures du matin, elle ne se souciait nullement de son état. Sa première pensée alla à ses enfants et la seconde, à ce matin, celui du 15 juin, le jour prévu pour leur départ à Londres.

Elle devait se décider sans tarder. Comme beaucoup de décisions importantes qui ont été longuement soupesées dans l'angoisse, celle-là fut prise en un éclair : elle resterait à Berlin et remuerait ciel et terre pour retrouver Gustav. La pensée l'effleura qu'elle aurait eu bien besoin de l'aide de Bubi Putzinger, l'ancien représentant d'Hitler auprès de la presse étrangère. Mais Bubi, qui était depuis longtemps vu d'un mauvais œil par les autorités nationales-socialistes, avait entre-temps quitté la Suisse pour s'établir à Londres.

L'incident de la veille avec le photographe de presse au souper de Göring avait toutefois donné une idée à Élisabeth : ne disposait-elle pas justement de relations dans la presse étrangère ? Elle devait se servir de cet atout.

Sa seconde décision, la plus importante, concernait ses enfants : elle les enverrait avec Magda à Londres le jour même. Elle pourrait se déplacer et agir plus librement quand ils seraient en sécurité.

Dès qu'elle eut pris ces décisions, elle s'employa à les mettre en œuvre.

Elle téléphona chez elle pour annoncer sa décision à Magda, qui l'accepta avec sang-froid. Les deux femmes parlèrent longuement, comme des amies. Et Élisabeth fut plus convaincue que jamais d'avoir fait le bon choix et de pouvoir confier ses enfants à Magda sans inquiétude.

Ottilie était rentrée la veille au soir bredouille et morne. Magda lui avait octroyé un jour de congé et était sans nouvelles d'elle depuis.

Élisabeth parla ensuite à Deborah. Elle la rassura d'abord sur sa santé, « un petit refroidissement », lui dit-elle, et lui affirma qu'elle avait déjà obtenu quelques renseignements importants sur son père, mais que ses recherches l'obligeaient à rester quelques jours de plus dans la capitale.

Elle lui expliqua qu'elle avait confié à Magda la responsabilité de leur départ à Londres, mais qu'elle se fiait également à elle, sa grande fille, et qu'elle les rejoindrait dans quelques jours avec leur père.

— Je t'embrasse, ma chérie. Soyez bien sages, ton frère et toi, et obéissez toujours à Madga. Téléphonez-moi à l'Adlon dès que vous serez à l'hôtel Mayfair. Et dis à Wolferl que sa maman lui envoie plein de baisers.

Quand tout fut réglé, Élisabeth sentit combien elle était encore affaiblie. Après un bain chaud de quelques minutes suivi d'une douche froide, elle consacra tous ses efforts à sa toilette. L'élan que lui avaient insufflé son activité et ses décisions retombait déjà et son mal de crâne revenait en force. Elle avala de l'aspirine et elle attendait que le médicament agisse quand un employé de la réception lui annonça au téléphone avec une raideur toute militaire que le docteur Strelitz, capitaine de la SS, allait monter la voir, et conclut par un « *Heil Hitler !* » sonore.

L'entrevue fut brève. Le médecin se réjouit de la revoir en meilleure forme. Il lui apportait un superbe bouquet de fleurs de la part de M. Brunnmann, accompagné d'un mot dans lequel ce dernier lui exprimait ses vœux pour un prompt rétablissement et assurait être à sa disposition à toute heure et à chaque occasion.

Élisabeth avait complètement oublié ses deux fugitives rencontres avec M. Brunnmann à la chancellerie, ainsi que son illusion d'avoir reconnu Gustav sous les traits de cet homme. Bizarrement, elle se souvenait en revanche de tous les éloges que la serveuse indiscrète avait faits de lui dans les toilettes pour dames.

Le docteur Strelitz prit congé d'elle avec l'inévitable salut hitlérien. Quand il fut sorti, Élisabeth poussa un soupir de soulagement et commença immédiatement à tirer des ficelles. Elle appela d'abord le bureau de Furtwängler, où on lui répondit qu'il passait en ce moment même à la radio, mais qu'il la rappellerait au plus tôt, puis celui de Göring. Bodenschatz l'informa que le maréchal était auprès du Führer, qu'il n'avait malheureusement encore aucune nouvelle de son mari, mais qu'il ne manquerait pas de la tenir au courant.

Élisabeth se rappela soudain une réception à laquelle elle avait assisté trois ans plus tôt à Berlin. Lors de cette soirée, on lui avait présenté le consul américain William E. Dodd et sa fille Martha, une jeune fille pleine de vivacité qui lui avait aussitôt proposé de venir chanter au Metropolitan Opera de New York. Élisabeth décida d'user de cette relation, qui lui paraissait précieuse à cette heure.

Mais quand elle s'enquit de miss Martha Dodd, on lui annonça à sa grande déception qu'elle était retournée aux États-Unis. Élisabeth téléphona à d'autres personnes sans plus de succès, dut se contenter de laisser des messages et se sentit ensuite aussi épuisée que frustrée.

Estimant qu'il était grand temps de se servir de sa renommée, elle recourut à l'idée qui lui était venue à la vue du photographe américain entre les mains de la garde de Göring.

Il ne lui avait nullement échappé que le gros maréchal appréciait et cultivait la compagnie des dames. Mais, s'il adorait plastronner sous les flashs des photographes de presse au côté d'une dame qui n'était pas son épouse, il n'avait visiblement aucune envie de faire les gros titres de cette même presse.

Cette attitude s'expliquait quand on connaissait le caractère inflexible de sa deuxième épouse, une actrice médiocre à la carrière écourtée qui exigeait d'être traitée avec les égards dus à une personne de haut rang.

Élisabeth se fit là-dessus la réflexion que si les tyrans étaient légion, chacun semblait trouver tôt ou tard son maître.

Elle demanda donc une communication téléphonique avec Louis P. Lochner, le correspondant d'Associated Press, la plus grande agence de presse à Berlin, et proposa à ce dernier, qui en fut aussi surpris qu'enchanté car la diva était connue pour fuir la presse, un entretien avec elle à l'Adlon.

Elle n'avait pas l'intention de révéler à la presse la véritable raison de son séjour à Berlin, mais seulement de rappeler à Hermann Göring qu'Élisabeth Malpran existait bel et bien et savait se faire entendre.

18

M. Lochner avait épousé une aristocrate allemande, parlait bien allemand, disposait des meilleures relations dans la haute société et, à la connaissance d'Élisabeth, avait une attitude critique vis-à-vis du national-socialisme.

C'était un petit homme presque chauve qui se montra fort empressé. Élisabeth lui raconta en détail son bonheur domestique avec son mari et ses enfants et lui dit combien elle se réjouissait de jouer bientôt dans *La Flûte enchantée* de Mozart au Covent Garden de Londres. Elle ne laissa rien paraître de son inquiétude pour son époux – de l'avantage d'être une artiste dramatique accomplie.

Mais elle mentionna comme en passant que tout récemment, lors d'un souper à l'Adlon, elle avait eu avec le maréchal Göring, qui était mélomane, une conversation tout à fait charmante sur l'opéra.

Lochner l'écouta attentivement mais lui posa peu de questions. Elle supposa qu'il était surpris de la franchise avec laquelle elle se confiait à lui, mais qu'il gardait ses pensées pour lui en homme bien élevé, qualité qui la surprenait chez un journaliste.

Elle se demanda plus tard s'il s'était montré aussi réservé uniquement parce qu'il avait pressenti qu'ils se reverraient bientôt. Quoi qu'il en soit, ils se séparèrent dans les meilleurs termes.

Dès le lendemain, tous les journaux qui comptaient firent paraître des articles dithyrambiques sur Élisabeth Malpran, la plus belle soprano du monde…

Élisabeth avait obtenu ce qu'elle voulait : elle avait attiré l'attention générale sur elle et sur Göring. La réaction de ce dernier ne se fit guère attendre.

Dès 11 heures le même matin, l'employé rigide de la réception lui annonça la visite de l'ordonnance du maréchal Göring, Karl-Heinrich Bodenschatz.

Bodenschatz, un officier de la Luftwaffe, avait été l'ordonnance de Manfred von Richthofen, le célèbre Baron rouge, jusqu'à la mort de ce dernier. Pendant la Première Guerre mondiale, Göring avait combattu dans le même escadron qu'eux. Depuis 1928, Bodenschatz n'exerçait plus d'autre fonction que celle d'ordonnance de Göring, dont il était l'ami. C'était son bras droit dans toutes les situations, y compris les plus délicates. Sa fonction étendue allait du paratonnerre au messager dans les intrigues amoureuses. C'était un homme toujours bien informé et discret, si bien qu'à elle seule sa visite à Élisabeth était significative.

Il échangea avec elle quelques menus propos, lui répéta que tout était mis en œuvre pour faire la lumière sur les circonstances de la disparition de son époux, et la pria instamment de s'abstenir dans l'immédiat de tout contact avec la presse étrangère. Elle devait accorder au maréchal la confiance qu'il méritait…

Il lâcha alors un spectre redoutable dans leur conversation et elle lui sut gré de ce qu'il le fit les traits crispés comme s'il avait mal aux dents. Bien qu'il ne s'exprimât pas de manière directe, elle ne le comprit que trop bien. Il utilisa le moyen par lequel le régime se faisait obéir avec la plus grande docilité : la menace. Madame Malpran devait penser avant tout à ses enfants, lui dit-il, car la presse, qui ne se montrait pas toujours très scrupuleuse dans sa chasse aux renseignements, n'hésiterait pas à exploiter la situation.

— Réfléchissez bien, chère madame, poursuivit-il. Vous ne voudriez certainement pas courir le risque qu'une meute de journalistes profite de votre absence pour harceler vos enfants chez vous !

Élisabeth comprit parfaitement cette insinuation : ce n'était pas les harcèlements de la presse qu'il faudrait redouter à Munich…

Et, comme si cela ne suffisait pas, après avoir pris congé d'elle en claquant des talons, l'ordonnance de Göring avait comme par hasard laissé un porte-documents marron sur la table de la suite.

Elle y trouva quelques brochures intitulées « Informations du Reich allemand et du Führer ». Sur le haut de la pile s'étalait le décret des lois de Nuremberg de 1935 avec la belle inscription patriotique : « Loi pour la protection du sang et de l'honneur allemands ».

On y lisait noir sur blanc qu'aux termes de ces lois les enfants issus de mariages entre Juifs et Aryens étaient considérés comme métis au premier degré. Traduit en langage normal, cela signifiait qu'aux yeux des nouveaux maîtres de l'Allemagne Deborah et Wolferl étaient des demi-Juifs indésirables. Ces brochures étaient un moyen de faire taire Élisabeth.

Elle songea que les nazis étaient aussi peu subtils dans leur politique que dans sa mise en œuvre. Leurs actes et leur pensée étaient primaires, et le concept de cette race des seigneurs lui donnait la nausée. Elle bouillonnait intérieurement à l'idée qu'on se servait de ses enfants pour faire pression sur elle.

Si M. Bodenschatz n'avait pris congé, il lui en aurait cuit. Mais l'Adlon devrait racheter une cafetière et faire nettoyer le tapis de la suite.

Après cette explosion de fureur, Élisabeth savoura un instant de triomphe dans sa certitude qu'à cette heure ses enfants étaient en sûreté à l'étranger. Dix-huit heures s'étaient écoulées depuis leur départ de Munich, dont Göring ne savait apparemment rien, ce qui expliquait l'intervention de son ordonnance pour lui intimer cette menace ignoble.

Magda et les enfants devaient avoir franchi la frontière française à Strasbourg depuis longtemps, peut-être même étaient-ils déjà à Paris ! Dans dix-huit heures au plus tard, ils vogueraient sur la Manche vers Douvres, où Paul les prendrait sous son aile.

Comme tous les sentiments de triomphe, celui-ci fut de courte durée, car l'appel téléphonique de Douvres se faisait attendre, elle restait sans nouvelles de Gustav et son mal de crâne la taraudait de nouveau.

Élisabeth fit donc la seule chose raisonnable dans ces circonstances : elle reprit de l'aspirine et s'étendit sur le canapé. Alors qu'elle voulait seulement se reposer un instant, elle s'endormit. Lorsqu'elle s'éveilla d'un sommeil agité, la suite était plongée dans l'obscurité. Élisabeth comprit avec effroi qu'elle avait dormi six heures d'affilée.

Elle demanda à la réception si elle avait entre-temps reçu des appels téléphoniques. Elle apprit avec exaspération qu'elle en avait manqué plusieurs. Quelques journalistes avaient tenté de la joindre ainsi que M. Furtwängler, une Mme Martha Dodd pour une communication outre-Atlantique et un homme très insistant et fébrile qui s'était présenté comme son impresario. Mais comme Madame avait fait savoir à midi par l'intermédiaire de M. Bodenschatz qu'elle ne devait être dérangée sous aucun prétexte, ces communications ne lui avaient pas été transmises, *Heil Hitler !*, l'informa la réception.

Élisabeth expédia mentalement M. Bodenschatz au Purgatoire de Dante pour les mille ans à venir et lava la tête du malheureux employé de la réception dans les règles de l'art en précisant qu'elle seule disait quand on devait lui transmettre les communications, *Grüss Gott !*, conclut-elle avant de raccrocher.

Après cette mise au point, elle se rendit compte qu'elle allait mieux et en conclut que le meilleur remède contre la grippe n'était pas le repos, mais une belle colère. Elle se sentit même un peu d'appétit et commanda un léger repas. Un petit serveur en uniforme rouge le lui apporta avec tous les messages qu'on lui avait laissés.

Vingt-quatre heures s'étaient écoulées depuis le départ des enfants et de Magda. Élisabeth s'était attendue à ce que celle-ci lui donne de leurs nouvelles depuis Paris, comme elles en étaient convenues si Magda en avait le temps avant de reprendre le train pour Calais. Mais elle se contenta de l'espoir de recevoir de Londres le lendemain matin au plus tard l'appel tant désiré. Elle téléphona au 10, Prinzregentenplatz, où une Ottilie parfaitement remise de ses épreuves lui assura que tout allait pour le mieux et que l'appartement paraissait seulement un peu vide sans les enfants et le teckel.

Élisabeth appela ensuite son imprésario, qui était tombé des nues à Vienne en apprenant, par la presse qui plus est, qu'elle séjournait encore à Berlin au lieu d'être en route pour Londres ! Pour couper court à ce flux de paroles, elle lui promit qu'elle tiendrait comme convenu son engagement à Covent Garden, mais qu'elle retarderait seulement de quelques jours son arrivée à Londres.

M. Furtwängler était une fois de plus injoignable et la standardiste de l'Adlon exprima ses regrets de n'avoir pu établir de communication avec Martha Dodd à New York.

Malgré son accès de fureur contre Bodenschatz, Élisabeth téléphona à la chancellerie. Elle était résolue à ne pas se laisser intimider et à poursuivre ses recherches, mais ni Göring, ni Bodenschatz n'étaient disponibles ou ne voulaient l'être pour elle. Quant aux messages laissés par les journalistes, elle décida d'y répondre plus tard.

Elle se sentait encore faible et sa gorge restait irritée, mais la douceur de cette soirée de juin l'incita à une petite promenade afin de hâter sa guérison.

Elle passa un ensemble bordeaux avec un chapeau assorti, enfila des bas noirs à couture apparente à la mode américaine et chaussa des escarpins. Le rouge sombre lui allait à la perfection. Tout en examinant son reflet dans le miroir, elle eut inexplicablement la conviction que tout finirait par s'arranger.

Une mauvaise surprise l'attendait dans le foyer de l'hôtel. Bodenschatz n'avait pas exagéré quand il lui avait parlé de l'insistance de la presse : une foule de journalistes l'assaillit en cacardant aussi furieusement qu'un troupeau d'oies réclamant leur nourriture. Tout à coup, une série de flashs jaillit d'appareils photographiques qui semblaient planer au-dessus de leurs têtes.

Il fallait reconnaître que Mme Malpran était ravissante. Les photographies d'elle parues dans divers journaux le lendemain lui valurent l'admiration générale. En revanche, sa promenade tourna court, car elle préféra se réfugier dans sa suite pour se soustraire à l'assaut de la presse. L'optimisme qu'elle avait ressenti avant de sortir s'était évanoui.

Tout en ôtant de ses cheveux les épingles avec lesquelles elle avait fixé son bibi, elle pensa à l'exaspération que son entretien gratuit avec l'Associated Press avait provoquée chez son imprésario, car « chaque interview doit avoir son prix ! », s'était-il exclamé au téléphone. Aux termes de son contrat, en effet, il touchait vingt pour cent sur les revenus d'Élisabeth.

Elle se demanda comment elle allait occuper cette longue soirée. Elle erra dans la suite comme un animal en cage, condamnée à attendre des nouvelles de Gustav et de ses enfants, et finit par se laisser tomber sur son lit, épuisée.

Elle se réveilla très tôt le lendemain matin avec des raideurs dans les membres. Elle essaya d'abord de téléphoner à Londres, mais la standardiste de l'Adlon lui renouvela ses regrets de ne pouvoir obtenir la communication tout en affirmant que seuls les Britanniques pouvaient être responsables de cet échec. Élisabeth craignait fort que cette impossibilité de communiquer ne soit mutuelle : Paul ne pouvait sans doute pas davantage la joindre à l'Adlon.

Vers 9 heures, une nouvelle idée lui vint. Elle rappela Lochner à l'Associated Press pour lui demander si elle pouvait utiliser son appareil pour un appel à Londres.

Tout réjoui de cette aubaine, Lochner comptait bien sur une nouvelle interview exclusive et se félicitait de son flair, car il avait pressenti que le séjour de Mme Malpran à Berlin lui réserverait encore une agréable surprise.

Avant de sortir, Élisabeth, que son expérience de la veille avait rendue plus prudente, s'enquit auprès du portier de l'hôtel de la présence de journalistes. Elle fut ravie d'apprendre qu'on leur avait fait évacuer le foyer, sans s'inquiéter des moyens employés.

Elle prit un taxi, passa son appel au bureau de l'Associated Press et obtint immédiatement une communication à Londres avec sa belle-sœur Annabelle.

Celle-ci, une petite créature vive et remuante, l'informa fébrilement que Paul s'était rendu comme convenu à Douvres la veille au soir. Il avait voulu passer la nuit sur place car le ferry devait arriver très tôt le matin. Élisabeth lui laissa le numéro de téléphone du bureau de Lochner et lui demanda celui de l'hôtel de Paul. Quand elle téléphona à l'hôtel, elle apprit que Paul était parti. Elle rentra en hâte à l'Adlon, où il devait l'appeler dès son retour, et attendit. Les heures passèrent. Lochner l'informa de la part d'Annabelle qu'elle était toujours sans nouvelles de Paul.

Élisabeth avait les nerfs à vif quand la réception lui annonça par téléphone l'arrivée de Lochner. Elle se précipita vers lui dans le couloir.

Lochner pétrissait son chapeau d'une manière qui n'annonçait rien de bon – ce qui expliquait du reste sa visite. Paul lui avait téléphoné après avoir vainement essayé de joindre Élisabeth à l'Adlon. Il avait déjà assisté à l'arrivée de deux ferrys en provenance de Calais, mais les enfants et Magda ne se trouvaient pas parmi les passagers. Il attendrait néanmoins la prochaine et dernière arrivée de la journée, qui aurait lieu l'après-midi, avant de rappeler sa belle-sœur.

Élisabeth s'effondra à cette nouvelle. Lochner oublia son interview pour ne plus penser qu'à la mère inquiète pour ses enfants et l'entoura de prévenances.

Il commanda du café et du cognac qu'il lui fit boire sans savoir que, pour soulager un mal de tête atroce, elle venait de reprendre deux cachets à jeun. Elle se sentit soudain mal et il dut l'escorter, titubante, jusqu'à la salle de bains.

Elle réapparut un quart d'heure plus tard, embarrassée et l'estomac complètement vide. Lochner obtint alors avec elle un entretien exclusif qu'il ne devait jamais publier, car Élisabeth, estimant qu'elle pouvait se fier à lui, lui dévoila son projet de fuite.

Lochner, qui en avait vu d'autres surtout depuis qu'il exerçait son métier dans l'Allemagne nazie, s'étonna de ce que son époux et elle-même aient procédé dans cet ordre : pourquoi, Dieu du ciel, son mari était-il parti le premier et sous son vrai nom ? N'aurait-il pas mieux valu qu'elle-même et les enfants l'aient précédé et qu'il les ait rejoints avec un faux passeport ?

Élisabeth répliqua qu'il avait bel et bien un faux passeport, mais, soudain, elle blêmit et ses yeux s'agrandirent. Redoutant un nouvel incident, Lochner chercha frénétiquement des yeux un récipient, mais, cette fois-ci, Élisabeth ne vomit pas.

— Mon Dieu, mon mari ne voyageait pas sous le nom de Gustav Berchinger, mais sous celui de Peter Friehling ! dit-elle.

— Je suppose que vous n'en avez rien dit à M. Göring ?

— Non, bien entendu, répondit Élisabeth en regardant Lochner comme si elle exigeait de lui une solution dans la seconde qui suivrait.

— Hum, fit-il en se grattant le menton, ce qui alarma Élisabeth, car elle devinait que cela ne présageait rien de bon.

Il se racla la gorge comme s'il avait peur de parler. Il ne pourrait plus jamais porter son malheureux chapeau, qui avait il ne savait trop comment atterri entre les mains d'Élisabeth.

— Il existe deux possibilités, madame Malpran, reprit-il. Soit M. Göring ne vous a pas posé de questions à ce sujet parce qu'il connaissait depuis longtemps vos projets de fuite et, dans ce cas, il s'est joué de vous, soit il ne sait rien, mais la disparition d'un citoyen juif lui est indifférente. Chacun sait que nos Aryens de pure race, dit-il en soulignant ces derniers mots avec un mépris indicible, déploient tous leurs efforts pour expulser de ce pays les éléments jugés indésirables. Ils se réjouissent donc de chaque départ volontaire. La question est maintenant la suivante : si les nazis n'ont pas arrêté votre mari, entre les mains de qui se trouve-t-il ?

Élisabeth se rappela alors avec consternation le vieux contrôleur à la gare de Munich.

— Monsieur Lochner, je crois que nous avons tout lieu de le supposer aux mains des nazis, répondit-elle.

Et elle lui raconta son entrevue avec le contrôleur, sa peur manifeste et les regards qu'il jetait autour de lui comme s'il craignait d'être épié.

— Bien, maintenant, réfléchissons un peu, déclara Lochner. Il faut compter avec ces faux papiers d'identité qui font passer votre mari pour aryen. Soit on a découvert qu'ils étaient faux et votre mari a été arrêté pour cette raison, soit les nazis savaient qu'il dissimulait son identité parce qu'ils connaissaient vos projets. Dans le premier cas, il sera interrogé par la police, dans l'autre, par la SS ou par la Gestapo.

Élisabeth devint livide, car elle savait ce que signifiait le terme d'« interrogé ».

— Mais que puis-je donc faire, monsieur Lochner ? Je dois secourir mon mari ! s'écria-t-elle au désespoir.

— Je vous conseille d'agir comme suit, madame, même s'il vous en coûte : dès que vous saurez vos enfants en sûreté, remettez-vous en relation avec Göring pour lui avouer que votre mari voyageait sous le nom de Peter Friehling. Je vous recommande de lui faire une confession bien larmoyante, car c'est ce qui pourra le toucher, du moins à ce qu'on dit. Je crains de ne pouvoir vous donner d'autre conseil, madame.

Il se leva et se versa un verre de cognac. Tous deux regardèrent en même temps le téléphone noir, mais leur imploration muette de la technique moderne fut vaine : l'appareil restait impitoyablement silencieux. Il ne dégageait que la mélancolie des objets inanimés.

Lochner prit congé sur la promesse de la rappeler plus tard.

— Monsieur Lochner, lui dit Élisabeth avec angoisse alors qu'il allait franchir le seuil, je vous en prie, répondez-moi franchement : n'est-ce que le début et cela va-t-il empirer ? La sécurité n'est-elle plus que le rêve des mères ?

Mais elle avait posé cette question comme si elle connaissait déjà la réponse.

Lochner se retourna et la regarda avec tristesse. Il lisait dans ses yeux que sa question ne portait pas uniquement sur le sort de son mari et de ses enfants, mais aussi sur celui de toutes les victimes de la violence inhumaine des nazis.

Il se souvint de ses confidences sur son petit garçon qui boitait parce qu'il avait une jambe plus courte que l'autre et des rumeurs selon lesquelles Hitler, qu'il avait personnellement interviewé, projetait l'élimination de tous les citoyens allemands affligés d'un handicap physique.

Les nazis avaient vraisemblablement commencé à réaliser ce projet, car on construisait dans tout le pays des camps d'extermination. Dans certains cercles de la société allemande, il était également question de stérilisations imposées à des handicapés par l'État afin d'empêcher la reproduction de ces « malformés indésirables ». Cette mesure était ratifiée par un ordre écrit et ultraconfidentiel du Führer.

Quelque chose dans le regard et dans l'attitude de la cantatrice fit comprendre à Lochner qu'elle n'espérait de lui ni un mensonge rassurant, ni une affirmation selon laquelle les bruits courant sur les projets des nazis n'étaient que des rumeurs stupides et dénuées de fondement.

Il devina non sans étonnement qu'elle savait depuis longtemps la vérité dans le fond de son cœur et qu'elle avait le courage de l'affronter. Il lui répondit donc avec franchise.

— Je crains que le pire ne soit à venir, madame Malpran. Je crois, comme beaucoup de gens dans ce pays, qu'une nouvelle guerre meurtrière se prépare, dit-il.

Il prit congé d'elle et, alors qu'il se dirigeait vers l'ascenseur, il ne se contentait pas de croire à ce qu'il venait de lui dire : il le savait aussi sûrement qu'il savait qu'aucun cheveu ne repousserait sur son crâne.

Louis P. Lochner avait raison. Un an plus tard, Hitler envahit la Pologne et Lochner fut le premier journaliste américain à accompagner les soldats allemands dans leur campagne.

Il reçut en 1939 le prix Pulitzer pour ses reportages de guerre à la fois réalistes et critiques, mais, en 1941, ses contributions courageuses indisposèrent les nazis, qui l'emprisonnèrent.

En 1945, à la fin de la guerre, Lochner fut l'un des premiers journalistes autorisés à visiter le camp de Dachau pour révéler au monde et aux générations futures les crimes qui s'y étaient déroulés.

19

Élisabeth vécut dans l'enfer de l'incertitude les deux journées suivantes, durant lesquelles elle se livra comme une automate à une multitude de démarches car elle préférait encore cette agitation à l'attente passive.

Elle téléphona plusieurs fois en vain à Paul, ne ferma pas l'œil de la nuit et ne but ni ne mangea que le nécessaire pour tenir.

Elle eut avec Göring une nouvelle entrevue à la chancellerie à l'issue de laquelle elle lui ôta tout espoir de gagner ses faveurs et d'évincer ainsi son rival Goebbels. Elle téléphona à Furtwängler, à Martha Dodd et à Richard Strauss, l'ancien directeur de la Chambre de musique du Reich. Ce dernier refusait de prendre le moindre risque afin de protéger sa belle-fille juive, mais il promit à Élisabeth de se renseigner pour son compte, comme tous ceux qui l'assuraient de leur soutien et l'exhortaient à garder courage.

Élisabeth était en position de faiblesse, car, depuis son unique apparition à Bayreuth en 1931 et l'arrestation de Gustav lors de la disparition d'Ottilie, elle avait négligé l'Allemagne pour se produire presque exclusivement dans d'autres pays européens. Ses relations autrefois nombreuses s'étaient raréfiées et certaines ne lui étaient plus d'aucun secours.

Ce fut peut-être pour cette raison que le 17 juin, jour du quatorzième anniversaire de Deborah, elle accepta l'invitation à dîner de M. Brunnmann bien qu'elle n'en eût pas la moindre envie. Il se révéla un hôte extrêmement cultivé et prévenant. À la fin de la soirée, il lui proposa d'entreprendre personnellement des démarches pour retrouver ses enfants.

Élisabeth le remercia du fond du cœur, car elle avait senti chez lui un désir sincère de l'aider, même si cet homme était pour elle une énigme.

Elle avait également l'impression de l'avoir déjà rencontré.

— J'ai en effet déjà eu le plaisir de vous voir, répondit-il quand elle lui en parla. J'ai pu vous admirer sur scène à Rome, à Paris et à Bruxelles, mais je n'étais alors qu'un spectateur parmi tant d'autres. Mais vous vous souvenez sans doute que nous nous sommes croisés avant-hier à la chancellerie ?

Élisabeth répondit avec autant d'amabilité que de franchise qu'elle l'avait malheureusement oublié, et s'en excusa en invoquant la fièvre et la faiblesse qui l'avaient saisie ce jour-là, ne lui laissant qu'un souvenir confus de cette journée.

La nuit, elle se tourna et se retourna dans son lit et rêva de Gustav. Il venait à sa rencontre dans un long couloir, comme surgi d'une lumière aveuglante, mais, quand il s'approcha d'elle, elle reconnut Albrecht Brunnmann. Et à la place de ses yeux béaient deux trous noirs insondables.

Elle se réveilla avec un cri de frayeur et en tremblant de tout son corps.

M. Lochner se révéla un ami sûr durant ces journées éprouvantes. Il déploya tous ses efforts et fit appel dans tout le Reich à des collègues qui lui promirent d'ouvrir les yeux et les oreilles pour recueillir des informations sur les enfants et sur Gustav.

Mais toutes ces recherches se perdirent dans les rouages du puissant appareil nazi. Élisabeth devait comprendre seulement plus tard qu'elle s'était heurtée à l'arme la plus efficace du régime : sa capacité à engloutir des êtres humains.

Bien qu'épuisée, elle montrait l'endurance et l'énergie d'une mère aux abois et trouvait toujours de nouvelles idées. Elle avait lancé un avis de recherche dans un commissariat. Elle projetait également de louer une voiture avec chauffeur pour refaire le trajet que ses enfants avaient parcouru en train jusqu'à la frontière française.

Lochner lui rendit une nouvelle visite deux jours après la disparition des enfants et cinq après celle de Gustav.

La vision de son visage blême l'émut. Il venait de la convaincre de prendre au moins une tasse de thé et quelques cuillères de potage quand on frappa énergiquement à la porte de la suite. Sans attendre de réponse, on l'ouvrit à la volée et Élisabeth fut assaillie par un tourbillon de bras et de jambes.

Après les épreuves des journées précédentes, c'en fut trop pour elle : elle sombra dans un trou noir, au grand effroi de toutes les personnes présentes.

Quand elle revint lentement à elle, elle sentit quelque chose d'humide sur son front qui se révéla être une compresse et un poids sur ses jambes qui était celui d'un teckel. Lorsqu'elle rouvrit les yeux avec précaution, de crainte d'avoir rêvé, elle découvrit à son chevet les visages anxieux mais pleins d'espoir de ses enfants. À cette vue, elle se serait certainement de nouveau évanouie si elle n'avait été allongée.

Quelle joie ! Même M. Lochner, qui portait un chapeau neuf, souriait jusqu'aux oreilles. Albrecht Brunnmann, qui avait fait son entrée avec les enfants, se tenait discrètement en retrait devant ces retrouvailles joyeuses et touchantes.

Ivre de bonheur, Élisabeth ne remarqua sa présence qu'au bout d'un instant. Les enfants, surtout Wolferl, parlaient sans interruption et pleuraient d'émotion. Mais Élisabeth lut dans les yeux de sa fille une angoisse profonde. Elle devina soudain pourquoi Deborah se montrait si réservée au milieu de l'allégresse générale.

— Mais où est passée Magda ? Pourquoi n'est-elle pas ici ? demanda-t-elle.

Toutes les personnes présentes, y compris Biene, se tournèrent vers M. Brunnmann, qui répondit à cette question comme s'il y était préparé.

— Votre gouvernante est encore sous la garde de la police de Stuttgart, madame. On l'a prise à tort pour une voleuse parce qu'on a trouvé sur elle une quantité de bijoux de valeur. Mes démarches pour la faire libérer n'ont malheureusement pas encore abouti.

— Qu'est-ce que c'est que cette histoire ? Magda n'a rien d'une voleuse ! Ce sont évidemment mes bijoux, que je lui ai confiés. Elle est innocente et elle doit être libérée immédiatement.

— Oui, bien entendu, madame Malpran, mais il faudra encore un jour ou deux pour régler toutes les formalités. Les bijoux ont été saisis en tant qu'élément de preuve, mais je déploie tous mes efforts pour qu'ils vous soient restitués. Ne vous inquiétez de rien et profitez de vos retrouvailles avec vos enfants : je me charge de toutes les démarches pour faire libérer votre gouvernante. Je reviendrai vous rendre mes devoirs demain. Les bagages de vos enfants sont dans le hall de l'hôtel et on vous les apportera dans un instant. Et maintenant, madame, je vous souhaite une agréable soirée en compagnie de vos enfants.

Son discours était empreint de courtoisie, mais son ton définitif, comme s'il n'avait pas l'intention de répondre à davantage de questions. Il allait sortir quand Élisabeth retrouva ses esprits.

— Je vous en prie, monsieur Brunnmann, pardonnez mon impolitesse, lui dit-elle. Je ne vous ai pas encore remercié alors que vous m'avez ramené mes enfants. Ne croyez surtout pas que je n'apprécie pas tout ce que vous avez fait pour nous, mais notre gouvernante Magda est chez nous depuis si longtemps qu'elle fait partie de la famille. Il me tient donc particulièrement à cœur qu'il ne lui arrive aucun mal, c'est pourquoi je vous supplie de faire pour la libérer les efforts que vous avez déployés pour mes enfants. Je vous en serais infiniment reconnaissante.

Brunnmann lâcha la poignée de porte et fit demi-tour. S'inclinant devant Élisabeth, il saisit le bout de ses doigts qu'elle venait de lui tendre avec sa grâce inimitable et accomplit le baisemain dans les formes, sans que ses lèvres effleurent le dos de sa main. Il se redressa et lui lança un bref regard comme pour lire sur son visage la confirmation de ses paroles, avant de quitter la pièce sans bruit.

Élisabeth le suivit des yeux. Elle n'avait encore jamais rencontré d'homme aussi grand capable d'évoluer avec une telle aisance. Elle avait également entrevu dans les profondeurs de son regard une expression qui l'intriguait, mais elle était trop émue par le retour de ses enfants pour y penser davantage.

M. Lochner prit également congé d'elle et les heures qui suivirent furent entièrement consacrées aux enfants.

Wolferl et Deborah, mais également Biene, avaient grand besoin d'un bain. Tous trois se retrouvèrent bientôt dans la baignoire débordante de mousse pour la plus grande joie de Wolferl, qui avait vidé dans l'eau tout le flacon de bain moussant « Rêve de bouleau ».

On avait apporté les bagages et les enfants étaient à présent assis en chemise de nuit propre sur le sofa.

Élisabeth avait commandé un plantureux dîner sur lequel Wolferl s'était rué. Elle se réjouissait de son bon appétit, signe que son fils avait surmonté ses épreuves sans trop de difficulté. Du moins ne semblaient-elles pas lui avoir coupé l'appétit.

Il en allait tout autrement de Deborah. Elle mangeait seulement du bout des dents en disant qu'elle n'avait pas faim. Élisabeth observait sa fille avec inquiétude. Deborah paraissait troublée. Était-ce au souvenir de Magda ou pour une autre raison ?

Mille pensées effroyables sur ce qu'une jeune fille innocente comme Magda pouvait subir en prison traversèrent l'esprit d'Élisabeth. Elle dut faire appel à toute sa volonté pour lutter contre l'angoisse qui l'envahissait. Elle interrogea sa fille malgré son appréhension de sa réponse.

— Qu'as-tu donc, Deborah ? Ne veux-tu pas me raconter ce qui s'est passé ? demanda-t-elle.

Deborah secoua la tête et montra son frère qui mastiquait, la bouche pleine.

— Plus tard, maman, répondit-elle. Quand il sera couché.

Mais Wolferl était trop surexcité pour dormir. Il parlait sans interruption et racontait déjà pour la troisième fois leur arrestation à la gare de Stuttgart, comment on les avait séparés de Magda, comment Biene avait mordu un policier au mollet, comment lui-même avait crié : « Sauve-toi, Biene ! » et le teckel s'était enfui alors que le policier tirait son arme. Aux yeux de Wolferl, rien ne distinguait ces événements des aventures palpitantes de Karl May, des épreuves dont les héros triomphaient immanquablement. S'il avait été un peu malmené, s'il avait eu froid et faim, c'était dans l'ordre des choses car, dans toute aventure digne de ce nom, il fallait bien souffrir un peu ! Sinon, comment pouvait-on prétendre au titre de héros ?

Cette logique d'une touchante naïveté avait rempli sa fonction en le préservant du choc qu'avait éprouvé sa sœur.

Élisabeth apprit par la suite que Wolferl avait passé presque tout ce temps blotti dans les bras de sa grande sœur. Peut-être était-ce l'explication de l'épuisement nerveux et physique de Deborah. Elle avait fait de son mieux pour rassurer son frère, l'avait réchauffé, lui avait donné sa maigre ration de nourriture, avait veillé sur son sommeil et l'avait protégé de la vermine.

Les yeux de Wolferl se fermèrent enfin. Il venait de terminer une phrase quand sa tête s'affaissa contre l'épaule d'Élisabeth. Elle embrassa son front délicat, le prit dans ses bras et l'emporta vers son lit.

L'amour et la tendresse la submergèrent presque douloureusement tandis qu'elle sentait la chaleur et le poids de son enfant dans ses bras. Avec les plus grandes précautions, comme s'il risquait de se briser, elle le déposa sur son lit et le recouvrit. Elle avait peine à en détacher les yeux tant cela la rendait heureuse de simplement l'observer pendant son sommeil. Elle avait prié pendant plus de deux jours pour connaître de nouveau cet instant, et il était venu.

Elle percevait cependant l'anxiété de sa fille, sa frayeur dissimulée à grand-peine dont elle, sa mère, avait le devoir de parler avec elle. Élisabeth redoutait la vérité qu'elle allait apprendre et la responsabilité dont Deborah se déchargerait sur elle en parlant. Elle espérait de tout son cœur qu'elle saurait se montrer à la hauteur de son rôle de mère afin que Gustav puisse être fier d'elle. Elle priait surtout pour trouver les mots consolateurs et la force qui apaiseraient l'âme blessée de Deborah.

Élisabeth s'assit à côté d'elle, prit sa main froide dans la sienne et la frotta tendrement pour la réchauffer comme elle l'avait fait si souvent quand Deborah se plaignait d'avoir les mains froides. Ses mains étaient très belles, minces, avec des doigts effilés et assouplis par l'exercice du piano.

Deborah entama un récit des événements tout différent de celui de Wolferl tandis qu'elles se tenaient par la main, partageant leur chaleur. À la gare de Stuttgart, deux policiers avaient fait irruption dans leur compartiment, réclamé leurs papiers d'identité, puis affirmé qu'ils n'étaient pas en règle et que tous trois devaient les suivre. Magda avait courageusement fait front et proposé de téléphoner à Élisabeth Malpran, la célèbre cantatrice, qui séjournait à l'hôtel Adlon de Berlin et qui confirmerait la validité de ces papiers d'identité.

Sans écouter Magda, ces hommes l'avaient empoignée et entraînée hors du compartiment en la tirant par les cheveux. Wolferl s'était mis à pleurer, mais Magda lui avait crié que ce n'était qu'une farce et que ça ne lui faisait même pas mal. Wolferl l'avait peut-être cru, mais Biene non : toutes dents dehors, elle s'était jetée sur la jambe de l'un des policiers. Quand son collègue avait sorti son arme, Wolferl avait crié : « Sauve-toi, Biene ! » et Magda avait imploré les policiers : « Pour l'amour de Dieu, messieurs, vous n'allez quand même pas tirer sur des enfants et sur des chiens ! C'est bon, nous vous suivons ! »

Biene avait pu s'enfuir à la faveur du tumulte.

Les policiers les avaient fait monter dans un camion, puis jetés en prison. On était bientôt venu chercher Magda, que Deborah n'avait plus revue depuis.

Deborah et Wolferl avaient passé seuls deux nuits en prison. Ils avaient peu à manger, rien pour se laver et, pour leurs besoins, seulement un seau en fer-blanc dont la seule protection était un couvercle. Deborah avait essayé de lier conversation avec la gardienne revêche, mais celle-ci était probablement idiote ou muette, ou les deux. Deborah s'était alors entièrement consacrée à Wolferl, elle lui avait raconté toutes les histoires qu'elle avait lues et chanté toutes les chansons qu'elle avait apprises pour l'empêcher de s'ennuyer ou d'avoir peur.

Élisabeth remercia Dieu de lui avoir donné cette fille tout en Lui demandant comment Il pouvait tolérer de tels agissements. Ceux qui les commettaient étaient-ils encore des humains ou des bêtes, pour traiter ainsi des enfants innocents ?

Mais ces journées en prison n'étaient pas le principal sujet d'angoisse de Deborah. Elle le révéla à sa mère quand elle lui raconta l'arrivée de M. Brunnmann, venu les libérer.

Il avait fait beaucoup de bruit en déclarant que c'était une grave erreur judiciaire d'emprisonner sans raison valable les enfants de la célèbre cantatrice Élisabeth Malpran, que le Führer tenait en très haute estime.

Comme Deborah s'était obstinément refusée à partir sans Magda, elle avait, à travers la mince cloison séparant la cellule de la pièce voisine, entendu toute la conversation qui avait suivi entre M. Brunnmann et le directeur de la prison. Celui-ci avait laissé entendre que l'interrogatoire de la suspecte n'avait apporté aucun éclaircissement, mais qu'il avait laissé des séquelles physiques sur sa personne.

— Je crains que le policier chargé de l'interrogatoire n'ait fait preuve d'un zèle excessif, déclara-t-il sans la moindre trace d'émotion. Cette femme n'est actuellement pas en état d'être transportée.

Deborah avait aussitôt deviné qu'on avait brutalisé Magda au cours de ces deux journées.

Elle avait également entendu M. Brunnmann ordonner de donner les meilleurs soins médicaux à Magda et de l'informer, lui, dès qu'elle serait assez rétablie pour rentrer à Munich.

Ils avaient quitté la prison sous une pluie battante. Alors qu'ils approchaient de la limousine noire, ils avaient eu une première heureuse surprise depuis l'avant-veille : la fidèle Biene avait, à en juger par sa saleté et son air affamé, monté la garde devant la prison pendant tout ce temps. Elle se précipita vers eux en gémissant.

M. Brunnmann accueillit sans sourciller le chien trempé dans sa voiture impeccable, gagnant ainsi la confiance de Deborah.

À la fin de son récit, elle pleura contre l'épaule d'Élisabeth en tremblant de tout son corps. Elle ne leva que bien plus tard vers elle son visage bouffi par les larmes.

— Maman, c'est affreux, ce qu'ils ont fait à Magda, dit-elle. Comment un être humain peut-il en maltraiter un autre ainsi, et presque à mort ? Et où est papa ? Que lui est-il arrivé ? S'il a été arrêté, est-ce qu'on lui a fait la même chose qu'à Magda ? J'ai tellement peur, maman…

Élisabeth garda sa fille dans ses bras toute la nuit après qu'elle se fut endormie à force de pleurer. Avant de sombrer à son tour dans le sommeil, elle décida qu'elle demanderait dès le lendemain à M. Brunnmann de prendre des dispositions pour qu'elle puisse se rendre à Stuttgart. Peut-être le docteur Strelitz pourrait-il l'accompagner. C'était certes un SS, mais aussi un bon médecin, autant qu'elle puisse en juger en comparaison avec son mari.

Magda devait absolument savoir qu'on s'occupait d'elle, qu'on ne la laissait pas souffrir seule.

Peu après 5 heures du matin, la sonnerie du téléphone résonna dans la suite. Élisabeth s'éveilla en sursaut de rêves confus et crut avoir imaginé le retour de ses enfants.

Elle sentit alors la chaleur et le contact familiers des corps de Deborah et de Wolferl blottis à ses côtés. Surpris par la sonnerie, ils remuèrent, mais Deborah fut la seule à se réveiller. Wolferl se retourna avec un faible grognement et se rendormit aussitôt en suçant son pouce.

L'obscurité de la pièce était totale, car, la veille au soir, Élisabeth avait tiré les lourds rideaux de damas. Elle dut attendre que ses yeux s'y habituent pour trouver l'interrupteur de la lampe de chevet, mais le téléphone se tut au moment où elle s'allumait.

Élisabeth et Deborah échangèrent un regard de soulagement. Le son strident de l'appareil leur avait paru de sinistre augure. Elles se dirent que quelqu'un avait dû se tromper de numéro. Alors qu'elles se détendaient et laissaient retomber leur tête sur l'oreiller, la sonnerie reprit. Élisabeth décrocha avec un soupir.

Elle apprit ainsi par Ottilie le nouveau désastre qui avait frappé le 10, Prinzregentenplatz.

20

Les hommes de main avaient surgi peu après 4 heures du matin au 10, Prinzregentenplatz.

Les nazis connaissaient la puissance de l'effroi qu'on provoque en arrachant quelqu'un à la tiédeur de son lit en pleine nuit. Ces hommes s'étaient rués dans l'appartement comme des soudards.

— Madame, Madame, c'est bien vous ? hurlait Ottilie comme si elle croyait pouvoir franchir la distance entre Munich et Berlin en haussant le ton.

Elle devait également crier à cause du vacarme continu dans lequel on distinguait le bris de verre et le craquement de meubles renversés.

— Ottilie, que se passe-t-il ? Que signifie ce tohu-bohu ?

— Ils cherchent le docteur. Ils disent que c'est un criminel en fuite et un voleur ! Le docteur, vous vous rendez compte ! Ils sont en train de tout démolir, toute cette belle vaisselle et votre piano ! J'ai eu le droit de vous téléphoner seulement parce que le capitaine a vu ce beau portrait de vous. Madame, vous devez faire quelque chose, sinon il ne restera plus rien ici !

— Ce n'est pas le plus grave, Ottilie, répondit Élisabeth, mais elle dut réprimer un rire hystérique à la pensée que Gustav pouvait être n'importe où en ce moment, sauf chez lui. Ce ne sont que des objets, poursuivit-elle parce qu'elle sentait la chaleur réconfortante de ses enfants dormant en sécurité à ses côtés. Dites-moi, est-ce qu'ils vous ont fait du mal, à Bertha ou à vous ? Comment allez-vous ?

— Ça va, mais la verrerie, les meubles et le linge… tout est cassé et sali, se lamenta Ottilie.

— Nous arrangerons tout cela, Ottilie. Passez-moi donc ce capitaine.

Le cerveau d'Élisabeth travaillait fébrilement, récapitulait sa visite chez Meyerlinck, la liste des documents et des procurations que Gustav avait confiés au cabinet et l'avertissement de l'avocat quand elle avait pris congé de lui : ils seraient bientôt au courant de leurs projets de fuite.

La perquisition prouvait que ce moment était venu. Elle devait d'abord sonder le capitaine pour voir s'il se montrerait accommodant. Elle n'aurait ensuite pas d'autre choix que d'appeler encore à l'aide M. Brunnmann, ce qui ne ferait qu'accroître sa dette vis-à-vis de lui.

— Capitaine Kaspar Brandmeier, *Heil Hitler !* hurla l'homme non moins fort qu'Ottilie dans l'appareil.

Le claquement de ses talons sur le beau parquet en chêne résonna douloureusement aux oreilles d'Élisabeth.

— Capitaine, je vous remercie d'avoir autorisé ma bonne à me prévenir. Vous avez certainement une mission importante à remplir et de bonnes raisons de faire cette perquisition. Je tiens néanmoins à vous informer que je séjourne actuellement à Berlin pour tenter d'éclaircir la disparition de mon mari. Le maréchal Göring s'occupe personnellement de cette affaire, comme il m'en a assurée lors d'un dîner. Serait-il possible d'interrompre provisoirement cette perquisition si je fais en sorte que vous receviez d'ici à quelques heures des instructions de Berlin ?

— Je suis désolé, madame, mais j'ai reçu des ordres stricts. Vous pouvez bien entendu porter plainte à

Berlin. Je peux au moins vous garantir que vos employés aryens n'ont rien à craindre, dit-il sur un ton aussi tranchant que définitif.

Élisabeth comprit que cet homme faisait entièrement corps avec l'idéologie du Parti. Cela signifiait qu'il avait perdu toute capacité à penser par lui-même et qu'il ne voyait pas plus loin que le col de son uniforme.

Elle ne faisait donc que perdre son temps avec lui. Elle entendit soudain un fracas suivi d'un « Jésus, la belle vitrine ! » d'Ottilie, qu'elle pouvait très bien imaginer enfouissant son visage entre ses mains.

Élisabeth garda son calme, refoula les paroles cinglantes qui lui montaient aux lèvres et remercia le capitaine avec une politesse contrainte.

Ottilie revint lui parler au téléphone et Élisabeth la rassura de son mieux en lui racontant que Deborah et Wolferl étaient arrivés sans encombre à l'Adlon. Elle lui promit également de rentrer au plus tôt.

Son projet de se rendre à Stuttgart le lendemain pour aller voir Magda demeura sans suite.

Les soucis qui accablaient Élisabeth ne faisaient que croître, mais elle ne pouvait deviner les conséquences fatales de cette perquisition nocturne.

Elle attendit jusqu'à 7 heures du matin pour appeler le bureau de M. Brunnmann. Elle apprit à son grand désarroi qu'il ne viendrait pas aujourd'hui car il était en déplacement. Et puis elle en conclut qu'après tout peu importait, car le mal était fait au 10, Prinzregentenplatz.

Elle se demanda si elle devait s'adresser de nouveau à Göring, mais cette perspective lui répugnait encore plus que sa démarche auprès de Brunnmann. Elle décida donc de rentrer le jour même à Munich. Ses recherches à Berlin n'avaient abouti à rien et elle pouvait les mener aussi bien à Munich.

Cette ville étant plus proche de Stuttgart, elle pourrait se rendre dès lendemain à la prison et peut-être ramener Magda le jour même à Munich.

Alors qu'elle demandait la note à la réception, elle eut une nouvelle surprise déplaisante : sa banque refusa de faire le virement que l'hôtel réclamait. Lorsqu'elle se vit contrainte de téléphoner à son imprésario à Vienne pour lui demander de lui envoyer l'argent pour l'hôtel et trois billets de train pour Munich, elle prit conscience de sa situation : elle était absolument sans ressources !

Meyerlinck l'avait prévenue : la saisie de la fortune de Gustav était la conséquence directe de la perquisition au cabinet d'avocats.

Élisabeth disposait bien d'un compte personnel pour ses gages, mais elle l'avait presque vidé en préparant son départ pour Londres. Elle comprit que, par une terrible ironie du sort, les mesures prises par Gustav et elle pour protéger des nazis leur argent durement gagné avaient permis à ces derniers de s'en emparer.

Il lui restait à peine un mark. Même ses bijoux de valeur n'étaient plus en sa possession et elle doutait de les revoir un jour. Ils pendaient sans doute maintenant aux cous gras d'épouses de nazis à Stuttgart. Il ne lui restait plus que ses perles, sa montre en or et les deux bagues qu'elle portait, dont son alliance.

Elle chercha du regard ses enfants, qui faisaient tourner le présentoir de cartes postales à la réception. Deborah montrait à Wolferl les monuments de Berlin et son fils surexcité se dressait sur la pointe des pieds pour tout voir. Elle songea que ces enfants étaient son véritable et unique trésor, et son cœur vola vers eux. Elle était prête à tout pour eux, dût-elle vendre son âme au diable !

La priorité pour le chef de famille qu'était devenue Élisabeth était de gagner de l'argent. Tel qu'elle connaissait son actif imprésario, il avait déjà commencé à rechercher des engagements pour elle en Allemagne et dans tout le Reich afin de récupérer l'argent qu'il lui avait prêté.

Élisabeth fut saisie d'une profonde mélancolie. Le régime avait obtenu ce qu'il voulait : une artiste loyale et humble prête à se sacrifier pour ses enfants sur l'autel de la culture nazie.

Moins d'un mois plus tard, elle retourna à Berlin pour chanter à l'Opéra d'Unter den Linden. Le Führer assista à la première, flanqué de Göring qui arborait toutes ses décorations et rayonnait comme si tout le mérite de cette prestation lui revenait.

Gustav, son époux, était officiellement porté disparu.

21

Munich

— C'est une honte, Madame ! Toutes ces belles choses en miettes ! Mais ils n'ont emporté que les papiers du docteur : j'ai ouvert l'œil. La vaisselle, les meubles et tout le reste, ils les ont démolis juste pour le plaisir. C'est incroyable ! Comme de vrais morveux. Une bonne volée, c'est tout ce qu'ils méritent !

— C'est bon, Ottilie, c'est fini, maintenant, dit Élisabeth avec lassitude, car c'était au moins la troisième fois qu'elle entendait cette litanie depuis son retour, sans compter les plaintes de Bertha. Du moins cette dernière était-elle retournée dans sa cuisine en déclarant : « Les enfants et Madame ont besoin de manger quelque chose de bon ! »

Ottilie et Bertha avaient passé la journée à balayer, à ramasser les débris, à redresser armoires et commodes, à ranger, trier le linge, transporter les tableaux brisés et les meubles abîmés dans la buanderie, et à réparer tout ce qu'elles pouvaient réparer comme deux vraies perles rivalisant de zèle.

Élisabeth ne leur avait ménagé ni éloges, ni paroles de réconfort, mais, à présent, elle avait besoin d'un peu de repos et elle congédia Ottilie, qui en fut froissée. Élisabeth sentait venir un nouvel accès de migraine.

Comme elle n'avait aucun appétit, elle se fit apporter une tasse de thé. Les enfants dînaient à la cuisine avec les deux employées et Biene.

Le lendemain, Élisabeth avait de nouveau de la fièvre. Au petit matin, Deborah descendit au cabinet pour lui chercher un médicament, mais il ne restait plus rien : tout avait été brisé ou volé. Et Ottilie repartit dans ses lamentations : « Jésus, j'avais oublié, avec tout ce cirque : ils sont venus là aussi, ces voyous ! Le beau cabinet… qu'est-ce que le docteur va dire… ! »

Redoutant un nouveau lamento prolongé, Élisabeth envoya Ottilie lui préparer encore un thé, dans lequel Bertha versa comme dans le premier son remède universel : un petit coup de rhum.

Brunnmann téléphona vers midi, mais Élisabeth dormait. Ne voulant pas la réveiller, Deborah prit elle-même l'appel.

Brunnmann l'informa que Magda serait envoyée le jour même avec un convoi de prisonniers au commissariat II de Munich, d'où elle serait acheminée au 10, Prinzregentenplatz.

Deborah l'attendit en vain pendant le reste de la journée en se rongeant d'impatience et d'inquiétude.

Élisabeth toussait, elle avait de la fièvre et elle dormit toute la journée, inconsciente de l'anxiété de sa fille, peut-être parce que Bertha avait versé plus de rhum que nécessaire dans son thé. Deborah prit la carte de Brunnmann dans le sac de sa mère, mais, quand elle téléphona à son bureau, on l'informa qu'il était de nouveau en déplacement.

Le lendemain à midi, Magda n'était toujours pas rentrée et Élisabeth restait alitée. Deborah ne supportait plus cette incertitude. Elle décida d'aller se renseigner au commissariat.

Bien que Magda ait quinze ans de plus que Deborah, elles étaient devenues amies intimes et confidentes : elle ne pouvait pas l'abandonner à son sort. Du reste, mieux valait faire n'importe quoi que rien du tout, se dit-elle, peut-être aussi pour se donner du courage.

Compte tenu de sa première confrontation plus que déplaisante avec l'arbitraire de la police, il en fallait en effet une bonne dose pour une fille de quatorze ans tout juste.

Peut-être était-ce aussi l'héritage de sa mère, qui avait une tendance à l'impulsivité, mais il lui manquait le talent d'Élisabeth pour en user à bon escient.

Elle fut un peu retardée dans l'escalier, où elle faillit littéralement tomber dans les bras de l'increvable général en retraite.

Ottilie, qui avait toute une collection d'anecdotes sur ses rencontres avec lui pour les jours de pluie et les jeudis, avait déclaré que c'était sûrement le plus vieux schnoque de tout le Reich et qu'on devrait lui décerner une médaille de plus rien que pour cet exploit.

Magda, qui reprisait une chaussette, avait ajouté avec un petit sourire que le vieux avait déjà plus de médailles que de coffre. Toutes deux s'étaient alors demandé histoire de rire à quel endroit il pourrait en épingler une nouvelle, pour conclure, gloussantes, qu'il lui restait sa braguette.

Deborah voulut passer devant lui en le saluant d'un signe de tête, mais le vieux général, qui d'habitude ne voyait pas plus les jeunes gens que s'ils étaient transparents, semblait d'humeur sociable ce jour-là. Il lui barra le passage et lui dit d'une voix tonnante : « Dites donc, ma jeune demoiselle, que se passe-t-il chez vous ces temps-ci ? Le cabinet est fermé et on ne voit plus le docteur. Et où est passée Mme Élisabeth ? Racontez-moi tout ! »

Deborah fut donc obligée de lui expliquer que son père avait disparu, que sa mère était malade et sa gouvernante probablement encore en prison parce qu'elle avait été à tort accusée de vol. Elle-même allait justement se rendre au commissariat de police le plus proche pour la faire libérer.

Le général s'indigna et vitupéra les Autrichiens qui bénéficiaient de remises de peine, la folie des grandeurs et la racaille brune, discours qui lui aurait valu l'hospitalité de la Gestapo pour autant d'années qu'il en comptait si celle-ci l'avait entendu. Il inspira à fond, produisant un râle de cerf enrhumé qui était peut-être un hallali, et annonça ce que Deborah n'aurait jamais imaginé même en rêve : « Je vous accompagne ! »

Elle eut aussitôt un mauvais pressentiment, mais, aux yeux du général, elle n'était qu'une enfant pour laquelle cette démarche représentait une responsabilité bien trop lourde, déclara-t-il, tandis que lui-même était un vieux soldat de l'empereur Guillaume décoré et influent !

C'est ainsi que tous deux partirent en guerre, le général d'un pas décidé et en brandissant sa canne, le menton saillant et le torse bombé, Deborah oscillant à son côté sur ses premières chaussures à talons hauts parce qu'elle avait voulu s'habiller en dame. Elle avait passé un tailleur choisi dans la penderie de sa mère et arborait sur ses cheveux soigneusement relevés un petit chapeau à l'allure impertinente, costume ravissant et idéal pour se vieillir de quelques années.

Ils parvinrent rapidement à destination. Le vaillant héros de guerre s'engouffra dans l'entrée du commissariat au pas de charge et fit feu comme un obusier. Des « J'exige », « Vous n'avez rien à exiger, pépé », « Savez-vous à qui vous avez affaire ? » et « Va te faire voir ! » volèrent de part et d'autre comme des boulets.

Le héros outragé décida d'administrer à l'insolent le traitement réservé à la racaille de son espèce au bon vieux temps : il abattit sa canne sur l'agent ahuri et Deborah faillit se trouver mal.

Cette agression sur la personne d'un fonctionnaire du Reich allemand était bien entendu inadmissible et le général fut arrêté séance tenante.

Ce ne fut néanmoins pas une mince affaire, car il était un illustre combattant sur tous les fronts : sa canne volait, tombait ici sur un nez, là sur un œil, et il fallut finalement trois hommes pour maîtriser ce forcené.

La scène s'acheva sur un coup de théâtre : le général poussa un râle, empoigna ses médailles dans un geste qui ressemblait à un dernier salut et tomba raide mort comme sur un champ de bataille.

Les fonctionnaires en brun le regardèrent d'un air hébété. C'était une belle calamité pour eux : ils devaient à présent rédiger un procès-verbal, faire venir un médecin légiste, répondre à des questions et fournir des explications. Mais le général eut droit à un magnifique enterrement avec toutes ses médailles.

Une foule nombreuse suivit le convoi et écouta la splendide oraison funèbre (« L'Allemagne n'oublie pas ses héros de guerre »), mais pas un seul membre de la famille n'assista à la cérémonie car le général les avait tous enterrés.

Un peu plus tard dans la même journée, alors qu'on venait d'emporter le corps, l'un des fonctionnaires de police, qui portait un pansement sur le nez, se rappela soudain la personne qui avait accompagné le général. « Au fait, où est passée la jolie demoiselle ? », demanda-t-il.

Compte tenu du tour défavorable qu'avaient pris les événements, Deborah avait préféré s'éclipser et revenir plus tard, mais ce ne fut pas nécessaire.

À son retour, Ottilie se précipita vers elle.

— Mais où étiez-vous donc, mademoiselle Deborah ? cria-t-elle dans son bavarois le plus retentissant. La Magda est revenue, et dans un drôle d'état: elle ressemble à un arc-en-ciel et elle n'a plus un cheveu sur le caillou. Doux Jésus, si seulement le docteur pouvait être là!

Magda paraissait en effet très éprouvée. Sa place aurait plutôt été à l'hôpital, mais elle refusa catégoriquement de s'y rendre. On envoya Ottilie chercher un médecin, qui n'arriva qu'au soir, car il y avait désormais trop de travail pour trop peu de médecins. La plupart des médecins juifs avaient quitté Munich contraints et forcés, car ils n'avaient plus le droit d'exercer dans les hôpitaux ni de faire rembourser leurs honoraires par les caisses de sécurité sociale. Le gouvernement projetait également de leur retirer l'autorisation d'exercer, les privant ainsi de tout moyen d'existence.

Le médecin soigna plusieurs doigts de Magda, qui étaient cassés. Son corps était couvert d'ecchymoses de toutes les couleurs, comme l'avait si bien décrit Ottilie. Mais elle se montra vaillante, traitant ce qu'elle avait subi comme si cela ne valait même pas la peine d'en parler. Au lieu de se plaindre, elle versa des larmes de joie tellement elle était heureuse qu'il ne soit rien arrivé à Wolfgang et à Deborah. Au vu de ce qu'on lui avait fait subir, elle s'était attendue au pire.

Le médecin diagnostiqua encore un traumatisme crânien quand, juste avant son départ, Magda vomit sur ses chaussures. Il se rendit ensuite au chevet d'Élisabeth, qu'une infection avait laissée sur le flanc, ce qui n'avait rien de surprenant après les épreuves qu'elle avait traversées.

Il lui prescrivit une semaine de repos au moins et quantité de remontants à la Bertha avant de s'en offrir un, puis un autre. Deborah priait pour qu'il n'ait pas d'autres visites à faire ce jour-là. Son père lui manquait terriblement.

Mais les journées passaient et sa famille restait sans nouvelles de lui.

22

Deux semaines plus tard, M. Brunnmann téléphona au 10, Prinzregentenplatz afin de présenter ses devoirs à Mme Malpran.

Élisabeth était assez rétablie pour recommencer à s'entraîner en vue de son engagement à l'Opéra national de Berlin qui avait été confirmé tout récemment. Elle le reçut dans sa salle de musique où trônait un nouveau piano à queue qu'elle n'avait pas encore payé, son prédécesseur ayant été odieusement profané par les béotiens du régime.

Brunnmann apportait un présent aussi inattendu que bienvenu : les bijoux d'Élisabeth qui avaient été saisis par la police, au complet et intacts, à la grande surprise de celle-ci, qui s'était attendue à ne plus jamais les revoir.

Elle dissimula bien entendu ces pensées à ce haut gradé du régime, mais, quand elle releva la tête, elle lut dans ses yeux qu'il l'avait percée à jour.

Brunnmann se montrait assez peu loquace, en particulier quand il s'agissait de lui-même. Ce jour-là, pourtant, Élisabeth apprit qu'il était ingénieur mécanicien de profession et qu'il avait travaillé pour la filiale d'une société pétrolière américaine jusqu'à l'arrivée du national-socialisme au pouvoir.

En revanche, ce qu'il faisait depuis début 1933 dans son uniforme de SS sur mesure lors de ses innombrables voyages dans la limousine Mercedes noire ornée de fanions, elle ne l'apprit pas et elle ne posa pas de questions à ce sujet.

Elle avait peur de la réponse, même si elle ne devait jamais se l'avouer. Brunnmann avait sauvé ses enfants, disculpé Magda et rapporté ses bijoux. Elle estimait donc qu'elle lui devait une reconnaissance dépourvue d'indiscrétion.

Elle devait malheureusement découvrir à ses dépens que la restitution de ses bijoux avait sa contrepartie, dans un donnant-donnant typique de cette époque. Brunnmann avait en effet apporté avec ces bijoux une attestation administrative de la saisie des « biens immobiliers sis au 10, Prinzregentenplatz ». Ces biens étaient au nom de Gustav, qui était aux yeux du régime un Juif en fuite, si bien que tout ce qui lui avait appartenu de droit revenait désormais au Reich de la grande Allemagne et au Führer.

C'était un nouveau coup du sort pour Élisabeth, qui perdait ainsi son domicile. Mais le prévoyant Brunnmann avait déjà trouvé une solution : il avait racheté ce bien immobilier en toute légalité et proposa à Élisabeth d'y rester avec ses enfants aussi longtemps qu'il lui plairait. Il tira de sa serviette une liasse de documents et lui présenta un contrat de location à son nom.

Le montant du loyer était très avantageux pour elle. Désemparée et encore sous le coup de l'expropriation, Élisabeth signa le contrat sans y réfléchir à deux fois.

À l'idée d'avoir assuré un toit à ses enfants, elle éprouva un soulagement indicible. Elle déclara à Brunnmann qu'elle lui rachèterait l'immeuble dès qu'elle en aurait les moyens.

Elle lui demanda de nouveau son aide dans les recherches de son époux et il la lui promit. Elle-même refit plusieurs fois le trajet jusqu'à la frontière suisse, montra la photographie de Gustav et interrogea à la ronde. Toutes ces démarches étaient comme un serment fait à elle-même que Gustav lui restait toujours aussi cher et qu'elle ne l'oublierait jamais.

Les semaines et les mois passèrent et, chaque jour, l'espoir d'un dénouement heureux diminuait un peu plus, mais l'amour d'Élisabeth pour Gustav demeurait inchangé.

En novembre 1938, après cinq mois d'engagements dans diverses villes du Reich, Élisabeth remarqua qu'on ne lui adressait plus d'invitations à se produire sur les scènes des capitales libres de Paris, de Londres ou de Bruxelles. Elle n'avait reçu qu'une offre de la Rome fasciste.

Prise de soupçons, elle interrogea son imprésario autrichien qui, après avoir un peu tourné autour du pot, avoua qu'on lui avait demandé en haut lieu de ne pas transmettre ces propositions à Élisabeth Malpran.

Elle comprit alors qu'elle était pratiquement retenue en otage dans son pays. Elle fut d'abord furieuse, puis très résolue : puisque le gouvernement la considérait comme indigne de confiance, elle décida de ne pas le décevoir.

C'est ainsi qu'en novembre 1938 Élisabeth fit de nouveaux projets pour s'enfuir d'Allemagne.

23

Quelques jours avant ces événements, la frénésie du mal avait de nouveau ravagé Munich. Élisabeth avait observé ce soir-là de la fenêtre de la salle à manger la lueur de l'incendie rougeoyant au-dessus de la ville. Elle avait définitivement compris que la folie nazie était irrépressible et s'étendrait jusqu'au jour où elle aurait dévoré tout ce qui incarnait le bien et le beau.

Lors de cette sinistre nuit du 9 novembre, des magasins juifs avaient brûlé dans tout le Reich et des Juifs avaient été chassés de leurs domiciles. Le sort des deux dernières synagogues de Munich fut également scellé par le feu cette nuit-là.

Toute culture et toute vie juives devaient être anéanties selon la volonté du Führer.

Cette nuit, qui marqua le début des pogroms de novembre, témoignait de la déshumanisation et de la brutalité croissantes de la caste régnante. Elle devait entrer dans les livres d'histoire sous le nom de « Nuit de cristal » qui, de l'avis d'Élisabeth, ne traduisait nullement les horreurs qui se déroulèrent au cours de cette nuit, mais il est vrai qu'aucun terme n'aurait pu les dépeindre.

Malgré la multitude d'incendies allumés par les SA, les demeures aryennes furent presque entièrement épargnées par les flammes. Les pompiers avaient reçu pour consigne non d'éteindre l'incendie, mais de veiller à ce que les « feux juifs » n'atteignent aucune « demeure aryenne ».

Car le peuple allemand devait rester de bonne humeur et garder une confiance inébranlable en son Führer. Et ce peuple apprenait vite. Il apprenait à détourner les yeux et à se tenir tranquille pour que le malheur frappe seulement les autres. C'est ainsi qu'un peuple entier s'aveugla volontairement.

Debout devant la fenêtre, Élisabeth songeait à la virtuosité avec laquelle les nazis jouaient de l'instrument de la terreur et à leur parfaite maîtrise de la partition de la dictature : les solistes jouaient fort et avec fanatisme tandis que le chœur du peuple restait silencieux et passif afin de ne pas attirer l'attention du chef d'orchestre ni ses coups de baguette.

L'ouverture de l'extermination et du déclin était inéluctablement entamée. On l'entendait déjà loin à travers le monde, mais elle restait sans écho.

Élisabeth avait également compris au cours de cette nuit que ses enfants ne seraient jamais en sécurité dans un pays gouverné par le nazisme.

Elle s'adressa de nouveau à l'ambassade de Grande-Bretagne, mais cette fois-ci, son objectif se révéla nettement plus difficile à atteindre, bien qu'elle eût comme caution son beau-frère résidant à Londres.

Vers la fin de l'année 1938, le nombre des candidats à l'émigration dépassait celui des immigrants. On exigea d'Élisabeth un virement sur un compte en banque en Angleterre destiné à couvrir ses frais d'entretien pour une durée de cinq ans et ceux de ses enfants pour une durée de deux ans. Elle ne disposait pas d'une telle somme, mais, au lieu de demander à Paul Berchinger de la lui avancer, elle décida de vendre une partie de ses bijoux. Ce projet rapidement conçu fut en revanche ardu à réaliser, comme elle dut le constater : de nombreux candidats au départ recouraient à ce moyen pour se procurer de l'argent, si bien que l'offre frénétique dépassait de loin la demande, faisant baisser inexorablement les prix.

Grâce aux relations de son ami américain M. Lochner, Élisabeth parvint néanmoins à vendre quelques-uns de ses bijoux. Elle rejeta l'offre de Lochner de lui venir en aide dans l'organisation de son départ car elle ne voulait pas lui créer de difficultés. Cette décision admirable dans l'intention se révéla malheureusement peu avisée.

Les préparatifs de départ se prolongèrent jusqu'au printemps 1939, car Élisabeth avait signé un engagement avantageux pour jouer Desdémone dans l'*Otello* de Verdi à l'Opéra de Vienne pendant plusieurs semaines. Financièrement, elle n'était pas en mesure de refuser ces revenus supplémentaires.

Son imprésario récalcitrant lui fournit enfin l'occasion qu'elle attendait pour fuir : Élisabeth reçut une invitation officielle pour chanter un soir à l'hôtel de luxe Baur au Lac à Zurich. Ce serait le prétexte idéal au cas où quelqu'un la reconnaîtrait dans le train.

Elle ne voyageait pas officiellement sous son nom d'artiste, mais sous celui de Gustav, que les enfants portaient également. Plusieurs mois auparavant, M. Brunnmann avait déjà sur sa demande – sans se douter de ses projets, bien entendu – fait supprimer la mention de l'origine juive de ses enfants sur leurs passeports.

Le 9 juin 1939, qui était un vendredi et presque un an jour pour jour après la disparition de Gustav, tout était réglé : l'après-midi, Élisabeth, ses enfants et Magda devaient prendre le train pour la Suisse, sur la même ligne que Gustav à son départ.

24

Allongée sur son lit, Deborah faisait ses adieux à son passé. Sa mère venait de lui confier ses projets. Le lendemain, ils feraient une nouvelle tentative pour s'enfuir de leur pays.

Elle pensait à son père en se demandant ce qu'il était devenu. Comme sa mère, elle espérait encore le revoir un jour.

Bien avant d'en prendre ne fût-ce que vaguement conscience, Deborah avait eu le pressentiment d'une menace qui se rapprochait.

Elle se souvenait de ce que son père si intelligent lui avait expliqué alors qu'elle était encore une petite fille : la Terre était très ancienne – quatre milliards d'années, un chiffre inconcevable ! – et c'était pourquoi elle tournait si lentement, paisible et silencieuse, respirant au rythme de l'éternité. Le bref intervalle de temps que représentait l'humanité vivant à sa surface était dérisoire. La Terre n'avait probablement même pas encore remarqué l'évolution de l'humanité, et c'était cette idée qui angoissait la jeune fille, car elle savait par expérience à quelle vitesse étourdissante le monde s'était transformé au cours de ces dernières années.

La race autoproclamée des seigneurs semait la destruction, animée d'une violence inhumaine. Comment la Terre saccagée pouvait-elle encore ignorer que l'humanité avait troublé sa paix ?

Deborah avait pour la première fois mesuré ce changement à l'âge de neuf ans, lorsqu'un nouveau chancelier était arrivé en Allemagne et que les dirigeants et leurs partisans avaient proclamé indésirable le peuple juif auquel son père appartenait.

Oncle Fritz, l'homme du journal dont elle avait écouté avec tant de plaisir les conversations bruyantes et animées avec son père, avait peu après purement et simplement disparu. Même si elle était encore trop jeune pour concevoir la raison de sa disparition, elle avait compris que ces conversations qui lui avaient tant plu étaient mal vues par les autres.

Depuis lors, elle avait l'impression qu'un malheur succédait à un autre, une catastrophe à une autre dans sa jeune vie, comme si chacune était le terreau sur lequel poussait la suivante.

Elle aurait quinze ans dans une semaine. Elle avait passé son quatorzième anniversaire dans une cellule crasseuse. Où fêterait-elle le quinzième ? Chez cet oncle Paul de Londres dont elle se souvenait à peine ?

Son avenir lui paraissait irréel. Elle repoussa cette pensée, peut-être parce que, malgré sa jeunesse, elle savait déjà que ce qu'on désire le plus ne se réalise jamais comme on l'avait imaginé.

À presque quinze ans, elle sentait en elle toutes les promesses de la jeunesse, les aspirations et les rêves innombrables de toutes les jeunes filles de la Terre, en un élan encore inconscient et confus. Mais elle éprouvait également une douleur sourde qui ne la quittait plus depuis que son père avait disparu sans laisser de trace. Elle se réveillait parfois le matin dans la tristesse. Elle était ensuite envahie de l'angoisse diffuse de ne jamais connaître le bonheur.

Elle refusait pourtant de céder à la tristesse ou à la crainte – pas ce jour-là, du moins. Elle chassa vaillamment ces angoisses en se concentrant sur la preuve concrète de son départ : les trois lourdes valises qui s'alignaient dans sa chambre, une pour chaque membre de la famille.

Deborah les avait remplies elle-même cet après-midi, car sa mère le lui avait demandé après avoir échoué dans cette tâche : « Deborah, mon poussin, tu veux bien le faire à ma place ? Tu me connais : je suis incapable de choisir ce que je dois emporter. Tu te débrouilleras bien mieux que moi ! », avait-elle dit.

Deborah s'était consciencieusement acquittée de cette tâche comme elle le faisait de toutes celles qu'on lui confiait, mais elle s'était révélée plus compliquée que prévu. La question de fond qu'elle avait dû se poser était la suivante : comment choisir parmi les objets qui ont constitué toute votre vie quand ils doivent impérativement tenir dans une valise ?

Elle avait longuement ruminé cette question et en était arrivée à la conclusion sagace que tout ce qu'on pouvait briser, couper en morceaux ou détruire d'une manière ou d'une autre, bref, tout ce qui avait une consistance physique et était fabriqué par l'homme, ne serait jamais aussi précieux que les souvenirs qu'elle pourrait emporter en quantité inépuisable. Dès lors, la tâche fut facile et elle put refermer les valises sans avoir besoin de s'asseoir sur elles.

Le soir était arrivé entre-temps. Deborah, qui aimait le crépuscule, n'avait pas encore allumé de lampe dans sa chambre. Elle ne distinguait donc que vaguement les contours des valises semblables à des schémas anguleux.

Ces valises Louis Vuitton étaient depuis de nombreuses années les fidèles compagnes de voyage de sa mère. Un jour, elles avaient disparu lors d'une tournée et n'avaient été retrouvées qu'après plusieurs semaines au magasin des accessoires : un employé avait pris ces objets extravagants pour des accessoires de scène.

Élisabeth avait entre-temps été inconsolable de leur perte. Le père de Deborah avait rédigé par plaisanterie un éloge funèbre des valises. Deborah l'entendait encore déclamer: «C'étaient de bonnes valises en cuir, solides et d'une élégance raffinée. Nous garderons en mémoire leur belle finition et les précieuses fermetures de leurs lanières.»

Élisabeth avait rapporté ces valises de Paris avec un orgueil de propriétaire. Elle les avait achetées sur les Champs-Élysées sur un coup de tête, dépensant pour elles l'ensemble des gages de sa tournée. C'était longtemps avant la naissance de Deborah. Élisabeth et ses bagages avaient beaucoup voyagé ensemble. Les valises avaient même des noms, une vieille habitude d'Élisabeth de désigner les personnes et les objets que le père de Deborah appelait «le dévoilement de l'âme».

Elle avait baptisé «Diva» la plus grande des trois valises dans laquelle elle transportait ses merveilleuses robes de scène sur mesure, «Sophie», qui signifie «sagesse» en grec ancien, la moyenne, dans laquelle elle rangeait ses partitions et ses livrets d'opéra, et «Vanita», d'après la déesse de la Vanité, la dernière, qui contenait ses innombrables ustensiles de maquillage et ses perruques. En bref, tout un attirail à métamorphoses dans lequel Deborah et sa mère avaient puisé avec insouciance.

Deborah avait souvent admiré leurs étiquettes colorées aux noms des villes où elles avaient séjourné, souvenirs de moments merveilleux et symboles de la joie du voyage. Ces valises auraient eu bien des choses à raconter.

Mais, aujourd'hui, ces étiquettes lui paraissaient inexplicablement empreintes de mélancolie, comme si elles se refusaient au souvenir.

Cette nuit-là, ni Élisabeth ni Deborah ne trouvèrent le repos. Seul le petit Wolfgang dormit du profond sommeil des enfants de six ans.

Le lendemain, les heures précédant le départ parurent interminables. Élisabeth avait préféré partir le plus tard possible de la maison afin de réduire l'attente à la gare.

On avait seulement informé Bertha et Ottilie, pour leur propre sécurité, que madame allait donner un concert et emmenait les enfants, mais, ayant si longtemps vécu avec la famille, elles se doutaient certainement de quelque chose. Elles paraissaient nerveuses et tournaient sans cesse autour d'Élisabeth et des enfants.

– Mais, enfin, qu'avez-vous donc aujourd'hui ? Vous êtes encore plus dans nos jambes que le teckel ! finit-elle par leur dire.

Elle avait déposé en cachette dans la chambre d'Ottilie une enveloppe contenant un mot d'explication et un an de salaire pour chacune.

Une demi-heure avant leur départ, on sonna à la porte de l'appartement et Ottilie vint annoncer à Madame la visite impromptue de M. Brunnmann.

Cette arrivée provoqua un instant de panique, car il fallut ranger de nouveau dans la chambre de Deborah les valises qui étaient déjà dans l'entrée.

Élisabeth ne devait comprendre que plus tard combien la mauvaise conscience pousse à des actions irréfléchies. Elle aurait pu tout bonnement dire à Brunnmann, comme elle l'avait fait avec Ottilie et Bertha, qu'elle partait pour un engagement, car il avait l'habitude de ces départs. Sa réaction précipitée eut seulement pour résultat de mettre la puce à l'oreille d'Ottilie, dont le regard consterné n'échappa pas à Élisabeth.

Maintenant, ils buvaient du café en bavardant poliment et Élisabeth devait prendre sur elle pour ne pas regarder fixement sa montre.

Ce jour-là entre tous, Brunnmann était d'excellente humeur et loquace. Il avait apporté un sac de bonbons à Wolfgang, ses préférés, des *Mozartskugel* de Salzbourg, et, pour Élisabeth et Deborah, une *Sachertorte* de Vienne, cadeaux qui avaient au moins le mérite de les renseigner sur son dernier voyage. Le délicieux gâteau au chocolat venait d'être découpé en tranches généreuses et servi par Bertha.

Brunnmann s'attardait, le temps filait et il était impossible de se débarrasser poliment du visiteur indésirable, du moins Élisabeth, à bout de ressources, ne trouvait-elle aucun prétexte. Vint le moment où il fut trop tard pour partir à la gare.

Brunnmann prit enfin congé après plus de deux heures de visite, mais Élisabeth éprouva de nouvelles appréhensions en le voyant sortir de sa poche une petite boîte à bijoux. « Dieu du ciel, pensa-t-elle affolée, il ne va quand même pas me faire une demande en mariage ? »

Mais, contrairement à ce qu'elle avait craint, il ouvrit lentement la boîte avant de la lui tendre.

— J'ai découvert par le plus grand des hasards cette bague chez un bijoutier de Berlin, dit-il. Elle vous appartient, n'est-ce pas, madame ? Je l'ai reconnue à la couleur si particulière de la pierre, du même violet que celui de vos yeux. La prochaine fois que vous aurez besoin d'argent, adressez-vous donc à moi, je vous en prie. Vous savez bien que je suis votre ami.

Il lui baisa la main et, pour la première fois, ses lèvres effleurèrent le dos de sa main.

Il partit, laissant Élisabeth le cœur battant. Elle sentait encore le contact de ses lèvres sur sa main, qu'elle essuya machinalement sur son tailleur avant de s'affaisser dans son fauteuil, épuisée. Elle avait fort bien compris qu'il ne s'agissait pas d'une visite amicale, mais d'un avertissement.

Malgré tout, ou précisément pour cette raison, elle décida de tenter encore sa chance le jour même.

Ils parvinrent à la gare sans encombre, mais un imposant déploiement de policiers et de SS les avait précédés.

Le chauffeur de taxi, qui portait un brassard à croix gammée, s'arrêta à quelque distance du barrage et tendit le cou pour l'observer.

— Tiens, encore une razzia ! commenta-t-il. Ils doivent rechercher des criminels juifs en fuite.

— Faites demi-tour, s'il vous plaît : j'ai changé d'avis, ordonna Élisabeth.

Elle entendit un froissement de papier à côté d'elle : Wolferl prenait encore un bonbon dans le sac que Brunnmann lui avait apporté.

— Non, Wolferl, tu en as assez mangé ! dit-elle avec agacement, et elle lui reprit le bonbon.

Quand elle vit l'emballage, elle crut que sa vue lui jouait un tour : il était orné d'une croix gammée.

Il était décidément impossible d'échapper à ce symbole.

Élisabeth annula son concert à Zurich sans pour autant renoncer à fuir l'Allemagne. Elle jugea néanmoins plus judicieux de laisser passer quelques mois avant de faire un nouvel essai afin qu'on crût qu'elle avait abandonné la partie – bien qu'elle ignorât qui au juste était ce « on ».

Elle décida avant tout de ne plus jamais mettre un tiers dans le secret – ni l'ambassade britannique, ni M. Lochner et encore moins son imprésario, qu'elle soupçonnait de l'avoir dénoncée alors qu'elle lui avait expressément demandé de ne pas souffler mot de ce concert à Zurich. Mais cet homme était aussi inconstant qu'habile en affaires. L'idée vint à Élisabeth qu'il redoutait peut-être de perdre sa poule aux œufs d'or si elle quittait le poulailler de l'opéra pour un pays libre.

Elle commença donc par rechercher un nouvel imprésario, car une cantatrice devait avoir dans son imprésario la même confiance que dans son chef d'orchestre, qui lui donne le rythme et le signal pour chanter.

Elle songea que la situation ne manquait pas d'ironie : au bout du compte, par ses manigances pour la garder, son imprésario l'avait définitivement perdue. Mais elle doutait qu'il puisse goûter cette ironie ou seulement la saisir.

25

Les trois mois suivants furent une épreuve de force pour Élisabeth, qui oscillait entre la peur et l'espoir, la résignation et la révolte. Quand, debout sur scène à la fin d'une représentation, elle laissait les applaudissements déferler sur elle, elle avait l'impression d'être une tour de sable que seule la nécessité de protéger ses enfants soutenait encore.

Et, quand elle voyait parmi les spectateurs les nouveaux dirigeants dans leurs uniformes de gala aux côtés de leurs épouses couvertes de bijoux, elle devait se faire violence pour ne pas leur hurler dans sa souffrance : « Qu'avez-vous fait à mon Gustav ? »

Extérieurement, elle continuait à jouer le rôle de la diva belle et rayonnante, chantait à Berlin, à Hambourg, à Vienne et à Munich.

Dans cette dernière ville, elle dut laisser cet Heinrich Himmler qu'elle haïssait lui baiser la main en l'appelant « chère madame ». Elle ne pouvait chasser le soupçon qu'il avait joué un rôle dans la disparition de son mari.

À la fin de l'une de ces représentations, elle siégea à ses côtés lors d'un dîner de gala. Pendant toute la soirée, elle lutta contre la nausée et fut incapable d'avaler une bouchée.

M. Brunnmann l'invita deux fois, mais dans un cadre plus intime, à un souper. Bien qu'il fût toujours aussi réservé vis-à-vis d'elle, en se conduisant presque comme s'ils n'avaient que des relations d'affaires, ce qui aurait déconcerté même une femme moins séduisante qu'Élisabeth, elle croyait percevoir un subtil changement dans son attitude envers elle depuis qu'il lui avait restitué sa bague. Mais lorsqu'il prenait congé d'elle avec l'aisance d'une vieille relation, elle se disait qu'elle s'était sûrement trompée.

Pourtant, le simple fait qu'elle s'était posé cette question prouvait qu'elle n'était pas complètement dans l'erreur. Plus elle observait son comportement, plus elle croyait déceler en lui une attente non formulée. Elle se demandait s'il espérait d'elle davantage que sa profonde reconnaissance pour avoir sauvé ses enfants.

La tension nerveuse qu'elle éprouvait lui devint bientôt insupportable. Elle dormait encore moins qu'auparavant, sautait des repas, voyageait et travaillait beaucoup et se sentait de plus en plus lasse. Sa voix et sa concentration sur scène en souffraient. Sa fatigue ressemblait de plus en plus à de l'épuisement nerveux, comme si elle pressentait que de nouveaux fardeaux allaient lui échoir.

Une nuit, alors que, tout juste rentrée de Vienne, elle dormait d'un sommeil agité, elle rêva de nouveau que Gustav venait à sa rencontre pour se transformer soudain en Albrecht Brunnmann. Elle se réveilla, troublée et désorientée. Il lui fallut un moment pour reprendre ses esprits et accorder ses pensées qui vibraient en elle comme les multiples registres d'une voix.

Alors, contre toute attente, dans un instant de lucidité qui lui vint comme une inspiration, elle se demanda si le problème ne tenait pas moins à Brunnmann qu'à elle-même. Se pouvait-il que ce fût elle, et non lui, qui espérait voir leurs relations devenir plus intimes ?

Élisabeth était une femme et une artiste passionnée qui avait assez souvent exprimé sur scène les transports de l'amour et l'ivresse des sens pour savoir à quoi s'en tenir. Elle connaissait les désirs et la volupté, ceux de l'homme comme ceux de la femme, pour les avoir éprouvés et partagés avec Gustav.

Elle songea ensuite qu'à l'époque à laquelle elle vivait la sensualité de la femme était considérée comme déplacée. Les femmes étaient confinées au foyer. Dans l'idéologie nazie, la femme idéale avait le devoir sacré de donner au Führer des fils qu'il puisse jeter dans la gueule insatiable de la guerre.

Élisabeth s'avoua combien l'absence de Gustav, disparu depuis quinze mois maintenant, lui pesait. Et ce n'était pas seulement son intelligence qui lui manquait, mais aussi son corps et ses caresses.

Elle affronta cette vérité avec la franchise qu'elle estimait devoir à Gustav. Elle se demanda sans complaisance envers elle-même si sa vanité féminine n'était pas blessée de ce qu'Albrecht Brunnmann était le seul homme de son entourage à ne pas lui faire d'avances.

Ces considérations ne purent ni l'apaiser, ni l'éclairer et elle mit longtemps à se rendormir.

Quand, de retour à Munich, Brunnmann l'invita de nouveau à souper, elle prétexta une migraine et fut soulagée quand il n'insista pas.

26

En juillet, un nouvel incident les bouleversa.

Alors qu'Élisabeth était à Berlin, Deborah à son cours de chant et Ottilie sortie avec Magda faire des courses au marché, Wolfgang décida d'aller se promener seul avec Biene. Bertha, qui était censée veiller sur lui, dormait sur la banquette du poêle à la cuisine, la bouche grande ouverte.

Depuis peu, elle avait tendance à s'assoupir. « Bientôt, elle va piquer du nez devant le fourneau et tomber dans la marmite, tu verras ! », avait prédit Ottilie à Magda.

À leur retour du marché, Magda et Ottilie remarquèrent aussitôt la disparition de Wolfgang et de Biene. Magda jugea néanmoins plus prudent de ne pas prévenir la police.

Avec Deborah, qui était rentrée entre-temps, elles se lancèrent à la recherche des disparus. Elles retrouvèrent bientôt Wolfgang, mais il était bouleversé parce que cette petite futée de Biene lui avait faussé compagnie. Ils la cherchèrent jusqu'au soir sans résultat. Comme Wolferl pleurait à fendre l'âme, Deborah ne put lui tenir rigueur de son escapade, mais elle passa un savon à Bertha.

À leur grande joie, Biene les attendait le lendemain devant la porte. En pleine forme, elle engloutit l'écuelle de friandises que lui avait préparée Bertha toute contrite. Elle était visiblement ravie de son escapade nocturne.

Deux semaines plus tard, alors qu'Élisabeth rentrait d'une tournée de dix jours dans trois villes successives, une épreuve qu'elle avait dû s'infliger pour des raisons financières, M. Brunnmann fit une nouvelle apparition inopinée.

Elle se fit violence pour lui témoigner la politesse qu'elle lui devait. Bien que la sensibilité ne fût pas l'une des principales qualités de Brunnmann, il devina qu'elle le recevait plus par devoir que pour le plaisir de sa compagnie, si bien qu'il prit rapidement congé d'elle.

Élisabeth projetait une nouvelle tentative de fuite. Le départ était prévu en septembre, mais elle préférait décider du jour exact au dernier moment, comme si elle craignait que l'ennemi ne lise dans ses pensées.

Même Deborah et Magda ne devaient l'apprendre que la veille au plus tôt afin de ne pas risquer de se trahir par des actions ou des paroles inconsidérées.

Le 1er septembre 1939, Ottilie rentra du marché avec un panier vide. Dans son affolement, elle était retombée dans son dialecte bavarois à couper au couteau.

— Jésus-Marie, Madame, nous sommes en guerre, tout juste comme ce pauv' docteur l'avait prédit ! annonça-t-elle. Ça m'étonne pas qu'y-z-appellent le quartier général de leur parti « la maison marron ». Maison de merde, oui ! C'est dans leur cervelle qu'on a ch… !

— Ottilie, reprenez-vous, je vous prie ! Wolfgang est là ! intervint Élisabeth, l'interrompant dans son monologue pittoresque.

Mais elle comprenait le bouleversement d'Ottilie, dont le père et le frère aîné étaient morts lors de la guerre précédente. Et, maintenant, son Hans bien-aimé était soldat.

Cet avertissement était toutefois arrivé trop tard pour l'esprit éveillé de Wolferl, qui sautillait, ravi, en criant: «Maison marron, maison de merde, maison marron, maison de merde…»

Ottilie, écarlate, se recroquevilla. Élisabeth prit son fils à part pour lui expliquer qu'il ne devait jamais plus répéter de telles paroles car elles risquaient d'être entendues par des personnes qui pourraient leur faire du mal. Mais expliquer à un enfant de six ans que la liberté d'expression n'existait plus relevait de l'impossible. Seule la menace d'une punition produisit son effet, sans que Wolferl puisse comprendre de quoi il retournait.

Élisabeth alluma ensuite la radio et écouta le discours par lequel Hitler justifiait l'entrée en guerre de l'Allemagne devant le Reichstag:

«Cette nuit, la Pologne a lancé une attaque contre notre territoire par des tirs de l'armée régulière postée à la frontière. La riposte à ces tirs dure depuis 5 h 45 et, à partir de maintenant, à chaque bombe ennemie répondra l'une des nôtres.»

En guerre, le droit et la vérité n'ont plus cours, avait dit Gustav à Élisabeth. Tout en méditant ces paroles, elle se demanda s'il serait plus difficile de quitter l'Allemagne désormais.

Et ce reproche pesait sur elle comme un sinistre pressentiment: avait-elle trop tardé à réagir?

Sa confiance et son espoir se rebellaient contre cette idée. Maintenant que les nazis étaient aux prises avec des difficultés autrement plus graves, peut-être serait-il plus facile de s'enfuir, se dit-elle.

Une chose était sûre: l'entrée en guerre provoquerait un exode massif, car le nombre des candidats à l'exil ne ferait que croître. La plus grande inquiétude d'Élisabeth était de savoir comment le pays libre qu'était la

Suisse réagirait à cette entrée en guerre : fermerait-elle ses frontières ?

Elle passa immédiatement à l'action. Elle fourra une liasse de billets dans son sac, appela un taxi et se fit conduire à la gare centrale afin d'y acheter des billets de train à destination de Zurich pour le lendemain. Son intuition ne l'avait pas trompée. Cet après-midi-là, la gare était encore plus animée que d'habitude et les billets qu'elle voulait acheter étaient déjà vendus.

Obéissant à une inspiration subite, elle acheta pour le 5 septembre, le lendemain et le jour suivant, quatre billets en première classe pour Zurich qui lui coûtèrent tout l'argent qu'elle avait emporté.

Elle se sentit alors soulagée, libérée du poids de cette décision par laquelle elle parait à toute éventualité. Même si un contretemps survenait le 5 septembre, par exemple une visite imprévue de Brunnmann, elle aurait une alternative grâce aux billets achetés pour les jours suivants.

Elle devait encore régler la question d'Ottilie et de Bertha, qui perdraient sous peu leur emploi.

Quand leurs maîtres auraient fui le pays, les deux vieilles servantes ne pourraient rester dans l'appartement : après ce que Magda avait subi à Stuttgart, c'était exclu. Élisabeth ne redoutait pas vraiment des représailles directes contre elles, mais elle n'aurait pas la conscience tranquille avant de savoir ces deux âmes fidèles bien pourvues et en sécurité.

Elle aborda la question avec Magda et elles trouvèrent une solution pour Bertha. Le surlendemain, Josef, le frère aîné de Magda qui avait repris la ferme de Thanning après la mort de leur père, arriva à Munich pour emmener Bertha. Elle protesta et pleura, croyant que ce départ était sa punition pour avoir mal surveillé Wolferl.

Le désespoir de la vieille servante faisait peine à Élisabeth, mais, pour sa sécurité, elle ne pouvait lui révéler la vérité.

Le sort d'Ottilie se régla de lui-même quelques jours plus tard.

Hans lui avait demandé sa main longtemps auparavant et, dans la perspective de la guerre, Ottilie la lui accorda sans plus hésiter.

Le 4 septembre, Élisabeth lui fit ses adieux à la gare, car elle devait prendre le train pour Freising où l'attendait une nouvelle vie. Élisabeth dut presque forcer la brave servante à accepter la somme généreuse qu'elle lui remit pour son trousseau.

Il ne restait désormais plus au 10, Prinzregentenplatz qu'Élisabeth, Magda, Deborah, Wolfgang et Biene, qui avait encore grossi ces derniers temps. Élisabeth soupçonnait Bertha de l'avoir trop nourrie par mauvaise conscience.

Le soir du 4 septembre, Élisabeth passa l'appartement en revue pour la dernière fois en s'efforçant de chasser les souvenirs heureux du temps de « l'arche de Noé ». Les pièces lui paraissaient étrangement vides comme si leur future absence s'y faisait déjà sentir.

Une demi-heure avant minuit, alors qu'Élisabeth venait de s'endormir, on la réveilla sans douceur. Elle sursauta, puis découvrit à son chevet les coupables : Deborah et Wolfgang !

— Pour l'amour du ciel, que se passe-t-il encore ? s'écria-t-elle.

— Maman, Biene a eu des petits, répondit Deborah en la regardant avec désespoir.

Elle connaissait depuis quelques heures les projets de sa mère et elle avait compris qu'il serait impossible d'emmener avec eux Biene et ses chiots. Néanmoins, elle implorait sa mère de trouver une solution à ce nouveau dilemme.

Élisabeth poussa un soupir, puis chaussa ses pantoufles.

— Voyons un peu ces petits, fit-elle.

La vue de la mère toute fière et de ses quatre chiots était poignante, mais cette naissance n'aurait pu survenir à un pire moment. Élisabeth se souvint combien elle s'était réjouie la veille encore du mariage d'Ottilie et de Hans et songea combien la présence de la bonne, qui aimait les animaux, lui aurait été utile.

« Que faire ? », se demanda-t-elle. Elle sentait sur elle les regards implorants de ses deux enfants, surtout Deborah qui s'était donné tant de mal pour élever Biene au biberon et lui avait sauvé la vie.

Mais l'Allemagne était en guerre et la sûreté des enfants passait en premier. Élisabeth réfléchit rapidement : leur train ne partant qu'à 15 heures le lendemain, elle aurait largement le temps de se rendre à Freising en taxi et de revenir.

— Je suis désolée pour vous, dit-elle à ses enfants, mais il n'y a pas d'autre solution : j'emmènerai demain très tôt Biene et ses petits à Freising pour les remettre à Ottilie. Elle prendra bien soin d'eux. Nous devons quitter l'Allemagne sans plus attendre, sinon il sera trop tard pour le faire. Il faut que vous compreniez bien cela.

Elle vit les yeux de Deborah se voiler de larmes, mais la jeune fille ne protesta pas. Elle acceptait la décision de sa mère, peut-être parce qu'elle avait lu dans ses yeux qu'elle était irrévocable.

Élisabeth se recoucha et se rendormit d'un sommeil agité peu avant l'aube.

Elle rêva qu'elle errait nu-pieds dans un dédale infini de glace noire. Chaque fois qu'elle croyait trouver une issue, un mur encore plus haut que les précédents se dressait devant elle. Elle sentait le froid de ses pieds remonter lentement vers son cœur. Elle savait que quand il l'aurait atteint elle mourrait. Elle courait, à la recherche désespérée d'une issue.

Mais, à chaque fois, un homme en uniforme noir lui barrait le passage. Son visage avait l'aspect d'une tête de mort et il lui disait : « Je suis désolé, madame, mais toutes les issues sont fermées. »

27

Le lendemain au petit matin, alors qu'Élisabeth allait prendre un taxi pour Freising, une limousine Mercedes noire arborant les fanions nazis s'arrêta devant le 10, Prinzregentenplatz et l'une des ordonnances d'Hitler en sortit.

Il informa poliment Mme Élisabeth Malpran que le Führer séjournait en ce moment à Munich et avait appris qu'elle y faisait une pause entre deux engagements. Sa présence était vivement souhaitée le soir même au château de Neuschwanstein, où l'on avait organisé en dernière minute un récital de chants de Wagner en l'honneur du Führer. Les répétitions avaient commencé et il emmènerait immédiatement Mme Malpran à Füssen pour lui épargner tout dérangement.

Élisabeth se demanda fugitivement pourquoi Hitler n'était pas à Berlin alors qu'il dirigeait la guerre de là-bas, puis se souvint d'avoir récemment lu dans la presse que Göring prenait en ce moment même des vacances sur la Côte d'Azur. En somme, l'un assistait à un récital de Wagner et l'autre était en vacances tandis qu'en Pologne des soldats mouraient.

Élisabeth n'avait pas le choix: elle devait se rendre à cette invitation qui ressemblait beaucoup à un ordre en laissant sous la garde de Magda ses enfants et les cinq chiens.

Albrecht Brunnmann l'accueillit deux heures plus tard dans la cour du château et lui ouvrit la porte. Il se montra aussi charmant et prévenant qu'à son habitude. Rien dans son comportement ne rappelait qu'Élisabeth avait décliné sa dernière invitation et qu'elle l'avait pratiquement éconduit par sa froideur.

Le jour se levait au-dessus des toits de Munich quand Élisabeth rentra épuisée de Neuschwanstein. Brunnmann lui avait proposé de la ramener dans sa voiture et, cette fois-ci, elle n'avait pas refusé son aimable invitation.

Elle s'était réjouie qu'il ne semble pas disposé à faire la conversation, car il restait muet à côté d'elle à l'arrière de la voiture. Elle s'abandonnait avec soulagement sur les coussins moelleux de la banquette.

Elle aimait particulièrement le calme qui régnait dans l'intervalle entre le jour et la nuit, la mort et la naissance, mais elle résista à la tentation de fermer les yeux. Elle savait qu'à son arrivée il lui faudrait aussitôt emmener Biene et ses chiots à Freising.

Afin de lutter contre le sommeil, elle passa mentalement en revue les chants qu'elle avait interprétés à Neuschwanstein, mais elle ne gardait de cette soirée qu'une sensation d'irréalité diffuse comme si elle ne l'avait pas vécue. Il lui était aussi difficile de décrire cette étrange impression que de trouver un nom pour la couleur lugubre dans laquelle la ville spectrale était plongée à cette heure. Mais peut-être cédait-elle seulement à la mélancolie d'un départ imminent.

Peu avant l'arrivée de la voiture sur Prinzregentenplatz, Élisabeth fut saisie d'un curieux pressentiment. Comme elle était souvent rentrée de son travail au petit matin, elle n'avait pas remarqué immédiatement un détail inhabituel : la lumière. Elle n'avait encore jamais vu à cette heure autant de lumières aux fenêtres des maisons voisines. Elle se demanda ce qui avait pu tirer les voisins de leur sommeil à une heure aussi matinale.

Sans même prendre congé de Brunnmann ni attendre que le chauffeur lui ait ouvert la portière, elle jaillit de la voiture, ouvrit la porte de l'immeuble et monta l'escalier comme une flèche. Au quatrième étage, elle trouva les deux battants de la porte de l'appartement grands ouverts et se figea, horrifiée.

Elle n'avait encore jamais vu de scène d'une telle cruauté : Biene gisait morte au milieu d'une mare de sang dans l'entrée et ses chiots aveugles qui avaient rampé vers elle tétaient ses mamelles froides en poussant des gémissements déchirants.

Le cri que poussa Élisabeth n'avait plus rien d'humain. Comme égarée, elle se rua dans l'appartement en appelant Deborah, Wolfgang et Magda, mais personne ne lui répondit. Seuls les appels plaintifs des chiots orphelins résonnaient dans les pièces vides.

Tout ce qui avait constitué l'essence d'Élisabeth s'effondra soudain. Son courage et sa force sombrèrent dans le désespoir sans fond d'une mère qui a été incapable de protéger ses enfants.

Brunnmann parvint à la rattraper juste avant qu'elle s'affaisse évanouie sur le sol.

28

Deborah ne put que bien plus tard décrire le déroulement des événements de cette nuit et le confier à son journal intime : les coups violents frappés à la porte, la résistance de Magda, la mort de Biene, leur transport dans un wagon de marchandises exigu où ils étaient entassés avec d'autres misérables.

Ils sont arrivés vers 21 heures. C'étaient des hommes en uniforme noir de la SS. Nous les avons entendus longtemps avant leur arrivée : ils montaient en martelant l'escalier de leurs lourdes bottes. J'ai vu Magda, qui était à côté de moi, devenir toute pâle, la main crispée sur son cœur. Elle se rappelait sûrement ce qu'elle avait subi à Stuttgart, mais c'est la femme la plus courageuse qu'on puisse imaginer. Elle leur a ouvert la porte en me disant : « … avant qu'ils nous la démolissent ».

Tout s'est ensuite passé très vite. Magda s'est placée devant nous pour nous protéger, mais les hommes l'ont tout simplement chassée comme une mouche gênante. Mon frère a crié, l'un des hommes l'a empoigné, a plaqué la main sur sa bouche et lui a dit : « Ferme-la, petit morveux juif ! » Biene s'est jetée dans la mêlée en montrant les dents. J'ai crié : « Non, Biene ! » mais deux des hommes ont sorti leurs armes et ont tiré sur elle tour à tour. Ils riaient. Wolfgang est resté immobile et silencieux entre les mains des SS et son regard s'est éteint.

Je sais qu'aujourd'hui encore il en rêve souvent parce que, moi aussi, ça m'arrive. Ils nous ont emmenés en laissant Magda à terre, mais elle s'est relevée, elle nous a rejoints et elle a insisté pour partir avec nous, alors ils l'ont emmenée aussi.

En bas, un camion avec une bâche attendait. On nous a jetés dedans comme des paquets. Je me souviens que nous étions nombreux, très à l'étroit et qu'on sentait la peur comme si on pouvait la toucher. Magda et moi avions mis mon frère entre nous et nous nous sommes cramponnés les uns aux autres. Le trajet n'a pas été très long. On nous a conduits à la gare de marchandises de Milbertshofen et nous avons alors compris que nous allions quitter la ville. D'autres camions sont arrivés avec le même chargement que le nôtre.

On nous a fait descendre des camions et forcés à avancer. Nous étions nombreux. Je tenais mon petit frère fermement par la main. Nous avons dû marcher longtemps le long des rails et beaucoup de gens trébuchaient. Pour Wolfgang, avec sa jambe plus courte, c'était un supplice. Les autres nous poussaient en avant. On nous forçait à aller vite comme si on voulait se débarrasser de nous le plus tôt possible. Nous devions nous taire. Ceux qui pleuraient étaient frappés. Je crois que nos plaintes les irritaient. Nous étions censés souffrir sans un geste, sans un mot, et mourir de même.

Nous avons pourtant entendu du bruit un peu plus tard, mais je ne voyais rien car nous étions trop loin. Des cris, des supplications et soudain des coups de feu ont résonné ! Wolferl sursautait à chaque tir. Et puis un gémissement d'horreur s'est rapproché de nous. Une nouvelle venue de l'avant déferlait comme une vague vers nous, semant l'effroi et l'horreur sous la forme d'un message chuchoté : ils séparent les familles !

Notre tour est venu et ils m'ont arraché mon frère. J'ai hurlé, je me suis débattue, mais quelqu'un m'a empoignée en riant et emportée. Magda a résisté aussi, mais ils l'ont emmenée comme moi. Je sentais en moi une haine effrayante, mais je savais en même temps combien j'étais faible et impuissante, moins que rien. C'est depuis cette nuit que je sens vibrer en moi ces sons horribles que personne d'autre ne peut entendre. Ils sont dissonants et suraigus comme si j'étais un instrument désaccordé et ils me brûlent la poitrine. Depuis cette nuit, je porte en moi une plainte funèbre qui est celle de la mort elle-même et je me demande si on peut mourir sous la torture d'une musique intérieure.

L'âme juvénile de Deborah qui, quelques jours plus tôt, débordait encore d'aspirations et d'espérance, s'était brisée cette nuit-là dans un cri de deuil et de haine. C'était désormais la haine qui l'animait, en une mutation née de l'amertume et de la souffrance.

M. Brunnmann se révéla de nouveau providentiel.

Après avoir envoyé son chauffeur chercher le docteur Strelitz, qui séjournait en ce moment à Munich, il avait veillé sur Élisabeth jusqu'à ce qu'elle reprenne conscience et il lui avait alors juré sur son honneur de lui ramener ses enfants. Il s'en alla quand le médecin eut administré un calmant à Élisabeth.

Il veilla ensuite à ce que toute trace des événements tragiques de la nuit soit nettoyée et, dès le lendemain à midi, il revint avec Deborah et Wolfgang.

Il n'avait rien pu faire pour Magda. Elle restait officiellement disparue, mais il informa Élisabeth qu'elle avait été abattue lors d'une tentative d'évasion.

Wolfgang était en état de choc. Il ne parlait pas et il restait inerte comme une poupée.

Deborah se jeta dans les bras de sa mère, mais ne pleura pas.

Albrecht Brunnmann et Élisabeth Malpran se marièrent un mois plus tard, quand Gustav fut déclaré officiellement décédé par les autorités. Élisabeth et ses enfants restèrent dès lors sous la protection personnelle de Brunnmann.

Le mariage de sa mère devait rester une énigme pour Deborah. Il existait probablement une attirance physique mutuelle entre les deux époux, même si Deborah, dans sa jeunesse, la soupçonnait plus qu'elle ne la comprenait. Albrecht Brunnmann était un homme très séduisant dont l'élégance et l'assurance tranquille lui rappelaient son père. Et il traitait Élisabeth en gentleman, avec une politesse raffinée et un orgueil de propriétaire évident.

Leur couple intriguait néanmoins Deborah, car elle ne surprenait jamais entre eux le moindre signe de tendresse à l'exception d'un baisemain.

Sa mère et son père, en revanche, n'avaient nullement fait mystère de leur amour et de leur attirance mutuelle. Aussi loin que remontaient ses souvenirs, elle les avait vus chuchoter et échanger des regards ardents.

Elle avait toujours rêvé d'un amour semblable pour elle-même et elle était sûre de le rencontrer un jour.

29

Deborah s'interrogeait non seulement sur le couple que formaient sa mère et son beau-père, mais aussi sur ce dernier. Depuis qu'elle le connaissait, elle ne parvenait pas à savoir si elle l'aimait bien ou si elle avait peur de lui. Elle passait souvent d'un sentiment à l'autre.

Il avait pour lui d'avoir sauvé par deux fois Wolfgang et elle-même.

La crainte qu'il lui inspirait était bien plus complexe. Cette émotion surgissait parfois à l'improviste, tout comme sa colère. Elle était soudain saisie d'une fureur destructrice qui se muait en haine aveugle, mais contre qui pouvait-elle tourner cette haine ? La souffrance qu'elle éprouvait était d'ordre abstrait.

Elle avait longtemps essayé de combattre ces impulsions, mais cela ne faisait que redoubler son agressivité et son envie de détruire ce qui était à sa portée, ne serait-ce que ses vieilles poupées. Elle découvrit un jour par hasard qu'elle pouvait apaiser ses souffrances par des blessures physiques. Elle prit l'habitude de s'entailler l'intérieur des avant-bras.

C'était avec une étrange satisfaction qu'elle regardait le sang perler de ses plaies. Les filets rouges rampaient comme de petits serpents sinueux sur sa peau blanche. La douleur lui apportait un soulagement psychique et elle savourait la douceur de cette sensation. Elle avait enfin trouvé un exutoire à la haine qui la brûlait.

La nuit, quand elle restait éveillée, ce qui lui arrivait souvent, elle se demandait combien de dimensions de douleur existaient en ce monde. En existait-il autant dans l'amour ? L'amour pouvait-il aussi s'épanouir dans la douleur, ou celle-ci n'était-elle qu'un tribut à la haine ?

Albrecht engagea une nouvelle cuisinière et une nouvelle bonne, mais elles ne formaient pas avec Élisabeth et ses enfants la communauté si unie qu'ils avaient connue autrefois avec Magda, Bertha et Ottilie. Ces deux domestiques étaient en tout point conformes à la nouvelle définition du bon Allemand : dans la ligne du Parti.

Deborah ne put jamais se défaire de l'impression qu'elle et les siens vivaient sous le même toit que deux espionnes.

En juin 1940, Hitler était à l'apogée de sa puissance guerrière : après la Pologne, il avait occupé le Danemark, la Norvège, la Belgique et le Luxembourg, puis remporté la victoire dans sa guerre-éclair contre la France. Il avait reçu la capitulation de ce pays dans le wagon de chemin de fer – sorti pour la circonstance de son musée – dans lequel la défaite de l'Allemagne avait été scellée par ses vainqueurs à la fin de la Première Guerre mondiale.

Élisabeth, qui depuis la disparition de Gustav lisait attentivement la presse quotidienne, avait lu le récit de cette capitulation à Deborah. Cette dernière avait jugé le Führer aussi mesquin que vindicatif.

La seule ombre au bonheur d'Hitler était la Grande-Bretagne, qui avait déclaré la guerre à sa dictature le 3 septembre 1939. Le Premier ministre Churchill avait, bien avant d'autres hommes politiques d'Europe et d'outre-Atlantique attachés à leur isolationnisme, pressenti le danger que représentait pour le monde la soif de pouvoir du Führer et percé à jour ses projets.

Hitler avait pourtant exposé ces derniers sans fard et en détail dans le dément *Mon combat*, son manifeste paru dès 1925. L'ouvrage s'était vendu à plusieurs millions d'exemplaires, mais personne ne semblait l'avoir lu.

Dans un bref sursaut d'énergie, Élisabeth imposa à Albrecht de reprendre Ottilie à leur service et de renvoyer la nouvelle bonne. Ottilie revint donc au 10, Prinzregentenplatz où elle fut accueillie comme un membre de la famille par Élisabeth, Deborah et Wolferl, qui s'était remis de ses épreuves grâce aux attentions dont on l'avait entouré.

Hans, l'époux d'Ottilie, était mort pour le Führer et pour la patrie pendant l'invasion de la Pologne.

30

L'existence inflige de nombreuses blessures à l'être humain. Les plus graves sont invisibles car enfouies dans l'âme, comme celles dont Deborah souffrait. Peut-être aurait-elle trouvé le salut en se confiant à sa mère, mais Élisabeth avait elle-même vécu un enfer. La perte de Gustav et son angoisse incessante pour ses enfants l'avaient minée et elle puisait les dernières forces qui lui restaient dans la certitude que ses enfants étaient désormais en sûreté. Personne ne remarqua donc que l'âme d'enfant de Deborah s'était éteinte.

Ottilie souffrait également et la majeure partie de ses souffrances était visible : elle avait maigri de manière inquiétante et ses joues autrefois rubicondes étaient blêmes et flétries comme des fruits d'hiver. Elle pleurait beaucoup et pour un rien : une parole sèche de la cuisinière, une averse, un bouton arraché déclenchaient des sanglots convulsifs. Il devenait évident que la docilité et l'amour inconditionnel de Hans avaient été les piliers sur lesquels reposait sa force.

Sans ce soutien vital, elle devenait instable et sa personnalité s'affaiblissait. Son ancienne résolution avait cédé la place à l'indécision, ses railleries cinglantes à une résignation silencieuse, son amour de l'ordre à la négligence et sa force à la faiblesse. Il fallut plusieurs mois et toute la patience de son entourage pour l'aider à surmonter son chagrin et à retrouver son légendaire sens de l'ordre.

La famille ne se plaignait nullement des absences continuelles d'Albrecht entrecoupées de brefs retours au foyer, mais Deborah était sûre que la nouvelle cuisinière l'informait consciencieusement de tous les événements quotidiens au 10, Prinzregentenplatz.

Élisabeth passait désormais presque tout son temps chez elle avec ses enfants. Elle n'acceptait plus que rarement des engagements, car sa santé s'était encore détériorée depuis cette terrible nuit de septembre. Sa beauté délicate paraissait plus fragile que jamais et sa peau presque transparente.

Son âme avait été aussi rudement éprouvée que celles de ses enfants. Quand un bruit la surprenait, elle tressaillait comme un animal traqué.

Les habitants de Prinzregentenplatz prirent ainsi l'habitude de vaquer à leurs occupations avec le moins de bruit possible, de marcher doucement et de parler à mi-voix.

Peut-être était-ce la raison pour laquelle Deborah, chaque fois qu'elle se rappelait cette époque par la suite, en gardait la sensation d'un univers en sourdine.

Élisabeth souffrait de plus en plus souvent d'infections accompagnées de fièvre et ses convalescences étaient de plus en plus longues.

Elle tomba encore malade au début de l'année 1941 et le docteur Strelitz diagnostiqua chez elle une inflammation pulmonaire dont elle mit presque trois mois à se rétablir. Sa voix en resta altérée et affaiblie.

Élisabeth renonça dès lors à toute apparition en public et ne chanta plus qu'en privé.

Sa plus grande joie était désormais de faire de la musique avec Deborah. Quand sa santé le lui permettait, elle donnait à sa fille des leçons de chant et de piano.

Deborah avait tout juste dix-sept ans, mais sa voix, un soprano bien étoffé au timbre argentin, était très prometteuse. Elle alliait avec aisance l'élégance à l'intensité, comme le déclara à Élisabeth le professeur de chant du Conservatoire de Munich fondé en 1927 dont Deborah suivait les cours.

Elle y étudiait également le piano. Élisabeth fut remplie de fierté quand, lors de l'une de ses visites au Conservatoire, on lui affirma que sa fille avait toutes les dispositions pour faire une carrière de pianiste si elle fournissait l'effort nécessaire. Mais Deborah savait depuis longtemps qu'elle voulait devenir cantatrice comme sa mère. Wolfgang et elle n'allaient pas à l'école ni au lycée : sur la demande d'Albrecht, ils suivaient des cours à domicile.

31

Le jour du mariage d'Élisabeth, la famille avait fait la connaissance de Leopold, le frère aîné d'Albrecht. Cette rencontre fut une heureuse surprise pour Élisabeth et ses enfants. De l'avis de Deborah, Leopold était même ce que le mariage de sa mère leur avait apporté de mieux.

Leopold était un prêtre catholique qui avait huit ans de plus qu'Albrecht. Les deux frères se ressemblaient beaucoup physiquement, mais différaient profondément quant au caractère. Contrairement à son frère si sérieux et si attentif à son apparence, Leopold aimait rire et montrait dans son habillement une négligence qui était devenue un sujet de plaisanterie pour ses amis.

Il devint rapidement l'interlocuteur favori de Deborah. Sa manière de transmettre son savoir et de conter lui rappelait son père. Elle découvrit bientôt qu'on pouvait lui poser sur tous les sujets, y compris sur Dieu, des questions auxquelles il répondait toujours avec franchise.

Il semblait également être la seule personne à oser parler à son frère sur un ton de taquinerie sous lequel – pour qui savait prêter l'oreille – perçait souvent un blâme.

En sa présence, Albrecht paraissait toujours légèrement indisposé. Après la première visite prolongée de Leopold pendant l'une de ses absences, Élisabeth et Deborah s'avouèrent leur étonnement devant la dissemblance des deux frères. Albrecht était une élégante apparition qui se caractérisait par sa réserve et sa maîtrise de soi alors que Leopold montrait une expansivité débordante et un remarquable bon sens.

— Quelle joyeuse créature du bon Dieu ! dit à sa fille Élisabeth, qui l'avait aussitôt surnommé Poldi. Tu as remarqué l'énorme tache de graisse sur sa soutane ? Qui devinerait que ces deux hommes sont frères ? Et quel bon regard il a, ce Poldi ! Je crois qu'on pourrait faire n'importe quoi, il vous pardonnerait tout.

Grâce à Leopold, les locataires de Prinzregentenplatz passèrent un après-midi insouciant comme ils n'en avaient plus vécu depuis longtemps. Leur propre gaieté les surprenait presque. Deborah se réjouissait de voir sa mère aussi joyeuse.

Elle se risqua peu après à parler au prêtre du contraste entre son frère et lui.

— Ça, ma petite Deborah, c'est un secret que notre mère a emporté quand elle a rejoint le chœur des anges, lui répondit-il.

Il lui parla de sa mère, de sa joie de vivre et de sa gaieté. C'était une artiste de talent comme Élisabeth, mais moins fragile et connue seulement dans des cercles restreints, car son mari ne considérait pas le chant comme un métier digne de ce nom. Elle avait donc fait ses adieux à la scène après son mariage et n'avait plus chanté que pour les besoins du ménage et pour ses fils. Poldi était le portrait de sa mère quant au caractère, mais il ne savait malheureusement pas chanter.

Albrecht, en revanche, tenait beaucoup de son père, un officier prussien rigide et traditionaliste.

— Mais ne vous faites pas de soucis, ma petite demoiselle ! Je m'en vais travailler mon petit frère pour qu'il ne se monte pas trop la tête dans son bel uniforme, déclara Poldi à Deborah.

Leopold était un don du ciel pour elle. Wolferl s'attacha également à lui, si bien qu'au lieu d'Albrecht ce fut Poldi qui remplaça leur père absent.

Afin de se rapprocher d'Élisabeth et des enfants, il se fit muter dans une paroisse de leur quartier, « histoire de cultiver mes relations », leur dit-il avec un clin d'œil.

Deborah se rendait régulièrement à l'église quand il disait la messe, non qu'elle eût soudain découvert l'existence de Dieu, mais elle adorait écouter ses sermons.

S'il ne savait pas chanter, il avait une voix tonnante. Il tombait comme Ézéchiel sur les fidèles de sa paroisse sans jamais craindre de leur rappeler leurs devoirs de chrétiens, dont les premiers étaient l'amour du prochain et la compassion.

— Et, je vous le dis, sachez reconnaître le malheur et la souffrance d'autrui et apaisez-les ! leur lançait-il.

Leopold était toutefois assez avisé pour ne jamais s'en prendre directement au régime nazi.

À l'automne 1941, Élisabeth retomba malade et le diagnostic fut de nouveau une inflammation pulmonaire. Comme elle s'était toujours rétablie de ses maladies au cours des deux années précédentes, ses proches espéraient la voir bientôt guérie. Mais son état devint bientôt si préoccupant que le docteur Strelitz, revenu à Munich sur la demande d'Albrecht, recommanda son hospitalisation. Dans un sursaut de son ancienne énergie, Élisabeth s'y refusa catégoriquement. Jugeant que cette résistance était bon signe, le docteur n'insista pas, mais vint l'examiner chaque jour.

Deborah passait de nombreuses heures au chevet de sa mère. Élisabeth se repaissait de ses souvenirs. Elle racontait à sa fille dans quelles circonstances elle avait rencontré Gustav et comment il l'avait demandée en mariage dès le troisième jour. Elle évoquait avec ravissement leur lune de miel au bord de la Baltique, mais surtout l'heureux temps de l'arche de Noé. À la fin, elle ne parlait presque plus que de Gustav comme s'il était encore son époux et semblait avoir oublié qu'elle était désormais mariée à Albrecht. Le soir, seule dans sa chambre, Deborah consignait tout ce qu'elle lui avait dit dans son journal intime. Comme sa mère, elle voulait garder le souvenir de l'homme qui avait été son père.

Élisabeth luttait âprement contre les ravages de la maladie, mais elle s'épuisait et s'affaiblissait au fil des mois.

Le 19 janvier 1942, alors que des flocons légers dansaient dans l'air comme de l'écume tombée du ciel, elle poussa son dernier soupir.

Deborah était à ses côtés avec Leopold et le docteur Strelitz. Seul Albrecht n'avait pu rentrer à temps, car il séjournait à Berlin depuis la mi-janvier pour une conférence au bord du lac de Wannsee. En tant que rédacteur du procès-verbal, il se devait d'être présent à cette conférence.

Deborah, qui avait veillé jour et nuit sur sa mère à la fin de sa maladie, restait hébétée et désemparée face à ses propres émotions.

À la mort de Biene, elle avait été plutôt furieuse, mais à présent elle sentait en elle un froid glacial et impitoyable, comme si la mort de sa mère l'avait privée de toute chaleur. Elle aurait voulu pleurer, mais les larmes ne venaient pas. Le soir, elle s'enferma dans sa chambre et, le lendemain, un pull noir dissimulait les nombreuses entailles qu'elle s'était faites aux bras.

Wolfgang ne pleura pas non plus. Il était retombé dans le même silence que lors de leur arrestation et de la disparition de Magda.

Leopold, dans sa bonté, s'occupa de tout, consola Wolferl qui, dans ce deuil, avait été momentanément oublié de ses proches, et prépara les funérailles d'Élisabeth.

Le jour de l'enterrement, il faisait un froid glacial. Des artistes, des chefs d'orchestre, des directeurs de théâtre et des officiers en uniformes somptueux accompagnés de dames en manteaux de fourrure suivirent le convoi.

Deborah se tenait au côté du veuf rentré le matin même de Berlin et serrait la main de son petit frère dans la sienne.

Elle subit cette longue cérémonie et ses oraisons funèbres avec une dignité rigide alors qu'elle ne ressentait qu'aversion pour ces inconnus qui éprouvaient tous le besoin de parler de sa mère. Elle-même n'avait plus qu'un désir : s'enfermer dans sa chambre afin d'endormir sa douleur avec la lame d'un couteau. Elle aspirait à la solitude parce qu'elle se sentait seule et abandonnée de tous, d'abord par son père et maintenant par sa mère.

Mais le défilé des indésirables s'éternisait. Leurs regards sur elle lui pesaient. Dans les yeux des hommes brillait une curieuse lueur et ceux des femmes exprimaient peu de compassion, mais en revanche beaucoup d'envie à sa vue.

Elle regardait des bouches former des paroles insignifiantes, leur haleine monter en vapeur pour se dissoudre dans l'air froid et elle rêvait de voir leurs propriétaires disparaître de la même manière.

Ce furent malgré tout des adieux magnifiques et poignants. Élisabeth accomplit son ultime voyage sur une mer de fleurs éclatantes comme elle en avait exprimé le souhait. Sur sa pierre tombale était placée une coupe que l'on devait toujours remplir d'eau fraîche. Sur une petite pancarte à côté, on pouvait lire :

« Sur ma tombe, un bassin où les oiseaux se percheront pour boire et pour chanter. »

Quatrième partie

MARIA

32

C'est l'une des bizarreries de l'existence que nous reconnaissions presque toujours le bien quand nous le rencontrons alors que notre instinct nous avertit rarement de la présence du mal.

Peut-être cela tient-il à ce que la puissance du bien se révèle sans fard afin de se prodiguer à tous, tandis que le mal s'approche de nous hypocritement et nous séduit par la ruse et la fourberie, si bien que nous comprenons trop tard, voire jamais, que nous sommes irrémédiablement pris à son piège ?

— Alors, frérot, quels sont tes projets ? s'enquit Leopold sur un ton de causerie anodine pour sonder son frère sans y paraître.

Après les funérailles, les deux frères s'étaient retirés dans l'ancien bureau de Gustav dont Albrecht avait pris possession. La pièce était encore imprégnée de l'odeur des livres de Gustav.

Albrecht se tenait debout, tournant le dos à Leopold, devant une table roulante qui servait de bar. Il choisit parmi les carafes en cristal ce qu'il voulait boire, se servit généreusement et se retourna seulement ensuite vers son frère.

Il observait Leopold avec méfiance. Il savait que sa question n'avait pas pour but de sonder l'état d'âme d'un veuf de fraîche date, mais que son frère l'avait percé à jour une fois de plus. Il trouvait irritant que Leopold le connaisse si bien. Sans répondre, il but une gorgée, mais ne proposa rien à son frère.

Ce dernier plissa les yeux et passa à l'attaque.

– Dis-moi, comptes-tu remplacer la mère par la fille ? lança-t-il.

Albrecht tressaillit, renversant un peu du précieux cognac français sur le parquet en chêne.

C'était une insinuation monstrueuse mais, comme Leopold le savait fort bien, c'était moins celle-ci qui déconcertait Albrecht que la rapidité avec laquelle son frère avait lu dans son jeu.

Leopold savait depuis leur enfance que les émotions de son frère manquaient de profondeur : il était mû uniquement par une ambition insatiable qui le tourmentait comme un mauvais esprit. Pour le malheur de Leopold, sa mère, qui connaissait les faiblesses d'Albrecht, lui avait fait jurer sur son lit de mort qu'il veillerait sur son cadet.

Leopold ne se trompait donc pas dans ses suppositions, à quelques détails près

Albrecht, dans la mesure où il pouvait éprouver de tels sentiments, avait eu de l'attachement pour Élisabeth car elle avait répondu à toutes ses attentes. La possession de cette femme lui avait procuré plus de satisfaction qu'il ne l'avait espéré. Même les favoris d'Hitler, Göring et Goebbels, la lui avaient enviée. Grâce à elle, il avait été admis et reconnu dans la haute société et il était parvenu au sommet de la chancellerie, dans le cercle le plus étroit des instances dirigeantes. On venait de le charger d'une mission secrète qui aurait une influence décisive sur l'issue de la guerre.

Élisabeth avait été souple et ensorcelante, une femme-enfant fragile qui n'avait jamais contesté son autorité, l'avait accepté sans conditions et lui avait témoigné une reconnaissance infinie pour avoir sauvé ses enfants.

Même entre les draps, elle ne l'avait jamais déçu. Parfois, surtout dans les premiers temps, son tempérament et sa passion l'avaient même surpris et ébloui. Sa mort était indéniablement une grande perte pour lui.

Quant à lui, il n'avait pas encore envisagé franchement la réalisation du projet que Leopold lui imputait.

La fille d'Élisabeth était en effet pleine de promesses et ne le cédait en rien à sa mère pour les dons artistiques, comme Élisabeth elle-même le lui avait confirmé. Deborah avait une belle carrière devant elle, ce qui pourrait être utile à celle de son beau-père. Sa jeunesse et son apparence exotique constituaient des atouts supplémentaires, même si elle n'avait pas la beauté de sa mère. Mais ses yeux avaient une profondeur et une expression provocantes auxquelles il était sensible depuis longtemps déjà. Oui, ce serait sûrement agréable de dompter cette pouliche. Il valait la peine de jouer avec cette idée et cela lui permettrait de donner en même temps une leçon bien méritée à Leopold. Il n'était que trop longtemps resté sous la coupe de son aîné.

Leopold n'avait pas quitté son frère des yeux pendant qu'il se livrait à ces réflexions. Il comprit rapidement qu'il ne s'était pas trompé et qu'il devait renoncer à toute illusion sur son compte.

— C'est donc vrai, Albrecht, lui dit-il. Tu es décidément incorrigible. Tu ne recules devant rien, n'est-ce pas ? D'abord la fortune de ce médecin, sa femme ensuite et, maintenant, sa fille. Je sais que je ne pourrai pas te contenir. Je devrai donc veiller sur toi et sur tes démons afin qu'ils ne te possèdent pas tout entier. Mais je dois t'avertir de ceci : contrairement aux apparences, cette jeune fille n'a rien de doux. Elle possède une grande dignité et elle est très en avance sur ses dix-sept ans. Elle apprend vite, elle a du courage à revendre et son esprit est aussi affûté qu'une lame de rasoir. Si tu t'y frottes, tu t'y piqueras. Laisse-la donc tranquille et souviens-toi plutôt que tu es désormais responsable de deux enfants. Maintenant, je m'en vais, acheva-t-il, et il se leva.

— Non, attends un peu ! demanda Albrecht, le prenant au dépourvu, car il venait d'avoir une idée lumineuse. Que me conseillerais-tu de faire au sujet de ces enfants, Leopold ?

Cette question et la manière dont elle avait été posée éveillèrent aussitôt la méfiance de Leopold. Il devinait que son frère mijotait quelque chose contre lui.

— Tel que je te connais, Albrecht, tu poursuivras ta carrière sans vouloir perdre de temps à t'occuper des enfants de ta défunte épouse. Comme tu le sais, je les ai souvent vus au cours de ces deux dernières années et nous sommes devenus proches. Ces deux enfants sont remarquables, le garçon comme la fille : il est supérieurement intelligent, éveillé et curieux de tout. Tu devrais donc prendre soin de leur instruction. Je me tiendrai volontiers à leur disposition et je veillerai sur eux durant tes fréquentes absences.

La nonchalance et l'assurance avec lesquelles Albrecht se renversa dans son fauteuil révélèrent à Leopold qu'il avait vu juste : son frère avait une idée derrière la tête

Albrecht but une gorgée de cognac avant de répondre.

— Je me chargerai de ces enfants comme tu me le conseilles, mais seulement si tu m'aides à faire la conquête de Deborah, dit-il.

— Et comment devrais-je m'y prendre ? Je suis prêtre et non entremetteur, répondit calmement Leopold, mais il sentait en lui une tension insidieuse comme à chaque fois qu'il devait affronter les démons de son frère.

— Prêtre et entremetteur: un antagonisme fascinant, Leopold. Il est vrai que j'ai entendu dire tout le contraire à propos du clergé, mais là n'est pas la question, n'est-ce pas ? Tu te vantes de bien connaître Deborah : alors dis-moi comment je devrais agir avec elle, à ton avis ? Sais-tu que je pourrais la prendre de force ? fit Albrecht en jouant avec son verre sur le bord duquel il passait le doigt avec une nonchalance exaspérante.

Leopold se contraignit à rester impassible. Ce n'était qu'un jeu auquel son frère se livrait avec lui depuis leur enfance. Tout se ramenait à cette question: jusqu'où Albrecht irait-il cette fois-ci ? Et que pourrait-il faire lui-même pour le contenir ?

Jusqu'à présent, l'enjeu n'avait jamais été aussi crucial : il s'agissait ici du sort d'un être humain, d'une jeune fille à l'âme belle et pure. Leopold savait pertinemment qu'il ne pourrait pas opposer à son frère des arguments de bienséance et de morale, car de telles notions n'avaient aucune place ni la moindre signification dans le système de valeurs d'Albrecht.

Il recourut donc à une tactique qui avait déjà fait ses preuves auprès de son frère : le cynisme et la raillerie, car Albrecht ne craignait rien tant que d'être tourné en ridicule.

En cela, Leopold se fiait à ses déductions selon lesquelles Albrecht manquait de confiance en lui. Son énergie apparente était le fruit de la discipline rigide qu'il s'imposait depuis sa jeunesse, discipline inculquée par un père despotique. À cela s'ajoutait une maîtrise de soi pathologique qui relevait de l'exploit, car il était jusqu'ici toujours parvenu à faire illusion à son entourage, y compris à son frère aîné. Sans même s'en douter, ce dernier avait en effet commis une erreur fatale dans son jugement sur son frère.

Albrecht avait mis au point une méthode qui favorisait la confiance en soi, la méthode impudemment cultivée par la «race des seigneurs» qui consistait à avilir d'autres êtres humains et à les tourmenter jusqu'à la mort. De tels actes étaient désormais possibles parce qu'on avait légalement dénié toute humanité à ces victimes. Loin d'être puni, leur assassinat était prévu et encouragé par un projet d'extermination massive.

La cruauté du régime donnait la mesure de toute sa perfidie en permettant à des êtres psychiquement déficients d'exercer leur pouvoir sur autrui et de donner libre cours à leur sadisme en tant que membres de la race supérieure.

Mais, comme Leopold n'avait pas encore mesuré toute l'étendue de cette perfidie, il recourut à un argument de cette idéologie nazie qu'il haïssait.

— Albrecht, Albrecht, as-tu pensé à l'effet que cela ferait ? Ta belle-fille a vingt ans de moins que toi et un père juif par-dessus le marché, objecta-t-il. Comme tu le sais certainement mieux que moi, tout mariage entre Aryens et Juifs est illégal. Ta clique va hurler à la souillure raciale. Je ne pense pas que tu envisages sérieusement de t'exposer à un tel opprobre alors que tu es au sommet de ta carrière ?

— Leopold, Leopold, le singea son frère, qui te dit que je compte l'épouser ?

— Tu veux donc faire ta maîtresse de cette malheureuse jeune fille ?

Leopold dut faire appel à tout son sang-froid pour ne pas bondir. Il chercha fébrilement une nouvelle tactique, mais en vain : il était trop bouleversé.

Albrecht ne dissimulait pas sa joie d'avoir réduit son frère au silence. Il vida son verre avec satisfaction.

— C'est bien, tu as tout compris, dit-il. Alors, à ton avis, comment pourrai-je soumettre cette jeune fille ?

— Jamais je ne t'aiderai à commettre une telle action. Ôte-toi cette idée de la tête, Albrecht, répondit Leopold, mais il percevait lui-même le ton implorant sur lequel il prononçait ces paroles.

Lorsqu'il vit l'air inquisiteur de son frère se muer en contentement, il comprit qu'il avait commis une erreur lourde de conséquences. Il venait de lui livrer une carte maîtresse en lui révélant combien le sort de ces deux enfants lui tenait à cœur.

— Bien sûr que tu vas m'aider, grand frère, railla Albrecht. Au fait, as-tu entendu parler de T4 ?

— Non, qu'est-ce que c'est ? Un nouveau modèle de tank ? répondit Leopold d'un air dégagé alors qu'il sentait tous ses muscles se crisper d'appréhension.

— Non, mon cher, c'est le programme d'euthanasie de notre Führer en vigueur depuis octobre 1939. Il prévoit l'élimination de toute vie sans valeur afin de préserver la pureté de notre sang et de protéger notre race. Mais je dois préciser que ce programme n'établit pas de distinction entre handicap physique et handicap mental.

Ce renseignement et l'allusion qu'il contenait à la boiterie de Wolferl étaient d'une cruauté si froide et si ignoble que Leopold, qui croyait pourtant connaître son frère sous son pire aspect, en resta confondu.

Il sentit la fureur monter en lui et parvint tout juste à garder son sang-froid.

Il aurait été ravi d'envoyer un coup de poing dans le nez hautain de son frère pour en voir jaillir son sang si pur, mais, s'il contrôlait encore ses gestes, il en alla autrement de ses paroles.

— Vous semblez avoir oublié votre docteur Goebbels au pied bot qui a une ribambelle d'enfants, lança-t-il hargneusement.

— Quelle mouche te pique, Leopold ? Toi, un homme d'Église, tu considères le docteur Goebbels comme indigne de vivre ? Je ne te reconnais plus, déclara Albrecht, visiblement enchanté de sa réplique.

— Je ne fais que me conformer à l'infâme logique de votre idéologie qui ne recule devant aucune ignominie. Non, je ne considère pas Goebbels comme indigne en raison de son pied bot, car Dieu reconnaît une multitude de races et de formes. Je le méprise seulement pour l'idéologie qu'il propage. Peut-être devrait-on le soumettre à un examen psychiatrique, qu'en penses-tu ?

— En voilà assez, Leopold. N'essaie pas de noyer le poisson. Si Deborah vient à moi de son plein gré, tout ira bien mieux que si je dois la prendre de force : je crois que tu es d'accord avec moi là-dessus, oncle Poldi ? C'est entendu : si tu la disposes en ma faveur, je garderai les deux enfants sous mon aile protectrice.

Il observa l'expression tourmentée de son frère aîné, son dégoût et son horreur, avant de lui jeter sa dernière carte comme une gifle.

— N'oublie pas tout le bien que tu peux encore faire et ceux que tu peux encore sauver, père Leopold, conclut-il.

Leopold se pétrifia, comme frappé par la foudre. Albrecht savait donc tout…

La terreur qui le saisit à la pensée de ceux qui l'aidaient et risquaient leur vie pour cacher des concitoyens juifs et organiser leur fuite à l'étranger dépassait ce qu'il pouvait endurer. Il devait pourtant garder la tête froide. « Réfléchis, se répétait-il. Trouve un moyen de le convaincre qu'il est dans l'erreur, qu'il ne peut agir ainsi ! » Il releva la tête pour affronter le regard de son frère et y lut une raillerie sans fard.

Il comprit alors trop tard qu'Albrecht avait longtemps attendu ce moment de son humiliation et qu'il l'avait même préparé. Il vit combien il avait été stupide, aveugle et présomptueux dans sa certitude de lutter pour une bonne cause alors que son frère tirait depuis longtemps les ficelles…

Et, maintenant, il était le dos au mur. Il endossa la responsabilité de cette situation et prit une décision qui se révéla une erreur fatale et qui devait le transformer à jamais : il entra dans la logique du mal.

C'est ainsi que le prêtre Leopold échangea une âme contre une multitude d'autres en sachant qu'il perdrait à jamais la sienne dans ce marché. Il fit néanmoins attendre sa réponse afin d'opposer un ultime instant d'innocence à Satan.

Albrecht le laissa prendre tout son temps car il connaissait l'étendue de sa victoire.

Tandis que Leopold parlait, sa voix monocorde et faible trahissait son ébranlement moral à l'idée de devoir sacrifier à l'avidité insatiable de son frère tout ce en quoi il croyait. Et chaque parole qu'il prononçait minait un peu plus tout ce qui l'avait constitué.

— Montre-lui que tu pleures sa mère, répondit-il. Cette jeune fille est compatissante et ne te refusera pas sa consolation. Joue les esseulés, dis-lui combien cette solitude te pèse. Mais je tiens à t'avertir de nouveau que si elle donne une impression de calme et de maîtrise de soi, elle est comme la musique, toute en mouvements passionnés, brûlante de se dévouer à ce qu'elle aime et à ce en quoi elle croit. Elle sera aussi emportée dans la fureur que dans l'amour. Si tu la blesses, elle te rendra coup pour coup. Saint Paul a dit : « Qui sème le vent récolte la tempête. »

Leopold enfouit son visage dans ses mains, et ses épaules frémirent. Il pleurait sur l'innocence, sur la trahison qu'il commettait et sur les souffrances à venir.

— Ça m'aurait étonné que tu ne me balances pas une de tes citations de la Bible pour conclure, grand frère, répliqua grossièrement Albrecht, et il se leva pour faire comprendre à Leopold qu'il avait fait son devoir et qu'il pouvait maintenant se retirer.

Leopold s'essuya le visage du revers de sa manche et se leva lourdement. Ses mouvements encore vifs un instant plus tôt étaient ceux d'un vieillard.

— Dis-moi, pourquoi fais-tu cela ? demanda-t-il à son frère.

— Parce que je le peux, répondit Albrecht avec un sourire mauvais.

Leopold sortit sans prendre congé. C'était un homme brisé qui marchait avec lassitude.

Ce jour-là, leurs liens fraternels se rompirent définitivement. Leopold comprit qu'il ne pourrait plus s'opposer aux démons d'Albrecht et qu'ils les mèneraient tous droit en enfer.

— Mère, pardonne-moi, murmura-t-il.

33

Deborah était retournée au Conservatoire après les vacances de Noël. La musique était sa seule consolation après la mort de sa mère.

Elle ne remarqua donc pas immédiatement que Leopold ne venait chez eux que lorsqu'elle était là-bas. Comment aurait-elle pu deviner qu'il redoutait de la voir, de la regarder dans les yeux ?

Il savait bien qu'il se conduisait lâchement et ce dilemme lui pesait. Il entourait Wolfgang d'attentions comme pour compenser ce qu'il devait refuser à sa sœur.

Un dimanche de la mi-mars, Deborah alla le retrouver dans la sacristie de son église après la messe pour se plaindre de ne pas l'avoir revu depuis l'enterrement de sa mère. Elle pleurait et paraissait totalement désemparée. Leopold la serra dans ses bras et la consola avec le sentiment de la trahir ignoblement.

— Au moins, dit-elle en reniflant, M. Brunnmann me comprend, lui. Lui aussi, ma mère lui manque beaucoup. Je crois qu'il se sent très seul.

Leopold lui tendit un mouchoir sans relever ces remarques.

— Tu l'appelles encore « M. Brunnmann » ? demanda-t-il pour détourner la conversation.

— Je sais que c'est bête, mais j'ai l'habitude de l'appeler comme ça. Il m'a souvent demandé de l'appeler Albrecht, mais j'ai du mal à le faire : c'est bizarre, non ?

Elle releva la tête de son épaule contre laquelle elle s'était blottie et le regarda droit dans les yeux.

— Pourtant, ça me vient tout naturellement de t'appeler « oncle Poldi », oncle Poldi, reprit-elle.

— Parfait, répondit-il alors qu'il se sentait de plus en plus mal à l'aise, et il se racla la gorge. Et Wolferl, comment va-t-il ? Mange-t-il bien ses rations ?

— Oui, Ottilie y veille. Puis-je te demander un conseil à propos de ton frère ?

C'était exactement le genre de question que Leopold redoutait d'entendre depuis son entrevue avec son frère. L'agneau qu'il avait envoyé dans la gueule du loup venait solliciter son aide pour se faire dévorer. Il se leva précipitamment et entreprit d'ôter la chasuble qu'il avait portée pendant la messe pour dissimuler à Deborah l'expression tourmentée de son visage. Il se haïssait pour sa lâcheté.

— Que veux-tu savoir, ma chère petite ? demanda-t-il d'une voix étouffée par le tissu.

— Voilà : depuis la mort de maman, M. Brunn… je veux dire, Albrecht reste souvent à la maison et passe beaucoup de temps avec moi. Hier, il m'a annoncé qu'il devait partir en voyage pour plusieurs semaines et il m'a demandé de venir avec lui. Je lui ai répondu que c'était impossible, puisque j'étais au milieu de mon année d'étude au Conservatoire, et que je ne voulais pas non plus laisser mon petit frère tout seul. Alors il a failli pleurer, oncle Poldi, et il m'a dit qu'il n'était lui-même pas sûr de pouvoir rester si longtemps tout seul. Je n'aurais jamais cru qu'il avait autant de chagrin de la mort de maman alors qu'il a toujours paru si calme et si sûr de lui. Il me fait vraiment de la peine. Que dois-je faire, oncle Poldi ? C'est ton frère : tu le connais mieux que moi. Dois-je l'accompagner ?

Leopold maudit les dons de comédien de son frère tout en regrettant amèrement de ne pas les posséder.

Ce jour-là, Albrecht avait accompagné Deborah et Wolfgang à la messe du dimanche, ce qu'il ne faisait jamais d'habitude.

Il comprit que son frère avait manœuvré Deborah pour qu'elle vienne lui demander conseil. Il entendit le piège se refermer avec un déclic qui lui parut aussi railleur que sinistre. S'il déconseillait à Deborah de partir avec Albrecht, ce dernier devinerait aussitôt d'où était venu le conseil.

Il devait plutôt envisager la question sous un autre angle, qui était le suivant : jusqu'à quel point son frère patienterait-il ? Si Deborah se refusait à Albrecht pendant ce voyage, avec ou sans son soutien moral, Albrecht accorderait-il un sursis à Wolfgang ou montrerait-il son vrai visage, celui de la cruauté ?

Leopold en savait assez sur les méfaits de son frère pour répondre à cette question. Il ne pouvait plus sauver Deborah du sort qui l'attendait, mais Wolfgang n'était pas encore perdu.

Il voua donc son âme au purgatoire pour l'éternité avant de répondre.

– Tu as déjà assez de soucis comme ça, ma petite Deborah : si tu as envie de partir en voyage avec mon frère, fais-le sans te tourmenter. Je veillerai sur ton petit frère.

En feignant de croire que Deborah était seulement venue demander son approbation pour ce voyage, il lui avait habilement suggéré que c'était ce dont elle avait envie.

Alors qu'Albrecht s'était épanoui dans le mal, Leopold en resta à jamais diminué. Ce jour-là, il entama une nouvelle existence avec la certitude d'être un traître parmi les traîtres. Connaissant toute l'étendue de sa faute, il enviait ceux qui ne prenaient conscience des leurs que des années plus tard.

Pouvait-il exister sous le ciel créature plus misérable qu'un prêtre qui avait perdu toute confiance en soi ? se demandait-il. Il se souvenait des derniers mots de *Bienheureux désir* de Goethe : « Tu n'es plus qu'un hôte morne sur la terre obscure. » Cette phrase exprimait exactement ce qu'il ressentait. Il ne devait jamais redevenir le Leopold d'autrefois.

Il n'était désormais plus que l'ombre de lui-même, qu'un pâle reflet de son ancien moi. Sa gaieté n'était plus qu'une apparence, sa ferveur dans la prière une supplique désespérée pour que le mal cesse de régner. Mais il pressentait qu'il faudrait encore de nombreux sacrifices pour y parvenir et que les générations à venir devraient payer un lourd tribut pour les crimes perpétrés.

Mais l'étendue des morts et des destructions qui se révélerait au monde à l'issue de ce combat dépassait son imagination pourtant fertile.

34

Saint-Gall et Zurich, printemps 1942

Deux semaines plus tard, au dernier jour du mois de mars dont l'aube apportait déjà les parfums du printemps, Deborah partit avec Albrecht pour la Suisse. La jeune fille n'éprouvait alors plus aucune réticence à l'appeler par son prénom.

Cette fois-ci, il se présenta sans chauffeur et vêtu d'un élégant complet gris foncé avec une cravate en soie. C'était la première fois que Deborah le voyait sans uniforme et cela lui plut. À ses yeux, l'uniforme resterait à jamais synonyme de violence.

Ils traversèrent Landsberg, Memmingen et Bregenz pour se rendre à Saint-Gall, la destination de leur voyage.

Deborah savoura cette traversée de la Suisse : elle aimait les couleurs vives des prés et des alpages, les vaches pie au doux regard qui ruminaient vigoureusement. Elle avait éprouvé une sympathie immédiate pour ce paysage qui lui avait laissé une impression durable. Il y avait longtemps qu'elle n'avait plus quitté Munich, et cette ville lui paraissait triste. La Suisse était une vision d'innocence, reposante et inexplicablement sereine.

À son arrivée, Albrecht gara sa limousine sur la St Leonhardstrasse, en descendit et y prit une mallette en cuir derrière le siège du conducteur. À sa manière de la porter, Deborah devina qu'elle était lourde.

Ils se dirigèrent vers l'imposant bâtiment du Crédit suisse, un gigantesque édifice de style classique devant lequel Deborah s'arrêta un instant. Elle aimait l'élégance paisible de cette construction qui lui donnait une étrange impression de modestie. Elle comprit soudain pourquoi : les fanions rouge sang à croix gammée omniprésents en Allemagne ne flottaient pas sur ce bâtiment, ni sur aucun autre de la ville.

Deborah était tellement habituée à la profusion de ces fanions qu'elle ne les remarquait même plus. Leur absence avait toutefois un effet apaisant sur elle. Elle était heureuse de découvrir un lieu sans nazis.

Albrecht se présenta avec elle à la réception de la banque d'où on leur fit prendre un ascenseur pour descendre au sous-sol. Il laissa Deborah sous la garde d'un employé dans l'antichambre de la salle des coffres-forts. Quand il revint au bout de dix minutes à peine, elle eut l'impression que sa mallette était vide.

Il l'emmena ensuite dans un café sur la porte duquel « Confiserie & Chocolaterie » était écrit en délicates lettres dorées.

À l'intérieur régnait un parfum lourd et sucré qui lui mit l'eau à la bouche. Les étalages étaient une fête pour les yeux : le long comptoir et les innombrables vitrines présentaient un choix étourdissant de pralines et de chocolats.

Un instant plus tard, Deborah trempait les lèvres dans une tasse de chocolat doux-amer, épais, brûlant et garni de chantilly et mangeait un morceau de gâteau aux noix haut comme une tour. Grand seigneur, Albrecht l'autorisa ensuite à choisir autant de pralines qu'elle en voulait. Elle en prit de chaque sorte en quantités excessives, mais il paya sans murmurer en francs suisses.

À la vue des billets de banque, elle éprouva une soudaine tristesse. Elle se souvenait que sa famille avait tenté de fuir en Suisse quatre ans auparavant : son père s'était procuré des francs suisses dans ce but, sa mère avait renouvelé cette tentative un an plus tard et leur voyage s'était terminé à la gare de Munich.

Et voilà qu'elle se retrouvait en Suisse libre. Pourquoi ne pas attendre un moment propice, un instant de distraction d'Albrecht, pour s'enfuir ? se demanda-t-elle en un éclair. Ici, il n'y avait pas de nazis et Albrecht n'avait pas son mot à dire, mais elle repoussa aussitôt cette tentation à la pensée de son petit frère qui n'avait plus qu'elle au monde. Jamais elle n'abandonnerait Wolferl !

Pour dissimuler ses pensées, elle posa à Albrecht la première question qui lui vint à l'esprit.

— Qu'y avait-il dans ta mallette ?

Elle ne s'attendait pas à recevoir une réponse, mais ce jour-là, Albrecht était en veine de générosité.

— Mon assurance, répondit-il en tapotant la mallette qu'il avait posée à côté de lui.

Deborah savait ce qu'était une assurance, mais cette réponse n'avait aucun sens pour elle.

— Pourquoi dois-tu la cacher au sous-sol d'une banque suisse ? demanda-t-elle.

— Parce que la guerre finira un jour, répondit-il. Bois ton chocolat, Deborah : nous devons repartir.

Ils poursuivirent leur route vers Zurich. Deborah ne se lassait pas du charme des paysages qui défilaient devant elle, comme si un peintre avait tenté de représenter par eux son rêve d'une oasis de paix.

Ce spectacle la rendit joyeuse et lui fit presque oublier sa tristesse pendant quelques heures. Elle sentit se réveiller en elle toutes les promesses de l'avenir et les aspirations de la jeunesse.

Albrecht avait réservé à l'hôtel de luxe zurichois Baur du Lac une suite avec deux chambres. L'hôtel était à la fois en pleine nature et au cœur de la ville, car il possédait un parc donnant sur la rive du lac.

À la vue de l'eau scintillant dans la lumière de ce début d'après-midi et des bateaux qui tanguaient à sa surface, formant un tableau idyllique, Deborah aurait aimé pousser des cris de joie comme un enfant.

Ces impressions toutes nouvelles la bouleversaient. Le responsable de la réception l'avait même appelée « madame » ! On ne l'avait jamais traitée en adulte jusqu'ici. Son enthousiasme juvénile se donna libre cours quand ils entrèrent dans la suite luxueuse. Surexcitée, elle courut d'une pièce à l'autre, admira le style et l'élégance des chambres et du salon, et poussa un cri de joie devant la grande baignoire en marbre ornée qui lui parut aussi large que sa chambre à Munich.

Albrecht la suivit avec un sourire.

— Tu peux prendre un bain si tu veux, lui dit-il. Je dois malheureusement ressortir et je rentrerai probablement assez tard. Il vaudra mieux que tu fasses monter un dîner dans la suite.

Il la laissa après un baiser sur le front. Sans comprendre pourquoi, elle ressentit une légère déception de ce départ.

Albrecht ne rentra que tard dans la nuit. Le lendemain et le jour suivant, il la laissa également seule à l'hôtel. Deborah s'ennuya bientôt et découvrit qu'on pouvait rapidement s'habituer au plus grand luxe.

Elle prenait tous les matins un bon bain moussant et se promenait deux fois par jour au bord du lac où elle nourrissait les canards et contemplait avec envie les petites embarcations. Elle explora le parc et ses environs, et l'hôtel lui devint bientôt si familier qu'elle aurait pu regagner la suite les yeux fermés.

Le seul lieu qu'elle n'avait pas encore visité était le bar de l'hôtel. Elle y avait entendu jouer du piano dès le jour de son arrivée, mais elle n'avait pas osé y entrer seule.

Elle jugeait le pianiste plutôt doué. Son jeu était léger et fluide, mais manquait d'entrain. Bien entendu, il ne jouait pas pour un public féru d'art, mais produisait à la demande et en série pour la clientèle du bar.

« Il est moins bon que moi », jugea-t-elle objectivement mais sans la moindre vanité. Son oreille exercée avait avant tout repéré que le piano avait besoin d'être accordé.

Le quatrième jour, elle prit son courage à deux mains et entra dans le bar, la tête haute, avec une assurance étudiée, comme si elle avait l'habitude de sortir seule.

Le pianiste portait un smoking. Il était petit, frêle et ses tempes grisonnaient.

Les doigts de Deborah la démangeaient à la vue du piano, mais elle commanda un café. Elle passa le reste de l'après-midi à serrer la tasse entre ses mains tant elle avait envie de pianoter sur la table les airs qu'elle reconnaissait.

Le lendemain, elle retourna au bar à la même heure. Lorsqu'à sa première pause le pianiste se leva, se dirigea droit vers elle, s'inclina devant elle et lui adressa la parole, elle crut mourir de peur.

— Permettez-vous, mademoiselle ? demanda-t-il avec un léger accent suisse. Je m'appelle Friedrich Gold. Me suis-je trompé en croyant reconnaître en vous une jeune collègue ?

— Enchantée, répondit Deborah interloquée, faute de savoir que dire, alors qu'il était déjà assis en face d'elle.

Elle se demandait comment il fallait se conduire avec un inconnu dans un bar alors qu'on avait tout juste dix-sept ans et qu'on voyageait pour la première fois de sa vie. Albrecht se fâcherait-il s'il entrait à cet instant et la voyait seule à une table avec ce M. Gold ?

M. Gold ne manquait pas d'expérience dans les relations avec les dames, comme la plupart des pianistes. L'embarras juvénile de Deborah ne lui avait donc pas échappé.

— Votre concentration sur la musique et la fébrilité de vos doigts vous ont trahie, expliqua-t-il. Je voulais donc vous demander, mademoiselle, si cela vous plairait de jouer ?

Deborah n'eut pas besoin de se faire prier. Elle se dit qu'Albrecht ne trouverait sûrement rien à objecter à cela. Elle s'assit devant le piano noir brillant. Comme toujours, le premier contact de ses doigts avec les touches exerça sa magie. Elle enchaîna les morceaux : Mozart, Chopin, Brahms, Liszt, tout ce qu'elle avait envie de jouer. Oubliant tout ce qui l'entourait, ravie, elle s'abandonna à la musique. Elle reprit conscience seulement lors d'une pause, quand un public bien plus nombreux que prévu éclata en applaudissements. Elle regarda autour d'elle, décontenancée.

Elle avait complètement oublié qu'elle se trouvait dans un lieu public. Elle était tellement perdue dans la musique qu'elle s'était mise à chanter sans s'en rendre compte. La joie et l'admiration qui se lisaient sur les visages des clients, c'était elle qui les avait fait naître grâce à sa musique. Deborah s'était rarement sentie aussi heureuse qu'en cet instant. Elle éprouvait en même temps de la tristesse au souvenir de sa mère, qui avait dû ressentir la même joie lors de ses représentations. Jamais plus Élisabeth ne se tiendrait sur une scène pour répandre sa lumière et son art sur le monde.

Un vieil homme élégant en frac et en haut-de-forme fendit la foule et s'avança vers elle.

Contre toute attente, il saisit sa main et la pressa.

— Quelle voix vous avez, mon enfant ! s'exclama-t-il aux anges. Quel charme, quel lyrisme ! Vous me rappelez une amie très chère, l'incomparable Élisabeth Malpran. Comment vous appelez-vous donc ?

Deborah le regarda avec de grands yeux. Il lui fallait toujours un moment pour redescendre des hauteurs de la musique, qui était pour elle comme un autre monde à la langue universelle, et parler à nouveau le langage des mortels.

— Je vous remercie, monsieur, répondit-elle. Élisabeth Malpran était ma mère. Je m'appelle Deborah.

— Oh, mais c'est un miracle ! exulta le vieil homme, et il frappa dans ses mains. C'est le destin qui vous a menée ici afin que je puisse revivre un tel instant ! Venez, je vous invite à prendre une infusion pour vous rafraîchir la voix.

Et il entraîna Deborah ébahie dans le salon de l'hôtel, où il commanda deux infusions à un serveur en frac au visage solennel.

L'énigme que représentait ce vieil homme pour Deborah se résolut un instant plus tard.

— Mais où ai-je donc la tête ! s'écria-t-il. Pardonnez donc au vieux bonhomme que je suis, ma chère petite Deborah. J'ai oublié de me présenter : je m'appelle Franz Lehár. J'ai pour la première fois entendu chanter votre mère dans une église à Vienne alors qu'elle avait tout juste onze ans. Ce fut un grand malheur pour moi d'apprendre la nouvelle de sa mort.

Deborah en resta bouche bée : elle venait de rencontrer l'un des plus grands compositeurs de sa génération, elle prenait le thé avec lui et il la couvrait de compliments par-dessus le marché ! Le compositeur et la jeune fille s'attardèrent longtemps au salon, perdus dans la musique et les souvenirs.

— Aujourd'hui, je pourrai passer la journée avec toi, Deborah, annonça Albrecht au sixième jour de leur voyage alors qu'ils prenaient leur petit-déjeuner dans la suite. Je dois d'abord donner quelques coups de téléphone à Paris. Nous irons ensuite t'acheter une robe de soirée. Pour te récompenser de ta patience pendant ces derniers jours, je t'invite ce soir au célèbre Restaurant français.

Quand Albrecht téléphona à Paris, elle fut surprise de l'entendre parler couramment français. Elle-même avait étudié d'une manière assez poussée cette langue dont elle aimait les sonorités et le rythme léger. Elle crut comprendre qu'Albrecht organisait des trajets en train entre les villes de Compiègne et de Belzec, et qu'il était question de sélection et de capacités de chargement.

C'était la première fois que Deborah avait un aperçu des mystérieuses activités de son beau-père. Lorsqu'elle lui demanda plus tard si leur voyage devait les mener en France, à Compiègne, elle eut l'impression que sa question ne l'enchantait guère.

Après cet incident, il ne téléphona plus jamais en sa présence dans aucune langue.

Albrecht et Deborah passèrent presque toute la journée sur l'élégante Bahnhofstrasse de Zurich, une rue bordée de magasins et de cafés. Le temps était morne, le ciel opaque et traversé d'averses, mais la rue bourdonnait d'activité. Deborah n'avait encore jamais vu autant de dames en somptueux manteaux de fourrure dans la même journée.

Albrecht se révéla un homme de goût. Il choisit pour elle dans la boutique la plus raffinée de la rue deux magnifiques robes de soirée. La première, en satin crème lumineux, frappait par l'élégance sobre de sa coupe qui mettait en valeur la sveltesse de la jeune fille. La seconde, en velours violet sombre, de la couleur de ses yeux, dénudait scandaleusement ses épaules. Chaque robe devait être portée avec une paire de gants blancs montant jusqu'aux coudes, au grand soulagement de Deborah, car ils dissimulaient les cicatrices de ses avant-bras.

Albrecht insista pour compléter cet équipement par l'achat de sandales et d'un sac de soirée assorti à chaque robe.

Il la mena enfin dans une élégante bijouterie dont le propriétaire vint les servir en personne. Malgré les protestations et l'embarras de Deborah, Albrecht tint absolument à lui offrir un collier de perles véritables avec des boucles d'oreilles assorties. Le collier était léger et frais autour de son cou mince et lui donnait la sensation d'être à la fois raffinée et adulte.

Elle le garda et elle portait continuellement la main à ses perles comme pour s'assurer qu'elle ne l'avait pas perdu. Ils prirent entre deux achats un déjeuner léger dans un minuscule restaurant qui ne comptait pas plus de six tables.

Ils rentrèrent à l'hôtel en fin d'après-midi en proie à une impatience joyeuse. Albrecht suggéra à Deborah de prendre rendez-vous avec le coiffeur de l'hôtel afin qu'il coiffe ses longs cheveux comme il convenait pour la soirée.

35

Le souvenir a sa propre perception de la réalité. Quand, bien des années plus tard, Deborah évoqua l'enchantement de ces premiers jours de voyage avec Albrecht, elle en avait gardé le souvenir d'un ciel toujours bleu et d'un soleil éblouissant. Lors de ce voyage, elle était jeune et inexpérimentée et elle n'avait pas encore compris que cet enchantement ne serait qu'un rêve fugitif.

C'était grâce à sa naïveté qu'elle avait pu si pleinement savourer ces rares instants de bonheur parfait. Le bonheur est une possession que personne ne peut vous arracher, et Deborah devait longtemps se repaître de son souvenir.

Ce soir-là, elle entra au bras d'Albrecht dans le Restaurant français. Elle savait qu'elle était belle avant même que les têtes des clients se soient tournées d'un seul mouvement vers le couple élégant qui venait de franchir le seuil.

La salle de style impérial, avec son lustre en cristal étincelant, son plafond en stuc orné de feuilles d'or et son parquet en chêne miroitant, formait un cadre idéal pour son entrée en scène.

Deborah avait décidé de porter ce soir la robe violette, un choix judicieux car aucune autre nuance n'aurait mieux mis en valeur sa peau couleur de miel. Elle avait également compris d'instinct qu'elle la faisait paraître plus âgée que la robe crème aux manches bouffantes.

Dans un éveil subtil de sa féminité, elle avait prié le coiffeur de relever ses cheveux afin que les précieux cadeaux d'Albrecht, les boucles d'oreilles et le collier de perles, puissent produire tout leur effet. Cette coiffure rehaussait également l'émouvante gracilité de son cou et la fragilité de sa nuque.

Viril et séduisant dans son smoking sur mesure, Albrecht attirait presque autant l'attention des dames présentes dans la salle que Deborah celle des messieurs. Il se conduisait avec elle en parfait gentleman et la traitait comme une femme adulte.

À titre exceptionnel, il leva l'interdit sur les boissons alcoolisées pour Deborah et commanda du champagne, du caviar et, un peu plus tard, un vin blanc léger pour accompagner le loup de mer aux légumes méditerranéens qu'elle avait commandé.

Ensuite, on lui servit une assiette de fromages à la sauge comportant huit sortes de brie. Elle l'avait commandée sur un caprice, car ce soir-là, bizarrement, les plats sucrés ne la tentaient pas. Elle avait envie de nouveauté.

Ils burent un café et Deborah prit ensuite un sherry qui, comme presque tout ce soir-là, était pour elle une première. Albrecht se révéla un convive très divertissant. Le rire ensorcelant de la jeune fille qui s'élevait au-dessus de la table faisait briller les yeux de son compagnon. Il lui parla des nombreux princes européens, ainsi que de l'impératrice autrichienne Élisabeth et d'un calife égyptien qui avaient tous deux séjourné dans cet hôtel.

Il raconta également à la mélomane que, pour l'anniversaire de son beau-père Franz Liszt, Richard Wagner avait joué du piano et chanté à l'hôtel Baur du Lac. Ce soir-là, l'assistance avait eu droit à la première du premier acte de *La Walkyrie*, peut-être même au piano sur lequel le pianiste de l'orchestre de la Chambre de musique jouait ce soir-là pour la clientèle.

Deborah était fascinée par cette histoire et égayée par l'alcool qui lui déliait la langue. Elle raconta à Albrecht sa rencontre avec Franz Lehár l'avant-veille et soudain, comme si elle l'avait fait surgir par la parole, elle le vit devant elle.

Il lui baisa galamment la main, s'inclina devant Albrecht et le félicita d'avoir une fille aussi douée qui avait une glorieuse carrière de cantatrice devant elle. Et il demanda à Deborah de bien vouloir chanter pour l'honorable assistance.

Deborah consulta Albrecht du regard, mais elle brûlait de chanter. Si la coquetterie et l'affectation lui étaient étrangères quand il s'agissait de son art, elle hésitait pourtant à accepter l'invitation de Lehár, car elle avait senti de l'humeur chez son compagnon quand le compositeur lui avait parlé de sa fille. Mais Albrecht répondit qu'il serait ravi de l'entendre chanter.

Lehár avait déjà rejoint les musiciens. Il les dirigea lui-même pour accompagner Deborah, qui, pour sa première représentation publique, avait choisi l'ariette préférée de sa mère, celle de Violetta dans *La Traviata*.

Quand elle eut chanté, Albrecht reçut avec une fierté visible les compliments des spectateurs sur son ensorcelante compagne. Il parut savourer les applaudissements autant que Deborah. Plus tard dans la soirée, ils dansèrent. Albrecht se révéla un danseur hors pair et guida d'une main sûre les pas encore hésitants de Deborah. Surprise, elle lui demanda comment il avait appris à danser aussi bien, car elle ne lui aurait jamais deviné ce talent. Il lui raconta que sa mère le lui avait enseigné et qu'elle était morte alors qu'il n'avait que seize ans. Sa voix trahissait le chagrin qu'il avait éprouvé de cette perte. Le cœur de Deborah se serra et, au souvenir de son propre deuil, elle se sentit encore plus proche de lui.

Plus tard, alors qu'ils étaient de retour dans la suite, il la complimenta pour sa brillante apparition ce soir-là et ajouta que l'ariette de Violetta était un choix idéal, car elle était assortie à la couleur de sa robe.

Enivrée de champagne et de succès, Deborah se mit à rire comme une folle, non que sa remarque lui parût si spirituelle, mais l'idée que cet Albrecht toujours sérieux comme un pape s'était essayé à un trait d'esprit lui paraissait du plus haut comique.

Elle gloussait encore quand il s'avança derrière elle et posa ses grandes mains brunes sur ses épaules dénudées. Il eut alors un geste totalement inattendu : inclinant la tête, il embrassa délicatement sa nuque. Deborah frissonna sous la douceur de cette sensation insolite qui s'emparait de tout son corps. Elle se tut puis se tourna lentement vers lui. Son regard était limpide et calme comme la mer dans la nuit. Ses yeux cherchèrent ceux d'Albrecht où elle lut le désir.

Elle eut soudain l'intuition que leur voyage devait inéluctablement les mener à cet instant.

Son corps juvénile fut envahi d'un désir encore inconnu, celui de goûter à ce que la vie pouvait lui offrir de plus enchanteur : boire du champagne dans un bon restaurant avec un bel homme, porter une robe de soirée et des bijoux de prix et sentir sur elle des regards admiratifs. Tout cela correspondait à sa vision du romantisme et de l'amour. L'idée que cet homme avait été le mari de sa mère ne la tourmentait nullement.

Au contraire, l'interdit ne faisait que décupler son désir. En tant qu'artiste, elle ne reconnaissait pas les conventions bourgeoises et ne se comparait pas au commun des mortels. Elle avait étudié de nombreux drames dans lesquels l'amour entre un homme et une femme justifiait tous les risques, tous les mensonges et toutes les transgressions. L'amour était la mesure de tous les désirs humains. Lui seul pouvait abolir les barrières entre riches et pauvres, entre la noblesse et la bourgeoisie, entre toutes les races, et s'accomplir jusque dans la mort…

C'est ainsi qu'elle renversa la tête pour offrir sans crainte ses lèvres que personne n'avait encore embrassées. Mais Albrecht, plus expérimenté qu'elle, retarda volontairement cet instant. Il la saisit doucement par les coudes et déposa de petits baisers sur son cou. Sa peau avait le goût et la douceur irrésistible du miel. L'haleine tiède d'Albrecht faisait frissonner le jeune corps de Deborah. Prenant tout son temps, il remonta lentement vers son oreille, puis redescendit vers ses épaules et son décolleté, dans le creux à peine esquissé duquel sa langue laissa une trace humide.

Deborah tremblait sous cette première caresse de lèvres d'homme. C'était tout différent, mais bien plus merveilleux que ce dont elle avait rêvé. Son sang fourmillait sous ces sensations inconnues et elle sentait un tiraillement voluptueux dans le bas de son ventre. Son corps découvrait l'excitation et, bientôt, elle voulut davantage que des baisers.

Dans son impatience, elle fit ce qu'Albrecht, qui se considérait comme le meneur du jeu, n'aurait jamais envisagé : dans un geste violent et impérieux, elle l'empoigna par les cheveux pour l'attirer vers sa bouche et elle se serra contre lui avec une ardeur si inattendue qu'il faillit trébucher.

Elle resserra son étreinte en pressant son ventre étroit contre le sien. Elle se conduisait ainsi en courtisane experte et non comme la vierge qu'elle était. Quand elle sentit son excitation, elle le toucha sans pudeur. Il se détourna avec un gémissement auquel elle mesura son pouvoir sur lui.

Ils arrachèrent leurs vêtements et se laissèrent tomber enlacés sur le lit. Albrecht, qui au départ voulait se maîtriser pour ne pas se montrer brutal avec cette frêle jeune fille, fut emporté par la passion de Deborah. Il se jeta sur elle comme une bête affamée, mais une autre surprise l'attendait : elle lui rendit la pareille et le surpassa même en le mordant au cou et en lui griffant le dos, et la douleur de la défloration ne fit que redoubler son ardeur.

Comment Albrecht aurait-il pu savoir qu'elle aimait la douleur et l'accueillait avec reconnaissance comme une vieille alliée ?

Cette nuit-là, Deborah découvrit un nouveau moyen de vaincre la haine dans le corps-à-corps de l'amour sensuel. Elle se montra exigeante, insatiable et ni elle ni Albrecht ne firent preuve de ménagements l'un envers l'autre. Albrecht rendit morsure pour morsure et le plaisir extatique que la douleur procurait à la jeune fille accrut le sien à un degré qu'il n'avait jamais connu auparavant. Deborah était inlassable et ce fut finalement lui qui demanda un répit.

Ce n'était pas ainsi qu'il avait pensé séduire la jeune fille, songeait-il alors qu'il se reposait enfin, aussi épuisé qu'après une nuit de beuverie et endolori en divers endroits sensibles.

Deborah le réveilla vers 10 heures. Elle avait pris un bain, elle était fraîche comme une rose et aussi active qu'une abeille. Elle avait commandé un copieux petit-déjeuner auquel tous deux s'attaquèrent.

Elle fit ensuite couler un bain pour lui et le laissa se détendre dix minutes avant de le rejoindre, nue et sans honte, dans la grande baignoire en marbre pour réclamer un *da capo*.

Plus tard, elle resta assise, lui tournant le dos, entre ses jambes, la tête contre sa poitrine et les yeux fermés.

Le soleil matinal qui brillait par la fenêtre réchauffait leurs visages.

Albrecht avait également fermé les yeux, mais, contrairement à Deborah, il n'était pas perdu dans une rêverie. Il réfléchissait et c'était à lui-même qu'il pensait, ce qui était rare. Il passait le plus clair de son temps à observer les autres, car c'était le seul moyen de se perfectionner dans l'art de la manipulation.

Il était encore stupéfait de la manière dont cette petite merveille l'avait subjugué. Il n'avait encore jamais rencontré autant de passion et d'ardeur, chez quelqu'un d'aussi jeune qui plus est. L'apparente douceur de Deborah dissimulait un tempérament sauvage. Il était surpris de ressentir pour elle de la tendresse, une faiblesse dont il n'avait jamais fait preuve jusqu'ici, car il avait toujours considéré ce sentiment comme une défaillance.

Mais à présent, assis contre elle, il caressait ses épaules et ses bras, savourait la souplesse soyeuse de sa peau et sentait éclore en lui ce sentiment dont il avait toujours voulu se garder. Soudain, il tressaillit, car ses doigts avaient senti de minuscules irrégularités, et il tourna l'avant-bras de Deborah vers la lumière.

— Qu'as-tu là ? Qui t'a fait ça ? s'exclama-t-il à la vue des minuscules cicatrices qui formaient comme un treillis sur sa peau.

Il crut un instant qu'on l'avait torturée à Stuttgart en dépit de sa stricte interdiction et, sa colère s'éveilla.

Deborah se redressa, le visage tourné vers la lumière, et observa ses bras sans émotion apparente. Elle lui répondit sans réticence, car elle estimait que rien ne devait troubler l'harmonie de leurs corps et de leurs pensées.

— Ça ? Personne, dit-elle. C'est moi qui me le fais depuis cette nuit horrible où les SS nous ont emmenés, Wolferl, Magda et moi. Je ressens parfois tant de haine et de colère que ça me ronge, alors je m'entaille pour me soulager. J'aime la douleur parce qu'elle m'apaise. Est-ce que ça te choque ?

— Non, ça me fascine que tu aimes la douleur. Je trouve ça plutôt excitant.

— C'est ce que j'ai remarqué, monsieur, répliqua-t-elle en frottant ses fesses contre son ventre comme si elle avait plusieurs années d'expérience à de tels jeux.

— Tu es surprenante : moi qui m'attendais à trouver un agneau sans défense, j'ai découvert un chat sauvage aux griffes et aux dents acérées, dit-il en tâtant la boursouflure d'une morsure à son cou, soulagé à l'idée que le col de son uniforme la dissimulerait.

Il se souvint tout à coup de Leopold et de leur conversation dans la bibliothèque après l'enterrement d'Élisabeth. Qu'avait-il dit au juste ? Il l'avait averti que Deborah était une lame tranchante à laquelle il risquait de se blesser. Eh bien, au moins, elle n'était pas timorée. Dommage que Leopold ne puisse le voir juste à cet instant, se dit-il, et la satisfaction se lut sur son visage à cette pensée.

Deborah savourait la sensation de douceur endolorie que cette première nuit avait laissée entre ses cuisses. Puis, estimant qu'elle avait laissé à Albrecht un répit assez long, elle se retourna pour lui faire face et commença à remuer sensuellement les hanches, mais il l'écarta de lui.

— Désolé, ma petite, dit-il en riant, malgré toute mon envie, j'ai un rendez-vous et je dois me dépêcher.

Il la serra contre lui et l'embrassa avec ardeur comme elle l'aimait. Elle essaya aussitôt de mordre ses lèvres déjà malmenées, mais il se dégagea et parvint à sortir de la baignoire juste à temps.

— Ça suffit, petite insatiable, déclara-t-il. Mes camarades vont déjà me passer un savon pour mon retard.

Nous nous retrouverons ce soir. Si tu as besoin d'argent, prends-en dans le tiroir du secrétaire.

Il avait déjà franchi le seuil quand il revint sur ses pas et parla avec une désinvolture trop affectée pour être sincère.

— Ah, autre chose : ton nom. Je pense que Deborah ne convient pas. À partir de maintenant, je t'appellerai donc Maria, lança-t-il.

Il tourna les talons, la laissant interloquée. Au début, elle fut trop déconcertée pour réagir, puis la colère la saisit et, faute de mieux, elle lança l'éponge ruisselante contre la porte qu'Albrecht avait eu la sagesse de refermer en sortant. L'éponge retomba avec un bruit humide sur le carrelage.

Quelle idiotie ! Quelle mouche l'avait piqué ? Pourquoi son nom ne lui convenait-il pas ? Elle inspira et plongea sous l'eau. Wolfgang et elle avaient souvent joué à celui qui y retiendrait le plus longtemps sa respiration. Son petit frère lui manqua soudain comme jamais depuis le début de ce voyage et elle décida de lui téléphoner le jour même après ses cours.

Elle refit surface en crachotant et inspira de grandes goulées d'air. Elle passa encore une heure dans l'eau qui refroidissait, plongée dans ses pensées, puis sortit de la baignoire avec un soupir. Malgré sa jeunesse, elle était assez perspicace pour comprendre qu'elle avait perdu cette nuit-là non seulement son innocence, mais aussi son nom parce qu'il avait une consonance trop sémite pour l'officier SS Albrecht Brunnmann.

Le nom de Deborah avait une signification précise dans l'Ancien Testament, celle de « juge » ou de « prophétesse », comme le lui avait expliqué son père. Et, en hébreu, il signifiait également « abeille ».

Pendant un certain temps, Deborah cessa de s'infliger des blessures car son aspiration à la douleur était satisfaite par Albrecht.

36

Vienne, Ostmark

Ils quittèrent Zurich trois jours plus tard au petit matin. Un portier ensommeillé les aida à emporter leurs bagages dans la limousine. Quand elle démarra, Deborah lança un regard nostalgique au parc de l'hôtel. Le lac était encore voilé d'un épais brouillard et un silence étrange régnait. Elle aurait volontiers prolongé son séjour.

À son grand déplaisir, Albrecht était en uniforme. Leur trajet de plusieurs heures avait pour destination l'Ostmark, comme on appelait l'Autriche depuis son rattachement au Reich, et sa capitale, Vienne. Ils logeraient à l'Hôtel impérial, qui avait autant de prestige et un passé aussi illustre que le Baur du Lac, comme Albrecht le lui avait expliqué.

Vienne, la cité impériale et la ville natale de sa mère, l'accueillit par une radieuse journée de printemps. La ville était entièrement aux mains des nazis, mais Deborah s'y réhabitua rapidement et finit par ne même plus le remarquer tout comme elle l'avait fait à Munich.

Elle connaissait déjà Vienne. Avant la naissance de son frère, elle y était allée plusieurs fois avec ses parents. Leur dernier séjour remontait au début de l'année 1933. La ville et ses monuments lui avaient laissé une impression durable et de nombreux souvenirs. Elle se laissa néanmoins docilement conduire quand, le lendemain de leur arrivée, Albrecht lui fit visiter la ville. Elle ne vivait plus que pour ses nuits avec lui.

Il semblait connaître remarquablement bien Vienne. Quand elle l'interrogea à ce sujet, il lui répondit qu'il y avait séjourné presque toute l'année 1938 pour des raisons professionnelles sur lesquelles il resta évasif. Elle devina à sa manière de détourner la conversation qu'il ne tenait pas à s'attarder sur ce sujet. Tous ces mystères commençaient à l'agacer. Son père avait toujours répondu à ses questions et l'avait même encouragée à en poser.

Lorsqu'ils passèrent devant l'Académie des beaux-arts, elle se rappela que son père la lui avait montrée et lui avait raconté qu'Hitler avait échoué deux fois à l'examen d'entrée. Peut-être était-ce dû au souvenir de son père, toujours est-il que cette vision la tira de sa torpeur amoureuse et lui donna envie de taquiner Albrecht. Il eut ainsi un premier aperçu de son courage et du tranchant de son esprit dont Leopold l'avait averti.

— C'est vraiment dommage… tu ne trouves pas, Albrecht ? demanda-t-elle.

— Quoi donc, Maria ?

— Que votre Führer n'ait pas eu un peu plus de talent. Peut-être cela nous aurait-il épargné une guerre. Qui sait, peut-être qu'en ce moment même il serait tranquillement assis devant son chevalet en train de peindre de jolis tableaux des curiosités de Vienne ?

— Maria, ma chérie, premièrement, c'est aussi ton Führer, et, deuxièmement, il était peut-être écrit qu'il ne pourrait pas devenir peintre afin que son destin se confonde avec celui du peuple allemand.

Son ton n'était pas celui du blâme, mais plutôt celui d'un professeur qui essaie doucement d'instruire un élève ignorant. Ce ton supérieur, qu'il avait déjà employé plusieurs fois avec elle, lui fit l'effet d'une provocation.

— Ah bon… au fait, que sont devenus les membres du jury qui ont refusé d'admettre votre Führer à l'Académie ? demanda-t-elle en appuyant sur le « votre ».

Déconcerté par ce que cette question laissait entendre, Albrecht resta sur ses gardes.

— Que veux-tu dire par là ? répondit-il calmement.

Deborah se réjouissait secrètement d'avoir éveillé sa colère. Ce nouveau jeu l'amusait décidément beaucoup.

— Oh, c'était juste une idée, fit-elle négligemment. J'y ai pensé parce que mon père m'a parlé un jour de ce docteur Forster avec qui Hitler était au front pendant la dernière guerre, si j'ai bien compris.

— Ah oui ? Et que vient faire ce docteur Forster là-dedans ? s'enquit Albrecht sur un ton qui l'avertissait de surveiller ses paroles.

— Tu tiens vraiment à le savoir ? répliqua-t-elle avec un peu moins d'assurance.

Elle avait agi impulsivement et elle comprenait trop tard qu'elle risquait d'attirer la colère d'Albrecht sur son père. Elle ne pensa pas aux conséquences pour elle-même, car elle n'avait pas peur d'Albrecht.

— Parle donc ! Je suis curieux de savoir ce qui se passe dans ta petite tête, dit-il avec condescendance comme si l'intelligence était un luxe pour une femme, ce qui poussa Deborah à brûler ses vaisseaux.

— Comme tu voudras, mon cher seigneur, persifla-t-elle. Quand votre Führer a inhalé du gaz moutarde en 1918, on l'a admis à l'hôpital militaire de Pasewalk. Il y a été soigné par ce docteur Forster. Sans bien entendu deviner à qui il avait affaire, Forster a noté dans son rapport médical qu'Hitler était « un psychopathe présentant des symptômes hystériques, et de ce fait inapte au commandement ». Je crois que ce sont exactement les termes qu'il a employés. Le docteur Forster s'est suicidé en 1934 sous la pression de votre police secrète d'État.

Deborah vit le visage d'Albrecht se crisper comme s'il souffrait physiquement. Il prit du temps pour répondre.

— Je vois, dit-il enfin. Tu penses donc, Maria, que notre Führer s'est vengé sur le jury de l'Académie de ne pas l'avoir admis ? Tu lui reproches d'être vindicatif ? Si j'ai bien compris, tu le juges mesquin ?

Albrecht avait retrouvé toute sa maîtrise de soi, mais, à son intonation, Deborah soupçonna qu'il en savait plus qu'il le laissait paraître. Elle se demanda si elle avait vu juste et si le malheureux jury de l'Académie n'avait pas durement expié son refus.

Mais son humeur changea soudain et sa combativité reflua aussi vite qu'elle s'était éveillée. Elle n'avait plus envie de parler de cet ignoble Hitler.

— À vrai dire, ça ne m'intéresse pas tellement, répondit-elle sur un ton léger. C'est toi qui tenais absolument à ce que je m'explique. Bon, et maintenant, pourrions-nous aller chez Sacher ? Ils ont les meilleurs gâteaux de la ville et ça me dirait bien d'en manger.

Les considérations de Deborah sur Hitler méritent d'être examinées de plus près. Son père en était à l'origine, car, avec son ami Fritz Gerlich, il avait été l'un des premiers à réfléchir aux conséquences de l'échec d'Hitler à l'Académie des beaux-arts.

Le principe de causalité a rarement eu un retentissement d'une telle ampleur sur l'histoire mondiale. Parce que le jury d'une académie en avait refusé l'admission à un jeune Autrichien nommé Adolf Hitler en 1907, puis en 1908, au motif qu'il n'était pas assez doué, le forçant à renoncer à ses ambitions, il avait dû poursuivre une existence médiocre.

Il avait vivoté en peignant des cartes postales et en illustrant des annonces publicitaires. Sa carrière avait culminé avec une réclame de talc pour les pieds.

Jusqu'au jour où il s'était par hasard découvert un talent d'orateur et de démagogue qui l'avait orienté vers sa fatale carrière politique. Il devait par la suite charger ses hommes de main de retrouver et de réquisitionner ses œuvres viennoises, de crainte que leur découverte ne le mette un jour dans l'embarras.

Quel cours aurait pris le destin de l'Europe si Hitler avait été admis à l'Académie des beaux-arts de Vienne ? Une Seconde Guerre mondiale aurait-elle éclaté ? Aurait-on lancé la première bombe atomique ? L'expansion du communisme aurait-elle été moins importante, de même que la guerre froide qui en aurait résulté ? L'Allemagne et Berlin auraient-elles été divisées et le mur de Berlin aurait-il été construit ?

Deborah et Albrecht séjournèrent deux semaines à Vienne. Albrecht était très occupé, courait d'entretiens en conférences pour rentrer généralement tard à l'hôtel, où Deborah l'attendait avec impatience.

Ce n'était pas ainsi qu'il avait imaginé son séjour. Il avait grand besoin de calme et de repos après ces journées harassantes remplies de réunions et de décisions prises à l'issue de discussions laborieuses.

Il ressentait pourtant un appétit insatiable pour cette créature exigeante et il devait faire appel à toute son énergie tandis que la jeune fille s'épanouissait à ses côtés comme une rose au printemps.

Son attirance pour elle semait également le trouble dans ses pensées. Il se rendait compte qu'il devenait de plus en plus distrait pendant ses réunions de travail. Le brouhaha des voix et des discussions passait à l'arrière-plan, il aspirait à retourner dans les bras de

Deborah et à humer son odeur enivrante de miel. Il éprouvait un tel désir d'elle qu'il devait souvent poser son porte-documents sur ses cuisses pour dissimuler son état…

Ce comportement étrange ne pouvait échapper indéfiniment aux autres participants à ces conférences. Et, comme la curiosité est profondément enracinée chez l'être humain, des rumeurs et des spéculations ne tardèrent pas à se répandre au sujet de ce porte-documents.

Que contenait-il donc de si secret et d'une telle importance qu'Albrecht Brunnmann, chargé de mission de l'Office central de la sécurité du Reich et placé directement sous les ordres de son directeur Reinhard Heydrich, le garde toujours à sa portée et jusque sur ses genoux en réunion ? Des instructions qu'il ne devait communiquer qu'au tout dernier moment ? Des ordres ultrasecrets du Führer ?

Quant à Deborah, elle découvrait en même temps que l'amour physique une autre compensation dont elle jouissait sans retenue. Albrecht semblait disposer de ressources financières inépuisables et sa générosité envers elle était sans limites. Elle partait donc chaque matin faire des courses dans la Prachtstrasse, une rue de Vienne célèbre pour l'élégance de ses nombreux magasins, et sa garde-robe remplit bientôt une multitude de valises.

Mais, en fin d'après-midi, elle était toujours au salon de l'hôtel où elle s'exerçait au piano et donnait de temps en temps un concert privé.

Elle vivait ces semaines avec Albrecht comme un rêve dans lequel elle suivait la pente de tous ses désirs. C'était comme si une digue s'était rompue en elle, laissant libre cours à une avidité insatiable. Elle voulait vivre, aimer, chanter et réclamait tout, et tout de suite !

C'était l'abandon total à la vie comme peu d'êtres le connaissent, la démesure d'une âme absolue. En cela, Deborah ressemblait à sa mère. Mais alors qu'au moment propice Élisabeth avait rencontré son sauveur en Gustav, Deborah avait conclu un pacte avec le diable.

Elle avait complètement oublié son frère. Elle ne lui avait pas téléphoné de Zurich. Son passé avait été comme englouti par le présent. La musique restait le seul lien entre ce passé et sa nouvelle vie.

37

Cracovie, Gouvernement général de Pologne

Albrecht et Deborah poursuivirent leur voyage vers Cracovie.

La Pologne était devenue un « territoire annexe »: elle était occupée par l'Allemagne depuis octobre 1939 sans être pour autant intégrée au Reich. Désignée sous le terme de « gouvernement général », elle était divisée en cinq secteurs: Cracovie, Lublin, Lemberg, Radom et Varsovie. Près de douze millions de personnes y vivaient au début de l'Occupation, mais, en 1945, cette population avait été réduite environ de moitié.

Pour se rendre à Cracovie, Albrecht avait fait venir son chauffeur de Berlin.

C'était un homme de taille moyenne, plutôt massif, avec un visage rond aux traits doux et un crâne chauve aussi luisant que si on l'avait poli. Il s'appelait Osman et il était muet.

Albrecht raconta l'histoire d'Osman à Deborah pendant le voyage. Avant d'épouser le père d'Albrecht, sa mère avait poursuivi pendant un temps une carrière de cantatrice. Un mystérieux prince du Moyen-Orient qui l'avait entendue chanter était tombé amoureux fou d'elle. Il lui avait fait une cour pressante, lui avait offert jour après jour des fruits, des animaux exotiques, des perles admirables, des diamants étincelants et enfin le plus coûteux de tous les présents : Osman, un jeune garçon effaré.

Osman était castrat et il avait autrefois une voix merveilleuse, expliqua Albrecht à Deborah.

— Il sait chanter ? demanda-t-elle toute joyeuse, les yeux brillants.

— Autrefois, oui, mais plus maintenant.

— Mais pourquoi ? Nous pourrions essayer en duo… s'il te plaît ! demanda-t-elle, aussi surexcitée qu'une petite fille.

— Osman ne peut plus chanter, Maria. Il n'a plus de langue.

— Plus de langue ? Comment ça ?

— Parce que mon père la lui a coupée.

— Il lui a… mais c'est horrible ! s'écria Deborah, dont le visage exprima l'incompréhension la plus totale. Au nom du ciel, pourquoi a-t-il fait une chose aussi cruelle ?

— Parce qu'Osman chantait trop, répondit Albrecht sur le ton de la conversation, comme s'il s'agissait d'une réaction tout à fait normale.

Osman émit un son, ou plutôt un souffle si léger que seule l'oreille fine de Deborah le perçut, mais ce soupir contenait toute la douleur et la frustration d'une âme abusée. Frappée au cœur, Deborah souffrit avec lui.

— Peut-être ta mère aurait-elle dû épouser ce prince étranger au lieu de ton père, lança-t-elle à Albrecht.

— C'est ce qu'elle a failli faire avant de découvrir que ce calife avait déjà plus de trois femmes et un nombre considérable de concubines.

Deborah devinait qu'Albrecht avait souvent raconté cette histoire en déployant tous ses effets et avec le plus grand succès. Il s'étira autant qu'on le pouvait dans une voiture et bâilla à s'en décrocher la mâchoire. À cause de Deborah, il manquait de sommeil depuis plusieurs semaines.

Elle sentait également la fatigue l'envahir. Les longs trajets en voiture avaient toujours cet effet sur elle. Bien que furieuse contre Albrecht, elle passa encore par l'une de ses sautes d'humeur : soudain trop lasse pour se quereller, elle ferma les yeux.

Blottie au fond de la voiture, elle s'endormit et ne vit pas défiler les prés vert tendre, ni ne perçut le rythme apaisant de la pluie qui se mit à tomber un peu plus tard. Elle se réveilla seulement quand la voiture remonta la Slawkowska vers l'imposant Grand Hôtel. L'établissement était au cœur de la vieille ville de Cracovie, qui passait pour la plus belle d'Europe.

Le rôle de femme du monde était devenu comme une seconde nature pour Deborah, qui accueillit le luxe de l'hôtel cinq étoiles comme s'il allait de soi. Cet hôtel avait été un palais au Moyen Âge, ce dont témoignaient l'épaisseur impressionnante de ses murs, le mobilier d'époque et les innombrables cheminées.

Pendant que deux femmes de chambre déballaient l'abondante garde-robe de Deborah et qu'Albrecht téléphonait, elle alla explorer l'hôtel après une visite rapide de la suite. Dans la salle dite des miroirs, elle trouva ce qu'elle cherchait : le piano de concert qui était de rigueur dans tout grand hôtel. Après avoir découvert un café viennois et un café-bar nommé Strauss, elle se sentit presque comme chez elle.

Un gala somptueux eut lieu le soir même dans la salle des miroirs. Deborah y rencontra pour la première fois des camarades SS d'Albrecht, parmi lesquels Richard Wendler, qu'il lui présenta comme le nouveau gouverneur de Cracovie, et le grand et massif commandant du camp de travail de Plaszow, Amon Göth, un Autrichien natif de Vienne. Albrecht la présenta à ces hommes comme la cantatrice Maria Malpran.

Deborah remarqua non sans étonnement au cours de cette soirée que les hommes comme les rares femmes présentes, des créatures gloussantes et stupides, tenaient bien l'alcool. Elle-même se contentait de siroter du champagne. L'alcool ne lui réussissait pas, car elle payait chaque excès de maux de tête, si bien qu'elle préférait s'en passer.

À mesure que la soirée progressait, l'ambiance devenait de plus en plus bruyante et Deborah de plus en plus mal à l'aise. Elle se sentit soulagée quand Albrecht fut le premier à prendre congé en arguant de la longueur de leur voyage.

Cette nuit, ils apaisèrent la faim qu'ils avaient l'un de l'autre. Deborah mordit Albrecht à la langue pour goûter son sang dont elle savoura la chaleur et le goût métallique. Il ne fit qu'en rire, la retourna sur le ventre et prit sans ménagement sa revanche.

Deux jours plus tard, ils se rendirent à une réception chez Hans Frank, le gouverneur général de Pologne, au château de Wawel.

Ce château fort du XIIIe siècle bâti sur une petite colline dominant la Weichsel offrait à la lumière de centaines de flambeaux un spectacle impressionnant. Il était depuis toujours la résidence des rois de Pologne, et Hans Frank et son épouse Brigitte y demeuraient comme un couple de suzerains avec, comme il se devait, une armée de domestiques qu'ils appelaient leur suite.

Albrecht, qui ne se montrait pas avare en anecdotes avec Deborah, lui murmura que, dans les cercles les plus élevés du Parti, on avait rebaptisé le domaine de Hans Frank « Frank-Reich[1] ».

1. Jeu de mots avec « *Frankreich* », la France en allemand.

Il lui confia également que le gouverneur général avait été quelques années plus tôt ministre du Reich de la Bavière et conseiller juridique du Führer, qu'il avait assisté dans plus de quarante procès. Deborah songea que Frank avait dû bien faire ses affaires, sans quoi il n'aurait sûrement pas vécu comme un coq en pâte dans son joli château à l'heure qu'il était.

La part la plus abjecte de Frank resta cependant invisible à Deborah. Ce soir-là, il ne fut pour elle qu'un hôte charmant, un pianiste accompli, un amateur d'opéra et un philosophe citant volontiers Nietzsche comme le faisait autrefois le père de Deborah.

Les Frank accueillirent avec empressement la talentueuse fille de la célèbre Élisabeth Malpran dans leur société éclairée. Brigitte Frank ne résista pas au plaisir de se mettre en valeur en racontant qu'elle avait applaudi la cantatrice deux ans auparavant, dans la loge du Führer à l'Opéra de Berlin.

À la vue de la nappe de damas blanc, de l'argenterie étincelante, des plats nombreux et raffinés servis sur des assiettes luisantes et de la société distinguée en smoking et en robe de soirée qui se régalait et se divertissait, on avait peine à imaginer qu'il puisse exister un lendemain et que l'Allemagne était en guerre avec la moitié de l'Europe depuis presque trois ans.

Quand le regard de Deborah rencontrait par hasard celui de Frank, elle sentait un léger frisson, comme le souffle d'un danger tout proche sur sa nuque. Elle pouvait presque en goûter l'excitation semblable à des bulles de champagne. Elle aimait cette sensation inédite, car elle croyait détenir un pouvoir sur cet inconnu qui la convoitait sans que ce soit réciproque.

Manquant totalement d'expérience à ce nouveau jeu, elle en ignorait la règle la plus fondamentale, à savoir que le pouvoir était toujours aux mains du plus fort.

— Eh bien, mon colonel, dit soudain Frank en soulignant le grade de son hôte comme pour marquer la supériorité de son propre rang, on raconte à Berlin que vous êtes très actif depuis Wannsee. J'ai reçu pas plus tard qu'hier une dépêche de l'Office central de la sécurité du Reich m'ordonnant de prendre des mesures supplémentaires. Je suppose que vous êtes venu vous assurer en personne des progrès de notre travail ? Qui vous envoie donc ? Le numéro un de la SS ou le Chef ?

Frank et Heinrich Himmler, le plus haut dirigeant de la SS dans le Reich, étaient ennemis jurés et se livraient une guerre sans merci pour tout ce qui touchait au Gouvernement général de Pologne. Frank considérait en revanche comme un moindre mal Reinhard Heydrich, le directeur de l'Office central de la sécurité du Reich et le supérieur direct de Brunnmann que ses employés appelaient « le Chef ».

Deborah avait deviné au ton de Frank qu'il sondait Albrecht. Sans savoir elle-même de quoi il retournait, elle avait remarqué que plusieurs convives avaient tourné la tête vers eux. Les conversations autour de la table se turent peu à peu et un silence tendu pesa sur la salle.

Albrecht restait pourtant la nonchalance personnifiée. Il choisit avec soin un cigare dans la boîte qu'on faisait circuler, l'alluma calmement et en tira voluptueusement plusieurs bouffées jusqu'à ce que le bout rougeoie avant de répondre.

— Je suis ici en tant que responsable du Rapport IV et je ne fais que mon travail, monsieur le gouverneur général, déclara-t-il en appuyant sur ce titre.

— Mais vous n'oubliez pas pour autant de prendre du bon temps, mon colonel, commenta Frank, qui se renversa dans son fauteuil et croisa les mains sur un début de ventre en regardant fixement Deborah.

— Ma foi, cela fait partie des privilèges de notre gouvernement, n'est-ce pas, monsieur le gouverneur général ? répliqua Albrecht en embrassant du regard la salle, la table et les convives.

— À la bonne heure. Et, maintenant, si votre ravissante demoiselle nous donnait un petit aperçu des talents dont vous nous avez fait l'éloge ? demanda Frank, visiblement parvenu à la conclusion qu'il serait vain d'entamer une discussion politique ce soir-là. Deborah se rendit de bonne grâce à sa demande et se dirigea vers le piano qui trônait au fond de la salle sur une petite estrade. Elle joua et chanta pendant plus d'une heure, devenant ainsi le point de mire de l'assistance.

Pour une jeune fille qui n'avait pas même dix-huit ans, c'était l'entrée dans un monde entièrement nouveau, un univers parallèle merveilleux, chatoyant et tout en apparences. Pendant quelques instants, Deborah s'abandonna à cette sensation et se laissa éblouir par sa magie.

38

L'enfer est vide

Lors de cette soirée à Wawel, Deborah fit également la connaissance de Marlene Kalten. Marlene était l'amante d'un officier de la Wehrmacht, se disait actrice et avait seulement quelques années de plus que Deborah. Avec la bénédiction d'Albrecht, qui voyait d'un bon œil que Deborah se lie d'amitié avec elle, les deux jeunes femmes se donnèrent rendez-vous le lendemain matin dans le hall du Grand Hôtel.

Deborah attendait déjà dans le hall immense à l'escalier monumental quand Marlene y fit son entrée.

C'était une petite personne capricieuse au nez retroussé et à la silhouette gracile. Marlene n'était pas une beauté au sens classique du terme, mais son rire et sa gaieté étaient contagieux.

Elle plut aussitôt à Deborah, qui trouvait très amusante sa lubie de se faire passer pour française alors que son vocabulaire français se limitait à des expressions telles que « alors chérie » et « très chic ».

Marlene vivait depuis plus d'un an à Cracovie, qu'elle connaissait comme sa poche. Les deux jeunes femmes voulurent naturellement faire les boutiques, une activité pour laquelle Marlene montrait autant de passion que sa nouvelle amie.

Marlene avait à sa disposition un chauffeur auquel elle donna ses instructions.

– C'est vraiment dommage que le quartier juif n'existe plus, dit-elle à Deborah. Là-bas, on pouvait faire ses courses dans des magasins très chics, surtout pour les bijoux et les fourrures. On y rencontrait souvent la femme de notre gouverneur général. Elle possède quelques fourrures merveilleuses

Marlene ferma les yeux avec un soupir comme si elle passait les doigts dans de la fourrure soyeuse.

Comme elle voulait faire visiter Cracovie à Deborah, elles commencèrent par un tour de la ville. Deborah aima tout de suite les maisons bourgeoises pressées les unes contre les autres et l'atmosphère médiévale des ruelles pavées.

Il avait plu au petit matin et il faisait plutôt frais, mais la plupart des nuages avaient disparu. Le soleil printanier se frayait vaillamment un passage entre ceux qui restaient et séchait de son mieux les pavés de Cracovie. Le léger voile de brume flottant dans les ruelles les baignait d'une lumière irréelle, comme si la ville dissimulait des secrets, songea Deborah.

Peut-être était-ce lié au rembourrage inconfortable et au ronronnement régulier du véhicule, à cette ville encore inconnue ou simplement au manque de sommeil, toujours est-il que la voix de Marlene lui paraissait de plus en plus lointaine et qu'elle se sentait étrangement détachée de tout, comme si elle appartenait à une autre époque. Elle aurait voulu s'enfuir et ses jambes tressaillaient comme pour s'élancer, mais, malgré tous ses efforts pour se ressaisir, elle avait la plus grande difficulté à se mouvoir comme si elle était au fond de l'eau. Une secousse brutale la tira de cet absurde rêve éveillé.

Un encombrement dans la direction opposée avait forcé le chauffeur à une manœuvre hardie : il n'avait pu éviter la collision qu'en montant sur le trottoir. Deborah attendit le raclement déplaisant de la carrosserie contre le mur d'une maison, mais, à sa grande surprise, il ne se passa rien.

Plusieurs camions ouverts arrivaient du quartier de Podgórze, remplis de passagers qui étaient uniquement des femmes et des enfants. Ils étaient escortés d'hommes lourdement armés, en majorité des policiers de la SS, ainsi que d'une petite troupe de policiers polonais.

Deborah fut aussitôt en alerte et son cœur battit plus vite tandis que le désespoir et le découragement de ces malheureux la frappaient comme une vague. À la vue de leurs brassards jaunes avec l'étoile de David, elle avait compris de quoi il retournait car sa mère le lui avait expliqué.

Elle se leva pour mieux voir, mais elle ne pouvait pas sortir de la voiture car la façade d'une maison bloquait la portière de son côté.

— Où emmène-t-on tous ces gens ? demanda-t-elle à Marlene tout en pensant qu'Albrecht pourrait peut-être faire quelque chose pour eux.

— Oh, dans un camp de travail ! Ce sont des criminels, ma chérie, répondit Marlene sur un ton léger, et elle tira de son sac à main un miroir de poche argenté.

Sans un regard pour les passagers des camions, elle se regarda dans le miroir et humecta son index avant de le passer sur ses sourcils impeccablement épilés.

— C'est vraiment pénible qu'on ne nous ait pas prévenus de l'arrivée de ces camions, commenta-t-elle. S'il vous plaît, Hugo, ramenez-nous par le plus court chemin dans la vieille ville, au café Cyganeria, dit-elle au chauffeur. Après la vision de toute cette crasse, j'aurai bien besoin d'une coupe de champagne.

— Comme il vous plaira, madame.

Le Cyganeria, dans la Szpitalna, non loin du quartier de Kazimierz, était au milieu d'une rue dont les maisons dataient du XIXe siècle au plus tard. La Szpitalna était autrefois une rue très animée du quartier juif, peuplée surtout d'écoliers et d'étudiants qui venaient échanger leurs manuels chez les bouquinistes. On y trouvait également des boutiques d'artisans et des cordonneries.

Le café était au rez-de-chaussée de la Maison rouge, qui ne devait pas son nom à une orientation politique, mais simplement à la peinture de sa façade. Son accès était désormais réservé à l'élite allemande et à ses alliés. Il était bondé et enfumé comme tous les cafés et il n'y restait plus une seule place libre.

À leur arrivée, toutefois, deux officiers de la Wehrmacht cédèrent de bonne grâce à ces deux belles dames leur table au fond de la salle. Sans consulter Deborah, Marlene commanda deux coupes de champagne. Elle permit ensuite à son voisin, un être inconsistant en uniforme gris, de lui allumer sa cigarette dans un geste pompeux, et souffla des ronds de fumée bleue.

Le personnage mutin de Marlene, avec son petit chapeau perché de biais sur ses cheveux blonds coiffés à la Jeanne d'Arc et son tailleur ajusté à la dernière mode de Paris (une création de Mlle Chanel), ne passait pas inaperçu. Tout en savourant les regards de ces messieurs sur elle, elle remarqua vite que la beauté exotique de sa compagne attirait l'attention autant qu'elle, sinon plus.

Marlene se mit à babiller gaiement – sur les bons côtés de son amant Ernst, qui ne faisait que de brefs séjours à Cracovie, sur les meilleures boutiques de mode de la ville dont elle donna une liste encore plus longue que celle des avantages d'Ernst, sur sa vénération pour Mlle Chanel, qu'elle avait rencontrée une fois à Paris, et sur son avenir de vedette du cinéma, après la victoire finale, bien entendu. Deborah apprécia un instant l'intérêt que Marlene et elle suscitaient chez la clientèle presque exclusivement masculine. Elle finit même par imiter inconsciemment les gestes maniérés de sa compagne.

La plupart des hommes présents étaient naturellement des officiers en uniforme, mais on voyait également quelques hommes en complets du bon faiseur et des femmes habillées à la dernière mode. Marlene, qui était visiblement une habituée, avait une histoire à raconter sur chacune. À l'en croire, la fausse blonde assise à la table voisine dont on allumait la cigarette à l'instant était le plus célèbre trophée de la ville. Les hommes passés par son lit étaient si nombreux qu'elle devrait bientôt trouver une nouvelle ville à écumer car elle commençait à manquer d'officiers. Le petit homme sec en complet noir assis dans un coin était un ponte de l'industrie spécialisé dans le rembourrage de matelas à base de cheveux, et l'homme à moitié chauve qui transpirait en face de lui était connu de tous sous le nom de « l'organisateur » parce qu'il était capable de vous procurer n'importe quoi.

— À condition d'y mettre le prix, bien sûr, précisa Marlene sur un ton de conspirateur.

Et ainsi de suite.

Ce babillage futile et incessant ennuya bientôt Deborah. Elle but son champagne sans entrain, redressa son étole de fourrure en se demandant si elle ne devait pas l'ôter car elle avait trop chaud dans ce café bondé, quand soudain ses mains levées se figèrent.

Elle avait entrevu par la fenêtre une jeune femme qui traversait la place comme si on la poursuivait en jetant des regards affolés par-dessus son épaule. Ses vêtements étaient déchirés. Deborah se souvint des femmes et des enfants déguenillés des camions qui devaient grelotter dans la fraîcheur matinale pendant qu'elle-même était assise au chaud et jouait avec son étole en fourrure.

Elle avait tenté d'oublier ces misérables pour chasser ses souvenirs douloureux, cette nuit lors de laquelle Magda, sa seule amie, avait disparu et Biene était morte. Elle pressentait depuis longtemps que Magda l'était également.

Le mur de refoulement qu'elle avait érigé contre la souffrance commençait à s'effriter. Elle éprouvait envers les passagers des camions de la pitié et comme un sentiment de responsabilité.

— Dis-moi, Marlene, demanda-t-elle, interrompant le flux de paroles de la jeune actrice, qui étaient ces gens qu'on emmenait dans ces camions tout à l'heure ? Ce n'était sûrement pas tous des criminels comme tu me l'as dit, à moins qu'ici on ne jette des familles entières en prison ?

Une étincelle s'alluma dans les yeux de Marlene et une expression étrange, entre la crainte et la complicité, passa sur son visage, mais ce fut si rapide que Deborah crut s'être trompée.

— Laisse donc, chérie, répondit-elle d'une voix indifférente. C'est de la politique : ça ne nous regarde pas.

— Peut-être, mais ça ne te fait rien de voir ces gens ?

— Non, pourquoi ? Je ne les connais même pas, répondit Marlene avec un haussement d'épaules avant d'adresser un sourire éblouissant à un bel officier blond.

— Il y avait des enfants encore tout petits et même des bébés : je ne vois pas le rapport entre leur présence dans ce camion et la politique, insista Deborah sur un ton nettement plus tranchant.

Marlene se pencha vers elle et posa une main apaisante sur son bras.

— Ce n'est pas le lieu pour parler de politique, crois-moi, dit-elle. Moi, je veux profiter de tout ce que le monde peut m'offrir sans chercher à le comprendre, et tu devrais en faire autant, ma chérie. Laisse les hommes s'occuper de ces affaires: ils doivent bien savoir ce qu'ils font.

Comme pour signifier que la discussion était close, elle héla la serveuse, une créature effacée sans cesse occupée à repousser des mains d'hommes insistantes, qui s'approcha docilement.

Marlene lui commanda une nouvelle coupe de champagne après avoir constaté avec un hochement de tête éloquent que Deborah avait à peine touché à la sienne.

— Parlons de choses plus réjouissantes, ma petite, reprit-elle. Ton Albrecht, par exemple. Alors tu en as de la chance ! Il est vraiment très joli ! Franchement, je lui aurais bien mis le grappin dessus, soupira-t-elle. Et le plus beau, c'est qu'il n'est même pas marié, d'après ce qu'on raconte. Quand je pense à mon Ernst…

Elle se tut soudain, ce qui ne lui ressemblait guère, mais elle était visiblement parvenue à la conclusion qu'il n'y avait pas grand-chose à raconter sur son Ernst. Deborah respecta ce silence. Elle se souvenait d'Ernst comme d'un petit homme corpulent et sanguin, affligé d'un double menton et dont le rire tonitruant résonnait dans la salle longtemps après que ceux des autres convives s'étaient éteints. Et il était marié de surcroît.

Quand Deborah leva les yeux, elle vit que Marlene l'examinait d'un œil inquisiteur comme une marchandise qui aurait soudain gagné en valeur. Elle paraissait avoir pris une décision.

— Je vais te donner un conseil, chérie, déclara-t-elle soudain. Il vaut mieux ne pas poser certaines questions. Les hommes n'aiment pas que nous nous posions des questions sur eux, tu vois ce que je veux dire ?

Deborah sentit la colère l'envahir. Elle estimait n'avoir aucune leçon à recevoir de quelqu'un d'à peine plus âgé qu'elle et dont elle venait à peine de faire la connaissance. Elle lui répondit donc sur un ton plus sec qu'elle l'aurait voulu.

— Tu veux dire que je ferais mieux de ne pas me poser de questions gênantes ? lança-t-elle.

— Non, ma chérie, je te dis simplement de faire attention à toi. Viens, il vaut mieux partir maintenant.

Elle prit dans son sac à main un billet qu'elle laissa sur la table, puis se leva et se dirigea vers la sortie. Deborah fut bien obligée de la suivre.

Pendant le trajet de retour, ce fut Marlene qui entretint la conversation. Deborah se taisait avec un dédain affiché en regardant par la portière comme si elle assistait à des événements palpitants.

Marlene n'en paraissait nullement affectée. Quand la voiture fit halte devant le Grand Hôtel et que le chauffeur vint ouvrir la portière à Deborah, elle posa doucement une main sur son épaule pour la retenir.

— Maria, encore un mot, s'il te plaît ! dit-elle avec une gravité inattendue chez elle. Sais-tu ce que Coco Chanel a dit un jour ? Que la plupart des femmes montrent plus de discernement et de soin dans le choix d'une chemise de nuit que dans celui d'un homme. Ce qui veut dire : comme on fait son lit on se couche. Ne l'oublie jamais ! Je passerai te prendre demain à la même heure. Au revoir, chérie.

La voiture s'éloigna et Deborah, ahurie, la suivit du regard. Elle aurait aimé être furieuse, mais l'attitude de Marlene, qu'elle avait cru connaître jusqu'à cet instant, l'avait déconcertée.

Que signifiait ce brusque changement d'humeur de sa compagne si bavarde et si frivole ? Était-ce encore un avertissement ?

39

Comme il lui restait plusieurs heures avant le retour d'Albrecht, Deborah eut tout son temps pour réfléchir. Marlene lui apparaissait comme une énigme. Deborah dut s'avouer qu'elle la fascinait. Elle était à coup sûr plus intelligente qu'elle en donnait l'impression. Elle lui rappelait par certains côtés son amie Magda, qui valait bien mieux qu'elle n'y paraissait.

Mais Deborah se préoccupait moins de Marlene que du sort des femmes et des enfants qu'elle avait vu emmener en camion ce jour-là. On les transportait comme du bétail parce qu'ils étaient juifs !

Ce spectacle l'avait fait réagir. Elle ne s'était jamais sentie juive jusqu'à présent, mais, ce jour-là, elle avait pour la première fois pris conscience des racines qu'elle avait en commun avec son père. Elle connaissait mal la religion hébraïque car Gustav n'était pas pratiquant, mais il lui avait enseigné l'histoire de son peuple et, plus tard, sa langue. Elle faisait partie de ce peuple tout comme ces gens qu'elle avait vu emmener !

Elle comprit soudain pourquoi elle avait voulu les oublier et même, un bref instant, souhaité ne les avoir jamais rencontrés : son frère et elle avaient été sauvés au dernier moment par Albrecht, mais qui viendrait au secours de ces malheureux ?

Elle avait cru pouvoir enfouir l'effroi de cette nuit à Munich sous la douleur physique qu'elle s'infligeait.

Mais la peur n'avait pas disparu, elle était seulement restée tapie au fond d'elle, prête à la faire replonger dans l'enfer de ces souvenirs. Deborah ressentait de nouveau la terreur indicible et l'angoisse torturante de cette nuit, la promiscuité des corps entassés, elle entendait les lamentations et sentait la puanteur de la peur.

Ces sensations se muèrent en panique. Elle avait l'impression d'étouffer. Elle arracha sa robe et se précipita dans la salle de bains où elle s'étrilla jusqu'au sang avec sa brosse à cheveux.

Mais la douleur, cette fidèle alliée, ne l'apaisait plus. La peur ne se laissait pas chasser à coups de brosse. Épuisée, elle s'affaissa à terre et rafraîchit son front brûlant contre les dalles de marbre. Elle ne sut jamais combien de temps elle était restée étendue là. Elle se redressa enfin, sortit de la salle de bains à quatre pattes et regagna son lit en laissant des traînées sanglantes sur le tapis blanc.

Elle se lova sur elle-même comme un fœtus et attendit la douleur libératrice, mais celle-ci ne vint pas. Elle avait toutefois retrouvé sa lucidité. Elle se vit soudain comme si elle s'observait dans un miroir, comme son père aurait pu la voir s'il était entré dans la pièce à cet instant.

Elle s'assit et contempla le luxe insolent qui l'entourait, l'ameublement raffiné, l'épaisse moquette, la corbeille débordante de fruits et les draps en soie au parfum de lavande. Son regard tomba sur l'armoire dans laquelle était suspendue la robe de soirée en lamé argent que le service de nettoyage de l'hôtel avait rapportée le matin même.

Elle éprouva tout à coup une honte qui la submergea comme une vague salutaire et, dans son sillage, la douleur tant attendue, qui ne lui apporta aucun apaisement. Ce n'était plus que de la souffrance pure.

Deborah s'était éveillée de l'ivresse des sens et avait repris pied dans la réalité.

Un peu plus tard, elle se leva calmement, nettoya la salle de bains et effaça comme elle le put les taches de sang du tapis avec de l'eau froide.

Quand Albrecht rentra le soir, il trouva Deborah assise au bureau. Pieds nus et en peignoir, elle écrivait une longue lettre à son frère, la première depuis le début de son voyage.

— Bonsoir, chérie. As-tu passé une bonne journée avec Marlene ? demanda-t-il.

Il traversa la suite pour embrasser Deborah sur la nuque. Il remarqua aussitôt un changement en elle, sans pouvoir préciser lequel.

Deborah se retourna vers lui.

— Non, je n'ai pas passé une bonne journée, répondit-elle, ignorant résolument le conseil que lui avait donné Marlene. J'ai dû voir emmener des femmes et des enfants terrorisés et entassés dans des camions. Des prisonniers juifs. Ce sont tes camarades de la SS qui ont fait le travail. Le savais-tu ?

Albrecht comprit soudain en quoi Maria avait changé : elle paraissait plus sérieuse et plus âgée. Que diable lui était-il arrivé ? Alors qu'il avait quitté le matin même une petite créature joueuse et avide de plaisir, il devait lui rendre des comptes le soir ? Il examina avec méfiance le négligé de sa tenue et ses cheveux dénoués.

— Qu'est-ce que qui te prend ? C'est cette actrice qui t'a fourré ces bêtises dans la tête ? lança-t-il.

Deborah comprit aussitôt l'erreur qu'elle venait de commettre. Et dire que Marlene l'avait mise en garde à peine quelques heures auparavant ! Il aurait été injuste qu'elle paie pour cette bévue.

— Non, elle n'y est pour rien, Albrecht, répondit-elle en hâte. Elle pense au contraire que ça ne me regarde pas et elle m'a dit que tous ces gens n'étaient que des criminels. Mais, Albrecht… ils portaient des brassards avec l'étoile de David ! Et ces enfants ne peuvent pourtant pas être tous des criminels ! J'ai pensé que c'était peut-être une erreur, comme le jour où les SS sont venus chez nous pour nous emmener, Wolferl et moi.

Sa voix avait un accent émouvant et son corps tourné vers lui semblait l'implorer muettement.

Albrecht l'observa quelques secondes comme s'il reconsidérait la situation.

— Ne tracasse pas ta jolie petite tête avec ces idées, Maria, dit-il. Ce sont des affaires politiques auxquelles le Führer a accordé toute sa réflexion. Et, maintenant, habille-toi et fais-toi belle pour moi. Amon et son amie arriveront dans un instant avec un ami et nous irons dîner en ville.

— N'as-tu pas compris ce que je viens de te dire, Albrecht ? C'étaient seulement des femmes et des enfants. Ne peux-tu rien faire pour eux ? Je t'en prie… fais-le pour moi.

Albrecht vit son visage enflammé, lut la prière enfantine dans ses yeux et comprit qu'elle ne le laisserait pas en paix tant qu'il ne dirait pas ce qu'elle voulait entendre. Il lui accorda donc cette faveur.

— Très bien, puisque le sort de ces inconnus te tient tant à cœur, je vais me renseigner demain et je verrai ce que je pourrai faire. Mais, maintenant, je ne veux plus en entendre parler, compris ? Dépêche-toi de t'habiller, Maria, sinon nous serons en retard, dit-il sur un ton sans réplique.

Il la souleva de sa chaise, la serra contre lui et l'embrassa jusqu'au moment où il la sentit se détendre enfin dans ses bras.

Ce fut une agréable soirée. Amon Göth savait se montrer très divertissant. Ingrid, sa jeune amie, était comme suspendue à ses lèvres. Elle semblait littéralement aveuglée par l'amour. Deborah s'amusait beaucoup à l'observer.

Elle trouvait l'ami d'Amon Göth intéressant. Il s'était présenté sous le nom d'Oskar Schindler. C'était un homme grand au regard grave et à l'humour caustique qui lui rappelait son père.

Ils s'entretinrent longuement et avec enthousiasme d'opéra et de musique. D'autres connaissances se joignirent bientôt à eux, une quantité impressionnante d'alcool fut consommée et, à mesure que les bouteilles se vidaient, les convives devenaient plus bruyants.

Deborah fut la seule à rester sobre. Plus les autres s'enivraient (et Albrecht était celui qui montrait le plus de retenue), plus elle se sentait seule parmi eux et plus son regard sur ce qui l'entourait devenait acéré. Elle se demanda fugitivement ce qu'elle faisait au milieu de tous ces gens : qu'avait-elle de commun avec eux ?

Pour la première fois depuis le début de son voyage, elle eut le mal du pays et mauvaise conscience d'avoir laissé son petit frère seul, même si l'oncle Poldi avait promis de veiller sur lui. Wolferl, l'admiration et l'amour sans limites qu'il avait pour elle, et, plus que tout dans cet environnement, son innocence lui manquaient.

Cette nuit-là, elle tenta comme toujours d'apaiser sa faim avec Albrecht, mais, pour la première fois, elle ne connut pas une satisfaction complète.

Le lendemain, elle se soulagea en s'égratignant les bras avec un couteau à fruits, ce qu'elle n'avait plus fait depuis son départ de Munich.

40

Le lendemain matin vers 11 heures, la réception lui annonça la visite de Marlene Kalten. Deborah dut s'avouer qu'elle avait espéré la revoir sans en être sûre. Elle s'était levée très tôt ce matin-là et elle avait remis au portier de l'hôtel sa lettre à son frère.

Albrecht était sorti. Avant son départ, elle avait de nouveau exigé de lui la promesse qu'il se renseignerait sur le sort des prisonniers juifs. L'obstination dont elle avait fait preuve avait provoqué une violente scène entre eux et Albrecht était parti sans lui dire au revoir.

Deborah était restée en proie à l'angoisse d'être allée trop loin et d'avoir compromis ses chances de venir en aide aux prisonniers.

Marlene montra le même entrain et la même gaieté que d'habitude, se réjouit de ce mois d'avril exceptionnellement doux et proposa une excursion au parc de Planty qui ceignait la vieille ville, Stare Miasto, à l'emplacement des anciens remparts.

Deborah n'y voyait aucune objection. Après sa querelle avec Albrecht, elle avait besoin d'espace et d'air frais. Marlene guida le chauffeur vers Florianstor, dernier vestige du rempart de Wawel devenu l'une des entrées du parc. Elle portait un tailleur bleu clair printanier avec un chapeau assorti orné d'une plume effrontée.

— Tu es bien pâle, chérie : mal dormi ? demanda-t-elle alors qu'elles entraient dans le parc.

Une question anodine dans une conversation civile, mais si Deborah avait levé les yeux, elle aurait remarqué l'expression tendue de Marlene.

– Oui, on s'est couchés tard hier, murmura-t-elle sans rien voir.

Elle n'avait pas le cœur d'avouer qu'elle n'avait pas suivi le conseil de Marlene, d'autant moins que l'issue de son intervention auprès d'Albrecht restait incertaine.

Mais Marlene avait depuis longtemps tiré ses propres conclusions. Elle hocha la tête d'un air entendu, ce que Deborah ne remarqua pas plus que le reste. Son regard effleura les chaussures de Marlene, des escarpins à boucle Mary James comme sa mère en portait si souvent. Élisabeth lui manqua soudain tellement qu'elle ne put retenir ses larmes.

– Mais… voyons, chérie… qu'est-ce qui t'arrive ? s'exclama Marlene.

Elle passa un bras autour des épaules de Deborah et l'entraîna vers le banc le plus proche, sous un chêne gigantesque dont les branches les plus basses les abritaient comme un rideau.

Marlene fit asseoir Deborah qui sanglotait, chercha un mouchoir dans son sac et le lui mit dans la main. Elle s'assit à côté d'elle, la prit dans ses bras et attendit en silence – à l'encontre de toutes ses habitudes – que ses larmes s'apaisent.

Quand Deborah eut pleuré tout son saoul, un flux de paroles succéda au flot de larmes.

Elle raconta tout à Marlene : la disparition de son père, la nuit où on les avait emmenés, Wolferl et elle, la mort de sa mère et ce voyage lors duquel son beau-père était devenu son amant. Par un dernier réflexe de prudence, elle lui dissimula seulement que son père était juif et elle-même à demi juive.

Marlene l'écouta calmement, attira sa tête contre son épaule et lui caressa les cheveux d'une main apaisante. « Pauvre petite », se contentait-elle de dire, sans autres paroles de regret et sans porter de jugement sur les relations de Deborah avec son beau-père.

Deborah lui en était reconnaissante, car elle ne voulait ni pitié, ni confirmation de sa honte. Cet épanchement spontané l'avait un peu soulagée et c'était agréable d'être assise sur ce banc avec Marlene, de se taire et d'écouter le gazouillis des oiseaux. L'idée que la nature suivait son cours quand bien même l'univers des hommes sombrait dans le chaos avait quelque chose de curieusement réconfortant.

Les deux jeunes femmes restèrent assises encore un instant avant de reprendre leur promenade.

Marlene raconta un peu sa vie à Deborah. Elle évoqua avec ravissement sa rencontre avec Mlle Chanel à Paris au Ritz, l'hôtel où elle résidait.

— C'est vraiment une femme indépendante. Elle ne s'est jamais mariée, elle choisit ses amants et elle vit avec eux. En ce moment, elle est avec le baron von Dincklage, un chargé de mission du ministère de la Propagande du Reich qui a treize ans de moins qu'elle, précisa-t-elle sur un ton admiratif avant de pousser un soupir de regret.

Marlene était encore trop jeune pour avoir connu des hommes plus jeunes qu'elle comme Mlle Chanel. Deborah la soupçonnait néanmoins de regretter que son Ernst n'ait pas treize ans de moins qu'elle…

Elle l'écoutait, mais elle avait du mal à se concentrer sur ce qu'elle disait. Elle était partagée entre des sentiments contradictoires. Elle se sentait anxieuse et elle attendait le soir avec une impatience mêlée d'appréhension. Ce n'était pas uniquement le sort des Juifs qui l'inquiétait, mais aussi sa relation avec Albrecht. Ce matin, son pouvoir sur lui s'était pour la première fois révélé sans effet. Il l'avait vertement remise à sa place et empoignée avec une telle brutalité qu'il lui avait laissé des bleus sur les bras.

À l'idée d'avoir entrevu pour la première fois le visage caché de cet homme, elle frissonnait sous le tiède soleil printanier. Il s'était certes vite ressaisi, mais l'effroi de cette confrontation imprégnait encore Deborah jusqu'à la moelle.

Elle avait compris dans sa chair que ses actions avaient toujours des conséquences – la cause et l'effet dont son père lui avait parlé. Elle avait ignoré cet enseignement, sûre de son pouvoir sur Albrecht, mais elle avait aujourd'hui perdu cette illusion. Et si Albrecht lui apprenait ce soir qu'il n'avait rien pu faire pour les prisonniers ? « Que pourrais-je faire, moi ? », se demanda-t-elle, et la réponse lui vint aussitôt : rien.

Elle n'avait pas d'argent, elle était mineure et elle se trouvait à l'étranger. Elle était entièrement dépendante d'Albrecht, une situation dont elle ne prenait conscience qu'aujourd'hui. La certitude de son impuissance fit de nouveau monter les larmes à ses yeux. Elle se sentait seule et entièrement livrée à elle-même.

– Tu ne m'écoutais pas, hein ? Tu penses aux reproches que tu as faits à ton Albrecht à cause de ces prisonniers juifs, je parie, dit Marlene, interrompant ses ruminations.

Deborah sursauta, effrayée. Elle ne s'était pas rendu compte qu'elles avaient longtemps marché en silence et que Marlene l'avait observée pendant tout ce temps.

Mais il aurait été absurde de nier l'évidence.

– Oui, avoua-t-elle à contrecœur.

– Alors vous vous êtes disputés, bien sûr, affirma Marlene.

Au lieu de répondre, Deborah fit une grimace de dépit tout en repoussant des graviers du bout de son soulier.

— Et alors, c'était grave ? insista Marlene.

Elle s'était arrêtée, ce qui contraignit Deborah à en faire autant. Elle releva la tête de mauvaise grâce et rencontra le regard franc et clair de Marlene. À sa grande surprise, elle n'y trouva nul reproche, ni de « Je te l'avais bien dit », mais y lut en revanche un désir sincère de l'aider.

Une abeille virevolta autour d'elles, attirée par la plume du chapeau de Marlene. Après l'avoir effleurée, elle repartit à la recherche d'une vraie fleur.

La tension qu'éprouvait Deborah s'apaisa et elle songea qu'elle avait peut-être rencontré en Marlene une véritable amie. Peut-être était-elle finalement moins seule qu'elle l'avait cru. Un sourire hésitant fit frémir les commissures de ses lèvres comme si elle ne pouvait tout à fait croire à cette chance.

Marlene lui rendit son sourire, mais les sourcils levés pour lui rappeler qu'elle n'avait pas encore répondu à sa question. Deborah haussa les épaules pour exprimer son incertitude.

— Je crois que je ne le saurai que ce soir, répondit-elle.

— Est-ce qu'il t'a frappée, chérie ? demanda Marlene d'une voix aussi neutre que si elle s'informait du temps qu'il faisait, si bien que sa question ne parut pas indiscrète à Deborah.

Elle se demanda plutôt si Marlene n'avait pas elle-même traversé ce genre d'épreuve. Les coups faisaient-ils partie des privilèges d'une amante, au même titre que les fourrures et les bijoux ?

— Non, il ne m'a pas frappée, mais il a été plutôt brutal. Mais ce n'est pas la question. Je voulais dire…

Elle luttait en vain pour trouver ses mots.

— Quoi donc ? insista doucement Marlene quand elle se tut.

— Il… il était… différent, bredouilla Deborah, et elle leva les bras comme pour cueillir en l'air les mots qu'elle cherchait.

Marlene parut néanmoins l'avoir comprise, car elle hocha la tête d'un air entendu.

— Quel âge as-tu au fait, ma petite ? demanda-t-elle.

— Dix-sept ans, dix-huit en juin.

— Mince alors ! s'exclama Marlene à rebours de l'élégance française, et elle enchaîna dans le plus pur berlinois. Je t'en aurais donné au moins vingt, ma petite. Bravo, tu fais bonne figure, mais ça explique certaines choses : Albrecht est ton premier homme, pas vrai ? dit-elle plus sur le ton du constat que de l'interrogation. Je ne sais pas ce que sont vos relations, mais je l'imagine. Ton Albrecht est un homme influent, riche, beau et il a bien vingt ans de plus que toi. Ça ne m'étonne pas qu'il t'ait attirée. Au début de chaque relation, on porte des œillères : on voit l'autre tel qu'on a envie de le voir… jusqu'au jour où on le voit tel qu'il est. C'est ce que tu as appris ce matin. Et tu as intérêt à ne pas l'oublier, sinon la même chose se reproduira. Une femme avertie en vaut deux.

— Tu ne trouves pas que c'est un peu facile comme explication ? protesta Deborah, car elle estimait sa situation un peu plus originale que la description lapidaire de Marlene. Elle était froissée parce qu'elle avait l'impression que Marlene ne la prenait pas vraiment au sérieux.

Marlene ne semblait du reste pas s'être attendue à l'approbation de Deborah : au contraire, elle paraissait heureuse de sa réaction. Elle reprit soudain son rôle d'élégante Française.

— Alors tu as raison, chérie : tout cela n'est pas si facile, répondit-elle. Nous vivons des temps difficiles. Nous sommes en guerre et nous faisons la guerre non seulement à l'étranger, mais aussi chez nous.

Marlene se tut un instant et regarda autour d'elle comme si elle craignait qu'on l'épie, mais il n'y avait personne dans les parages. Les autres promeneurs étaient à au moins cinquante mètres d'elles. Elle hésitait néanmoins à poursuivre, comme s'il lui en coûtait de prendre une décision.

Elle saisit le bras de Deborah et l'entraîna de nouveau vers un banc.

— Viens, allons nous asseoir, dit-elle. D'abord… est-ce vrai que tu as des origines juives ?

Cette question prit Deborah au dépourvu. Elle ne répondit rien, mais son expression en révéla assez à Marlene.

— N'aie pas peur, je garderai le secret, dit cette dernière.

— Mais comment sais-tu… ? fut tout ce que Deborah put articuler.

Albrecht lui avait juré sur la vie du petit Wolfgang de n'en parler à personne.

— C'est Brigitte Frank qui le raconte et toute la ville sera bientôt au courant. C'est une dinde qui est jalouse de toi. Elle a remarqué comment son mari te regardait. Il vaut mieux ne plus te rendre à ses invitations : elle t'oubliera peut-être. Ce que je veux dire par là, c'est qu'il est mortellement dangereux d'être juif par les temps qui courent. Ça peut signer ton arrêt de mort, ni plus ni moins. Tu dois donc faire très attention… et en particulier ne pas provoquer ton amant.

— En réalité, je ne suis pas vraiment juive : pour l'être aux yeux de mon peuple, je devrais avoir une mère juive alors que seul mon père était juif. Les nazis ne connaissent rien à la généalogie de ce peuple, objecta Deborah, visiblement angoissée par la tournure que prenait l'entretien.

Elle n'avait pas remarqué qu'elle parlait de son père au passé, ce qu'elle s'était pourtant juré de ne jamais faire.

— Je ne crois pas que nos dirigeants s'arrêtent à de telles subtilités. Pour eux, tu es à demi juive, donc racialement impure et, selon les lois de Nuremberg, considérée comme juive. Albrecht est désormais le dernier rempart entre toi et la loi. Il est ta seule protection. Comprends-tu ce que cela signifie pour toi ? demanda Marlene sur un ton de plus en plus pressant.

Elle se tut. Les émotions qui se succédaient sur le visage de Deborah ne lui avaient pas échappé. Elles allaient de l'incrédulité à la colère en passant par la conscience que Marlene avait peut-être raison, avec tout ce que cela pouvait impliquer.

Deborah s'était détournée de son amie, peut-être parce qu'elle ne supportait plus son regard inquisiteur. Les poings serrés, elle regardait l'arbre le plus proche d'elle comme si elle avait envie de le frapper. Elle aspirait à la douleur physique pour être distraite de sa souffrance morale.

— Cela signifie que je suis livrée pieds et poings liés à Albrecht, dit-elle enfin sur un ton morne.

Elle avait déjà joué avec cette idée auparavant, mais toujours avec la certitude d'avoir encore le choix. La réalité se rappela à elle dans toute sa brutalité. Elle ne valait guère mieux qu'une esclave, car elle était sans droits et sans défense. Elle était vis-à-vis d'Albrecht dans la même position qu'Osman : s'il le voulait, il pouvait lui arracher la langue.

— Je sais que c'est dur, reprit doucement Marlene. C'est une époque dangereuse et nous vivons toutes deux avec des hommes dangereux. Et le mal règne parce que ceux qui détiennent le pouvoir sont mauvais. Nous devons faire de notre mieux pour survivre aussi longtemps que ça durera. Je t'aiderai, d'accord, ma petite ?

Deborah acquiesça et refoula vaillamment ses larmes.

— Au fait, Marlene, je ne m'appelle pas Maria, dit-elle. C'est Albrecht qui me donne ce nom. Je m'appelle Deborah.

Marlene la contempla longuement avant de répondre.

— Je te remercie pour cette preuve de confiance, Deborah, déclara-t-elle.

Les jeunes femmes s'étreignirent quand, soudain, le cri de détresse d'une fillette résonna dans le parc.

Elles échangèrent un regard et, encore sous l'impression de leur amitié neuve, se précipitèrent sans réfléchir dans la direction du cri. L'un des talons de Deborah se ficha dans le gazon fraîchement tondu et elle s'étala de tout son long. Quand elle put repartir, Marlene avait environ trente mètres d'avance sur elle.

Une jeune fille accourait vers elles, en proie à une panique visible. Elle se jeta en sanglotant dans les bras de Marlene, qu'elle fit tomber dans ce mouvement.

— Aidez-moi, madame ! cria-t-elle avec un accent poignant. Oh, je vous en prie, aidez-moi !

Marlene leva les yeux et repéra ses poursuivants : deux hommes surgis des buissons bordant le gazon qui se hâtaient vers elles. Elle reconnut l'un d'eux.

Jakob le lui avait montré un jour en lui recommandant de s'en méfier. C'était un *szmalcownik*, l'un de ces Polonais qui traquaient les Juifs entrés dans la clandestinité pour les faire chanter. Si leurs victimes ne payaient pas, ils les dénonçaient aux Allemands pour de l'argent, s'enrichissant ainsi d'un côté ou de l'autre.

Marlene comprit immédiatement la situation. Elle avait remarqué les vêtements déchirés de la jeune fille, qui était encore une enfant, sa beauté peu commune et le brassard à l'étoile de David qu'elle portait. Mais ce fut avant tout l'expression des hommes qui la renseigna. Avant de la livrer aux Allemands, ils comptaient bien prendre du bon temps avec elle. Marlene savait qu'elle ne pourrait la secourir sans les mettre, Deborah et elle, en grand danger. Elle-même, en particulier, ne pouvait prendre le risque d'être repérée par les *szmalcownicy*, qui avaient des espions partout.

Elle essaya de se dégager le plus doucement possible de l'étreinte de la jeune fille, qui, dans son angoisse, se cramponnait à elle avec une force inattendue.

Les hommes les rejoignirent en même temps que Deborah, qui se planta à côté de Marlene.

— Que se passe-t-il ? Qu'est-il arrivé à cette fille ? s'écria-t-elle, hors d'haleine.

Marlene lui pinça le bras et lui lança un regard d'avertissement.

— Il ne se passe rien du tout, mesdames, déclara dans un allemand haché le plus âgé des hommes, auquel leur présence déplaisait visiblement. Nous nous chargeons d'elle. C'est une Juive en fuite.

Il saisit la jeune fille gémissante par ses longs cheveux noirs et la tira violemment vers lui. Elle hurla de douleur et Deborah, outrée, saisit le bras de l'homme.

— Que faites-vous ? Lâchez-la ! Vous lui faites mal ! s'écria-t-elle.

L'homme, qui savait qu'il avait affaire à deux Allemandes, parut un instant déconcerté, mais le plus jeune semblait avoir moins de scrupules. Il empoigna Deborah et la jeta à terre.

— Ne vous mêlez pas de ça, mesdames, ordonna-t-il. Vous nous gênez dans l'arrestation d'une criminelle en fuite. Vous feriez mieux de vous en aller immédiatement, gronda-t-il sur un ton menaçant, campé devant Deborah, les jambes écartées et la main posée sur son revolver.

Marlene sentait sa violence mal contenue. Elle avait également remarqué son regard légèrement vitreux et l'alcool dont son haleine était imprégnée, en même temps que la rougeur et l'indignation de Deborah.

Elle savait qu'elle devait réagir vite pour les tirer d'affaire. Contrarier ces hommes serait mortellement dangereux. Elle avait entre-temps réussi non sans mal à se libérer de la jeune fille affolée. Elle se jeta à l'eau.

— Voyons, messieurs, pourquoi faire tant d'histoires ? demanda-t-elle. Veuillez excuser le comportement de mon amie : elle est jeune et impulsive. Elle a eu peur, c'est tout. Vous devez bien entendu faire votre devoir, acheva-t-elle, et, en prononçant ces paroles, elle se pencha vers Deborah comme pour l'aider à se relever.

— Tu as perdu la tête ? siffla-t-elle. Tu as envie de mourir avec elle ? Pense à ton frère !

La mention de Wolfgang ramena Deborah à la raison. Marlene la releva sans douceur, l'entraîna et ne s'arrêta qu'à Florianstor. Parmi les promeneurs qui les regardaient avec curiosité, deux officiers avaient visiblement reconnu Marlene. Elle leur fit comprendre d'un geste que le désordre de sa tenue et de celle de Deborah était sans importance.

Les questions indiscrètes étaient la dernière chose dont elle avait besoin alors que Deborah n'avait pas encore repris son sang-froid. Elles n'étaient plus vraiment présentables avec leurs cheveux en bataille, leurs bas de soie déchirés et leurs vêtements couverts de taches qui résisteraient probablement à tout nettoyage.

Elle remarqua également qu'elle avait perdu son chapeau et Deborah son soulier gauche. Alors qu'elle allait réprimander la jeune fille, elle se ravisa à la vue de son visage baigné de larmes.

« Décidément, elle pleure comme une fontaine », pensa-t-elle.

— Viens, je te ramène à l'hôtel, lui dit-elle.

Marlene avait repéré son chauffeur. Adossé à la porte en pierre de Florianstor, il fumait une cigarette. Elle aurait bien aimé en faire autant.

Il dut lire cette envie dans son regard, car il lui en proposa une, qu'elle refusa héroïquement. C'était du reste un tabac atroce qui irritait les poumons. À sa grande surprise, Deborah la chanteuse accepta l'offre, probablement par dépit de sa propre impuissance.

Ce sentiment était familier à Marlene, mais elle haussa un sourcil désapprobateur. Deborah lui répondit par un regard buté. Marlene abandonna la partie en levant les yeux au ciel, qui était sans nuages.

Le chauffeur donna du feu à Deborah et salua d'une grimace amusée sa quinte de toux à la première bouffée. Sans rancune, Marlene tapota le dos de Deborah, lui ôta doucement la cigarette et la rendit au chauffeur qui l'éteignit soigneusement avant de la ranger dans la poche de sa veste. Les cigarettes étaient trop coûteuses pour qu'on les gaspille.

Marlene mena à la voiture Deborah qui toussait encore et attendit patiemment que ses poumons aient fait le plein d'air frais.

— Alors, ça va mieux ? fut tout ce qu'elle lui demanda jusqu'au moment où elles arrivèrent devant le Grand Hôtel.

Deborah se vengea par un silence hautain pendant tout le trajet et sortit de voiture sans un mot.

Elle fut surprise de voir que Marlene ne repartait pas. La jeune actrice ordonna à son chauffeur de l'attendre et descendit à son tour de la limousine. Deborah se détourna brusquement, ôta son soulier et traversa le hall de l'hôtel nu-pieds. Marlene la suivit sans y être invitée.

Pendant leur trajet vers l'ascenseur, elles récoltèrent une multitude de regards étonnés. Devant la porte de la suite, Deborah essaya sans conviction de congédier Marlene, mais cette dernière tint bon et entra derrière elle.

Deborah était furieuse, mais trop épuisée pour se préoccuper d'elle. Malgré sa saleté, elle s'étendit sur le lit et roula sur le flanc en tournant ostensiblement le dos à Marlene. Elle n'avait plus qu'une envie : rester seule. Elle escomptait que Marlene en aurait bientôt assez d'être ignorée et finirait par s'en aller.

Sans se formaliser de l'impolitesse de Deborah, Marlene visita la luxueuse suite. Après une inspection minutieuse, elle se versa un verre de cognac, prit une pêche rose dans la corbeille à fruits, s'installa confortablement sur le canapé et attendit. Elle savait aussi bien se taire indéfiniment que poursuivre une conversation futile plusieurs heures de suite. Deborah parlerait. Deborah aurait besoin de parler.

Au bout de vingt minutes, elle jaillit du lit comme un diable de sa boîte.

— Que veux-tu encore ? Va-t'en et laisse-moi tranquille ! lança-t-elle.

Au moins, elle ne pleurait pas, constata Marlene avec un intérêt quasi scientifique. Cette fille était jeune, impulsive, idéaliste, et bouillait d'une fureur accumulée, bref, un mélange explosif. Mais elle ne manquait pas de courage, comme elle l'avait prouvé en se jetant sur le *szmalcownik*.

Marlene suivait un plan sans la moindre certitude de réussite. Si elle échouait, sa vie serait entre les mains de Deborah.

Mais sa vie comptait pour rien à côté de ce qui était en jeu. Elle aurait aimé avoir davantage de temps devant elle, mais c'était impossible car la guerre dévorait des vies jour après jour. Elle savait aussi qu'elle devait procéder avec les plus grandes précautions et surtout ne rien précipiter. Elle décida de mettre Deborah à l'épreuve.

— Je sais que ce qui s'est passé aujourd'hui doit être affreux pour toi, ma petite. Crois-moi, je te comprends très bien, mais nous n'aurions rien pu faire pour cette fille. Ces hommes la voulaient à tout prix, affirma-t-elle, mais elle ne récolta pour sa peine qu'un reniflement de mépris.

« Cette fille était leur proie, reprit-elle. Retiens bien ça, chérie : il ne faut jamais s'interposer entre un chasseur et sa proie, de crainte d'en devenir une à son tour. Nous ne pouvions pas l'aider : cet homme était armé et ivre.

— Si, nous aurions pu agir ! On peut toujours faire quelque chose ! Et arrête avec tes « chérie », je ne veux plus entendre ce mot ! glapit Deborah.

Marlene décela dans ses affirmations purement rhétoriques l'expression de son impuissance.

— Très bien, dit-elle en croisant gracieusement les jambes. Alors explique-moi ce que nous aurions pu faire, selon toi. Hurler au secours, pour attirer encore plus de collabos ? Nous jeter sur ces hommes, leur arracher leurs armes et les tenir en respect jusqu'à ce que la fille se soit enfuie ? Ou, encore mieux, les abattre et nous enfuir avec elle ? Mais où ?

Pour toute réponse, Deborah se campa devant elle, les poings sur les hanches, et la foudroya du regard. Après avoir piétiné, tourné et viré sans un mot pendant plusieurs minutes, elle s'immobilisa, haletante. Puis, avec un dernier reniflement coléreux, elle tourna les talons, se rua dans la salle de bains et claqua la porte derrière elle.

Un instant plus tard, Marlene entendit le bruit de l'eau coulant dans la baignoire. Elle jugea excellente l'idée que Deborah avait eue de prendre un bain. Elle ôta ses vêtements sales, les laissa choir à terre sans façons et se versa encore un verre de cognac qu'elle but d'un trait. Après quoi elle rejoignit sans pudeur Deborah dans la salle de bains, entra dans la grande baignoire et s'assit face à son amie stupéfaite. Il était temps d'avoir une petite conversation.

— Merveilleux, ton bain moussant, dit-elle en se détendant dans l'eau chaude avec un soupir de satisfaction.

— Ravie que ça te plaise, répliqua Deborah sur un ton acide, furieuse de cette irruption effrontée.

— Que de mousse ! gloussa Marlene, et elle en souffla un gros flocon vers Deborah, qui l'esquiva.

Mais sa colère cédait la place à une curiosité circonspecte vis-à-vis de l'étonnant sans-gêne de Marlene.

Cette dernière, qui avait remarqué son changement d'humeur, lança un ballon d'essai.

— Tu as dit qu'on pouvait toujours faire quelque chose, reprit-elle. Je suis curieuse de savoir ce que tu entends par là.

Deborah s'absorba dans la contemplation des bulles de mousse qui éclataient dans ses mains comme s'il n'existait rien de plus passionnant au monde.

— Il faut au moins essayer de secourir les Juifs, non ? répondit-elle enfin à mi-voix.

Son obstination avait disparu et elle paraissait soudain très jeune et vulnérable, mais Marlene n'entendait pas lâcher prise si facilement.

— Ça part d'une bonne intention et c'est facile à dire, mais plutôt naïf, commenta-t-elle. Ce n'est surtout pas une proposition très constructive. Que comptes-tu faire concrètement ? Débouler dans les camps pour distribuer de la nourriture et des vêtements aux Juifs ?

— Quels camps ? demanda Deborah déconcertée en levant les yeux vers elle.

Marlene secoua la tête, incrédule.

— Bienheureux les simples d'esprit, lança-t-elle vers le plafond. Les bras m'en tombent. Sur quelle planète vis-tu ?

Elle avait visiblement sous-estimé la naïveté de Deborah : la jeune fille était comme la Gretel du théâtre de marionnettes. N'écoutait-elle jamais ce que les hommes racontaient à ces réceptions ? De quoi parlaient-ils donc la moitié du temps ?

Marlene eut de nouveau des doutes sur son plan, mais elle ne voulait ni ne pouvait y renoncer, car, avec un peu de chance, cette fille serait d'une aide précieuse. Il suffisait de s'y prendre de la bonne manière.

— Tu as vraiment l'air de ne rien savoir de ce qui se passe autour de toi, commenta-t-elle. C'est plutôt surprenant après tout ce que ta famille et toi-même avez enduré. Mais tu as quand même fini par remarquer que nous étions en guerre, avec tous ces uniformes autour de nous ? Ton Albrecht en porte un, tout noir avec un insigne de tête de mort. Dis-moi, ma petite, sais-tu ce qu'il fait au juste ? Il ne combat pas au front. Que fabrique-t-il, alors ? En quoi consiste son travail ? Que fait-il ici, au Gouvernement général ? lança Marlene, car la réponse à ces questions était cruciale.

Deborah réagit en édifiant une pyramide de mousse avec laquelle elle joua, puis elle s'affaissa et sa tête disparut sous l'eau. Marlene attendit sans s'émouvoir et compta les secondes. Quand elle parvint à soixante, la tête de Deborah émergea et elle inspira avidement. Marlene se taisait. En voyant Deborah plisser les yeux, elle devina qu'une idée lui était venue sous l'eau.

Elle ne se trompait pas.

— Ton Ernst porte aussi l'uniforme, contre-attaqua Deborah. Et lui, que fabrique-t-il ?

Sa voix était une étonnante imitation de celle de Marlene avec juste ce qu'il fallait de sarcasme.

« Bravo », pensa Marlene, et elle salua cette réplique mordante d'un hochement de tête approbateur. Il lui plaisait que cette fille riposte. La petite chanteuse gardait la tête froide face à ses provocations et rendait coup pour coup en lui laissant entendre qu'elle ferait mieux de balayer devant sa porte. Les dés étaient jetés : elle recruterait cette fille pour sa mission. Elle devait saisir cette occasion d'accéder à Albrecht Brunnmann, car il jouait un rôle-clef dans cette guerre.

Elle réprima un sourire.

— Tu as raison, dit-elle. C'est là tout le problème. Si tu tiens tant à aider les Juifs, je te révélerai ce que fait Ernst et, en échange, tu me renseigneras sur les activités d'Albrecht, c'est d'accord ?

— D'accord, répondit Deborah. Mais ce sera un marché désavantageux pour toi, ajouta-t-elle avec une franchise désarmante, car je n'ai pas la moindre idée de ce que fait Albrecht, sauf qu'il est toujours par monts et par vaux. Nous ne parlons jamais de son travail. Tout ce qu'il m'a dit là-dessus, c'est qu'une guerre ne peut se gagner que par la logistique. Il doit donc jouer un rôle d'organisateur, mais je n'en sais pas plus.

Le ton sur lequel elle avait prononcé ces paroles faillit arracher un sourire à Marlene : elle montrait un étonnement touchant, comme si elle était soudain frappée par sa propre ignorance.

— Dans ce cas, tu ne pourras que t'instruire, affirma Marlene. Renseigne-toi sur son travail, mais sois prudente : ne le conteste pas, au contraire, flatte-le en montrant ton intérêt. Les hommes aiment qu'on admire leur travail. Quand je lui pose des questions sur le sien, mon Ernst devient intarissable.

— Albrecht réagit autrement, je le crains… ou du moins je le crois, murmura Deborah.

Elle essaya de se rappeler les moments où Albrecht lui avait parlé de son travail. En réalité, il lui avait toujours paru réticent à aborder ce sujet et elle ne lui avait pas posé de questions précisément pour cette raison.

— Il ne se déplace jamais sans son porte-documents. Pourquoi n'y jettes-tu pas un coup d'œil ? demanda

Marlene sur un ton dégagé, car son réseau fondait de grands espoirs sur le contenu de ce porte-documents.

— Impossible : dès son retour, il en sort les documents pour les ranger dans le coffre-fort de la suite.

— Il y a un coffre-fort ici ? s'exclama Marlene, dont le cœur battit plus vite à cette idée.

— Oui, une vraie armoire. Il est caché derrière le miroir de la chambre.

— Montre-le-moi, ordonna Marlene en se redressant.

— Attends un peu, l'interrompit Deborah, et Marlene se figea, un pied posé sur le bord de la baignoire, inquiète à l'idée d'avoir montré trop de hâte.

Deborah l'observait. L'émoi de Marlene ne lui avait pas échappé, même si l'actrice s'était immédiatement ressaisie et laissée glisser dans la baignoire avec une nonchalance étudiée. Marlene édifia à son tour une pyramide de mousse et attendit la réaction de Deborah.

La question que celle-ci posa ne la surprit pas vraiment, même si elle venait plus tôt que prévu. Marlene en éprouva une certaine satisfaction car elle confirmait son opinion sur les qualités de la jeune fille.

— Dis-moi, Marlene, reprit Deborah en soufflant sur un flocon de mousse qui s'envola, je trouve que tu te montres très curieuse. Si je te connaissais moins bien, je pourrais me demander si tu n'es pas espionne ou quelque chose d'approchant.

Même si elle n'avait guère écouté les conversations des hommes lors des réceptions, elle en avait retenu qu'ils craignaient par-dessus tout les espions et les saboteurs. Elle avait gardé un visage impassible en prononçant ces paroles, mais elle grillait d'envie de savoir la vérité et son impatience n'avait pas échappé à Marlene.

Cette dernière poussa un soupir et remarqua alors qu'elle avait retenu son souffle. Elle fit lentement glisser ses doigts dans l'eau.

— Je préfère au terme d'espionne celui de résistante, chérie, répondit-elle en appuyant sur ce dernier mot pour dissiper la tension qui s'était installée entre elles.

Deborah lui adressa un regard oblique avant de se mordiller les lèvres avec une lenteur exaspérante. Le silence se prolongea et Marlene dut résister à la tentation de mordre sa propre lèvre.

— C'est bon : viens ! s'exclama soudain Deborah.

Elle se leva, enjamba prestement la baignoire et en sortit dans un jaillissement d'eau.

Son exubérance enfantine refroidit la satisfaction triomphale de Marlene, qui se mua en un sentiment depuis longtemps oublié : la mauvaise conscience. Il lui était pénible car il l'obligeait à s'avouer sa sympathie pour la jeune fille au moment même où elle allait exploiter sa confiance ingénue. Deborah n'avait aucune idée du danger qu'elle courait : à ses yeux, ce n'était qu'un jeu nouveau et palpitant alors qu'en réalité elle y risquait sa vie.

Marlene, qui connaissait son affaire, savait qu'elle devrait lui enseigner en premier lieu le respect du danger. L'espionnage était avant tout un art de la survie.

Deborah s'était précipitée, nue et ruisselante, dans la chambre, où Marlene la suivit. La jeune fille s'était campée devant le miroir à hauteur d'homme et avait repoussé deux charnières invisibles, dévoilant dans une alcôve une armoire d'environ un mètre quarante de hauteur, en cerisier poli et en marqueterie, qui ressemblait plutôt à un secrétaire. Quand elle ouvrit la porte de l'armoire, Marlene vit un coffre-fort en acier sur la porte duquel elle lut : « J. Ostertag, fournisseur de la cour royale, Aalen – fabrique de coffres-forts. »

Elle s'approcha pour examiner ce modèle d'avant-guerre et – ô ironie du sort – de fabrication allemande.

Sans être une spécialiste en la matière, elle estima que son ouverture prendrait un certain temps. Il était exclu de le faire sauter ou de le forcer, ce qui aurait laissé des traces. Tout l'art de l'espionnage résidait dans l'invisibilité, songea Marlene en se rappelant pour la énième fois les recommandations de Jakob.

« Quels secrets caches-tu, coffre-fort ? se demanda-t-elle. Quelles machinations ? Pourquoi a-t-on envoyé dans le Gouvernement général une grosse pointure comme Brunnmann, placée directement sous les ordres de Heydrich et de Himmler ? » Le malaise de Hans Frank lors de sa conversation avec Brunnmann à Wawel n'avait pas échappé à Marlene. Craignait-il que Brunnmann ne vienne marcher sur ses plates-bandes ? Ce dernier apportait-il des instructions du Führer ? Quelle influence ces documents auraient-ils sur le sort de la Pologne ? Les ghettos juifs ne constituaient-ils qu'une première étape ?

Marlene posa doucement une main sur la porte du coffre comme pour écouter le battement d'un cœur, mais ce fut le sien qui bondit, car on ouvrait la porte de la suite. Marlene et Deborah se figèrent en échangeant un regard atterré.

Était-ce une femme de chambre ou Brunnmann ? Marlene n'avait pas le temps de le vérifier. Elle prit sa décision en un éclair : elle referma l'armoire, remit le miroir en place, puis empoigna Deborah par les épaules et l'entraîna vers le lit. Elle pressa alors son corps nu contre le sien dans un geste d'amante et l'embrassa sur les lèvres.

Tel fut le spectacle qui s'offrit à Albrecht Brunnmann lorsqu'il entra dans la chambre : deux femmes nues aux cheveux mouillés et luisants enlacées dans une étreinte passionnée. Il resta pétrifié sur place et, l'espace d'un instant, complètement désorienté.

Marlene, qui l'observait entre ses paupières mi-closes, se dit qu'elle venait de lui offrir un moment dont il se souviendrait avec plaisir jusqu'à sa mort.

Elle lui accorda quelques secondes pour se ressaisir et pour permettre à Deborah de s'adapter à la situation. La jeune fille avait eu un bref instant d'hésitation dans ses bras, mais elle ne s'était pas débattue.

Marlene se dégagea doucement pour l'examiner quand, soudain, un reflet sur le sol attira son attention et son sang se glaça à sa vue. Leurs corps ruisselants au sortir du bain avaient laissé une petite flaque juste au-dessous du miroir. Brunnmann ne devait la découvrir à aucun prix, sans quoi il ne manquerait pas de s'interroger sur sa présence à cet endroit.

Marlene ne voyait plus qu'une issue : le distraire. Elle devait tenter de le séduire. Elle avait conscience que cela la mettrait à la merci de deux inconnues : comment Brunnmann réagirait-il à sa tentative de séduction ? Et Deborah ? Ne risquerait-elle pas de tout révéler sous le coup de la jalousie ?

Marlene passa outre, car elle n'avait pas le choix : elle devait tout miser sur cette carte. Elle se fia donc à son expérience et à la certitude que, contrairement à la plupart des êtres humains, elle n'était jamais plus irrésistible que lorsqu'elle était nue.

Son corps était d'une perfection enivrante, et la grâce de sa démarche et de ses gestes avait tourné la tête à bien des hommes. Elle se leva donc et se dirigea lentement vers Albrecht. Elle constata qu'il ne paraissait pas insensible à sa séduction. Elle voyait la convoitise s'emparer de lui.

Il hésitait pourtant. Il détourna les yeux de Marlene, qui se tenait devant lui, nue et tentatrice, pour chercher ceux de Deborah. Ce qu'il y lut parut le satisfaire. Les lèvres de Deborah étaient entrouvertes, une légère rougeur colorait ses joues et ses pupilles étaient dilatées. Tout son corps exprimait à la fois la surprise, l'intérêt et l'attente.

Albrecht se tourna vers Marlene et la jaugea d'un œil appréciateur avant de saisir sa main et de l'entraîner vers le lit. Il s'y assit tandis qu'elle restait debout devant lui, dans l'expectative. Elle devinait qu'il voulait mener le jeu et elle ne se trompait pas.

Il fit signe à Deborah d'approcher et tendit aux deux jeunes femmes ses pieds chaussés de bottes pour qu'elles les lui ôtent. Elles s'exécutèrent, puis le déshabillèrent entièrement. Marlene disparut dans la salle de bains et en ressortit avec une cuvette d'eau chaude et une éponge. Pendant qu'elles le lavaient avec des gestes lents et caressants, il embrassa chaque coin de peau à sa portée et s'enhardit bientôt.

Un instant plus tard, ils n'étaient plus qu'une mêlée de corps entrelacés et gémissants. Contrairement à Albrecht et à Deborah, Marlene n'éprouvait aucun plaisir à subir et à infliger brutalités et morsures, mais elle n'en laissa rien paraître. Ce qui aux yeux d'Albrecht n'était que passion exigeait d'elle tout son sang-froid pour surmonter son dégoût et contenir sa haine.

41

Allongée au bord du lit, Marlene grimaçait d'écœurement. Sa dernière expérience de triolisme remontait à plus de deux ans. Elle s'y était prêtée par amour pour Jakob, et c'était également pour lui qu'elle avait rejoint la Résistance polonaise, dont il était l'un des chefs. Jakob et elle avaient été amants, il y avait longtemps, avant la guerre. Il lui avait dit autrefois qu'il l'aimait, mais il l'avait quittée.

En temps de guerre, les liens sentimentaux ne sont que des entraves, avait-il déclaré. Depuis, ils ne se voyaient plus que de temps à autre. Jakob la prenait parfois comme il l'aurait fait d'un bon repas et comme elle l'aimait encore, elle s'en contentait. La guerre ne durerait pas éternellement et elle était bien résolue à lui survivre.

Jakob lui avait demandé au départ jusqu'où elle serait prête à aller pour chasser les nazis du pays et elle avait répondu sans hésiter : « Jusqu'au bout. »

« Ne viens-je pas d'en donner la meilleure preuve ? », pensa-t-elle rageusement. Elle mourait d'envie de retourner dans la baignoire pour se laver de cette puanteur nazie, et elle réprima un frisson.

Albrecht se retourna lourdement vers elle dans un demi-sommeil, la saisit par la taille et la serra contre lui. Il paraissait repu et satisfait. Son expression suffisante rappela à Marlene celle du vieux matou bien gras de son enfance le jour où il avait attrapé, plus par hasard que par habileté, sa dernière souris.

Malgré son dégoût et son envie impérieuse de se laver, elle se força à rester tranquille. Elle contempla le plafond avec haine pendant que le mal se reposait à côté d'elle dans des draps de soie. Alors que l'Europe était à feu et à sang, les responsables du carnage dormaient du sommeil du juste.

Tout en écoutant la respiration régulière d'Albrecht, elle s'interrogeait sur la suite des événements.

Marlene avait l'habitude de passer au crible toutes ses actions et leurs conséquences possibles avant d'élaborer un plan très précis. Mais, ce jour-là, tout était allé si vite qu'elle avait dû se fier à son intuition. Maintenant, tout dépendait de Deborah. Marlene devinait que la jeune fille était aussi réveillée qu'elle. À quoi pensait-elle donc ? Regrettait-elle d'être entrée dans le jeu de Marlene ?

Le cœur de Marlene battait plus vite à mesure que le silence se prolongeait. S'était-elle trompée dans son évaluation de la jeune fille ? Elle avait été surprise par l'animalité de Deborah dans les jeux amoureux. La jeune fille avait montré la luxure d'une courtisane expérimentée. Et ces morsures et ces griffures ? Marlene savait qu'au lit bien des hommes laissaient libre cours à leurs instincts sadiques ou masochistes, mais, chez Deborah, de telles manifestations la mettaient mal à l'aise. Elle avait certes pressenti en elle un appétit de vivre immodéré, mais elle n'en avait pas moins été stupéfaite par son ardeur, qu'elle n'avait encore jamais rencontrée chez quelqu'un d'aussi jeune.

Marlene avait encore découvert un autre trait de caractère crucial chez Deborah : elle avait un esprit indépendant et elle savait faire preuve de volonté. Lors de ces réceptions, elle avait toujours bu dans les limites raisonnables pour sa santé sans céder à la pression ambiante. Elle savait donc se contenir. Elle avait autant de facettes qu'un diamant, mais ce diamant devait être poli.

— Tu es réveillée ? chuchota Deborah, rompant le silence.

— Oui. À quoi penses-tu ?

— Que tu n'as pas froid aux yeux, comme on dirait chez nous, en Bavière, gloussa Deborah, et elle s'étira voluptueusement comme un chat sur le rebord d'une fenêtre – le reflet féminin du bienheureux sommeil d'Albrecht.

— Que veux-tu dire par là ? murmura Marlene, sur ses gardes.

— Que tu n'as pas peur.

— Merci. Dis-moi, penses-tu que je pourrais aller dans la salle de bains sans risque de réveiller Albrecht ?

— Et quand bien même tu le réveillerais ? Nous ne sommes pas sa propriété, répliqua Deborah avec une assurance toute nouvelle.

Elle paraissait accepter froidement ce qui venait d'arriver. Marlene était stupéfaite de rencontrer une telle dureté chez une fille de dix-sept ans. Elle se glissa à bas du lit avec précaution. Albrecht poussa un bref grognement, mais ne se réveilla pas.

Marlene rassembla ses vêtements épars, s'approcha du miroir comme pour examiner son reflet et laissa négligemment choir son tailleur bleu sur la petite flaque d'eau. Elle l'essuya rapidement en ramassant le vêtement et s'assura d'un regard oblique vers le lit qu'Albrecht ne l'observait pas. Deborah hocha la tête d'un air approbateur, descendit à son tour du lit et la suivit dans la salle de bains.

— Mais tu ne peux plus remettre ça ! s'exclama-t-elle à la vue des vêtements que Marlene portait sur le bras. Je vais te prêter de quoi te changer.

Elle s'éclipsa dans la chambre et en revint avec une robe grise et une veste assortie.

— Tiens, ça devrait t'aller, dit-elle.

— Merci, répondit Marlene, qui venait de s'asseoir dans la baignoire, car elle détestait gaspiller de l'eau encore utilisable. Celle-là était tiède, mais lui paraissait presque froide sur sa peau échauffée.

Deborah s'immobilisa devant elle, perplexe, comme si elle hésitait à la rejoindre, mais Marlene lui épargna cette peine car elle ressortait déjà de l'eau. Elle prit avec un remerciement la serviette que Deborah lui tendait.

Pendant qu'elle se séchait, elle eut pour la première fois le loisir d'admirer le corps nu de Deborah. Elle devait reconnaître que tout en elle était parfait : les jeunes seins haut placés aux minuscules bouts roses, la taille fine, les jambes longues et bien tournées. Elle avait également une peau lisse et crémeuse. Quoi de surprenant qu'elle ait tourné la tête à Brunnmann ? Et si son corps n'avait pas encore atteint son plein épanouissement, elle possédait déjà l'art de la séduction. La jeune fille avait remarqué qu'elle l'observait. Dans un mouvement plein d'assurance et dénué de toute honte, elle releva le menton comme pour lui demander : « Est-ce que je te plais ? »

Marlene lui adressa un sourire presque tendre.

— Tu devrais soit reprendre un bain, soit passer un peignoir : tu grelottes, dit-elle, et elle donna une petite tape sur son bras couvert de chair de poule.

Soudain, elle fronça les sourcils, le saisit et tourna l'avant-bras vers le plafond.

— Qu'est-ce que c'est ? demanda-t-elle brusquement.

Comme Albrecht, elle avait repéré les cicatrices livides dont l'intérieur de l'avant-bras était strié. Elle avait attribué les autres plaies, suçons et bleus, à la brutalité de jeux amoureux, mais celles-là étaient toutes différentes et plus anciennes. Marlene était presque certaine qu'elles avaient été faites avec un couteau. Cette vision l'alarma, car elle en avait vu de semblables chez une autre jeune fille dont elles trahissaient les souffrances psychiques.

— Rien, répondit Deborah soudain honteuse, et elle se dégagea.

Marlene jugea plus sage de ne pas insister pour l'instant. Elle avait des affaires plus urgentes à régler : découvrir un moyen d'accéder aux documents que Brunnmann gardait dans le coffre-fort et s'assurer que Deborah était prête à l'aider dans cette tâche.

Marlene attendait que Deborah réagisse, car c'était à elle de prendre l'initiative. Sinon, Marlene prendrait congé d'elle et attendrait leur prochaine rencontre pour renouveler sa tentative. Afin de gagner du temps, elle se rhabilla lentement. Les vêtements de Deborah lui allaient comme une seconde peau, sauf aux épaules et à la taille, où elle se sentait plus à l'étroit.

Deborah s'était entre-temps drapée dans le peignoir de l'hôtel et assise sur le bord de la baignoire. Elle laissait traîner sa main frêle dans l'eau froide qu'elle s'amusait à remuer. Marlene avait fini de s'habiller et enfilait ses pieds nus dans ses escarpins. Elle se pencha pour fermer leurs boucles, puis se releva, s'approcha du miroir et passa les doigts dans ses cheveux.

— J'aimerais devenir résistante, moi aussi, déclara soudain Deborah sans baisser la voix.

— Chut ! lança Marlene en tournant vivement la tête vers la porte de la salle de bains.

C'était une porte massive et fermée à clef, mais la moindre parole pouvait éveiller les soupçons, la plus petite erreur se révéler fatale.

Marlene alla s'asseoir à côté de Deborah au bord de la baignoire.

— Nous ne pouvons pas parler ici, chuchota-t-elle d'une voix pressante. Je passerai te prendre demain matin à la même heure qu'aujourd'hui. Nous pourrons alors discuter tranquillement. Juste une chose : je sais combien il t'en coûtera, mais ne parle plus jamais de ce convoi de Juifs à Albrecht, tu m'entends ? Tu ne dois plus jamais montrer de solidarité avec les Juifs ou avec les Polonais. Conduis-toi comme si de rien n'était et ne lui pose pas de questions sur son porte-documents, sans parler du coffre-fort, bien entendu. Tu ne l'as jamais fait jusqu'ici et tu ne dois le faire sous aucun prétexte : il doit continuer à te faire confiance. Ma vie et la tienne en dépendent. Sinon, nous mourrons en moins de temps qu'il ne m'en faut pour dire « chérie », compris ?

Deborah cilla, mais ne parut nullement intimidée.

— Bien sûr. Puis-je te poser encore une question ? demanda-t-elle.

Marlene venait de se lever et de jeter un dernier regard critique à son reflet dans le miroir.

— Naturellement, répondit-elle à ce reflet tout en appliquant de petites touches de rouge sur ses joues et ses lèvres.

— Pourquoi es-tu dans la Résistance ? Je croyais que tu étais actrice.

Marlene se retourna lentement vers elle. Ses yeux étincelèrent tandis qu'elle prenait la pose. Elle se mit à déclamer lentement.

— « L'enfer est vide : tous les démons sont ici-bas. » C'est une citation de *La Tempête* de Shakespeare, chérie, reprit-elle de sa voix normale. Le monde est désormais la scène sur laquelle je joue.

42

Marlene fut ponctuelle à leur rendez-vous du lendemain. Les deux jeunes femmes retournèrent au parc de Planty et s'assirent sur un banc à l'écart du sentier. Elles y passèrent deux heures en conciliabule et Deborah y reçut son premier cours d'espionnage.

Marlene se garda bien de lui parler du réseau, de sa taille comme de ses membres, ou de lui dire que son chef était Jakob – qu'elle lui présenta sous le nom de Pavel.

Deborah apprit à prêter l'oreille à tout ce qu'on disait autour d'elle. Elle rencontrait de nombreux fonctionnaires et le moindre renseignement qu'elle pourrait en tirer serait peut-être d'une importance capitale sans qu'elle le soupçonne. Sans jamais donner l'impression qu'elle écoutait les conversations, elle devait en retenir le plus possible pour le communiquer à Marlene lors de leur rendez-vous quotidien.

Marlene ne venait du reste pas toujours à ces rendez-vous, car Ernst insistait parfois pour qu'elle l'accompagne lors de ses déplacements professionnels. Il était officier de l'armée de réserve, responsable des renforts et de la logistique et, à ce titre, souvent en déplacement. Deborah devait alors attendre le retour de Marlene. Albrecht l'avait tout récemment informée que son travail l'obligeait à prolonger de quelques semaines son séjour au Gouvernement général. Ils ne rentreraient donc pas à Munich avant juin.

Jakob avait donné pour consigne que tout résistant extérieur au réseau ne devait avoir qu'un seul contact au sein de ce dernier : si Deborah était repérée, Marlene serait seule à être arrêtée avec elle. Marlene elle-même connaissait seulement certains membres du réseau en dehors de Jakob, et toujours sous de faux noms. Jakob était le seul qu'elle connaissait sous son nom véritable.

Deborah écouta attentivement Marlene et lui posa quelques questions auxquelles elle répondit sans enfreindre ses principes de confidentialité. Elle se félicitait de son intuition : Deborah se révélait une élève prometteuse, avec une bonne capacité d'assimilation et un discernement dont témoignaient ses questions judicieuses. Mais la question suivante prit Marlene totalement au dépourvu et la mit mal à l'aise.

— Es-tu amoureuse de ce Pavel ? demanda la jeune fille. Allons, insista-t-elle comme Marlene tardait à répondre, je t'ai observée quand tu parlais de lui. Tu n'as pas cet air-là quand il s'agit de ton Ernst, déclara-t-elle triomphalement.

Marlene s'arracha un sourire tout en maudissant l'espace d'un instant le sens de l'observation de la jeune fille. Elle se décida pour une demi-vérité.

— Je l'ai été autrefois, mais c'est du passé. Nous sommes restés bons amis, répondit-elle.

Jakob… c'était pour lui qu'elle couchait avec des hauts dignitaires nazis, fouillait leurs sacs et leurs bagages et les épiait. Pour Jakob, elle aurait fait n'importe quoi et il lui arrivait de le haïr d'avoir accepté qu'elle le fasse.

— J'aimerais bien rencontrer ce Pavel, reprit Deborah, l'interrompant dans ses ruminations. Comment est-il ? Est-il beau ?

— As-tu entendu ce que je viens de te dire ? lança Marlene outrée. Je suis et je resterai ton seul contact avec le réseau pour notre sécurité à tous. Et arrête d'imaginer Pavel en héros romantique. Je sais bien que tu as dix-sept ans, mais ce n'est ni le lieu ni l'heure pour les rêveries sentimentales. Réfléchis bien avant de décider si tu veux travailler avec nous. La moindre erreur que tu commettras risque de te coûter la vie. On t'emprisonnera, on te battra et on te torturera jusqu'à ce que tu avoues tout ce que tu sais. Tu peux encore te retirer. Tu n'as rien fait pour l'instant. Dans ce cas, je disparaîtrai immédiatement de ta vie.

Tout en prononçant ces paroles, elle se souleva comme si elle voulait les mettre à exécution sans délai.

— Pourquoi te mets-tu dans cet état ? Je t'ai seulement posé une question. Et puis j'aurai dix-huit ans dans quelques semaines, déclara Deborah d'un air boudeur.

Elle parut soudain si jeune que Marlene se demanda une fois de plus si elle avait raison de la recruter. Le risque lui paraissait déraisonnablement élevé. La jeune fille avait certes d'excellentes dispositions, mais elle était excessive et impulsive.

Marlene poussa un soupir résigné. Il était trop tard pour les scrupules. Elle ne pouvait que prendre fermement Deborah en main et espérer que tout irait pour le mieux. La guerre entrait dans une phase décisive. Marlene savait que les résistants étaient trop peu nombreux et leurs moyens d'agir très limités.

L'antisémitisme existait en Pologne bien avant la guerre. De nombreux Polonais collaboraient avec les Allemands et toléraient les persécutions des Juifs. Les rares voix de la raison s'étaient tues, l'élite intellectuelle de Cracovie avait pris la fuite ou été assassinée par les nazis. Dès novembre 1939, on avait exécuté tous les professeurs de la prestigieuse université des Jagellons, l'une des plus anciennes d'Europe, fondée au XIVe siècle.

Le réseau de résistance de Jakob était réduit, sans appuis et surtout sans argent, c'est-à-dire sans armes.

Le moindre renseignement sur l'ennemi avait donc une valeur considérable, supérieure à la vie de ses membres ou à celle de Deborah, mais Marlene s'abstint de le dire. Au fond, elle craignait encore que la jeune fille ne se ravise. À en croire Jakob, l'action d'Albrecht Brunnmann était cruciale dans l'issue de la guerre. Jakob avait obtenu de sources diverses des renseignements sur lui. Selon ces informations, l'amant de Deborah jouait un rôle central dans l'extermination des Juifs et de leur culture en Europe.

C'était l'une des raisons pour lesquelles Marlene avait rejoint le réseau de résistance juif Zydowska Polska Bojowa (ZPB). Elle était à demi juive : elle s'appelait en réalité Anna von Dürkheim. Sa mère était une Juive galicienne de Cracovie, son père un jeune aristocrate allemand. C'était une mésalliance typique de l'époque, la domestique slave pauvre et le fils de famille. Le vieux baron avait aussitôt déshérité son fils unique pour avoir épousé une femme de condition nettement inférieure à la sienne. Le père d'Anna avait combattu comme officier pendant la Première Guerre mondiale et il était mort en 1918, dans les derniers jours de la guerre, sans savoir qu'il allait avoir un enfant. Quelques mois plus tard, peu après la naissance d'Anna, sa mère avait été emportée par la grippe espagnole.

Anna avait grandi à Berlin chez ses grands-parents qui, après la perte de leur seul fils, avaient recueilli leur petite-fille. Elle venait d'obtenir son bac quand les nazis avaient commencé à déporter des Juifs. Elle avait aussitôt rejoint une organisation d'étudiants qui avait pour principal objectif d'aider des Juifs sans ressources à fuir l'Allemagne. Au début de l'année 1939, elle avait été arrêtée par la Gestapo et remise entre les mains du sadique Hubertus von Greiff. Son grand-père avait remué ciel et terre pour la faire libérer, ce qui lui avait coûté de nombreuses démarches et la moitié de sa fortune.

Un mois aux mains de la Gestapo n'avait pu briser la volonté d'Anna. Cette épreuve l'avait au contraire renforcée dans sa résolution de lutter pour les Juifs. Contre l'avis de ses grands-parents, elle était partie pour Cracovie au printemps 1939, à la recherche de ses racines. Elle avait retrouvé la famille de sa mère, dont les deux sœurs aînées et leurs maris l'avaient accueillie à bras ouverts.

À Cracovie, elle avait rencontré Jakob dont elle était tombée follement amoureuse et elle avait décidé d'y passer le reste de ses jours.

Mais les nazis avaient envahi la Pologne et étaient arrivés à Cracovie. Anna était entrée dans la Résistance avec Jakob. Elle avait modifié son apparence physique, pris le nom de Marlene Kalten et menait depuis deux ans une existence périlleuse dans la clandestinité.

Les craintes de Marlene étaient sans fondement : Deborah était plus résolue que jamais à se lancer dans cette aventure nouvelle et palpitante qui lui procurait un sentiment de libération et lui donnait l'impression de devenir adulte. Elle se réjouissait surtout de se joindre à une entreprise qui la dépassait et qui avait un sens, qu'Albrecht ignorait et dont il était exclu.

Marlene aborda de nouveau la question du porte-documents.

— Si nous prenons ces documents, Albrecht le remarquera tout de suite, objecta Deborah.

— Je ne les prendrai pas, nigaude. Je veux seulement les examiner, puis les photographier. Il ne s'en apercevra même pas. Mais nous devons d'abord trouver un moyen d'accéder à ces documents.

— Je pourrais chercher le code du coffre-fort, proposa Deborah avec un zèle de jeune recrue.

— Et comment vas-tu t'y prendre ? En regardant par-dessus l'épaule d'Albrecht quand il l'ouvrira ? demanda Marlene, et elle secoua la tête. Il est connu pour être très méfiant : ce serait te mettre en danger inutilement. Et nous ne pouvons guère compter qu'il oublie un jour de ranger ces documents dans le coffre. Ce serait trop facile, fit-elle avec un soupir las.

— Au contraire, ça lui est déjà arrivé ! s'exclama Deborah. Mais pas à Cracovie. Je suis désolée, Marlene, mais je dois dire que, jusqu'ici, je n'y ai pas vraiment fait attention, avoua-t-elle avec une contrition visible.

Elle s'efforça de se rappeler les rares occasions lors desquelles Albrecht avait laissé le porte-documents sur la table ou sur le canapé, pour n'enfermer que plus tard son contenu dans le coffre. C'était toujours arrivé quand elle l'attendait impatiemment sur le seuil de la suite pour l'entraîner au lit.

Ça pourrait peut-être marcher de cette manière : elle devrait distraire Albrecht et le troubler pour lui faire oublier le porte-documents, puis, aussitôt après, le convaincre de l'emmener au bar de l'hôtel. Elle avait une clef de la suite qu'elle passerait à Marlene, Albrecht gardant toujours la sienne sur lui. Marlene se dissimulerait dans le cagibi attenant à la suite en attendant qu'ils sortent. Dès qu'elle aurait photographié les documents, elle refermerait à clef la porte de la suite et cacherait la clef dans le cagibi, où Deborah la récupérerait. Elle s'empressa de communiquer ce plan à Marlene, qui parut l'accueillir avec intérêt.

— Mais ce serait un miracle s'il fonctionnait du premier coup, objecta-t-elle pourtant. Cet hôtel est fréquenté exclusivement par des officiers et des fonctionnaires allemands et des profiteurs de guerre qui font des affaires avec les nazis. Je pourrais difficilement rester planquée pendant des heures en comptant sur un coup de chance. Et, si jamais on me repère, j'aurai du mal à expliquer ma présence.

Marlene proposa un autre plan qui paraissait encore plus risqué : attendre qu'Albrecht sorte avec Deborah pour s'introduire dans la suite avec un artisan habile qui saurait ouvrir le coffre-fort. Le seul ennui était qu'à sa connaissance le réseau ne comptait aucun spécialiste en coffres-forts. Jakob devrait en trouver un, dont la complicité ne ferait qu'accroître les risques courus par le réseau. Autre inconvénient, l'opération risquait de laisser des traces sur la serrure du coffre-fort, or il ne fallait à aucun prix éveiller les soupçons d'Albrecht Brunnmann.

Le plus simple serait de lui faire prendre un somnifère, mais il serait difficile de s'en procurer un. Jakob l'avait plusieurs fois tenté en vain. Du reste, les effets secondaires qui se manifesteraient inévitablement le lendemain risquaient d'alerter un homme aussi méfiant que Brunnmann. Les deux jeunes femmes en discutèrent un moment en soupesant les risques.

Après quelques hésitations, Marlene finit par accepter la proposition de Deborah, même si elle répugnait à faire le guet en vain, soir après soir, en bouillant d'impatience et dans l'angoisse d'être découverte par un employé de l'hôtel, jusqu'à ce qu'elle entende le code dont elle était convenue avec Deborah.

Si Deborah disait avant de sortir : « Je prendrais bien une coupe de champagne, Albrecht », cela signifierait que le porte-documents était en sûreté dans le coffre-fort et que Marlene devrait repartir comme elle était venue. Au contraire, la phrase « Quelle belle soirée ! » laisserait entendre qu'il était à portée de main.

Marlene devrait alors se glisser dans la suite pour photographier les documents, puis quitter l'hôtel sans se faire repérer. Il fallait à tout prix éviter qu'on lui adresse la parole ou qu'on l'invite à prendre un verre au bar, où elle rencontrerait fatalement Albrecht et Deborah. Et il était fort possible que l'un des clients de l'hôtel reconnaisse en elle l'amante d'Ernst.

Après quatre tentatives en neuf jours (Marlene avait entre-temps dû partir en voyage avec Ernst et Albrecht était parfois revenu tard dans la nuit en raison de ses mystérieuses activités), elles n'étaient encore parvenues à rien. La tension nerveuse de Deborah pendant ces jours et ces nuits était telle que même la musique ne pouvait l'apaiser.

Elle découvrit ainsi que ce que l'on faisait d'habitude de sa propre initiative et avec joie pouvait se transformer en fardeau. Le premier soir que Marlene avait passé embusquée dans le cagibi, elle s'était montrée si nerveuse et si distraite au lit avec Albrecht qu'il l'avait remarqué et qu'elle avait dû s'excuser auprès de lui en invoquant un mal de tête subit.

43

La tension permanente à laquelle elles étaient soumises fit bientôt sentir ses effets. L'atmosphère entre les deux amies devenait de plus en plus orageuse. Un rien suffisait pour provoquer une querelle entre elles alors qu'elles ne pouvaient même pas élever la voix de crainte d'être entendues.

Mais elles se réconciliaient rapidement, surtout grâce à Marlene, qui veillait à l'harmonie et à l'équilibre de leurs rapports. C'étaient surtout les menues imprudences de Deborah qui la rendaient nerveuse.

— Qu'est-ce que tu as fait ? s'exclama-t-elle une fois de plus, horrifiée, mais elle baissa aussitôt la voix.

C'était en fin d'après-midi et toutes deux étaient assises sur le canapé de la suite. Deborah venait de lui avouer qu'elle avait reproché la veille au soir à Albrecht que son maudit porte-documents comptait plus qu'elle pour lui.

Elle était de plus en plus frustrée de ce que, malgré tous ses efforts pour lui plaire et le séduire, il gardait toujours la tête froide, contrairement aux premiers temps de leur liaison, et ne lui prêtait aucune attention, même s'il tournait la chose à la plaisanterie, avant d'avoir mis ses précieux documents en sûreté dans le coffre-fort.

— Bon sang, je t'avais bien dit d'agir comme si tu te moquais complètement de ce porte-documents !

Dans l'impossibilité de hausser le ton, Marlene donna libre cours à sa fureur en bourrant de coups de poing un coussin du canapé. Cette petite morveuse allait encore tout gâcher !

Mais quand Marlene alla retrouver Jakob un peu plus tard dans la journée et lui raconta l'incident, il se contenta de hausser les épaules.

— Et alors ? dit-il. Elle se conduit justement comme n'importe quelle jeune fille : elle est jalouse de ce porte-documents. C'est une réaction plutôt naturelle et qui n'a rien d'alarmant pour nous. Peut-être devriez-vous plutôt trouver un autre moyen d'accéder à ces documents. Il ne nous reste plus beaucoup de temps : l'extermination des Juifs polonais est décidée depuis belle lurette. On en parque de plus en plus dans les ghettos et j'ai reçu aujourd'hui même des nouvelles inquiétantes de Varsovie. Nous projetons de frapper un grand coup contre les nazis d'ici peu. Si ça marche, notre situation ici deviendra encore plus précaire. Les Allemands retourneront le plus petit gravier pour nous retrouver, c'est pourquoi nous devons impérativement disposer des documents de Brunnmann d'ici là. Tu dois trouver un moyen d'y accéder, et vite.

Deux jours et une nouvelle querelle avec Marlene plus tard, Deborah se sentait complètement frustrée. Elles n'avaient accompli aucun progrès en ce qui concernait le porte-documents. La jeune fille était déçue de ses activités d'espionne, dont elle avait espéré bien davantage. Elle voulait se sentir une vraie résistante et apporter une contribution cruciale à la cause qu'elle servait, mais, jusqu'ici, elle n'avait fait qu'épier lors de dîners quelques conversations qu'elle avait retransmises à Marlene. Elle ignorait, et ignorerait probablement toujours, si ces renseignements avaient la moindre valeur pour la Résistance. Ne pouvant agir que de manière restreinte en tant qu'espionne, elle aurait au moins voulu découvrir ce que ressentait une simple Polonaise de Cracovie. Si elle aimait sortir dans ses plus beaux atours, elle désirait maintenant passer inaperçue, se fondre dans la foule et n'être plus qu'une passante anonyme. Sa formation à la scène lui avait appris à endosser divers rôles. Petite fille, elle avait observé et imité sa mère lorsque celle-ci étudiait des personnages d'opéra.

Elle prit donc rapidement sa décision et sortit de l'armoire de sa chambre une blouse noire et un fichu achetés tout récemment sur le marché.

La plupart des femmes qu'on voyait dans les rues de Cracovie portaient cette tenue modeste. Elle s'exerça longuement devant le miroir, en particulier pour adopter un autre maintien, la tête rentrée dans les épaules. Au bout d'un moment, elle adressa à son reflet un hochement de tête approbateur : les cheveux dissimulés sous le fichu et engoncée dans cette blouse informe, elle était comme transformée. Marlene elle-même ne la reconnaîtrait pas ! Afin de ne pas attirer l'attention dans l'hôtel, elle en sortit dans sa tenue habituelle et revêtit son déguisement dans une paisible ruelle des alentours.

Le plus gros marché de Cracovie, Rynek Glówny, était à la fois très différent de celui de Marienplatz ou du marché aux victuailles de Munich, et semblable à eux à plus d'un égard. Sans qu'elle puisse expliquer pourquoi, elle s'y sentait étrangement à l'aise. La place du marché, qui mesurait deux cents mètres carrés, avait été la plus grande place de marché d'Europe au Moyen Âge. Elle était bordée de maisons bourgeoises de deux étages pour la plupart, aux façades étroites et aux cours spacieuses. Divers architectes y avaient exercé leur savoir-faire au fil des siècles, les ornant à profusion d'éléments de style baroque et Renaissance.

La place était également flanquée sur cent mètres de la célèbre halle aux étoffes de Sukiennice, qui avait été autrefois le plus grand hôtel de ville de Cracovie. Il avait été bâti dans le style Renaissance au milieu du XVIe siècle par un architecte italien du nom de Santi Gucci, mais il n'en restait plus que la tour.

Le seul détail qui troublait Deborah dans la foule évoluant au milieu de ce décor splendide était son manque de gaieté et d'insouciance. Le marché aux victuailles de son enfance était coloré, bruyant, noir de monde et résonnant d'appels. Même si les marchandises s'y faisaient plus rares depuis le début de la guerre, la joie de vendre et de marchander des Munichois était toujours palpable.

Les vendeurs et les acheteurs polonais paraissaient en revanche étrangement contraints, comme s'ils étaient soumis à une tension permanente. De nombreux acheteurs se montraient fébriles, courant d'éventaire en éventaire comme s'ils voulaient en finir le plus vite possible avec leurs achats. Deborah le remarquait grâce à son sens de l'observation aiguisé par l'enseignement de Marlene. Elle rectifia encore son maintien pour mieux imiter une fermière portant un panier d'une main et maintenant de l'autre son fichu sous son menton. Il fallait absolument qu'elle achète un de ces paniers, se dit-elle.

Comme à son habitude, elle chercha des yeux le monument d'Adam Mickiewickz qui était toujours entouré d'un essaim de pigeons. Marlene lui avait raconté que, selon la légende, ces oiseaux étaient des chevaliers auxquels on avait jeté un sort. L'édifice préféré de Deborah sur la place était l'église Sainte-Marie aux deux imposantes tours, qu'elle avait visitée à plusieurs reprises. Elle s'y sentait étrangement proche de ceux qu'elle aimait dans sa ville natale, comme si la demeure de Dieu était en liaison directe avec Munich. Cela tenait-il aux chuchotements des rares vieilles femmes vêtues de noir qui étaient les seules à s'asseoir sur les bancs de l'église et à mêler leurs prières au parfum de l'encens ? Toujours était-il que cette église apaisait son mal du pays. Ce jour-là encore, elle se dirigea vers elle.

Elle entendit soudain des appels tout proches, suivis d'un : « Arrêtez-vous ! » Quand elle se tourna dans cette direction, elle vit un homme foncer droit sur elle. Elle fit un pas de côté pour l'éviter, mais l'homme, qui avait malheureusement eu la même idée en même temps, la heurta de plein fouet, les précipitant tous deux à terre. Deborah se meurtrit sur les pavés, mais elle était heureusement tombée les mains en avant par réflexe. Elle s'assit et examina ses paumes. Du sang suintait de quelques égratignures. Elle chercha son sac à main avant de se rappeler qu'elle ne l'avait pas emporté, car l'élégant cuir de crocodile aurait juré avec son déguisement. Elle n'avait donc pas de mouchoir.

Elle entendit alors gémir l'homme qui l'avait fait tomber. Un peu plus âgé qu'elle, il portait un complet usé jusqu'à la trame. Une paire de lunettes cassée gisait à côté de lui. Il semblait s'être fait plus mal qu'elle dans sa chute, car il était recroquevillé, une main crispée sur son épaule. Deborah s'approcha de lui.

— Excusez-moi… comprenez-vous ce que je dis ? demanda-t-elle en allemand.

Il n'eut pas le temps de lui répondre, car deux hommes, visiblement ses poursuivants, accoururent. Ils portaient l'uniforme de la SS. Deborah savait par Marlene que c'étaient en grande majorité des SS qui surveillaient les camps de concentration du Gouvernement général et qui étaient responsables de la plupart des assassinats et des sévices contre les détenus. L'un des hommes la frappa du bout de sa botte et elle tomba durement sur les coudes. Les SS empoignèrent l'homme à terre et le remirent debout. Le blessé hurla de douleur.

— Qu'est-ce qui vous prend ! s'écria Deborah, indignée de cette brutalité envers elle et le blessé, qui lui faisait pitié.

Il lui rappelait l'un de ses professeurs de musique à Munich.

— Toi, la gonzesse, ferme-la ! Ce porc de Juif, c'est pas tes oignons ! glapit l'un des SS, et son haleine chargée d'alcool frappa Deborah au visage.

Elle en grimaça de dégoût. L'homme était grand, avec un visage blême et un regard mauvais.

— Grouille, Adi ! lança-t-il à son camarade. Baisse son froc.

Une foule de badauds s'était rassemblée autour d'eux. Deborah regarda, incrédule, le deuxième SS baisser devant tout ce monde le pantalon de l'homme et dénuder ses parties génitales. Il empoigna son pénis et le tira brutalement.

— Circoncis ! Je le savais bien ! s'exclama-t-il.

Il tira son pistolet et pressa le canon contre la tempe du malheureux qui, paralysé de honte et d'effroi, avait fermé les yeux.

— Crève, cochon de Juif ! hurla-t-il.

Une rage folle s'empara de Deborah. Faisant fi du sage conseil de Marlene de ne jamais s'interposer entre un chasseur et sa proie, elle se jeta entre les deux hommes de tout son élan.

— Arrêtez ! cria-t-elle. Cet homme n'a rien fait ! Ce n'est qu'un…

Elle n'alla pas plus loin, car l'homme blafard l'empoigna et la jeta à terre.

— J'ai pas d'ordres à recevoir d'une salope à Juifs, siffla-t-il.

Comme son fichu s'était défait, il la saisit par les cheveux pour la remettre debout. Elle hurla et se débattit. L'homme, qui la dépassait de deux têtes et dont les épaules tendaient le tissu de son uniforme, leva le poing droit et lui donna un coup dans le ventre comme par jeu.

Deborah eut l'impression qu'on la fendait en deux. Elle s'effondra, gémissante, et sa vision se voila de rouge. Alors qu'elle luttait pour retrouver son souffle et pour ne pas s'évanouir, elle eut vaguement conscience que quelqu'un accourait pour l'aider, mais ce quelqu'un fut à son tour jeté à terre d'un coup de poing.

— Quoi ? Encore un youpin ? postillonna l'homme blafard penché sur son sauveur. Il doit y en avoir tout un nid par ici. Allez, debout et baisse ton pantalon !

Deborah, qui respirait de nouveau mais était encore incapable d'articuler un son, reconnut avec stupeur Osman dans son sauveur. Au lieu de porter son uniforme de chauffeur, il était habillé comme un paysan polonais. Que faisait-il ici, déguisé comme elle ? Comme il tardait à se relever, le SS tira son pistolet et le braqua sur Deborah encore agenouillée.

— Je compte jusqu'à trois, annonça-t-il. Si, à trois, tu ne m'as pas encore montré ta sale queue, je descends cette pute. Un… deux…

Osman se releva. Deborah et lui se regardèrent. Toute la souffrance du monde se lisait dans les yeux d'Osman. Il déboucla sa ceinture, laissa choir son pantalon et baissa son caleçon. Deborah détourna la tête tandis que des larmes de souffrance et de pitié lui montaient aux yeux. Le SS fronça les sourcils, plissa les yeux et se rapprocha d'Osman.

Soudain, il s'esclaffa, le doigt pointé sur ses parties génitales.

— Regarde un peu, Adi ! s'exclama-t-il. Cet avorton n'est pas seulement circoncis : il n'a même plus de couilles ! Il est malformé. On devrait peut-être vérifier s'il n'a pas des sabots à la place des pieds, qu'est-ce que t'en dis ? demanda-t-il, plié en deux de rire.

Cette scène avait entre-temps attiré encore plus de spectateurs, parmi lesquels quelques soldats de la Wehrmacht, mais, en dehors des rugissements des deux SS, on entendait seulement ici et là quelques rires plutôt contraints. Peut-être était-ce par crainte, par dégoût ou simplement par habitude, car ce genre de scène ne devait se produire que trop souvent à Cracovie.

Le deuxième SS s'approcha de l'homme blessé et le tira brutalement à lui, puis ricana.

— Tu as raison, Rudi, je n'avais encore jamais vu un spécimen pareil. Ton nom, cochon de Juif ! hurla-t-il à Osman, et comme il ne répondait pas assez vite à son goût, il le frappa au visage.

— Que se passe-t-il ? demanda la voix autoritaire d'un officier de la SS devant lequel la foule s'écarta docilement.

Les deux hommes se mirent au garde-à-vous devant lui.

— Nous avons pincé deux cochons de Juifs et leur putain, mon capitaine, répondit le nommé Adi en redressant le menton.

Le capitaine effleura d'un œil méprisant la nudité d'Osman, puis son regard s'arrêta sur Deborah. Il tressaillit, se précipita vers elle et l'aida à se relever avec précaution. Chancelante, elle s'appuya à lui.

— Dieu du ciel, c'est bien vous, mademoiselle Malpran ? s'exclama-t-il atterré. Que vous est-il arrivé ? Dois-je faire venir un médecin ? Y a-t-il un médecin par ici ? demanda-t-il à la cantonade après avoir scruté les alentours.

Adi et Rudi échangèrent un regard perplexe tandis qu'Osman, qui s'était rhabillé en hâte, s'approchait de Deborah. L'officier le remarqua et voulut s'interposer.

— Non… c'est Osman, le chauffeur du colonel, souffla Deborah.

Un petit vieillard polonais aux cheveux tout blancs se dirigea vers eux.

— Moi médecin, vous venir s'il vous plaît, cabinet tout prêt d'ici, dit-il dans un allemand laborieux.

Il se fraya un passage à travers la foule, suivi de l'officier SS et d'Osman qui soutenaient Deborah.

Avant de s'éloigner, l'officier se tourna vers les deux hommes.

— Vous deux, retournez dans vos quartiers et restez-y à disposition ! ordonna-t-il. Vous devrez répondre de ce qui est arrivé, vous pouvez compter sur moi !

Deborah se retrouva assise sur un banc dans une salle exiguë aux placards presque vides. Rien n'y rappelait même de loin le cabinet confortable et bien équipé de son père dont l'atmosphère accueillante donnait aux patients l'impression qu'ils seraient vite rétablis.

— Je vous en prie… je me sens déjà bien mieux, murmura-t-elle, car elle mourait d'envie de regagner l'hôtel, de s'enfermer dans la suite et d'apaiser sa fureur et sa honte avec la lame d'un couteau.

Le médecin avait des mains légères et habiles, ainsi qu'un sens aigu de l'humour.

— Rien de grave, ma petite demoiselle, mais longtemps jolies couleurs sur le ventre, comme un bouquet de fleurs, hein ? fit-il avec un sourire, et il lui tendit un verre rempli d'une mixture trouble. Boire ça et tout ira bien, d'accord ?

Il lui recommanda de se reposer encore un instant.

— Si encore très mal ou sang dans les selles, vite revoir le médecin s'il vous plaît, compris ? ajouta-t-il.

Ils purent ensuite repartir. Le capitaine, qu'elle avait déjà souvent vu en compagnie de Brunnmann au bar de l'hôtel, les raccompagna, Osman et elle. Il passa presque tout le trajet à s'excuser de ce terrible malentendu auprès de Deborah, sans toutefois accorder un regard à Osman, et prit hâtivement congé d'elle devant l'hôtel.

Deborah ne remarqua qu'à cet instant qu'il ne s'était pas formellement présenté à elle. Alors qu'Osman s'apprêtait à regagner discrètement sa chambre, elle posa doucement une main sur son épaule pour le retenir.

— Juste un mot, Osman, lui dit-elle. Je tiens à te remercier et à te présenter mes excuses : ce qui est arrivé aujourd'hui est ignoble. Les hommes sont ignobles. Veux-tu bien accepter mes excuses ?

Osman posa un genou à terre sous le regard déconcerté de Deborah, prit sa main droite dans les siennes et pressa le front contre elle pendant plusieurs secondes. Puis il se releva et s'éloigna en hâte. Deborah aurait aimé savoir ce qu'il faisait sur le marché sans son uniforme. Cette idée la frappa : le port de cet uniforme n'était-il pas obligatoire pour tout membre de la SS, comme l'était de fait Osman en tant que chauffeur d'Albrecht Brunnmann ? Mais Osman n'aurait pu répondre à ses questions.

Elle résolut néanmoins de lui en parler dès que l'occasion s'en présenterait. Elle se demandait s'il raconterait l'incident sur le marché à Albrecht. Devait-elle le faire elle-même ? « Non », décida-t-elle. Elle préférait attendre qu'il aborde lui-même le sujet. Elle aurait toujours le temps d'improviser une explication. Il était tout de même curieux qu'Osman et elle se soient tous deux déguisés et trouvés en difficulté le même jour. Elle comprit que l'uniforme protégeait Osman, dont l'apparence exotique était trop révélatrice, de même que ses vêtements élégants la faisaient passer pour une Aryenne de la haute société. L'habit n'était pas seulement une apparence, mais aussi une protection. Il n'était guère surprenant que les acheteurs du marché aient une allure aussi effacée. Personne ne voulait attirer l'attention des Allemands et de leurs complices.

44

Après cette aventure déplaisante, Deborah avait pris un bon bain. Avec un petit stylet qu'Albrecht lui avait tout récemment offert, elle s'était égratigné les bras sans ménagement et avait regardé son sang goutter et teindre en rose l'eau du bain. Elle s'était ensuite reposée comme le petit médecin le lui avait prescrit. Sa vigueur naturelle avait fait le reste et, à l'arrivée de Marlene vers 17 heures, elle se sentait presque rétablie.

Son amie repartit à peine dix minutes plus tard en prétextant un rendez-vous avec Ernst, mais Deborah savait qu'elle était encore de mauvaise humeur après leurs stupides querelles. Deborah avait l'impression d'être traitée par elle comme quantité négligeable. Elle décida sur une impulsion de la suivre. Elle passa rapidement manteau, chapeau et gants et sortit de la suite. Marlene avait disparu.

Comme à son habitude, elle avait pris l'escalier plutôt que l'ascenseur, car elle se sentait oppressée dans des lieux exigus. Sa disposition à faire le guet pendant des heures dans le cagibi de la suite n'en était que plus méritoire.

Deborah préférait davantage de confort. Elle prit l'ascenseur, qui était vide. Comme c'était souvent le cas, le garçon d'ascenseur était invisible. Elle descendit les trois étages en espérant devancer Marlene.

En sortant de l'ascenseur, elle regarda prudemment autour d'elle, puis se dissimula derrière l'un des grands palmiers ornementaux qui flanquaient l'ascenseur. Quelques secondes plus tard, Marlene apparut sur les dernières marches de l'escalier, puis traversa le hall. Deborah lui emboîta le pas.

Les rues et les places de la ville étaient animées en cette fin d'après-midi, si bien que Deborah n'eut aucune difficulté à suivre, sans se faire remarquer, Marlene, qui s'éloignait d'un pas rapide dans la direction du marché. Elle traversa la place du marché dans son sillage. Elle faillit la perdre de vue dans la foule à deux reprises, mais elle devinait où son amie se rendait : au petit marché de Maly Rynek, derrière l'église Sainte-Marie.

On trouvait dans les parages quelques bons tailleurs, des magasins de vêtements et une série de cafés et de bistrots. Marlene s'arrêta devant l'un des meilleurs tailleurs de la ville qui se spécialisait dans les tenues de soirée et parut s'absorber dans la contemplation de sa vitrine.

Se rappelant à point nommé les leçons de filature de Marlene, Deborah se dissimula derrière l'angle d'une maison. Loin d'examiner le contenu de la vitrine, Marlene vérifiait dans son reflet si elle était suivie. Elle parut rassurée, car elle entra dans le magasin.

Deborah traversa la ruelle et resta plantée devant la vitrine, indécise. Elle la regarda à son tour, mais sans rien voir de la robe du soir noire au drapé raffiné qui était exposée dedans. Elle hésitait à entrer : devait-elle prier Marlene de lui expliquer pourquoi elle avait prétexté un rendez-vous avec Ernst alors qu'elle était sortie seule ? Ou devait-elle plutôt feindre d'être partie faire les magasins et de la rencontrer tout à fait par hasard ? Elle rejeta ces deux solutions, car elle était sûre que Marlene lirait immédiatement dans son jeu.

Deux jeunes dames bien habillées en compagnie de deux hommes d'âge mûr s'arrêtèrent à leur tour devant la vitrine et les dames discutèrent longuement des avantages de la robe du soir tandis que les messieurs détaillaient ceux de Deborah.

Leurs regards appuyés l'agacèrent et elle se demanda ce qu'elle faisait là. Son enthousiasme était retombé. Elle se sentit stupide d'avoir suivi Marlene.

Elle n'avait pourtant guère envie de rentrer à l'hôtel. Elle regarda autour d'elle et se souvint alors d'un petit café tout proche, dans une étroite ruelle derrière la boutique du tailleur.

Elle s'y était déjà rendue quelquefois avec Marlene et elle aimait bien les deux aimables sœurs qui le tenaient et faisaient les plus délicieux gâteaux de la ville. Alors qu'elle tournait à l'angle de la rue, elle eut la surprise de voir Marlene ressortir de chez le tailleur par la porte de derrière et tourner à gauche dans une ruelle voisine.

Deborah la suivit sur la pointe des pieds et la vit disparaître dans l'entrée d'une maison. Les hautes et étroites demeures de cette ruelle paraissaient imbriquées les unes dans les autres, leurs fenêtres étaient petites et leurs pas de porte plus bas que le niveau de la rue. Quand Deborah eut rejoint la maison à l'intérieur de laquelle Marlene avait disparu, elle remarqua qu'il fallait descendre trois marches usées pour accéder à l'entrée. Une plaque en émail rouillé suspendue à une armature métallique à côté de la porte oscillait en grinçant dans le vent. L'inscription était en polonais, mais le dessin d'une botte au-dessous d'elle en indiquait clairement le sens.

N'était-ce donc que l'atelier d'un cordonnier? Deborah chassa un accès de mauvaise conscience, car son amie n'était certainement pas venue ici pour se faire confectionner de nouvelles chaussures!

Elle s'avouait tardivement son espoir secret que Marlene la conduirait à ce mystérieux Pavel.

Elle scruta l'intérieur de la maison à travers la vitre sale et presque opaque de la fenêtre, mais ne put rien distinguer. Elle n'entendait également aucun bruit.

Tout se passa alors très vite. Deborah n'eut même pas le temps de crier quand une grosse main sentant le tabac se plaqua sur sa bouche tandis qu'un bras enserrait sa taille. On la poussa vers l'entrée de la maison, puis à l'intérieur. Elle discernait à peine les contours des meubles dans la pénombre. La pièce sentait le cuir et l'acide tannique.

L'homme poussa d'un coup de pied une deuxième porte et entraîna Deborah dans un couloir long et obscur. Elle avait l'impression d'étouffer sous sa poigne de fer. Après avoir franchi une troisième porte, ils débouchèrent dans une pièce exiguë, sans fenêtres et meublée seulement d'une table et de quatre chaises. L'unique source de lumière venait d'une bougie. Deux personnes assises à la table dévisagèrent la nouvelle arrivante dans la pénombre lugubre.

— Elle est venue fouiner devant la maison, expliqua le colosse qui amenait Deborah.

Il ne la lâchait toujours pas, bien qu'elle se débattît et essayât de le frapper à coups de pied, avec à peu près autant de succès que si elle s'attaquait à une falaise. Il fallait reconnaître que Marlene savait garder son sang-froid : elle ne cilla même pas.

— Ah, c'est toi, laissa-t-elle tomber. Puis-je faire les présentations ? dit-elle à l'homme assis face à elle. C'est Deborah, la petite amie de Brunnmann.

— Tu as perdu la tête de la laisser venir ici ? C'est la poule d'un nazi ! s'exclama l'homme, qui n'était autre que Jakob *alias* Pavel, et son poing vigoureux s'abattit sur la table, qu'il fit trembler avec la bougie posée sur elle.

— Mais c'est bien ce que je suis, moi aussi, n'est-ce pas, mon cher ? répliqua Marlene avec un sourire suave, et elle haussa ses fins sourcils avec une expression qui sembla faire à Jakob l'effet d'une douche froide.

Il adressa un signe de tête au colosse, qui lâcha Deborah si brusquement qu'elle dut se retenir à la table pour ne pas tomber.

Jakob se renversa nonchalamment dans sa chaise et étendit ses longues jambes bottées de cuir noir. Les bras croisés sur la poitrine, il observait Deborah de ses yeux étroits. Marlene se taisait.

Ce fut lui qui rompit le silence.

— Excuse-moi, dit-il à Deborah, la tutoyant sans cérémonie. Je suis impoli. Assieds-toi, je t'en prie. Tu veux boire quelque chose ? J'ai de l'eau, du vin et même du café allemand.

Sans attendre sa réponse, il se leva et sortit de la pièce avec l'autre homme. Elle le suivit des yeux.

— Il te plaît, constata calmement Marlene. Mais garde tes distances avec lui. Il est dangereux.

— Et alors ? Albrecht aussi.

— C'est différent. L'amour d'un homme comme Pavel laisse ton cœur en cendres.

Mais Deborah ne l'écoutait même pas, car l'avertissement venait trop tard. Comme tous ceux qui rencontraient Jakob pour la première fois, elle subissait sa séduction. Jakob respirait la puissance et l'autorité. Il donnait à Deborah l'impression d'être capable de conquérir le monde.

C'était la force de Jakob de savoir communiquer son assurance à pratiquement tous ceux qui croisaient son chemin. C'était un meneur-né. Deborah fut d'emblée fascinée par lui. Il lui rappelait les héros de l'opéra, il était Tristan et Siegfried, Alfredo et Roméo. Ce qu'elle avait ressenti ou cru ressentir pour Albrecht à Zurich et à Vienne n'était rien à côté de ce qu'elle éprouvait pour Jakob. Il était l'homme qu'elle attendait depuis toujours.

— Ta curiosité finira par te perdre, commenta sèchement Marlene, après quoi elle parut s'absorber dans la contemplation des fissures de la table.

Deborah avait attiré la bougie à elle et jouait avec la cire encore molle. Elles n'échangèrent plus un mot avant le retour de Jakob.

Il était suivi d'une petite vieille vêtue d'une longue robe noire qui apportait une cruche de vin et trois verres sur un plateau. Elle posa le plateau sur la table, adressa à Deborah un sourire édenté et s'évanouit comme une ombre.

Jakob s'assit en feignant d'ignorer la tension palpable entre les deux femmes.

— Pourquoi as-tu suivi Marlene ? demanda-t-il à Deborah sur le ton de la conversation.

Mise ainsi au pied du mur, elle ne sut que répondre. Elle pouvait difficilement avouer qu'elle était fâchée contre elle et qu'elle avait voulu lui jouer un bon tour. Elle avait honte de sa conduite et elle craignait d'avoir mis Marlene et ses compagnons en danger par son imprudence.

Mais Jakob semblait avoir lu la réponse sur son visage, à moins qu'il n'ait posé cette question uniquement pour la sonder. Quelle que soient ses raisons, il passa outre.

— J'ai cru comprendre que vous rencontriez des difficultés dans l'exécution de votre plan, poursuivit-il en regardant fixement Deborah, qui rougit.

Il savait bien entendu qu'elle se servait de son corps pour remplir cette mission.

— Peut-être devriez-vous le modifier ? demanda-t-il avec un sourire de loup.

— Si tu as une meilleure idée, elle sera bienvenue, intervint Marlene avec agacement, car elle avait remarqué que, depuis l'arrivée de Deborah, il l'ignorait complètement.

— Pourquoi ne refaites-vous pas une petite orgie à trois avec Brunnmann ? répondit Jakob. Séduisez-le et faites-lui prendre un bon somnifère qui l'endormira pour plusieurs heures. Pendant ce temps-là, vous ferez entrer dans la suite un homme qui ouvrira le coffre-fort, tu photographieras les documents et, au réveil de notre SS le lendemain, tout sera rentré dans l'ordre. Il se retrouvera au milieu d'un tas de bouteilles vides, avec deux femmes dans son lit et un mal de crâne qui suffiront largement à expliquer ses trous de mémoire.

— Présenté ainsi, ça paraît simple, mais ce n'est pas toi qui vas devoir t'y coller, répliqua Marlene excédée, mais elle devait s'avouer qu'elle en avait assez de passer des heures à l'affût dans ce cagibi qui puait le désinfectant. Tu as un somnifère ? reprit-elle avec espoir, car, depuis l'Occupation, les médicaments étaient réservés aux Allemands et les pharmacies soumises à un contrôle sévère.

— Oui, c'est d'ailleurs pour cette raison que je t'ai demandé de venir aujourd'hui. J'ai enfin réussi à me le procurer. C'est un somnifère très puissant de la pharmacie du ghetto que Panckiewicz m'a fait parvenir aujourd'hui. Qu'en dites-vous ? Êtes-vous prêtes à l'utiliser ? demanda-t-il, les yeux fixés sur Deborah.

Cette fois-ci, Marlene n'y trouva rien à redire. Jakob et elle savaient que la réussite de leur plan reposait sur le consentement de Deborah à partager Albrecht avec Marlene. Si elle cédait à la jalousie, ils seraient perdus. Les relations d'Albrecht et de Deborah paraissaient complexes et demeuraient encore mystérieuses pour Marlene. Même si Deborah semblait prête à aider celle-ci, elle avait néanmoins défendu Albrecht avec feu face à elle.

Quand Marlene avait essayé avec tact de lui laisser entendre qu'Albrecht avait probablement joué un rôle dans la disparition de son père, elle l'avait vue se transformer en furie. Elle soupçonnait depuis longtemps Deborah d'être plus dépendante de Brunnmann qu'elle ne voulait l'admettre, mais elle n'aurait su dire si c'était réciproque. Brunnmann était une énigme. Elle savait seulement que Deborah et lui aimaient la douleur, et que celle-ci peut créer des liens aussi étroits que ceux de l'amour. Deborah semblait faire entièrement confiance à Brunnmann alors même qu'elle se jouait de lui. Cette jeune fille était une contradiction vivante et Marlene la jugeait totalement imprévisible. Quant à elle, le plan de Jakob ne lui disait rien qui vaille, non qu'il lui parût mauvais, mais parce que Jakob la poussait sans scrupules dans le lit de Brunnmann. Elle devrait encore prendre sur elle pour se vautrer au lit avec cette vermine nazie. Curieusement, cela lui paraissait bien plus facile avec Ernst.

Peut-être cela tenait-il à ce qu'Ernst n'était pas un nazi pur et dur. Il était déjà militaire de profession avant 1933 et il ne faisait donc que son métier à la tête du ravitaillement des armées. En réalité, il n'aurait pas fait de mal à une mouche et il aimait vraiment Marlene. Elle se sentit soudain furieuse contre Jakob qui avait fait d'elle une putain à nazis. « Tu me le paieras », pensa-t-elle rageusement. Mais elle savait que son hostilité vis-à-vis de lui finirait de la même manière que d'habitude : ils se jetteraient l'un sur l'autre comme des bêtes sauvages et Jakob parviendrait une fois de plus à ses fins.

Toutefois, si pour elle la nouvelle orgie en perspective avec Brunnmann ne serait que routine, Deborah manquait d'expérience en la matière : la réussite du plan dépendrait donc de sa volonté. La première fois, elle avait été interloquée avant que son ardeur naturelle et l'effet de surprise l'emportent. Cet effet manquerait la prochaine fois : comment Deborah réagirait-elle quand l'orgie ne serait plus qu'une tâche à l'issue prévisible ?

Deborah tardait à répondre. Elle tenait à la main son chapeau dont elle arrachait machinalement les plumes. Marlene observait discrètement son visage mais, cette fois-ci, sans parvenir à en déchiffrer l'expression. Deborah paraissait simplement pensive.

Un instant s'écoula encore avant qu'elle relève la tête.

— Ce matin, je suis allée me promener seule en ville, dit-elle. L'atmosphère était bizarre. Depuis que tu m'as appris à observer, Marlene, je vois des choses que je n'aurais jamais remarquées avant. J'ai croisé beaucoup de gens, mais personne n'osait me regarder en face, sauf bien entendu les officiers allemands et leurs femmes. Les Polonais marchent la tête basse comme s'ils étaient constamment sur leurs gardes. Ils vivent dans la peur. Mon père dirait qu'un tel comportement est malsain. Et des hommes comme Albrecht en sont responsables, mais c'est seulement aujourd'hui que je l'ai vraiment compris. C'est d'accord, je marche dans votre plan, mais il faut agir vite.

Jakob hocha la tête d'un air approbateur.

Marlene poussa un soupir de soulagement. Même si par la suite Deborah et elle devaient s'affronter pour le même homme, la jeune fille avait enfin accompli un pas décisif dans la bonne direction. Marlene connaissait du reste assez Jakob pour savoir qu'il n'appartiendrait jamais entièrement à une femme. Elle ressentait presque de la pitié pour Deborah qui allait bientôt souffrir des blessures empoisonnées de l'amour. Cette pensée l'apaisa. Elle se leva, l'embrassa sur la bouche, et ce baiser à la fois tendre et fraternel semblait promettre davantage.

C'était donc décidé : le lendemain soir, elles séduiraient de nouveau Albrecht.

— Je vous laisse régler les détails entre vous, déclara Jakob. Je vais maintenant vous expliquer le dosage du somnifère. Écoutez-moi bien, car une quantité insuffisante serait aussi dangereuse qu'une dose trop élevée.

À la fin de ses explications, il se tourna vers Deborah.

— Bon, maintenant je vais prendre tes mesures. Enlève tes chaussures, lui dit-il à la stupéfaction des deux jeunes femmes.

— Pardon ? s'enquit Deborah, et elle regarda Marlene comme pour lui demander secours, mais Jakob était déjà agenouillé devant elle et lui ôtait son soulier droit.

Il s'immobilisa, surpris devant son pied nu.

— Tu ne portes pas de bas ? questionna-t-il avec un sourire oblique en savourant la chaleur de sa peau.

— Non… il… il fait trop chaud, bafouilla Deborah.

La température ne dépassait pourtant pas les quinze degrés, mais, dans sa hâte à suivre Marlene, elle n'avait pas enfilé de bas. Le contact de cette main sur son pied nu fit monter le sang à ses joues.

Marlene, qui avait tout observé, ne put supporter la tension érotique dont l'air était imprégné. Elle se détourna avec dégoût.

— Ne vous gênez surtout pas, lança-t-elle. J'attendrai dehors.

Elle prit son sac, ses gants et sortit.

— Marlene !

L'appel de Jakob était aussi bref et impérieux qu'un coup de sifflet. Marlene s'immobilisa, mais sans se retourner. Elle se sentait incapable de le regarder dans les yeux.

— J'espère que tu n'oublies pas ton serment ? demanda-t-il.

— Tant que tu ne l'oublies pas non plus, répliqua-t-elle sur un ton sec avant de franchir le seuil et de refermer la porte derrière elle.

Toute l'attention de Jakob se concentra alors sur Deborah. Sa main remonta le long de son mollet fin jusqu'au creux de son genou. Deborah retint son souffle, mais, à sa grande déception, il retira sa main.

— Ce n'est pas le moment, dit-il. Je dois prendre tes mesures car il te faut une paire de chaussures neuves, pas vrai ? Tu es venue ici parce que tu as entendu dire que je suis le meilleur cordonnier de Cracovie, acheva-t-il avec son irrésistible sourire oblique.

Il ôta le soulier gauche de Deborah, tendit le bras derrière lui et saisit à l'aveuglette une grande caisse en bois fissurée. Il en retira un mètre à mesurer et deux formes à chaussures en bois.

Les instants qui suivirent furent les plus intenses que Deborah devait connaître. Jusqu'ici, son corps avait réagi davantage à la brutalité qu'à la tendresse, et la douleur était pour elle à la fois un stimulant et un défi.

Mais Jakob prit son pied avec une infinie douceur et le posa sur son giron sans paraître le moins du monde gêné de lui faire sentir ainsi sa propre excitation.

Il suivit du bout de l'index les contours de son cou-de-pied et le tracé des minces veines bleues rehaussant la finesse de sa peau diaphane. Comme s'il voulait explorer celle-ci, tous ses os et ses veines un à un, sa main glissa et enveloppa avec la même délicatesse le talon et la cheville. Son contact laissait une traînée de feu sur la peau de Deborah.

— Le pied est l'organe le plus sensible chez l'être humain, expliqua-t-il à mi-voix. Les principales terminaisons nerveuses y aboutissent. On y trouve un point correspondant à chaque organe du corps. Ce point-là, par exemple, est relié au foie, dit-il en appuyant fermement sur la plante du pied, et Deborah sentit un élancement de douleur jusque dans le bas-ventre. On peut stimuler le foie par un massage adapté. Cela, les Chinois de l'Antiquité le savaient déjà.

Il pétrissait maintenant à deux mains la plante de son pied, faisant jaillir des flammes de douleur et d'excitation dans tout son corps. Deborah gémit, plongea les mains dans les cheveux de Jakob et se cambra.

Jakob fut surpris de l'impudeur avec laquelle elle s'offrait. Marlene lui avait pourtant dit que la jeune fille était ardente et dépourvue d'inhibitions, mais il avait cru qu'elle exagérait. Marlene avait même voulu parier que Deborah et lui ne tiendraient pas dix minutes avant de se jeter l'un sur l'autre et il devait avouer en toute honnêteté qu'il avait perdu le pari : deux minutes à peine s'étaient écoulées depuis que Marlene était sortie.

Il lâcha à regret le pied de Deborah. Il savait que Marlene attendait dehors, il pouvait presque physiquement sentir sa présence. Il avait été habile de sa part de le laisser seul avec Deborah. C'était Marlene toute craché, à la fois intelligente et rusée. Il savait également que s'il ne réussissait pas à se dominer il n'oserait plus la regarder en face.

Il l'admirait pour son courage et sa résolution. Avant la guerre, il avait cru l'aimer et c'était la raison pour laquelle il l'avait quittée : il devait mobiliser toute sa raison pour combattre. Les sentiments décuplaient le danger : quand on avait quelqu'un à ménager, on risquait d'hésiter ou de commettre une erreur au mauvais moment, et d'y laisser la vie. Il avait donc fait ce qu'il devait faire. On était en guerre et il était devenu un autre homme.

Peut-être que si Marlene et lui survivaient à la guerre, ils pourraient repartir de zéro… mais il ne se faisait guère d'illusions là-dessus. Il prenait trop de risques et sa chance ne durerait pas éternellement. Il sentait littéralement les chasseurs nazis se rapprocher de lui et leur nœud coulant se resserrer lentement mais sûrement autour de son cou. Son réseau faiblissait de jour en jour et manquait de recrues de valeur. Tout le monde n'était pas doué pour la résistance, car les opérations de sabotage exigeaient davantage que du courage et de la bonne volonté.

Il venait de perdre aujourd'hui Justyna, l'une de ses meilleures combattantes. C'était une nouvelle catastrophique. Il ignorait où on l'avait emmenée, probablement à la prison de Montelupich où on la torturerait sans relâche pour lui arracher les noms de ses complices. Il souffrait avec elle. Jusqu'ici, aucune des femmes du réseau qui avaient été arrêtées n'avait livré ses compagnons. Il songea aux nombreuses autres résistantes qui risquaient chaque jour la mort et la torture en parcourant le pays, en faisant circuler des armes et des renseignements entre les divers groupes de résistance. Zelma, la plus jeune, venait d'avoir quatorze ans.

Deux de ses messagères, Havka et Frumka, avaient récemment fait sans encombre l'aller-retour Varsovie-Hrubieszów, où un autre messager avait retransmis leurs renseignements à Cracovie. Elles avaient remis le premier rapport d'un témoin sur le camp d'extermination de Belzec, mais le conseil des anciens de la communauté juive de Cracovie avait refusé de croire aux terrifiantes nouvelles sur les exécutions en masse. Il était plus facile de faire confiance aux Allemands quand ils affirmaient que tous les Juifs seraient transférés à l'est. En réalité, hommes, femmes et enfants déportés allaient à la mort dans les camps de Belzec, d'Auschwitz et de Treblinka.

Avant la guerre, ces résistantes étaient de simples femmes au foyer ou des ouvrières. Quelques étudiantes avaient également rejoint le réseau. Presque toutes étaient jeunes, jolies et parlaient couramment allemand. Elles avaient appris à combattre, à se servir d'une radio et à manier des explosifs. Elles vivaient sous une nouvelle identité en tant qu'Allemandes et montraient un visage souriant à l'ennemi.

Les femmes avaient sur les hommes un indéniable avantage dans la Résistance: quand un homme était suspect, on pouvait toujours baisser son pantalon pour vérifier s'il était circoncis. Si tel était le cas, il était souvent exécuté sur place, et c'était ce qu'il pouvait espérer de mieux aux mains des nazis.

Jakob était catholique, ses origines juives se limitant à l'une de ses arrière-grand-mères. Il se sentait oppressé à la pensée de ses responsabilités et de ses soucis quotidiens. Il fallait élaborer un plan d'évasion pour Justyna, organiser l'attaque d'un convoi de ravitaillement, diffuser les nouvelles arrivées de Varsovie le jour même et faire parvenir au ghetto les armes et les vivres passés en contrebande. Il devait également chercher une nouvelle cachette pour Jan et pour Jozef. Le gouvernement tchèque de Benes exilé à Londres projetait l'assassinat d'une grosse pointure nazie à Cracovie ou à Prague. Jakob devinait plus ou moins l'identité de la cible. Les deux soldats polonais qui s'étaient portés volontaires pour cette mission avaient été parachutés sur la Bohême dès la fin 1941 et avaient réussi à accéder à leur cible.

Ce soir-là, une réunion harassante avec des représentants de la Résistance polonaise l'attendait. Il essayait depuis plusieurs mois de coordonner les actions de deux réseaux de résistance polonais et juifs pour en accroître l'efficacité, mais les deux groupes s'enlisaient dans des querelles sans comprendre qu'ils devaient unir leurs efforts contre l'ennemi commun.

« Chaque chose en son temps », pensa-t-il, et il se força à se concentrer sur l'instant présent. Il sentait la déception de Deborah et lui-même avait les reins en feu.

— Non, pas aujourd'hui, lui dit-il à contrecœur. Reviens seule demain à la même heure et prends garde que personne ne te suive. Maintenant, va.

En la regardant sortir, il regretta aussitôt de lui avoir donné rendez-vous. C'était une erreur, et il décida en conséquence de ne pas venir à ce rendez-vous.

Marlene attendait Deborah dans la pièce du devant. Elle l'examina attentivement sans trouver la confirmation de ses craintes. Jakob n'avait pas couché avec elle. Deborah paraissait au contraire insatisfaite. Elles sortirent de l'atelier et regagnèrent l'hôtel à pied sans échanger un mot. Marlene raccompagnait Deborah bien malgré elle parce qu'elles devaient encore discuter les détails de leur mission. Elle aurait préféré de loin se retirer dans son logis de Stare Miasto, aux portes de la vieille ville, pour y panser ses plaies.

Contrairement à Brunnmann, Ernst ne pouvait s'offrir le meilleur hôtel de la ville ; il l'avait néanmoins installée à demeure dans une pension modeste, mais confortable.

À l'hôtel, Osman apporta à Deborah un message d'Albrecht : il venait de partir pour une tournée d'inspection de cinq jours et laissait Osman à sa disposition. Deborah dit à ce dernier qu'elle l'appellerait quand elle aurait besoin de lui, mais qu'il pouvait disposer pour le reste de la journée. Il repartit avec un soulagement visible. Il évitait de la regarder en face depuis leur dernière rencontre.

L'entretien avec Marlene dura à peine une demi-heure alors qu'elles avaient cinq jours devant elles. Les deux jeunes femmes se ménageaient mutuellement et s'abstenaient de parler de Jakob. Marlene tenait à dissimuler sa jalousie et Deborah son impatience fébrile de revoir Jakob, qui officiellement n'était pour elle que Pavel.

Marlene prit congé d'elle en déclarant qu'elle la recontacterait en temps voulu.

45

Le cœur de Deborah battait violemment quand elle partit pour son rendez-vous avec Jakob. La tiédeur du printemps avait cédé la place à une pluie tenace et elle avait oublié son parapluie, mais elle le remarqua à peine.

Elle prit le même chemin que la veille, entra comme Marlene dans la boutique, en ressortit par la porte de derrière et, après avoir vérifié que personne ne la suivait, s'arrêta, les genoux flageolants, devant l'entrée de l'atelier. Alors qu'elle allait frapper à la porte, celle-ci s'ouvrit et on la tira à l'intérieur. Des bras vigoureux la soulevèrent et l'emportèrent à travers une série de couloirs et d'escaliers obscurs jusqu'à une pièce minuscule qui ne contenait qu'un lit, une table et une chaise. De maigres filets de lumière filtraient des volets fermés. Sans un mot, l'homme déposa Deborah sur le lit, se déshabilla et la dévêtit.

Il alluma ensuite les bougies d'un chandelier posé sur la table et contempla le corps de Deborah. La jeune fille s'offrit à ses regards sans pudeur. Jakob s'abandonna complètement à elle. Il vivait depuis trop longtemps sur le fil du rasoir, en équilibre précaire entre la vie et la mort. Il voulait goûter une dernière fois au paradis.

Ce furent cinq journées irréelles et enivrantes durant lesquelles ils se coupèrent de la réalité et perdirent toute notion du temps. Ils se rebellèrent contre le destin pour quelques heures qui s'écoulèrent comme des minutes tout en leur laissant un sentiment d'éternité.

Jakob savait depuis le début que c'était de la folie pure et simple, que ses relations avec Deborah resteraient sans lendemain et que le temps jouait contre eux. Mais il n'en jouissait pas moins de cette illusion et s'abandonnait à un amour comme il ne peut en exister que dans des conditions extrêmes, dans la guerre et le danger, loin du quotidien et de la normalité.

Deborah et lui se conduisaient comme tous les amants qui se reposent dans les bras l'un de l'autre, se parlent et savourent la présence de l'autre. Leur amour s'était libéré de toute interrogation comme de toute responsabilité pour ne vivre que dans le présent. Ils se découvraient mutuellement, se repaissaient l'un de l'autre et se fondaient l'un dans l'autre en vivant chaque seconde comme si c'était la dernière. Peau contre peau, lèvres et mains mêlées, ils s'étreignaient comme s'ils se noyaient parce qu'ils savaient que le temps leur était mesuré.

Quant à Deborah, son amour pour Jakob était une réalité. Elle l'aimait de tout son être, avec fougue et dévotion. Jakob était son cœur, son âme et son souffle, la promesse tant attendue de l'amour qui avait enfin été tenue. Elle s'abandonnait tout entière à cette douleur nouvelle et inconnue, à la souffrance douce-amère de l'amour.

Elle savait maintenant que Pavel et Jakob ne faisaient qu'un car il voulait que ce soit son nom qu'elle crie au paroxysme du plaisir.

Marlene resta invisible pendant ces cinq journées et ne réapparut dans la suite de l'hôtel que le jour du retour d'Albrecht. Si elle savait à quoi s'en tenir sur Jakob et Deborah, elle n'en laissa rien paraître.

— Bonjour, chérie, lança-t-elle à Deborah avec une gaieté artificielle avant de lui piquer un baiser sur la joue. C'est le jour J pour notre petite orgie !

Elle ôta les épingles de son chapeau noir, les jeta sur la table et se laissa tomber avec pétulance sur le canapé. Elle avait une nouvelle coiffure, avec des cheveux encore plus blonds et encore plus courts, qui lui seyait.

— Je ne sais pas… ça fait des jours et des jours que je suis sans nouvelles d'Albrecht, louvoya Deborah. Peut-être que finalement il ne rentrera pas aujourd'hui.

Elle venait de prendre un bain de deux heures pendant lequel elle s'était caressée au souvenir de ses journées avec Jakob.

— Tu ne vas quand même pas te dégonfler maintenant ! lança Marlene, qui savourait secrètement le malaise de Deborah.

« Voilà ce que tu récoltes pour ta peine, ma petite », pensa-t-elle. Tu en passeras par où je suis passée : à partir de maintenant, le sexe n'est plus un plaisir, mais un devoir.

— Bien sûr qu'il va rentrer ce soir, reprit-elle. Il aura passé des journées épuisantes et sans femme. Ne me demande pas comment je le sais, mais je suis renseignée. C'est le moment idéal : il aura envie de se jeter sur toi. Et, à présent, nous allons revoir une dernière fois notre plan en détail. Assieds-toi.

Quand elles eurent mis leur plan à exécution, elles s'étonnèrent de la facilité avec laquelle tout s'était déroulé. Elles avaient choisi la solution la plus simple et la plus naturelle.

Albrecht fut accueilli à son retour par la douce lueur des innombrables bougies disposées par Marlene dans la chambre. Il découvrit dans leur lumière deux corps nus étroitement enlacés dont la peau miroitait comme une promesse sensuelle. Sur la table l'attendaient un souper raffiné dans de l'argenterie et une bouteille de champagne embuée dans un seau de glace.

Marlene et Deborah laissèrent Albrecht s'imprégner de leur vision tentatrice, puis se levèrent lentement et vinrent à sa rencontre. La grâce de leur démarche et la splendeur de leurs jeunes corps le pétrifièrent pendant un instant dont elles profitèrent pour le déshabiller. Elles le menèrent à la salle de bains, où elles le lavèrent dans la baignoire, lui firent manger des friandises et lui versèrent du champagne. Il s'endormit dans son bain moins d'une demi-heure plus tard.

– Incroyable, non ? s'exclama Marlene avec un hochement de tête après s'être assurée qu'il dormait profondément : il n'avait même pas réagi quand elle lui avait lacéré la poitrine de ses ongles. Et il a oublié de ranger ce maudit porte-documents. Nous n'aurons même pas besoin de faire forcer le coffre-fort, reprit-elle, après quoi elle tira de son sac un appareil photographique et une paire de gants blancs.

– À quoi servent ces gants ? demanda Deborah avec étonnement.

– La police a de toutes nouvelles méthodes pour identifier les criminels par leurs empreintes digitales, expliqua Marlene, qui se souvenait encore des révélations d'un gardien SS un peu trop bavard au cours du mois qu'elle avait passé en prison. À en croire cet homme, tout un département de l'Office central de la sécurité du Reich employait une équipe de jeunes scientifiques spécialisés dans les méthodes les plus modernes de la criminologie.

Marlene repéra soigneusement la position du porte-documents sur le canapé avant de s'en emparer. Elle le déposa avec précaution sur la table basse placée devant le canapé et l'ouvrit. Elle y découvrit une épaisse serviette en cuir usé fermée par un lacet. Résistant à la tentation d'en lire le contenu, elle prit l'appareil photographique. Il s'agissait du dernier modèle Karat d'Agfa dont les pellicules étaient bien plus faciles à développer que celles de son prédécesseur.

La possession de cet appareil était une aubaine : le réseau se l'était approprié tout récemment ainsi qu'une douzaine de pellicules lors de l'une de ses rares attaques réussies d'un convoi de ravitaillement allemand. Marlene avait soutiré à Ernst les renseignements qui leur avaient permis d'attaquer ce convoi.

Elle régla adroitement la mise au point et commença à photographier les documents page par page. Deux pellicules y passèrent. Quand elle eut terminé, elle rangea soigneusement les papiers dans le porte-documents et replaça celui-ci exactement là où elle l'avait pris, même si Albrecht ne devait en garder qu'un souvenir confus à son réveil.

Deborah avait entre-temps monté la garde auprès d'Albrecht dans la salle de bains au cas où il aurait repris conscience plus tôt que prévu, mais il dormait à poings fermés.

— Bon, et maintenant, le plus difficile reste à faire, annonça Marlene. Il faut le mettre au lit. Tu prends la tête et moi les pieds.

Unissant leurs forces, elles le hissèrent hors de la baignoire pleine, car Deborah n'avait pas osé la vider, puis transportèrent le corps ruisselant vers la chambre.

Deborah frissonnait. Elle avait l'impression de porter un cadavre. Alors qu'elles étaient à mi-chemin, on frappa à la porte. Elles échangèrent un regard affolé. Les coups reprirent sur un rythme différent et Marlene poussa un soupir de soulagement.

— Et merde, lâcha-t-elle, oubliant sa distinction mondaine, c'est le type qui devait ouvrir le coffre-fort. Je l'avais complètement oublié.

Elle passa en hâte le peignoir de Deborah et alla ouvrir. Après avoir chuchoté quelques mots, elle referma la porte.

— Pourquoi ne lui as-tu pas remis l'appareil ? demanda Deborah.

— Parce que je ne me fie qu'à moi-même. Viens, maintenant, il faut encore le mettre au lit.

Albrecht se réveilla tôt le lendemain, complètement moulu et avec un mal de crâne épouvantable. Il trouva Marlene et Deborah blotties contre lui et dormant paisiblement, du moins en apparence.

Elles avaient auparavant planté le décor d'une orgie. Des verres sales, des assiettes contenant des restes de nourriture et plusieurs bouteilles de champagne vides gisaient dans la chambre pêle-mêle avec les vêtements d'Albrecht. Elles avaient également préparé ce dernier : son corps était couvert d'égratignures et de morsures toutes fraîches ainsi que de quelques balafres sur le dos qu'expliquait la présence d'un fouet à chien posé en évidence sur la table de chevet. Marlene avait pris un certain plaisir à le frapper, mais quand il était resté inerte sous les coups, elle s'était demandé avec inquiétude ce qui arriverait s'il ne se réveillait pas. La dose de somnifère avait-elle été trop forte ? Quand il remua enfin, elle réprima un soupir de soulagement.

Comme elles en étaient convenues, elles feignirent de remuer à leur tour. Afin de ne pas éveiller les soupçons d'Albrecht, Marlene s'assit péniblement et se tint la tête à deux mains comme pour l'empêcher de tomber.

— Misère, j'ai une de ces soifs ! geignit-elle, puis, saisissant à tâtons un verre de champagne à demi vide sur la table de chevet, elle le vida d'un trait. Il était éventé.

— Ouf, ça va mieux, reprit-elle.

Elle se laissa retomber sur le lit et caressa voluptueusement la poitrine d'Albrecht avant de glisser la main entre ses jambes, mais sans le moindre résultat. «Tant mieux, pensa-t-elle avec soulagement. Le dernier acte de l'horreur, m'est épargné.» Elle referma les yeux et s'accorda quelques minutes de feinte somnolence, car en réalité la sensation du danger aiguisait ses perceptions. Le plus important et le plus périlleux restait à accomplir, à savoir faire sortir l'appareil de l'hôtel pour le remettre à Jakob.

— Quelle heure est-il? grommela Brunnmann, qui rassemblait laborieusement ses forces.

— Six heures tout juste. Dors encore un peu, répondit-elle en se blottissant contre lui, câline, car elle maîtrisait à la perfection le rôle de l'amante comblée.

Albrecht poussa un grognement de contrariété et descendit lourdement du lit tandis que Marlene s'écartait obligeamment pour le laisser passer. Il laissa la porte de la chambre ouverte et le bruit qu'il fit aux toilettes donna la nausée à Marlene.

Pendant qu'il prenait sa douche, les deux jeunes femmes commandèrent du café bien fort et un copieux petit-déjeuner. Elles passèrent ensuite des négligés diaphanes et s'occupèrent d'Albrecht encore mal remis de sa nuit avec un dévouement de bonnes ménagères, sans pour autant oublier leur rôle d'amantes. Quand il ressortit de la salle de bains, Deborah l'accueillit avec une tasse de café chaud et une tartine de miel qu'il engloutit en deux bouchées. Elles lui passèrent ensuite son uniforme.

Les doigts de Marlene tremblaient pendant qu'elle boutonnait la veste. L'insigne à tête de mort ornant le col semblait la railler. Elle chassa cette vision de sinistre augure, mais dut faire appel à tout son sang-froid pour dissimuler son impatience au SS. Elle avait hâte qu'il s'en aille.

Elle vécut encore un instant critique avant son départ. Brunnmann avait beau avoir l'esprit embrumé, il était assez lucide pour remarquer la présence de son précieux porte-documents sur le canapé. Il adressa un regard perçant aux deux jeunes femmes, qui le dévisagèrent avec la plus convaincante perplexité. Il poussa une exclamation de dépit, saisit son porte-documents et sortit en trombe de la suite.

Marlene se rhabilla en un tour de main et partit moins d'un quart d'heure après lui. Elle brûlait de découvrir le contenu des pellicules.

46

Cinq minutes plus tard, Marlene était de retour, blême et avec une expression qui inquiéta Deborah.

— Que se passe-t-il ? demanda-t-elle effrayée.

— Mon ennemi juré est en bas, voilà ce qui se passe. Bon sang ! C'est bien ma chance que ce fumier débarque juste à ce moment.

Marlene avait comme toujours emprunté au lieu de l'ascenseur le somptueux escalier qui menait du premier étage au rez-de-chaussée. Elle avait à peine posé le pied sur la dernière marche tapissée de pourpre qu'un flot d'hommes moitié en uniforme moitié en civil se déversa dans le hall par la porte à tambour. Ils escortaient un homme de haute taille qui portait un bandeau sur l'œil et un manteau en cuir noir.

Marlene le reconnut aussitôt : c'était Hubertus von Greiff ! « Qu'est-ce que tu fais ici, salaud ? », murmura-t-elle. Sa première impulsion fut de détaler et elle dut faire appel à tout son sang-froid pour lui résister.

Conformément à ses habitudes, l'Œil, comme l'appelaient ses ennemis aussi bien que ses admirateurs, était entouré de beaux jeunes gens qui constituaient sa meute privée. Certains se répartirent dans le hall et, un instant plus tard, deux d'entre eux se prélassaient dans des fauteuils à oreilles devant la cheminée. Mais cette nonchalance n'était qu'apparente, car ils avaient pour mission de surveiller les alentours.

De vilains bruits avaient couru à Berlin sur les préférences sexuelles de von Greiff, mais cela ne semblait l'avoir nullement gêné dans sa carrière.

Il était le numéro deux de la police secrète d'État et une vieille connaissance de Marlene dans le pire sens du terme. Son ambition ne le cédait qu'à sa cruauté, comme elle l'avait appris à ses dépens.

À son arrivée, elle s'était dissimulée derrière le palmier qui avait déjà servi de cachette à Deborah, car il était exclu pour elle de quitter l'hôtel dans l'immédiat. Il y avait bien une porte donnant sur l'arrière du bâtiment, mais elle devrait alors sortir de sa cachette pour prendre l'ascenseur qui la mènerait au sous-sol.

Depuis sa dernière entrevue avec von Greiff, elle avait modifié son apparence, un peu grossi, ses longs cheveux bruns étaient maintenant blonds et courts, ses sourcils épilés et elle portait du rouge à lèvres, mais elle jugeait von Greiff parfaitement capable de la reconnaître malgré ces changements. Elle devait donc prendre toutes les précautions et mettre en lieu sûr l'appareil et les deux précieuses pellicules sans perdre un instant.

Elle ne pouvait rester éternellement dissimulée derrière ce palmier, car la première personne qui emprunterait l'escalier ou l'ascenseur remarquerait sa présence. Elle voyait déjà approcher une dame mûre arborant une étole de renard et suivie de près par un chauffeur en livrée qui portait une pile de boîtes.

Elle ne trouva pas d'autre solution que d'enfouir appareil et pellicules dans le terreau du palmier en espérant que cela ne les endommagerait pas. Par chance, la terre était sèche et peu compacte.

Cher bon Dieu, faites que personne n'arrose cette plante dans les jours à venir, pria-t-elle avec ferveur avant d'inspirer pour retrouver son calme. Elle se releva, lissa sa jupe et fit un pas en avant. Elle posait le pied sur la deuxième marche de l'escalier quand une voix s'éleva derrière elle.

— Excusez-moi, madame, mais je crois que ceci vous appartient.

Elle réussit le tour de force de ne pas tressaillir, puis de se retourner lentement et avec une grâce altière. Au pied de l'escalier, l'un des mignons de von Greiff lui tendait un gant d'une blancheur immaculée qui avait dû tomber de son sac quand elle en avait tiré l'appareil et les pellicules.

— Merci beaucoup, monsieur, répondit-elle, et elle se retournait vers l'escalier quand elle entendit une autre voix derrière elle.

— Veuillez m'excuser, madame, mais ne nous sommes-nous pas déjà rencontrés ?

Marlene évalua en un éclair ses chances de s'en tirer. Leur dernière entrevue à Berlin remontait à quatre ans. Ce jour-là, elle gisait nue, sale et en sang dans la cellule de la prison, alors qu'elle était aujourd'hui l'image de l'Allemande élégante. L'avait-il malgré tout reconnue ?

— Je ne pense pas avoir eu ce plaisir, monsieur… ? répondit-elle avec la nuance exacte de réprobation vis-à-vis de l'interlocuteur manquant de courtoisie envers une dame.

Il le comprit et s'inclina brièvement devant elle.

— Hubertus von Greiff, pour vous servir, déclara-t-il.

Son regard remonta impudemment, la détaillant des pieds à la tête. Il examina ses élégantes chaussures françaises, ses bas de soie, son tailleur bleu orné d'une broche en forme de paon, son chapeau et ses bijoux discrets. Il devait connaître sa valeur. Il s'attarda sur son visage. Son œil unique semblait forer les siens, disséquer membranes et muscles et pénétrer droit dans son cerveau pour y détecter ses pensées.

Marlene soutint son regard avant de lui adresser de nouveau la parole avec juste ce qu'il fallait d'étonnement et de politesse distante.

— Maintenant, si vous voulez bien m'excuser, monsieur von Greiff, dit-elle avec bien plus d'assurance qu'elle n'en éprouvait, je dois vous laisser…

Elle se contraignit à monter lentement l'escalier, la main posée sur la rampe, comme si elle avait tout son temps, mais le regard de von Greiff lui brûlait le dos.

— Il ne nous reste plus beaucoup de temps, lança-t-elle à Deborah. Je ne sais pas si von Greiff m'a reconnue. Si oui, il est peut-être déjà à ma recherche. Je vais prendre la sortie de service. Maintenant, écoute-moi bien, Deborah : j'ai dû me débarrasser de l'appareil et des pellicules. Ils sont cachés dans le pot du palmier qui est à droite de l'ascenseur quand on entre dans l'hôtel. Il faut que tu les récupères sans te faire repérer. Nous nous retrouverons plus tard au Cyganeria. Je t'y attendrai jusqu'à la fermeture. Tu me remettras l'appareil et les pellicules là-bas. Si je ne viens pas, ça signifiera qu'il m'est arrivé quelque chose. Dans ce cas, tu les apporteras à Pavel. Tu as compris ?

— Oui, bien sûr, mais pourquoi penses-tu que ce sera plus facile pour moi de les récupérer ?

— Parce que von Greiff ne se méfiera pas de la petite amie de Brunnmann.

— Mais il ne sait même pas que c'est moi !

— Oh que si ! Il connaît les petites amies de tous les hauts dignitaires nazis. C'est sa méthode de travail : chaque renseignement a son importance et il sait mettre la main sur tout ce qui est important. Il doit avoir ta photographie dans son tiroir depuis un bon moment. Bon, j'y vais. Attends environ une heure avant de me suivre. Bonne chance.

Marlene embrassa Deborah sur la joue, puis ouvrit lentement la porte de la suite. Le couloir était désert. Elle se glissa dehors sans bruit.

Les nerfs tendus, Deborah prêtait l'oreille, à l'affût de bruits insolites tels que des martèlements de bottes ou des appels plus sonores que la normale, mais rien ne tranchait sur l'ordinaire dans l'hôtel. Marlene avait apparemment réussi à s'échapper.

Deborah s'habilla avec soin. Elle choisit une robe noire ajustée au revers orné d'une fleur blanche légère comme une plume. Après avoir déchiré une paire de bas par nervosité, elle renonça à en passer. Elle avait du reste trop chaud. Le soleil matinal qui se déversait par les hautes fenêtres de la suite avait réchauffé la pièce.

Tout en enfilant des chaussures à talons moyennement hauts, elle réfléchissait à la manière dont elle allait procéder. Comment pourrait-elle déterrer l'appareil et les pellicules sans se faire remarquer ? à peine s'était-elle posé cette question qu'elle envoyait valser ses chaussures pour passer des souliers à lacets : un lacet dénoué offrait un prétexte idéal pour s'agenouiller. Elle prit son grand sac à main noir. L'ascenseur ou l'escalier ? se demanda-t-elle, et elle se décida pour l'escalier, d'où elle aurait une meilleure vue sur le hall.

Une heure après le départ de Marlene, elle sortit de la suite.

« Il suffit parfois d'un peu de chance », se dit-elle cinq minutes plus tard en se renversant avec un soupir de soulagement sur la banquette d'un taxi.

Tout s'était déroulé avec une facilité miraculeuse. Lorsqu'elle était descendue dans le hall, celui-ci était désert à l'exception de deux nouveaux venus en civil qui remplissaient les formulaires d'enregistrement à la réception, et personne n'avait prêté attention à elle. Elle avait presque aussitôt déterré l'appareil et les pellicules, qu'elle avait prestement fourrés dans son sac à l'insu de tous.

À son arrivée au Cyganeria, elle avait soigneusement examiné la salle, mais, à sa consternation, sans y découvrir Marlene.

La salle était comme toujours bondée, le vacarme qui y régnait presque intolérable pour son ouïe sensible, les émanations des corps et l'odeur de fumée suffocantes. Elle n'aimait pas ce café, mais Marlene avait déclaré que la tanière du lion était l'endroit le plus sûr pour conclure leur mission.

Son entrée avait attiré l'attention de plusieurs groupes d'officiers qui lui avaient fait signe de venir à leur table. Elle avait décliné l'invitation avec un sourire et demandé à l'une des serveuses une table pour deux personnes. Elle venait de prendre place au fond de la salle à gauche quand Marlene entra dans le café.

Dans son soulagement, Deborah eut le plus grand mal à ne pas se précipiter vers elle, ce qui aurait été à la fois imprudent et inconvenant de la part d'une dame. Elle se contenta de lui adresser un clin d'œil discret.

Marlene traversa la salle en rendant des saluts et rit à une plaisanterie de l'un des hommes. Quand elle arriva devant Deborah, elle l'embrassa sur la joue, s'assit et commanda aussitôt deux coupes de champagne et un café. Deborah en avait déjà bu une tasse avant son arrivée. Elles rapprochèrent leurs têtes en gloussant comme si elles bavardaient comme deux amies.

— Je les ai, dit Deborah. Quand veux-tu que je te les donne ?

— Pas ici. Trop de personnes nous regardent. Nous irons aux toilettes un peu plus tard. Est-ce qu'on t'a suivie ?

— Non, j'ai demandé au taxi de faire un détour.

Marlene éclata d'un rire argentin comme si son amie venait de dire quelque chose de très amusant. Le champagne arriva et elles trinquèrent. Un observateur aurait cru qu'elles ne disaient que des frivolités.

— Pourquoi es-tu arrivée si tard ? demanda Deborah en trempant les lèvres dans son verre.

— Parce que, contrairement à toi, j'ai été suivie. Le type connaissait son affaire. Je n'arrivais pas à m'en débarrasser.

— Mais tu as fini par le semer ?

— Non, je l'ai tué.

Deborah faillit lâcher son verre et regarda son amie d'un air atterré.

— Je dois donc disparaître de la circulation dans l'heure qui suit, reprit Marlene. C'est la dernière fois que nous nous voyons. Ne me regarde pas comme ça. Ressaisis-toi. L'un des amis d'Ernst nous observe.

Marlene leva son verre avec un sourire et Deborah l'imita machinalement.

Le sourire de Marlene disparut aussi brusquement que s'il avait été effacé d'un revers de main.

Elle se leva lentement. Ce qu'elle voyait semblait l'horrifier. Deborah la regarda avec effroi. Marlene renversa la table, précipita Deborah à terre derrière elle et la couvrit de son corps. Le tout s'était déroulé en quelques secondes à peine. Deborah n'eut pas le temps de s'interroger sur l'étrangeté du comportement de Marlene, car une formidable explosion ébranla le café. Elle sentit une douleur atroce dans tout le corps et perdit connaissance.

47

L'univers s'était figé. Deborah se sentait étrangement détachée de tout, comme si elle respirait à l'extérieur de son corps, perdue dans l'espace.

À son réveil, elle n'avait aucune notion du temps écoulé. Elle entendait des cris et des gémissements, mais comme en sourdine, à travers une épaisseur de coton. Une puanteur de fumée et de chair brûlée lui donna la nausée.

Elle eut un haut-le-cœur et crut qu'elle allait vomir. Quelque chose de lourd pesait sur sa poitrine, un objet dont elle aurait dû se souvenir, mais elle était incapable de penser clairement.

Un autre objet aux contours durs placé sous ses hanches lui meurtrissait les reins. Elle essaya de remuer avec précaution, mais en vain. Le poids sur sa poitrine la clouait littéralement au sol. Elle sentit soudain quelque chose de doux lui chatouiller le visage, quelque chose de familier qui n'avait pourtant pas sa place ici. Au milieu des odeurs épouvantables qui se répandaient autour d'elle, une senteur à peine perceptible mais évocatrice de fraîcheur monta à ses narines.

Un sentiment d'angoisse l'envahit.

— Marlene ! s'écria-t-elle, affolée.

Son esprit se remit à fonctionner avec les ratés d'un moteur défaillant et des questions refirent surface avec lui.

Que faisait-elle là ? Qu'était-il arrivé ?

— Oui, il y a bien deux femmes là-bas, derrière la table ! Donnez-moi un coup de main ! cria une voix toute proche, mais l'obscurité se referma sur elle.

La lumière lui faisait mal. Elle la voyait même à travers ses paupières closes. Elle refusait d'ouvrir les yeux, mais une voix insistait pour qu'elle le fasse. Pourquoi ne la laissait-on pas dormir en paix encore un instant ? Elle avait soif de silence et de calme. Quelqu'un lui prit la main et mesura son pouls.

— Elle se réveille, annonça une autre voix.

« Non, pensa-t-elle, je ne me réveillerai pas. Laissez-moi tranquille. Je ne veux pas aller à l'école. Je suis malade. »

— Maria ? Tu m'entends ? Réveille-toi.

Encore cette voix insistante…

Elle ouvrit les yeux à contrecœur, mais tout autour d'elle nageait dans une sorte de brouillard. Même les voix avaient un timbre étrange, mais peut-être était-ce dû au bourdonnement persistant dans son crâne ? On aurait cru que les gens parlaient sous l'eau. Elle avait également mal aux oreilles. Qu'était-il arrivé à ses oreilles ? Elle voulut les palper, mais on la retint.

— Ne vous inquiétez pas, reprit l'autre voix, une voix féminine au lourd accent polonais. Ça passera. La déflagration a endommagé vos tympans, mais, pour le reste, vous avez eu une chance incroyable. Vous n'avez qu'une commotion cérébrale et quelques contusions aux côtes. Vous pourrez bientôt vous lever.

Deborah n'avait écouté que d'une oreille. « Puis-je me rendormir maintenant ? », pensa-t-elle en refermant les yeux. Elle avait la sensation de planer et elle voulait la savourer encore un instant. Mais son entendement secoua la torpeur qui s'était emparée de son esprit, retint au vol le mot de « déflagration » et le souvenir l'assaillit de toute sa force. « Marlene ? », voulut-elle demander, mais elle ne put émettre qu'un son rauque. Sa gorge était en feu.

— C'est l'inhalation de la fumée, expliqua l'une des voix, et on approcha de ses lèvres un verre rempli d'une eau merveilleusement fraîche.

Deborah en but quelques gorgées et hocha la tête en remerciement. La personne qui tenait le verre était une matrone âgée et vigoureuse avec une énorme verrue au menton juste à l'aplomb du visage de Deborah. Elle distinguait nettement les trois poils noirs et durs qui en saillaient.

— Marlene… mon amie… que lui est-il arrivé ? chuchota-t-elle.

— Elle est dans la chambre voisine, répondit Albrecht, qui se tenait de l'autre côté du lit. Elle a été bien plus gravement blessée que toi dans cet attentat. Quand on vous a retrouvées, elle était allongée sur toi. Elle t'a sûrement protégée. Elle a reçu un grand éclat de verre dans le dos. Les médecins pensent qu'elle ne pourra plus jamais marcher. Je suis désolé, Maria. Maintenant, dors encore un peu. Je reviendrai ce soir.

Albrecht se leva, repoussa une longue mèche de cheveux noirs du visage de Deborah et sortit de la pièce.

— Depuis combien de temps suis-je ici ? demanda-t-elle.

— Depuis hier, répondit l'infirmière.

— Pourrais-je voir mon amie ?

— Bien sûr, mais seulement demain. Et, maintenant, dormez.

Elle but encore quelques gorgées d'une eau au goût amer. L'infirmière borda énergiquement la couverture de son lit avant de sortir.

Les yeux de Deborah se remplirent de larmes. « Pauvre Marlene... », mais la fatigue la terrassa de nouveau. L'eau amère contenait probablement un somnifère.

Elle dormit d'un sommeil profond et sans rêves jusqu'au retour d'Albrecht. Il lui apportait une corbeille de fruits frais, des pralines et une bonne nouvelle : le médecin l'autorisait à sortir de l'hôpital dès le lendemain à condition qu'elle se repose encore un certain temps. Il prit congé d'elle en déclarant que les hôpitaux et les maladies lui répugnaient et qu'il viendrait la chercher le lendemain à midi.

Quand l'infirmière à la verrue entra dans sa chambre, ses regards de convoitise aux fruits et aux pralines n'échappèrent pas à Deborah.

— Vous pouvez tout prendre si vous me conduisez dès maintenant dans la chambre de mon amie, lui dit-elle.

Aussi rayonnante que si on lui avait promis un sac d'or, l'infirmière l'aida à descendre de son lit de fer.

Deborah se sentait vacillante et la tête lui tournait, mais l'infirmière la soutenait d'une main ferme. Au bout d'un instant, le sol tapissé de linoléum gris cessa de tanguer sous elle. Guidée par l'infirmière, elle entra dans la chambre de Marlene qui était en réalité la salle commune. Une puanteur de vomi, d'urine et d'odeurs encore plus nauséabondes l'assaillit.

Deborah comprit de quels privilèges elle jouissait grâce à la haute fonction d'Albrecht. Marlene partageait cette salle avec au moins vingt autres femmes. Certains lits étaient même occupés par deux malades dont les pieds pas très propres étaient placés sur le mince oreiller de l'autre. Du moins Marlene avait-elle le meilleur lit, au fond et à côté de l'unique fenêtre. Deborah dut résister à l'envie de l'ouvrir pour aérer la salle.

Mais la vue de Marlene repoussa toute autre considération à l'arrière-plan et la bouleversa. Son amie si pleine d'entrain gisait aussi inerte qu'une madone sur un matelas méritant à peine ce nom. Son cou était plâtré et le reste de son corps maintenu sur le lit par des sangles. Son visage était amaigri et creusé. Quand Deborah entra dans son champ de vision, elle lui adressa un sourire triste.

— Fini pour moi les acrobaties au lit, lança-t-elle d'une voix aussi rauque que celle de Deborah à son réveil. Je suis bonne pour la casse.

— Ne dis pas ça ! répondit Deborah avec désespoir, et elle chercha des yeux une chaise, mais il n'y en avait pas.

Elle se pencha vers Marlene et lui prit la main.

— Où est l'appareil ? chuchota Marlene. Tu l'as récupéré ?

Effrayée, Deborah ouvrit les yeux tout grand. L'appareil photographique ! Elle l'avait complètement oublié dans le tumulte qui avait suivi l'explosion.

Marlene devint encore plus pâle.

— Ne t'inquiète pas pour moi, dit-elle. Demande où sont passées tes affaires. Si ton sac est perdu, il ne reste plus qu'à espérer qu'il n'est pas tombé dans de mauvaises mains. Reviens me voir plus tard.

Deborah regagna sa chambre aussi vite qu'elle le pouvait. La corbeille de fruits et les pralines avaient disparu. Elle fouilla la chambre sans retrouver les vêtements qu'elle portait la veille ni son sac.

Quand elle appela l'infirmière et lui demanda où étaient passées ses affaires, celle-ci lui répondit que l'homme si élégant qui avait apporté les pralines avait donné l'ordre de faire brûler ses vêtements, car ils étaient irrémédiablement salis. Madame n'avait rien d'autre sur elle.

Elle sortit, laissant Deborah s'interroger avec angoisse sur ce qui était arrivé à son sac. On le lui avait peut-être volé, soit sur place, soit à l'hôpital, ce qui était sans doute ce qui pouvait arriver de mieux. Le voleur avait dû emporter l'appareil parce que c'était un objet de valeur, mais il ne se donnerait certainement pas la peine de faire développer les pellicules.

Peut-être était-ce Albrecht qui avait pris le sac, ou peut-être le lui avait-on remis à l'hôpital, mais, dans ce cas, il l'aurait sûrement interrogée au sujet de l'appareil. À moins que tous les objets retrouvés au café n'aient été confisqués. On menait sûrement une enquête sur cet attentat. La solution idéale serait que l'appareil ait été détruit par l'explosion ou par la chaleur qu'elle avait dégagée. Quel degré de température pouvaient supporter un appareil photographique et des pellicules ? Deborah n'en avait pas la moindre idée.

Elle se rappela soudain l'objet placé sous elle dont les contours lui avaient meurtri le corps dans les instants qui avaient suivi l'explosion. Elle était presque certaine qu'il s'agissait de son sac. Mais où que soient l'appareil et les pellicules, s'ils tombaient intacts entres de mauvaises mains, Marlene et elle seraient démasquées.

Dans ce cas, tous leurs efforts auraient été inutiles. Elles devraient repartir de zéro et Marlene resterait probablement paralysée à vie. Deborah pensa à Jakob. Elle devait absolument le contacter ! Il saurait sûrement quoi faire.

Elle alla retrouver Marlene, qui l'attendait avec impatience, pour lui communiquer cette nouvelle démoralisante, mais Marlene s'était préparée au pire.

— Eh bien, il n'y a rien à faire, sauf voir venir, dit-elle à voix si basse que seule Deborah pouvait l'entendre. Si c'est Albrecht ou la Gestapo qui ont ton sac, nous le saurons assez tôt. Écoute-moi bien ! Si on t'interroge, tu devras feindre l'étonnement, faire semblant de ne rien savoir. Joue la petite fille naïve. Les nazis aiment prendre les femmes pour des imbéciles, alors fais-leur ce plaisir. Il est inutile que nous soyons deux dans le pétrin. Je ne suis plus qu'un déchet. Toi, ils te croiront probablement. Maintenant, retiens bien ce que je vais te dire, car ta survie en dépendra !

« Dans le pire des cas, je raconterai que je vous ai fait prendre un somnifère, à Albrecht et à toi, pour photographier les documents. À l'arrivée de von Greiff à l'hôtel, j'ai caché l'appareil et les pellicules dans ton sac et j'ai ensuite chargé quelqu'un de te le voler au café, mais l'attentat a contrecarré mes plans. Cela expliquera la présence de l'appareil et des pellicules dans ton sac. Tu dois donc faire comme si tu ne comprenais rien et comme si tu étais écœurée d'avoir été utilisée par ta soi-disant amie. C'est vital pour toi, compris ? Est-ce que je peux compter sur toi ?

— Mais je ne peux pas me décharger de toute la responsabilité sur toi : ce serait lâche ! répondit Deborah avec chaleur.

— Chut ! Pas si fort. Non, ce n'est pas lâche, chérie, répondit Marlene avec douceur. Au contraire, ça te demandera beaucoup de courage. Il est crucial que tu ne changes pas d'attitude vis-à-vis d'Albrecht. Mais surtout, reste sur tes gardes ! Quand l'agitation sera retombée, tu tenteras de nouveau ta chance avec le porte-documents. Va voir Pavel. Il te procurera un autre appareil.

Elle se tut, épuisée. Deborah était stupéfaite devant sa volonté inflexible : Marlene gisait, brisée, sans savoir si elle marcherait de nouveau, mais elle pensait déjà à la mission suivante.

— Tu es incroyable, tu sais ? dit-elle.

— Ça ne m'avance pas à grand-chose de le savoir, mais merci quand même, répondit Marlene. Maintenant, sauve-toi et reviens tôt demain matin. J'ai besoin de dormir.

48

Deborah s'éveilla d'un sommeil agité en pleine nuit. Un bruit l'avait alertée. On avait ouvert, puis refermé la porte de sa chambre. L'obscurité était totale car, la veille au soir, l'infirmière avait tiré les rideaux pour masquer le clair de lune. Deborah ne distinguait rien, mais elle percevait nettement la présence d'un autre être humain dans la pièce.

— Qui est là ? s'écria-t-elle.

Une grosse main la bâillonna soudain et, à son odeur familière de cuir, elle la reconnut aussitôt.

— Jakob, murmura-t-elle avec soulagement. Tu es venu…

Il lui prit la main et l'embrassa tendrement.

— Comment ça va, ma petite ? demanda-t-il.

— Bien, mais Marlene… c'est affreux, elle…

La voix de Deborah se brisa et elle dut se faire violence pour refouler ses larmes. Elle ne voulait à aucun prix pleurer devant Jakob, même s'il ne pouvait la voir dans l'obscurité.

— Je sais, dit-il, et il repoussa une longue mèche noire du visage de la jeune fille, dans un geste semblable à celui d'Albrecht le matin même, mais infiniment plus tendre.

— Nous avions réussi, Jakob: Marlene avait tout photographié. J'avais l'appareil et les pellicules dans mon sac à main, mais le café a sauté et mon sac a disparu, chuchota-t-elle fébrilement.

— Je sais, répéta Jakob.

— Tous ces efforts pour rien, et Marlene..., reprit Deborah, mais elle s'interrompit: avait-elle bien entendu? Comment...? demanda-t-elle. Comment le sais-tu? As-tu parlé à Marlene?

— Non, il y a trop d'yeux et d'oreilles indiscrets. C'est Osman qui m'a prévenu.

— Osman? L'Osman d'Albrecht? demanda Deborah avec incrédulité.

— Lui-même. Il m'a apporté l'appareil et les pellicules. Ne t'inquiète donc pas, dit Jakob sur un ton apaisant alors qu'il tremblait d'une fureur mal réprimée. Maudit Zlatko! L'attentat contre le Cyganeria était prévu seulement pour le lendemain. Il en avait informé Marlene afin qu'elle ne s'y rende pas ce jour-là, mais Zlatko avait perdu pied et agi de sa propre initiative aux dépens de Marlene et de Deborah.

— Mais comment...? Je ne comprends pas, bafouilla celle-ci.

— Osman t'a suivie quand tu es allée au café parce que Brunnmann l'avait chargé de te surveiller. Il a été l'un des premiers secouristes improvisés après l'attentat. C'est lui qui vous a retrouvées, Marlene et toi. À la faveur de la confusion, il a pu emporter l'appareil et les pellicules et il me les a remis.

— Mais comment savait-il où te trouver?

— Comme je te l'ai dit, il te surveillait, mais il est visible qu'il hait son employeur et qu'il a un faible pour toi. Il n'a rien révélé à Brunnmann sur nous. Sans compter cet incident avec les SS, qui l'ont pris pour un Juif alors qu'il est musulman. Être dénudé en public est la pire des humiliations pour un homme de son pays et de sa religion. Par ce geste, les nazis s'en sont irrémédiablement fait un ennemi.

Deborah était stupéfaite de ces révélations. Elle avait du mal à comprendre ce qui lui avait valu la sympathie d'Osman alors qu'en réalité elle avait à peine prêté attention à lui. Elle l'avait parfois surpris à la regarder avec une expression indéchiffrable, mais elle l'avait vite oublié. Elle comprit soudain qu'il avait eu pitié d'elle: c'était évident!

Tous deux étaient livrés pieds et poings liés à Albrecht, elle en tant qu'orpheline à demi juive, lui en tant qu'esclave apatride et sans avenir. Elle se souvint de ce que son père lui avait dit sur le principe de causalité: chaque action, bonne ou mauvaise, avait des conséquences. Osman s'était vengé de la perte de sa langue.

— Écoute-moi bien, Deborah: je n'ai pas beaucoup de temps, reprit Jakob. Les Allemands sont en train de fouiller toute la ville. Je dois disparaître. Il s'agit des…

— Tu dois disparaître? Mais où? Est-ce que je te reverrai? l'interrompit Deborah bouleversée en s'accrochant à son bras.

— Bien sûr, répondit-il avec un sourire et une assurance qu'il était loin d'éprouver. Maintenant, écoute-moi bien. Les documents que vous avez photographiés… il semblerait qu'une conférence très importante ait eu lieu le 20 janvier de cette année à Wannsee. Le procès-verbal de cette conférence est dans le porte-documents de Brunnmann. C'est la première preuve écrite du projet d'extermination de tous les Juifs d'Europe par les nazis. Il s'agit de millions de vies! Même les Juifs britanniques figurent sur leur liste! Les nazis désignent ce projet sous le nom de «solution finale» et ils le mettent en œuvre depuis longtemps déjà: ils ont construit et ils agrandissent des camps d'extermination de masse un peu partout en Europe. Ils gazent les Juifs et brûlent leurs cadavres. J'ai lu des rapports dans lesquels la population des environs de ces camps se plaint d'une continuelle puanteur de chair brûlée. Il faut donc impérativement nous procurer le procès-verbal de

Brunnmann. Les copies ne suffisent pas. Il nous faut l'original afin de le transmettre à Londres et au gouvernement polonais en exil, sinon personne à l'étranger ne nous croira. Osman nous a proposé de voler le porte-documents de Brunnmann, mais il aura besoin de ton aide. Es-tu prête à l'aider ?

— Bien sûr. Que dois-je faire ?

Jakob exposa brièvement son plan, puis embrassa longuement Deborah et pressa son corps frêle contre lui.

Soudain, la porte de la chambre s'ouvrit à la volée, la lumière les éblouit et plusieurs hommes armés se ruèrent dans la chambre, suivis d'un homme de haute taille avec un bandeau sur l'œil.

— Je le veux vivant ! lança ce dernier d'une voix coupante.

Dès l'ouverture de la porte, Jakob s'était jeté sur Deborah, les mains refermées sur son cou comme pour l'étrangler.

— Vole le procès-verbal, sauve ton peuple et toi-même, c'est tout ce qui compte. Oublie-moi, lui siffla-t-il à l'oreille.

Des mains brutales l'arrachèrent à elle et l'entraînèrent hors de la chambre sans qu'il se débatte.

Deborah suffoquait. Elle ne voyait plus qu'une myriade de points brillants danser devant ses yeux. Jakob l'avait serrée très fort afin que l'agression paraisse crédible. Elle porta la main à son cou, mais c'était son cœur qui était le plus meurtri. « Jakob ! », hurlait-elle intérieurement, au désespoir.

L'homme au bandeau s'approcha d'elle et s'arrêta devant son lit. Dans son long manteau de cuir, il la dominait comme une tour noire menaçante. Son œil unique sondait son visage comme pour lire en elle. Cet homme lui était vaguement familier, sans qu'elle puisse néanmoins le reconnaître car cette impression était trop fugitive.

Elle savait seulement qu'il la terrifiait même si elle ne l'avait jamais rencontré auparavant. Incapable de soutenir plus longtemps son regard perçant, elle roula sur le flanc et enfouit son visage dans son oreiller. Elle le mordit pour étouffer les hurlements qui lui montaient à la gorge tandis que les dernières paroles de Jakob s'imprimaient dans son cerveau comme un mantra: « Oublie-moi. Oublie-moi. Oublie-moi… »

Elle entendit comme de très loin la voix de l'homme.

— Appelez un médecin et faites venir Brunnmann, ordonna-t-il.

Le médecin arriva un instant plus tard. C'était un petit homme rond au visage craintif dont les épais verres de lunettes grossissaient démesurément les yeux. Il palpa délicatement le cou de Deborah et prit son pouls.

— Eh bien, ma petite demoiselle, vous avez eu de la chance, déclara-t-il en se forçant à un sourire encourageant qui échoua piteusement.

Deborah percevait son impatience fébrile de quitter la chambre et la partageait. Le borgne irradiait une malveillance froide qui la faisait frissonner et lui donnait envie de s'enfuir n'importe où loin de lui.

— Je vais vous donner quelque chose pour que vous puissiez bien dormir, ma petite demoiselle, reprit le docteur en tirant une seringue de son sac.

Deborah ne voulait nullement dormir, mais au contraire, dès le départ de ces hommes, courir prévenir Marlene. Elle allait protester quand le borgne le devança.

— Un instant ! ordonna-t-il.

Il renvoya d'un geste impérieux le médecin dont le départ précipité eut des allures de sauve-qui-peut, puis se rapprocha de Deborah.

Elle mourait d'envie de rester seule et haïssait cet homme qui lui avait arraché Jakob. Elle sentait encore le goût de ses lèvres sur les siennes. Où l'avait-on emmené ? Que deviendrait-il ? Elle repoussa cette pensée qu'elle ne pouvait affronter. Elle avait besoin de tout son sang-froid face à cet homme dont l'œil unique était braqué sur elle.

Sans la regarder, il fit nonchalamment glisser de ses épaules son long manteau que l'un de ses jeunes compagnons saisit adroitement. Un autre lui avança obligeamment une chaise, qui grinça sous son poids quand il s'assit, nuisant quelque peu à l'élégance de cette chorégraphie bien réglée.

Qui était cet homme ? se demandait Deborah en luttant contre l'effroi qui l'envahissait à sa vue. Que lui voulait-il ? Pourquoi ne disait-il rien et se contentait-il de la regarder fixement comme s'il savait déjà tout sur elle ? « Ressaisis-toi, se réprimanda-t-elle. Joue l'imbécile comme Marlene te l'a recommandé. C'est ta seule chance de t'en sortir. »

— Merci, dit-elle à l'homme sur un ton dolent qu'elle n'avait nul besoin de feindre.

Il haussa un sourcil, mais son visage ne trahit pas la moindre émotion.

Un long silence suivit. À mon tour, pensa Deborah, et elle lui adressa un sourire incertain. Il était censé l'avoir sauvée : elle devait donc réagir en conséquence.

— Que vous voulait Jakob Wanda ? lança-t-il soudain, et seule son expérience de la scène permit à Deborah de dissimuler son effroi à l'idée qu'il connaissait le nom de Jakob.

— Je vous demande pardon ? demanda-t-elle d'un air déconcerté. Ce monsieur ne s'est pas donné la peine de se présenter avant d'essayer de me tuer. Êtes-vous de la police ? ajouta-t-elle en portant la main à son cou pour rappeler à cet homme qu'elle venait d'échapper à une tentative d'assassinat.

Sa gorge la brûlait.

– Vous avouez donc que vous connaissez le nom de cet homme ?

– Non, je viens justement de vous dire le contraire ! Je ne connais pas cet homme ! C'est vous qui avez donné son nom !

– Vous affirmez donc ne l'avoir jamais vu auparavant ?

« Pourquoi me traite-t-il en coupable et non en victime ? », se demanda Deborah, qui sentait son assurance s'effriter. Elle crut soudain entendre la voix réprobatrice de Marlene lui dire : Ne jamais se montrer trop catégorique !

– Je ne pense pas l'avoir déjà vu, reprit-elle, mais il faisait sombre dans cette chambre avant votre arrivée et ensuite vous l'avez littéralement arraché à moi.

Elle se palpa le cou avec une grimace de douleur.

– Pourrais-je avoir un peu d'eau, s'il vous plaît ? demanda-t-elle.

Sur un signe presque imperceptible du borgne, le jeune homme qui avait approché la chaise tendit à Deborah un verre d'eau.

Elle souligna sa propre faiblesse en lui permettant de la soutenir et de porter le verre à ses lèvres. Elle le remercia ensuite d'une voix éteinte et se laissa retomber sur son oreiller. Dans ce geste, elle fit glisser la couverture pour montrer ses épaules aux contours voluptueux. Le jeune homme reposa le verre, puis recula d'un air parfaitement indifférent.

Sa botte heurta le pot de chambre en fer-blanc posé à côté du lit. Le tintement résonna dans le silence de la nuit. Deborah sursauta, mais les hommes ne cillèrent même pas.

« Il y a quelque chose qui cloche chez eux », pensa-t-elle. Elle avait beau leur envoyer tous les signaux de féminité possibles, elle avait l'impression d'être sur la mauvaise fréquence. Ils ne réagissaient pas à ces signaux et ne semblaient même pas les percevoir.

Un nouvel homme entra dans la chambre. Il portait un manteau dont les pans voletaient au rythme de sa démarche. Il s'approcha en hâte du borgne et lui chuchota quelques mots à l'oreille. Deborah crut entrevoir une brève lueur de satisfaction sur le visage inexpressif de ce dernier. Elle regrettait que son ouïe si fine se ressente encore de l'explosion, sans quoi elle aurait pu entendre ce que l'autre homme lui avait dit.

Le borgne se pencha vers elle et son visage dur se retrouva juste au-dessus du sien.

— Un employé de l'hôpital a vu Wanda se glisser dans votre chambre, lui dit-il doucement. Il y est resté au moins un quart d'heure. Si, comme vous l'affirmez, vous ne connaissez pas cet homme, cela m'intéresserait beaucoup de savoir pourquoi vous avez passé tout ce temps avec lui. Répondez !

Le cœur de Deborah eut comme un raté et elle chercha fébrilement une réponse plausible.

— Mais que puis-je comprendre aux réactions d'un assassin ? demanda-t-elle avec une voix effrayée de petite fille. Je sais seulement que cet homme a essayé de me tuer et que vous m'avez sauvée de justesse. Je vous en suis profondément reconnaissante, mais je me sens souffrante et j'ai grand besoin de repos, conclut-elle en tirant la couverture sous son menton et en détournant les yeux.

« Va-t'en donc ! », pensa-t-elle.

Mais le borgne refusa de se montrer accommodant. Il saisit son menton comme dans un étau et la força à le regarder en face.

— Ça ne prend pas, ma petite demoiselle, dit-il. Je lis dans votre jeu. Vous dissimulez quelque chose et vous allez me dire quoi, et vite, sinon je vous tire de votre petit lit bien chaud et vous passerez le reste de la nuit dans une cellule froide et humide. Je vous écoute !

— Lâchez-la immédiatement, capitaine von Greiff !

Albrecht était campé dans l'encadrement de la porte, son fouet à chien à la main.

De soulagement, Deborah sentit les larmes lui monter aux yeux.

Von Greiff se leva et se retourna lentement.

— Tiens, enfin le colonel ! commenta-t-il. Vous arrivez à point nommé. Cette putain juive était sur le point de me révéler ses petits secrets.

— Je vous serais très reconnaissant de ne pas désigner ma belle-fille par le terme de putain. Puis-je savoir ce qui se passe ici ?

Albrecht était entré et s'était approché de von Greiff sans le quitter des yeux, comme s'il le croyait capable de tout. À présent, les deux hommes se faisaient face comme deux duellistes, les yeux dans les yeux, l'air prêt à se sauter à la gorge. Ils étaient aussi grands l'un que l'autre. À en juger par leur hostilité presque palpable, ils devaient se connaître depuis un certain temps. Leur haine mutuelle se dressait comme un mur entre eux.

Perplexe, Deborah les regardait tour à tour en s'interrogeant sur ce qui se jouait entre eux.

— Oui, oui, votre belle-fille… j'ai entendu dire autre chose à ce sujet, déclara von Greiff sur un ton suffisant.

— Ce que vous avez entendu dire ne m'intéresse pas. Dois-je vous rappeler mon grade, capitaine ? Et puis-je savoir pourquoi vous interrogez ma belle-fille ?

Tout en parlant, Albrecht cinglait sa botte en cuir de son fouet avec une expression laissant entendre qu'il en aurait volontiers fait goûter à son interlocuteur.

Von Greiff ne parut impressionné ni par cette menace ni par l'allusion à son grade.

– Cette putain, reprit-il en détachant les syllabes et en montrant Deborah du doigt, a été surprise avec l'un des individus les plus dangereux de Pologne, un ennemi juré du Reich. J'étais sur le point de découvrir ce dont ils s'entretenaient. Mon enquête porte toutefois en priorité sur le lâche attentat de la veille contre le général et le vice-protecteur du Reich Heydrich à Prague, et non sur celui qui a eu lieu dans le café de cette ville. Jakob Wanda est impliqué dans ces deux attentats. Je sais de source sûre qu'il a caché pour un temps les deux terroristes Jozef Gabčik et Jan Kubiš. Et c'est lui qui est entré dans cette chambre, soit pour voir votre belle-fille, soit pour la tuer. Dans les deux cas, la question du pourquoi se pose. Cette fille sait quelque chose. Ne me mettez donc pas de bâtons dans les roues, mon colonel.

À la nouvelle de l'attentat contre Heydrich, Deborah espéra qu'il était mort. Elle devait reconnaître que von Greiff avait vu juste dans toutes ses affirmations. En voyant ses paroles agir comme du poison sur Albrecht, qui se renfrognait, elle jugea qu'il était grand temps d'intervenir.

– Je ne sais même pas de quoi parle cet homme, Albrecht, protesta-t-elle. La vérité, c'est que quelqu'un s'est introduit dans ma chambre et a essayé de m'étrangler. Ces hommes sont arrivés et m'ont sauvée, mais, maintenant, ce monsieur affirme que j'ai partie liée avec celui qui s'est introduit ici. Je t'en supplie, Albrecht… je suis encore à moitié morte de peur, j'ai mal et envie de vomir, dit-elle d'une voix implorante en le regardant avec des yeux noyés de larmes, et elle tendit la main vers lui.

Albrecht fut frappé par sa pâleur et par les marques bleues sur son cou.

Il adressa à von Greiff un dernier regard de défi avant de s'approcher d'elle. Il passa un bras autour de ses épaules et la serra contre lui. Elle s'accrocha à lui, en quête de protection.

Von Greiff observait cette scène avec mépris.

— Comme c'est touchant, laissa-t-il tomber sur un ton écœurant. Quand vous redeviendrez capable de contrôler votre queue, peut-être aurez-vous de nouveau la tête froide, mon colonel.

— Comme c'est intéressant, venant de vous, répondit Albrecht par-dessus son épaule, vous qui, de notoriété publique, n'avez rien contre un petit cul juif.

— Je n'aurais jamais cru que vous accorderiez foi à des rumeurs aussi répugnantes.

— Seulement quand elles sont fondées, capitaine. Et maintenant, sortez, Greiff, et ne vous avisez plus de répéter vos accusations contre Mlle Malpran ni de vous approcher encore d'elle. Ceci est un avertissement : ne dépassez pas les bornes.

Deborah, qui épiait von Greiff, le vit hésiter un instant tandis que la haine distordait ses traits en un masque grotesque. Soudain, son visage se détendit comme s'il venait d'avoir une idée. Un sourire mauvais se dessina sur ses lèvres et alluma une flamme brève dans son œil unique. À cette vue, un pressentiment sinistre fit frissonner Deborah.

Elle sut avec une certitude douloureuse ce qu'il allait faire : choisir une autre victime. Il irait retrouver Jakob et il le torturerait. Von Greiff adressa un signe à ses hommes et sortit de la chambre avec eux.

Dès qu'il eut disparu, le petit médecin passa prudemment la tête dans l'encadrement de la porte sans toutefois oser en franchir le seuil. Albrecht l'aperçut et le pria d'entrer.

— Ah, la pauvre petite demoiselle, quelle peur elle a eue ! se lamenta-t-il en voyant Deborah tremblante et blottie contre Albrecht. Mais maintenant, au moins, vous pouvez vous reposer !

Il reprit sa seringue, mais attendit pour l'enfoncer la permission d'Albrecht, qui semblait lui inspirer presque autant de respect que von Greiff. Albrecht acquiesça d'un air absent et le médecin fit si adroitement sa piqûre que Deborah n'eut même pas le temps de se défendre.

Il avait agi dans de bonnes intentions, mais, ce faisant, contrecarré le projet de Deborah d'aller voir Marlene avant la fin de la nuit.

Un instant plus tard, elle commença à se détendre avant de sombrer dans un oubli bienfaisant. Albrecht resta encore quelques minutes à contempler son visage et à examiner les bleus sur son cou. Il rentra ensuite à l'hôtel, où il vérifia que le précieux contenu de son porte-documents était en sécurité dans le coffre-fort.

49

Deborah émergea le lendemain d'un brouillard de rêves confus. Tout son corps était endolori et il lui fallut plusieurs minutes pour retrouver sa lucidité comme si quelque chose en elle répugnait à toute réflexion.

Mais elle ne pouvait indéfiniment se dérober au souvenir de ce qu'elle avait vécu la veille et il l'assaillit d'autant plus violemment qu'elle avait tenté de le refouler.

Jakob, sanglotait-elle sans retenue, s'abandonnant à son chagrin. La vision de Jakob livré à ce démon noir de la SS la hantait et le désespoir lui serrait la gorge.

L'idée de la vengeance naissait lentement en elle. Elle se redressa et essuya ses larmes, car elles n'aideraient en rien Jakob, mais elle se sentait réconfortée d'avoir donné libre cours à son chagrin. Elle se leva sans tenir compte de sa faiblesse physique, car elle voulait aller voir Marlene. Elle se raccrochait à l'espoir que Marlene, qui ne se laissait jamais abattre, saurait quoi faire et qu'elles pourraient élaborer un plan.

L'hôpital était réveillé depuis longtemps et une activité incessante régnait dans ses couloirs. Des lits improvisés s'alignaient le long des murs, tous occupés par deux malades au moins ou par une série de patients assis. Des plaintes et des gémissements accompagnèrent Deborah jusque dans la salle commune.

Elle passa comme un automate devant les malades aux visages vides d'expression ou tordus de douleur, car elle ne pensait plus qu'à Jakob et au moyen de le secourir. Mais, à son entrée dans la salle, elle s'arrêta court : le lit de Marlene était occupé par deux malades délirantes. Aucune d'elles ne réagit aux questions de Deborah sur une Allemande blonde. Désemparée, elle chercha Marlene du regard.

– On l'a emmenée cette nuit, mademoiselle, caqueta une voix dans son dos.

Elle se retourna vers cette voix. C'était celle d'une vieille femme aux longs cheveux gris qui se redressa péniblement dans son lit. Elle avait une énorme tumeur violette sur la joue et des yeux brillants de fièvre.

– Que dites-vous ? demanda Deborah. Qui l'a emmenée ?

La main noueuse de la vieille femme se referma comme une serre sur le bras de Deborah.

– L'homme noir l'a emmenée, l'homme noir qui n'a qu'un œil, répondit-elle avec un rire de folle.

Affolée, Deborah regagna sa chambre en courant. Elle avait compris la raison de l'angoisse que lui inspirait le borgne : son nom, bien sûr ! Albrecht l'avait appelé von Greiff, le nom que Marlene avait mentionné la veille à l'hôtel… Hubertus von Greiff, l'ennemi juré de Marlene ! Et il l'avait de nouveau en son pouvoir…

Deborah erra dans l'hôpital, désemparée. « Réfléchis ! », se répétait-elle, les mains pressées sur les tempes comme pour accélérer le cours de ses pensées. Soudain, elle s'arrêta et releva le menton dans un geste de défi. Albrecht… elle devait parler avec Albrecht. Il était hostile à von Greiff : peut-être pourrait-elle en tirer parti. Elle sonna l'infirmière pour qu'elle appelle un taxi.

La porte de sa chambre s'ouvrit non sur l'infirmière, mais sur Osman qui apportait l'un des sacs de voyage de Deborah. Il s'approcha, les mains tendues vers elle.

– Osman, tu ne peux pas savoir comme ça me fait plaisir de te voir ! s'exclama-t-elle.

Il posa un genou à terre, prit la main droite de Deborah et la porta à son front dans un geste de dévouement inexprimable. Deborah le saisit par les épaules et le releva.

— Non, je t'en prie, Osman, ça me gêne trop que tu fasses ça, lui dit-elle. Viens, il faut que nous parlions.

Elle lui fit signe de s'asseoir sur la chaise et prit place sur le lit.

— Osman, je..., commença-t-elle.

Mais Osman l'interrompit, un doigt posé sur les lèvres, et alla vérifier que la porte était bien fermée avant de se rasseoir en face d'elle. Il se lança dans un discours muet constitué de grimaces et de gesticulations. Deborah comprit qu'il lui demandait de ses nouvelles.

— Je vais bien, merci, Osman, répondit-elle. J'ai seulement quelques bleus et la gorge meurtrie, mais rien de grave. (Elle se pencha vers lui et baissa la voix.) Merci d'avoir récupéré l'appareil avec les pellicules et de les avoir mis en sûreté. J'ai malheureusement une mauvais nouvelle à t'annoncer : notre ami..., dit-elle pour éviter de prononcer le nom de Jakob, notre ami a été arrêté cette nuit ainsi que Marlene. Si tu risques d'être inquiété en raison de tes liens avec eux, tu dois disparaître sans attendre.

Osman fit signe que non, soit pour lui signifier que personne ne pouvait remonter jusqu'à lui, soit parce qu'il refusait de l'abandonner, elle n'aurait su le dire, mais, soulagée de cette réponse, elle n'insista pas.

— Notre ami m'a parlé de votre projet de voler l'original des documents, reprit-elle. Je t'aiderai. J'essaierai même de le faire toute seule. Tu devras les déposer à l'endroit indiqué par notre ami et disparaître ensuite. Je te donnerai tout l'argent dont je pourrai disposer.

Osman protesta par des gesticulations auxquelles Deborah crut comprendre qu'il estimait le risque trop élevé pour elle.

— Cela, c'est mon affaire, Osman, lui dit-elle. Tâche de rester dans les parages : je te préviendrai dès que j'aurai mis la main sur les documents. Ça me demandera probablement quelques jours. Maintenant, ramène-moi à l'hôtel, s'il te plaît. Si je ne quitte pas cet hôpital dès aujourd'hui, je finirai par tomber malade pour de bon.

Alors qu'elle se redressait pour prendre le sac, Osman tira de la poche de sa veste une lettre qu'il lui remit d'un air préoccupé. C'était un message d'Albrecht l'informant qu'il devait s'absenter pour deux jours, mais qu'il avait donné au personnel de l'hôtel et à Osman des instructions pour veiller sur elle.

Elle poussa une exclamation de dépit. Il choisissait bien son moment pour s'absenter ! Qui d'autre que lui pourrait l'aider à retrouver Marlene ? Elle ne supporterait pas de rester deux jours dans cette incertitude.

Son esprit travaillait fébrilement. Et si elle s'adressait à Ernst, l'ami de Marlene ? Il l'aimait et il devait être durement éprouvé par son accident. Peut-être savait-il où on l'avait emmenée et pourrait-il obtenir que Deborah soit autorisée à lui rendre visite ? Mais, à l'idée qu'elle risquerait de revoir ce terrible von Greiff, elle sentit ses jambes se dérober sous elle.

Elle avait l'impression que dans chaque direction vers laquelle elle se tournait, elle ne rencontrait qu'impasses et périls. Sans l'aide d'Albrecht, elle ne pourrait rien pour Marlene. Elle avait les mains liées jusqu'à son retour. Mais elle n'était pas naïve au point de croire qu'il aiderait Marlene sur sa demande.

Elle rentra à l'hôtel avec Osman. Les deux jours précédant le retour d'Albrecht s'écoulèrent avec une lenteur torturante. Pour une nature impulsive et impatiente comme celle de Deborah, l'attente était un supplice.

Elle passa ce temps à échafauder des plans et à ruminer des projets de vengeance contre von Greiff. Son impuissance à secourir Jakob la rendait folle de rage. Elle était condamnée à l'inactivité sans même savoir s'il vivait encore ! Elle réfléchit également à son projet de voler l'original du procès-verbal de Wannsee qu'elle avait annoncé avec tant de témérité. Ce document jouait un rôle majeur dans sa vengeance. Sans lui, tous les sacrifices accomplis auparavant seraient dépourvus de sens. Elle tourna pendant plusieurs heures autour de l'armoire au coffre-fort en soupesant diverses possibilités. Un observateur aurait pu croire qu'elle conjurait le coffre-fort de s'ouvrir.

Plantée devant la porte de l'armoire qu'elle avait ouverte, elle réfléchissait.

L'inactivité l'avait épuisée. Elle se sentait à la fois irritée et dérisoire. Prise de fureur, elle frappa la porte de l'armoire, puis la referma brutalement. Dans ce mouvement, une étincelle illumina la surface du miroir. Deborah se figea, saisit la poignée de la porte, la rouvrit, puis la referma lentement pour faire resurgir l'étincelle. C'était une réfraction à la surface du seau à champagne posé sur la commode de la chambre. Cette observation lui donna une idée.

Elle apporta le coffret contenant ses ustensiles de maquillage et le posa à côté du seau à champagne. Un miroir d'environ quinze centimètres carrés était inséré à l'intérieur du couvercle de ce coffret. Deborah fit des allers-retours entre l'armoire et la commode, puis s'approcha du lit et rectifia plusieurs fois la position du coffret. Elle fut enfin satisfaite quand, du lit, elle put voir les chiffres du code du coffre-fort se refléter dans le miroir du coffret. Albrecht ne les lui masquerait pas, car il avait l'habitude de s'agenouiller pour composer le code, la serrure du coffre-fort étant à la hauteur de son ventre. Il ne lui restait plus qu'à attendre la prochaine fois qu'il ouvrirait le coffre-fort pour mémoriser le code.

Pendant le reste de l'après-midi et de la soirée, Deborah s'entraîna à noter des séries de chiffres à l'envers, tels que les lui livrait le reflet du miroir, jusqu'à ce qu'elle ait parfaitement maîtrisé cet exercice. Elle déchira ensuite en petits morceaux les feuilles sur lesquelles elle les avait notés et les jeta dans les toilettes. Elle souriait. Elle songea que la colère avait parfois du bon.

Albrecht rentra enfin peu avant minuit le lendemain. Deborah s'était toujours considérée comme courageuse, mais, ce soir-là, elle avait les nerfs à vif. En souvenir de Jakob et de Marlene, elle prenait néanmoins sur elle pour jouer son rôle. Elle se laissa glisser du lit complètement nue, courut à la rencontre d'Albrecht et se serra contre lui. Sa présence, qui mettait fin à sa solitude, était consolante. Elle faillit en pleurer de soulagement.

Elle se garda bien de l'interroger trop tôt au sujet de Marlene. Il passa un bras autour de ses épaules et la ramena au lit. Il sentait l'alcool, la cigarette et une autre odeur qui n'était ni agréable, ni déplaisante, mais qui lui parut familière sans qu'elle parvienne à la reconnaître.

— Je vois que tu vas mieux. Moi, j'ai besoin d'un bon bain, commenta-t-il. Rendors-toi donc.

Il ôta sa veste d'uniforme et la jeta négligemment sur son porte-documents, qu'il avait posé sur une chaise à son arrivée.

Un instant plus tard, Deborah entendit couler de l'eau dans la salle de bains. Elle hésita. Les documents étaient à sa portée. Devait-elle prendre le risque d'y jeter un coup d'œil ? Encore incertaine, elle se laissa glisser à bas du lit et saisit la veste. Elle était humide. Deborah passa les doigts sur le tissu avec précaution et les examina. Ils étaient rouges. Elle les renifla. C'était l'odeur du sang, celle qu'elle avait sentie à l'entrée d'Albrecht ! Elle en eut la nausée.

— Qu'est-ce que tu fabriques ? demanda Albrecht, qui venait de surgir nu de la salle de bains.

— Je voulais seulement suspendre ta veste, répondit-elle avec à-propos. Mais il faudrait la faire nettoyer : elle est tachée de sang, non ?

— Nous en parlerons demain. Retourne au lit, Maria.

Il s'approcha d'elle et la sonda du regard en prenant son porte-documents. Il en sortit la serviette et l'enferma dans le coffre-fort.

Albrecht n'avait malheureusement pas allumé le plafonnier à son arrivée et, comme seule la lampe de chevet éclairait la chambre, il était impossible de lire les chiffres du code dans la pénombre. Elle s'en voulut de ne pas avoir envisagé cette éventualité. Elle avait néanmoins eu de la chance : Albrecht avait failli la surprendre à fouiller dans son porte-documents.

— Dois-je te rejoindre dans ton bain ? se força-t-elle à demander avec un sourire.

— Non, pas maintenant. J'ai grand besoin de quelques heures de sommeil, répondit-il.

L'impatience de Deborah l'emporta sur sa raison et lui fit oublier toute prudence.

— Sais-tu ce qui est arrivé à Marlene, Albrecht ? Ce borgne de la Gestapo est venu la chercher à l'hôpital la nuit de mon agression. Pourquoi ? Elle est pourtant grièvement blessée.

— Comment sais-tu qu'il est de la Gestapo ? demanda Albrecht sur un ton inquisiteur.

— C'est le médecin de l'hôpital qui l'a dit. Comment as-tu fait la connaissance de von Greiff ? Que me voulait-il ? Il m'a fait vraiment peur, expliqua Deborah sans devoir se forcer pour feindre la frayeur.

— Nous en parlerons demain. Maintenant, laisse-moi tranquille et rendors-toi. Je te rejoins dans un instant.

50

Le lendemain matin, Albrecht tint Deborah encore en haleine et jouit d'elle sans retenue.

Elle devinait qu'il la laissait délibérément sur des charbons ardents. Ce fut seulement après un copieux petit-déjeuner dans la suite qu'il consentit à parler de Marlene.

— C'est une espionne juive, déclara-t-il. Elle s'appelle Anna von Dürkheim. Sa mère était juive et employée comme bonne chez les Dürkheim, où elle a séduit le fils de la maison. Von Greiff l'avait déjà repérée pour ses activités subversives à Berlin. Elle a caché des Juifs et elle les a aidés à s'enfuir. Il l'a reconnue ici. Je crains que ce pauvre Ernst ne soit pas à la fête, car il est en train de le cuisiner.

— Marlene, une espionne juive ? Mais Albrecht, c'est absurde ! Elle a failli être tuée dans cet attentat ! Ça prouve bien qu'elle n'a rien à voir avec ces terroristes !

— Non, ça prouve tout au plus la mauvaise organisation de la Résistance polonaise. Une bande de minables qui tue jusque dans ses rangs, commenta Albrecht avec mépris.

— Je crois quand même que vous vous trompez, Albrecht. Ce von Greiff est complètement fou : il suffit de voir comment il m'a traitée ! Il voit des espions partout, protesta Deborah, dont l'indignation n'avait rien de feint. Il faut que tu aides Marlene ! Parle avec von

Greiff, explique-lui qu'il se trompe. Au fait, où est-elle ? Sais-tu comment elle va ? Pourrais-je aller la voir ?

— Elle est où elle doit être, dans la prison de Montelupich. Quant à savoir comment elle va… comme elle n'a encore rien avoué d'intéressant pour von Greiff, je crains qu'elle n'aille pas pour le mieux. Mais elle ne se portait déjà pas si bien auparavant, ajouta Albrecht avec un sourire mauvais. À mon avis, von Greiff perdra son temps à l'interroger. Elle n'est pas bête. Premièrement, sa colonne vertébrale est gravement atteinte et, deuxièmement, elle sait très bien que von Greiff l'achèvera d'une manière ou d'une autre. Dans son état, ta soi-disant amie sera trop heureuse de mourir. Mais peut-être pourrais-tu l'aider : von Greiff a une idée.

— Von Greiff ? Que veut-il de moi ? demanda Deborah avec méfiance, car la simple pensée de cet homme la faisait frissonner.

— Que tu ailles la voir et que tu l'écoutes. Si elle accepte de te révéler où se cachent les responsables de l'attentat contre Heydrich, il autorisera un médecin à l'examiner.

— Tu crois donc qu'elle est impliquée dans cet attentat ? interrogea Deborah tout en se demandant s'il lui tendait un piège.

Elle savait que Reinhard Heydrich avait été grièvement blessé dans l'attentat du 27 mai mais que, d'après ses médecins, il survivrait.

— J'ai pour principe de ne rien croire sans preuves. Le capitaine von Greiff n'est certes pas mon meilleur ami, mais il est compétent et, comme moi, il appartient à l'élite de la SS. Si quelqu'un peut découvrir la vérité sur cet attentat, ce sera lui. Et, moi aussi, je veux savoir qui a tiré les ficelles dans cette affaire. Parle avec cette femme et tâche de découvrir ce qu'elle sait.

Deborah s'efforçait de déchiffrer l'expression d'Albrecht. Croyait-il aux accusations de von Greiff contre elle ? Mais son regard restait insondable. Elle savait au moins qu'elle pourrait voir Marlene et parler avec elle de l'arrestation de Jakob. Peut-être Marlene pourrait-elle lui indiquer à quels membres du réseau s'adresser pour les secourir, Jakob et elle. Tout le reste était secondaire.

— Bien, je vais lui parler, répondit-elle enfin.

— Tu es gentille, déclara Albrecht, et il se leva après avoir jeté sa serviette sur la table. Habille-toi. Nous partons là-bas tout de suite.

Le trajet au nord de Cracovie vers la prison de Montelupich fut silencieux. Quand la voiture s'arrêta devant les bâtiments de la prison, Albrecht ne fit pas mine de descendre.

— Tu ne viens pas ? demanda Deborah, soudain nerveuse.

— Non, j'ai à faire, mais je t'enverrai Osman avec la voiture. Il t'attendra une heure.

— Tu me laisses seule avec ce von Greiff ? insista Deborah, qui avait du mal à garder son sang-froid.

Albrecht lui adressa un petit sourire suffisant.

— Il ne faut pas avoir peur de lui, Maria : il ne peut rien te faire et il ne te fera rien, affirma-t-il. Je lui ai donné des instructions strictes. Il ne peut pas se permettre de s'attirer des ennuis avec moi et encore moins avec Heydrich. Maintenant, vas-y et tâche de réussir. Dans ce cas, j'aurai une récompense pour toi.

Osman lui avait ouvert la portière : elle était obligée de descendre.

— Ah, autre chose, ajouta Albrecht, et elle se retourna vers lui d'un air interrogateur. Je dois t'avertir que Marlene a beaucoup perdu de son élégance, acheva-t-il avec un sourire.

En entendant ces paroles, Deborah le haït pour la première fois depuis qu'elle le connaissait.

Le gardien la précéda sans lui adresser la parole ni seulement vérifier qu'elle le suivait. Il descendit une série d'escaliers étroits et traversa d'interminables couloirs obscurs parfois si bas de plafond qu'il devait baisser la tête et puant le moisi et les égouts. Il ouvrit sans un mot une lourde porte et s'effaça pour laisser entrer Deborah.

— Je vous attendrai ici. Appelez-moi si vous avez besoin de moi, dit-il.

Deborah se contraignit à le remercier d'un signe de tête. La porte se referma derrière elle et elle entendit la clef grincer dans la serrure.

— Je me demandais quand tu réapparaîtrais, commenta Marlene. Qui t'envoie ? Von Greiff ou Brunnmann ?

Elle était allongée sur un bat-flanc. Malgré l'avertissement d'Albrecht, la vision de Marlene ébranla profondément Deborah. Elle baignait dans ses excréments car il lui était impossible de se lever pour utiliser le seau en fer-blanc posé dans un coin.

Désemparée, Deborah parcourut la pièce du regard. Elle ne vit ni eau, ni papier, ni serviette, rien. Seulement de la crasse, de la puanteur et de la vermine.

— Oui, ce n'est pas précisément l'Adlon, fit Marlene à mi-voix quand Deborah s'approcha d'elle. Penche-toi vers moi. Les murs sont épais, mais je ne veux prendre aucun risque. Écoute-moi bien, Deborah. Je ne sais pas combien de temps nous avons devant nous. Je ne ressortirai pas vivante d'ici. Tu devras mener à bien notre mission en volant le procès-verbal de Brunnmann, sinon tous nos efforts auront été inutiles. Il nous faut l'original de ces documents. Donne-les à Osman. Il sait à qui il devra les remettre. Promets-moi de ne pas t'occuper de ça.

Deborah ne répondit pas. Elle avait compris que si le corps de Marlene était brisé, sa volonté restait intacte.

— Promets-le-moi, allez ! insista Marlene.

— Je te le promets, répondit Deborah à contrecœur.

— Bien. Rends-moi encore un service. Pour des raisons évidentes, je n'ai pas pu avaler ma capsule de cyanure, reprit Marlene en se forçant à sourire. Von Greiff me l'a prise, mais j'en ai caché une autre dans la salle de bains de ta suite. Elle est collée sous le placard à serviettes. Prends-la et apporte-la-moi. Tu la mettras dans ma bouche, précisa-t-elle en détachant les mots.

— Quoi ?

— Tu m'as très bien comprise. Regarde-moi : je suis foutue. Je ne sens plus rien au-dessous du cou. Rien ! Même le borgne n'a plus aucun plaisir à me torturer. Apporte-moi cette capsule, tu entends ?

— Pour que tu puisses te suicider ? dit faiblement Deborah.

— Tu comprends vite.

— Mais…

— Pas de mais ! Fais-le. Je ne veux pas finir comme ça, dans ma merde. Apporte-la-moi dès que tu peux. Si tu es vraiment mon amie, fais-le pour moi.

Deborah la dévisageait, incapable d'articuler un mot. Elle se sentait à la fois furieuse et infiniment triste.

— Allez, promets-le-moi. S'il te plaît, insista Marlene avec une humilité toute nouvelle qui bouleversa Deborah.

Elle comprit qu'elle allait perdre sa seule amie et que rien de ce qu'elle pourrait faire ou dire ne ferait revenir Marlene sur sa décision. Si elle ne se tuait pas, les nazis s'en chargeraient à sa place.

— D'accord, je te le promets, répondit-elle.

— Dans ce cas, je vais te révéler un renseignement sans importance sur notre réseau. Fais-leur croire que je t'en dirai plus le lendemain pour qu'ils te permettent de revenir.

Marlene chuchota à Deborah quelques faux renseignements qu'elle gardait sous le coude en cas d'arrestation. Les nazis trouveraient dans une usine désaffectée des objets laissés là à dessein, notamment des uniformes de police de la SS.

— Qu'y a-t-il ? Pourquoi me regardes-tu de cette manière ? demanda Marlene.

Deborah hésitait à lui communiquer la nouvelle de l'arrestation de Jakob, car elle n'en savait visiblement rien. C'était Marlene qui l'avait aimé la première, mais c'était dans ses bras qu'il avait été arrêté. Elle se jeta à l'eau.

— Jakob a été arrêté, murmura-t-elle.

— Je sais, mais nous ne pouvons rien pour lui, répondit Marlene, dont le visage se durcit.

— Mais tu connais sûrement certains de ses camarades. Peut-être peuvent-ils le faire évader ?

— Ne sois pas naïve. Ils ont déjà assez à faire pour rester libres.

— Mais…

— Pas de mais ! Jakob était conscient du risque qu'il courait. Ce n'est pas notre vie qui compte, mais la cause que nous servons. Tu dois maintenant prendre sa place et la mienne, Deborah. Si Jakob était là, il te dirait la même chose. Fais-le pour lui. Et, maintenant, sauve-toi et arrange-toi pour voler ce procès-verbal. Nous comptons sur toi. N'oublie pas ce que tu m'as promis : apporte-moi la capsule. À demain, mon amie.

Après le départ de Deborah, le masque résolu de Marlene tomba, cédant la place au désespoir nu. Von

Greiff avait gagné : il ne lui restait plus rien, pas même sa fierté. Son seul espoir était que Deborah tienne sa promesse et lui apporte la capsule de cyanure, en admettant qu'on l'autorise à revenir. Marlene n'aspirait plus qu'à mourir. Elle avait tout risqué et tout perdu : elle avait dénoncé Jakob dans l'espoir absurde de le sauver et de lui épargner des souffrances prolongées. Von Greiff l'avait forcée à assister, liée à une chaise, à la séance de torture qui avait duré toute la nuit.

Jakob avait immédiatement compris ce que son tourmenteur comptait obtenir par la présence de Marlene. Il lui avait hurlé de se taire. Ce n'était pas lui qui comptait, mais la cause, les paroles mêmes qu'elle avait répétées à Deborah. Au petit matin, Marlene avait cédé après que von Greiff eut crevé l'un des yeux de Jakob. Ce dernier gémissait, mais n'avait pas poussé un cri. C'était Marlene qui avait hurlé jusqu'à en perdre la voix. À la fin, elle ne pouvait même plus émettre un murmure. Et quand Jakob s'était évanoui, elle avait parlé à von Greiff.

— Arrêtez, Greiff ! avait-elle ordonné. Je vous révélerai ce que je sais, mais à condition qu'un médecin examine Jakob.

Sur un signe de von Greiff, un médecin était apparu un instant plus tard. Von Greiff s'était alors approché de Marlene.

— Je vous écoute, dit-il, et Marlene lui avait raconté ce qu'elle savait sur la prochaine action du réseau.

Quelle erreur elle avait commise ! Elle avait tout trahi, elle-même, Jakob et la cause, pour rien. À la fin de ses aveux, von Greiff l'avait observée attentivement.

— Je te remercie de ne pas m'avoir menti, Anna, avait-il dit. C'est toujours ça… mais ce que tu viens de me dire m'a déjà été révélé hier par une autre source. C'est regrettable, mais comme tu ne m'as rien appris de nouveau, je ne me considère plus lié par notre marché, avait-il conclu avec un sourire presque aimable.

Il avait alors renvoyé le médecin et poursuivi son œuvre de mort.

La porte de la cellule se rouvrit. Marlene devina la présence du garde. Il l'avait déjà malmenée la veille et, dans son état, elle était incapable de se défendre. C'était bien lui.

— Pouah ! Tu pues comme toute une porcherie, salope ! lança-t-il.

— Merci. Si j'avais su que tu viendrais, j'aurais pris un bain.

— Ta gueule !

Il la frappa au visage et elle sentit un goût de sang sur ses lèvres. Elle se réjouit de la douleur, car c'était rassurant de la percevoir encore. Cela lui rappela Deborah, qui se l'infligeait volontairement. Elle avait raison de dire que la douleur apaisait. Marlene éclata de rire.

— Que se passe-t-il ? Pourquoi elle rit ?

Un deuxième homme, puis un troisième étaient entrés dans la cellule, mais ils étaient hors de son champ de vision.

— Aucune idée, elle est sûrement devenue folle, répondit le garde. Ça serait pas la première fois à cet étage. Que voulez-vous ?

— Nous devons la ramener à l'hôpital. Le capitaine von Greiff veut la garder en vie le plus longtemps possible, expliqua l'un des deux hommes.

— Bizarre, commenta le garde. D'habitude, c'est tout le contraire.

Mais Marlene avait compris pourquoi : c'était par sadisme et par perfidie. Von Greiff voulait qu'elle survive afin d'être hantée par le souvenir des tourments infligés à Jakob. C'était la torture qu'il lui réservait. Faute de pouvoir mourir, elle souhaita devenir folle.

Deborah suivit le garde qui la guidait vers la sortie. Elle était bouleversée et elle avait la nausée, mais moins à cause de la puanteur de la prison qui l'enveloppait comme un brouillard épais, que du mal de ce monde qui lui soulevait le cœur. Elle venait de voir la réalité dans toute sa laideur monstrueuse, le vrai visage du monde sous le masque séduisant qui l'avait trop longtemps abusée. La réalité n'écoutait pas d'ariettes et ne buvait pas de champagne. Le monde souffrait, des êtres humains mouraient, tués à la guerre ou assassinés par ceux qui l'avaient provoquée.

À en croire Jakob, le procès-verbal de la conférence de Wannsee révélait que les nazis projetaient l'extermination complète des Juifs d'Europe. Des millions de Juifs qui, dans la vision de la race des seigneurs, n'étaient que des sous-hommes indignes de vivre. En tant que demi-juive, Marlene n'avait plus que la mort comme échappatoire.

Elle vengerait Marlene ! Sa mort ne resterait pas impunie. Elle volerait le procès-verbal à Albrecht afin que le monde découvre les ignobles projets d'extermination des nazis. Hitler et ses compagnons étaient l'incarnation du mal, l'Apocalypse…

Deborah sortit dans la cour et, éblouie par la lumière, cligna des yeux pour chasser les ténèbres de la prison.

C'est alors qu'elle vit von Greiff campé au milieu de la cour avec deux de ses blonds disciples. Dans son manteau de cuir noir, il lui apparut comme la personnification du diable. La malveillance de son sourire la faisait frissonner malgré la chaleur du soleil. Sans un mot, il lui désigna du menton l'un des coins de la cour.

Deborah regarda dans cette direction, vit une potence et son cœur se pétrifia.

Le pendu était un homme de haute taille horriblement mutilé, mais, malgré son visage défiguré dont les orbites fixaient le vide, Deborah le reconnut à l'instant.

Jakob…

Quelque chose en elle se brisa. Elle tomba à genoux et hurla de toutes ses forces.

51

Hôpital de Cracovie, mars 1943

Marlene reprit conscience, mais ce n'était pas un réveil normal. Elle ouvrit simplement les yeux. Elle végétait depuis neuf mois sans percevoir de différence entre le jour et la nuit.

Il n'existait plus que l'infini du temps dans lequel elle gisait, inerte, voyait son corps décliner et ne pouvait se déplacer qu'en pensée. Elle n'était pas devenue folle et elle n'était pas morte. Son esprit et son corps se dérobaient à sa volonté. Elle connaissait des moments d'abattement pendant lesquels elle sombrait dans la dépression et pleurait jusqu'à ce que ses larmes se tarissent, hantée par les visions de Jakob torturé à mort. Mais elle sentait encore sur elle le dernier regard de son œil intact qui l'adjurait de ne rien révéler à von Greiff.

À d'autres moments, c'étaient la haine et la rage impuissante qui l'emportaient. Ses pensées se déchaînaient, ne se ramenant plus qu'à une question: comment tuer von Greiff? Mais elle ne pouvait rien faire, pas même mourir. La victoire de von Greiff était complète.

Elle gisait seule, isolée des autres patientes de l'hôpital. Sa chambre était un débarras sans fenêtre d'à peine quatre mètres carrés qu'elle appelait son cercueil. Sa seule lueur d'espoir était un médecin d'âge mûr qui lui rendait visite quand il en avait le temps. Il lui parlait avec une jovialité appuyée comme si elle était un petit enfant et lui faisait la lecture. Il disait que Marlene lui rappelait sa fille morte jeune. Pendant les premières semaines, elle n'avait prêté aucune attention à lui car elle ne désirait plus que mourir en paix. Mais il avait tenu bon, ignorant son silence et ses injonctions implicites de la laisser tranquille. Il veillait à ce qu'on lui procure tout le nécessaire, à ce qu'on la retourne régulièrement pour éviter les escarres, à ce qu'on lui apporte un coussin pour la rehausser et surtout à ce qu'elle soit suffisamment nourrie. Parfois, il lui donnait lui-même à manger.

Pendant ses premiers jours à l'hôpital, Marlene avait refusé toute nourriture dans l'espoir de mourir, mais on l'avait alimentée de force. Le médecin lui avait chuchoté que « ce von Greiff de la Gestapo » recevait des rapports sur elle et qu'il avait menacé tout le service des sanctions les plus sévères si elle mourait. Elle avait fini par obéir pour ne pas exposer le personnel de l'hôpital à la fureur de von Greiff.

On l'avait retournée ce matin et elle était étendue sur le dos. La porte de sa chambre restait ouverte sur l'ordre de son bienfaiteur pour laisser entrer un peu de la lumière du couloir dans la pièce, car von Greiff avait interdit toute lumière dans sa chambre afin de la laisser dans l'obscurité.

Marlene parcourut du regard le plafond. Elle était là ! Depuis quelques semaines, une araignée était suspendue à sa toile au-dessus de son lit. Elle disparaissait parfois plusieurs heures ou même plusieurs jours, mais, jusqu'ici, elle était toujours revenue. Elle descendait de temps en temps au bout d'un fil sur le lit, où elle se promenait. La veille, elle s'était pour la première fois aventurée sur le visage de Marlene. Cela l'avait chatouillée et c'était bon de savoir qu'au moins une partie d'elle restait sensible.

L'araignée était brune avec un corps épais et des pattes velues. Marlene la trouvait très belle et avait lié amitié avec elle. Quand elle était allongée sur le dos, elle pouvait la voir et elle lui parlait. La bête était en ce moment immobile dans son nid à côté d'une mouche qu'elle avait capturée.

— Alors, ma grosse, tu as encore pris quelque chose ? demanda Marlene.

L'araignée ne remua pas. Marlene lui parla encore, lui décrivit les rôles qu'elle avait joués au théâtre de l'école d'art dramatique et lui récita des passages de *Roméo et Juliette*. Elle connaissait encore le texte par cœur. Puisqu'elle ne pouvait devenir folle, elle refusait de s'atrophier intellectuellement. Sans Hitler et le national-socialisme, elle serait sûrement devenue actrice. Elle avait abandonné ses projets d'avenir. Ils faisaient partie d'une autre époque, d'un monde à jamais perdu.

Elle avait commencé à reprendre ses esprits quelques jours auparavant : pour la première fois depuis longtemps, ses pensées se tournaient de nouveau vers le monde extérieur. Elle se perdait moins dans le souvenir du passé ou dans des projets de vengeance irréalistes.

Cela ne tenait pas à son amie l'araignée, mais à l'intervention de son médecin, le docteur Hondl, qui, prenant son courage à deux mains, l'avait informée de certains événements malgré l'interdiction de von Greiff. La vie de Marlene depuis l'attentat s'était déroulée en vase clos : aucune nouvelle du monde n'était entrée dans sa chambre minuscule.

Les événements en question n'étaient plus tout récents, mais Marlene n'en était pas moins heureuse de les apprendre. Le nazisme entrait dans son déclin. À Prague, la Résistance juive avait réussi un attentat contre Heydrich, le bras droit d'Hitler pour la « solution finale », qui était mort de ses blessures quelques jours plus tard. En novembre 1942, les Américains étaient pour la première fois intervenus activement dans le cours de la guerre et avaient repris l'Afrique du Nord à l'Allemagne et à son alliée l'Italie. Les Britanniques n'étaient désormais plus seuls à combattre.

Au début de l'année 1943, les Allemands avaient essuyé une autre défaite cuisante à Stalingrad contre l'Union soviétique. La possibilité que le Reich perde la guerre qu'il avait déclarée était pour la première fois envisageable. Marlene avait constaté à cette occasion qu'elle était encore capable de se réjouir.

Elle observait à présent le mur d'en face auquel était accrochée une éphéméride, encore un luxe dont elle disposait depuis peu grâce au docteur Hondl. On était le 19 avril 1943, qui marquait le début de la semaine de fête juive de Pessach. Elle regarda son gros orteil qui dépassait de la couverture, pointé comme un cran de mire vers le calendrier. L'infirmière n'avait pas complètement tiré la couverture sur son pied, ce qui aurait d'ailleurs été superflu, car elle ne sentait plus ni le chaud, ni le froid. Mais la couverture dissimulait la maigreur effrayante de son corps aux muscles atrophiés.

Elle entendit soudain le bruit de pas qui se rapprochaient rapidement dans le couloir. C'était un martèlement de bottes. Un policier de la SS surgit dans la chambre et s'interposa entre elle et le calendrier. Marlene n'avait qu'une pensée : pourvu qu'il ne le voie pas et qu'il ne le confisque pas !

L'homme tenait une lettre à la main.

— Anna von Dürkheim ? demanda-t-il.

Marlene avait une insolence sur le bout de la langue, mais elle se contenta de fermer les yeux puis de les rouvrir en signe d'acquiescement. Elle avait appris à éviter toute provocation. Au cours de son premier mois à l'hôpital, elle avait reçu la visite d'un policier de la SS qu'elle avait raillé dans l'espoir qu'il l'abattrait. Il lui avait seulement vidé un pot de chambre sur la tête, laissant à l'infirmière de service le plaisir de tout nettoyer.

L'homme brandit la lettre.

— Des nouvelles de Berlin, annonça-t-il. Ton grand-père est mort en prison.

— Mon grand-père est mort en prison ? répéta Marlene, hébétée, plus pour elle-même que pour l'homme.

Elle se refusait à y croire.

— C'est ce que je viens de dire. Tes activités antinationales ont eu des conséquences : ton grand-père a été exproprié et il a agressé un fonctionnaire à cette occasion.

— Et ma grand-mère ? demanda Marlene.

— Qu'est-ce que tu veux que ça me fiche ? glapit l'homme.

Il jeta l'enveloppe sur le lit, sortit et ferma la porte derrière lui, laissant Marlene dans l'obscurité.

Plusieurs heures s'écoulèrent pendant lesquelles elle lutta seule contre ses démons. La lettre gisait sur la couverture de son lit. Marlene avait l'impression qu'elle pesait plusieurs tonnes. La nouvelle de la mort de son grand-père l'avait profondément ébranlée. Qu'était devenue sa grand-mère ? Était-ce elle qui avait écrit cette lettre ? Quand son mari avait été exproprié, elle avait sans doute quitté leur maison sur Unter den Linden.

C'était l'incertitude qui rendait Marlene folle, une incertitude doublée de remords, ce que von Greiff avait naturellement prévu. Mais une idée naissait en elle : et si cette nouvelle était fausse ? Peut-être von Greiff essayait-il de la déstabiliser en lui faisant croire que son grand-père était mort ? Supposant qu'elle était au courant des revers de l'Allemagne, peut-être avait-il voulu lui ôter tout espoir de recevoir de l'aide de son grand-père. Ce genre de perfidie était typique d'Hubertus von

Greiff. Il maîtrisait à la perfection l'art de détruire physiquement et surtout moralement. Et cette perfidie fit son œuvre : Marlene s'épuisa en ruminations, ses pensées tournèrent en rond sans trouver d'issue jusqu'au moment où elle sentit la douleur lancinante d'une migraine.

Elle eut tout à coup une sensation de chatouillement. Il lui fallut un instant pour reconnaître le contact de l'araignée, et un peu plus longtemps pour comprendre que ce n'était pas son visage, mais son pied qui la chatouillait. Mais comment est-ce possible ? se demanda-t-elle. Elle devait l'imaginer ou l'avoir rêvé. Ou peut-être perdait-elle enfin la raison…

La porte de la chambre s'ouvrit et la lumière entra avec le médecin. Marlene regarda son pied. L'araignée perchée sur son gros orteil semblait la dévisager.

Le médecin s'approcha du lit.

– Bonsoir, Marlene ! Comment ça va ? J'ai appris que tu as reçu de la visite ce matin, dit-il.

– Vous voilà enfin, docteur Hondl ! Il y a une lettre sur mon lit. Lisez-la-moi vite.

Quand le médecin prit la lettre, son regard tomba sur l'araignée.

– Pouah, la sale bête ! s'exclama-t-il, et il allait la chasser quand Marlene intervint.

– Non, je vous en prie, laissez-la. Je l'aime bien. Elle me tient compagnie, dit-elle.

Le docteur Hondl lui lança un bref regard, puis sourit. Il tira de sous le lit le tabouret qu'il y laissait pour ses visites, s'assit au pied du lit afin que Marlene puisse le voir et sortit la lettre de l'enveloppe.

– Montrez-moi d'abord l'écriture, demanda Marlene.

Il leva la lettre à la hauteur de ses yeux et elle sentit ses joues la brûler en reconnaissant l'écriture de sa grand-mère.

— S'il vous plaît, lisez-la-moi, reprit-elle faiblement.

La lettre l'informait bel et bien de la mort de son grand-père. C'était donc vrai. Et sa grand-mère était allée vivre chez des parents. Elle ne disait pas un mot de la perte de leur fortune. C'était une grande dame.

— Je suis vraiment désolé, dit le médecin en lui caressant la joue dans un geste consolateur.

Marlene pleura comme elle ne l'avait plus fait depuis longtemps.

Après un instant d'hésitation, le docteur Hondl parut prendre son courage à deux mains.

— Si vous voulez, je peux écrire une lettre pour vous, reprit-il.

Marlene le lui avait déjà demandé plusieurs fois, mais il s'y était toujours refusé en raison des menaces de von Greiff.

Marlene le regarda. Von Greiff avait tué ou détruit tous ceux qui lui étaient chers. Il ne lui restait plus que sa grand-mère et c'était une vieille femme. À qui d'autre aurait-elle pu écrire ?

Sa famille du côté maternel avait été déportée en avril 1940 et, malgré les contacts de Jakob, il avait été impossible de retrouver sa trace. Marlene soupçonnait von Greiff d'avoir joué un rôle dans cette disparition. Elle se souvint alors de Deborah. Il y avait longtemps qu'elle n'avait plus pensé à elle. Qu'était-elle devenue ? Osman et elle étaient-ils parvenus à voler le procès-verbal et à le transmettre à Londres ? Cette question intéressait de nouveau Marlene. Neuf mois avaient passé depuis la mort de Jakob. Brunnmann se rendait régulièrement au Gouvernement général pour son travail et son séjour remontant à neuf mois n'était pas le premier. Peut-être le docteur Hondl pourrait-il se renseigner au Grand Hôtel pour savoir si Brunnmann y séjournait de nouveau ?

— J'aurais un service à vous demander, dit-elle. Vous souvenez-vous de ma jeune amie qui avait été transportée ici après l'attentat ? La petite amie du colonel Brunnmann ?

Le médecin acquiesça.

— J'aimerais bien savoir si elle est encore à Cracovie, poursuivit Marlene. Si oui, elle séjourne sûrement au Grand Hôtel sur la Slawkowska. Pourriez-vous vous renseigner discrètement là-bas ?

Elle comprit aussitôt qu'elle lui en demandait trop. Écrire une lettre et la poster en cachette était une chose, se rendre dans un grand hôtel pour se renseigner sur la petite amie d'un officier de la SS en était une autre. Alors qu'elle se demandait comment le convaincre, elle eut soudain une idée.

— J'ai une meilleure idée, reprit-elle. Demandez plutôt là-bas des nouvelles d'un certain Osman. C'est le chauffeur de Brunnmann. Vous pourriez par exemple vous faire passer pour un mécanicien. Osman est muet. Si vous réussissez à le voir, dites-lui simplement où Deborah pourra me trouver. Voulez-vous bien me rendre ce service ?

— D'accord, mais il vous faudra attendre quelques jours au minimum.

— Ne vous inquiétez pas, j'ai tout mon temps et je ne me sauverai pas, répondit Marlene en se forçant à sourire. Et si vous pouviez aussi écrire une lettre à ma grand-mère, ce serait merveilleux.

— Naturellement. Je repasserai plus tard avec du papier à lettres. Je dois maintenant voir mes autres patients.

Il lui serra la main avant de sortir.

Marlene eut l'impression étrange d'avoir senti le contact de sa main. Cela l'inquiéta : souffrait-elle de troubles de la perception ? Elle devait en avoir le cœur net. Elle chercha l'araignée des yeux. Elle était toujours à sa place, sur son gros orteil.

— Allez, remue-toi, ma grosse, lui dit-elle. Chatouille-moi un peu.

Il s'avéra au cours des journées suivantes que Marlene ne s'était pas trompée. Elle sentait de plus en plus souvent des fourmillements dans diverses parties de son corps. Elle savait maintenant que ses sensations revenaient, lentement mais indéniablement. Comment était-ce possible ? Elle ne croyait pas aux miracles, mais, quelques jours plus tard, elle fut bel et bien capable de remuer légèrement l'index droit. Peut-être aurait-elle même pu faire mieux, mais elle manquait de forces depuis que ses muscles étaient atrophiés.

Ce jour-là, le docteur Hondl lui apporta une autre bonne nouvelle. Quand il s'était renseigné au sujet d'Osman à l'hôtel, il avait appris que le chauffeur n'y était pas en ce moment, mais que le colonel Brunnmann « ferait de nouveau l'honneur de sa présence à l'établissement dans quelques jours et reviendrait sûrement comme d'habitude avec son chauffeur ». Le médecin n'avait pas osé poser de questions au sujet de Deborah et n'avait rien appris la concernant, mais il promit à Marlene de se renseigner à nouveau dans une semaine.

Marlene avait entre-temps commencé à exercer ses muscles. Dès qu'elle éprouvait une sensation, elle s'étirait jusqu'à ce que son front ruisselle de sueur. Elle s'entraînait tenacement et, dès la troisième semaine, elle pouvait lever la main droite et quelques doigts de la main gauche. Elle sentait un fourmillement presque incessant dans les pieds et elle pouvait remuer les orteils. Elle était certaine qu'avec le soutien du docteur Hondl elle ferait des progrès plus rapides, mais elle hésitait encore à se confier à lui.

Un jour à midi, Osman apparut dans sa chambre. Le docteur Hondl avait donc tenu parole. Osman avait à vrai dire peu de temps car il disposait seulement de deux heures avant d'aller chercher Brunnmann. Il apprit à Marlene que Deborah avait attaqué von Greiff avec un couteau dans la cour de la prison juste après la mort de Jakob. Osman écrivit la suite dans son style haché sur les pages du carnet de notes qu'il avait toujours sur lui : « J'ai empêché tuer von Greiff car arrivé et compris ce que veut Deborah. Je suis allé entre les deux. Allah soit loué, personne sauf moi vu couteau. Von Greiff très amusé. J'ai emporté Deborah dans voiture. Elle longtemps malade après. B. ordonné moi la ramener à Munich. »

— Elle a du cran, cette petite ! commenta Marlene. Dommage qu'elle n'ait pas zigouillé von Greiff, mais elle y serait passée à son tour. Comment va-t-elle ?

Le visage d'Osman se rembrunit.

— « Pas bien. Surveillée, interdit de sortir et doit faire tout ce que B. ordonne sinon il envoie petit frère en camp de concentration », écrivit-il.

— Un salaud sera toujours un salaud, conclut Marlene sombrement. Si je comprends bien, vous n'avez même pas essayé de voler le procès-verbal ?

Osman secoua la tête.

— « Si je suis pris, D. va rester seule. Je protéger D. D. comme ma fille ! » écrivit-il, et il souligna avec énergie les trois derniers mots.

— Je comprends. Combien de temps Brunnmann et toi resterez-vous à Cracovie ?

— « Sept jours et puis Varsovie. Soulèvement du ghetto. B. dit retour à Munich mi-mai. »

— Un soulèvement dans le ghetto de Varsovie ! Que sais-tu d'autre ?

— « Grave. Allemands bombarder ghetto, mais guerre très mauvaise pour Allemands. »

— As-tu d'autres nouvelles ? Pourrais-tu m'apporter un journal tchèque ? demanda avidement Marlene.

— « Osman essaie. Revient demain. »

Mais il ne revint pas. Marlene demanda une fois de plus au docteur Hondl de se renseigner au Grand Hôtel, mais cette fois-ci il refusa, jugeant le risque trop élevé.

Marlene resta donc dans l'incertitude. Elle poursuivait néanmoins ses exercices physiques. Début août, elle pouvait lever les bras et plier la jambe gauche.

— C'est curieux, vous paraissez mieux portante et plus forte, lui dit en septembre une infirmière qui changeait ses draps.

Marlene crut que son cœur cessait de battre. Mais, une fois seule, elle reprit ses exercices.

52

Vers la fin octobre à 5 heures du matin, Deborah réapparut devant elle. Elle portait un simple pantalon en laine, une veste et une grande casquette.

Marlene n'en croyait pas ses yeux.

— C'est toi ? demanda-t-elle, stupéfaite.

Deborah se jeta sur elle et sanglota sans retenue. Marlene se réjouissait plus de la revoir qu'elle ne l'aurait cru. Elle réprima son envie de lever un bras pour lui caresser le dos, car elle dissimulait à tout le monde qu'elle avait retrouvé une partie de ses facultés, mais elle hocha imperceptiblement la tête. Osman se tenait dans l'encadrement de la porte et ne paraissait pas précisément ravi d'être là.

Deborah se calma enfin, sécha ses larmes avec la couverture du lit et se redressa.

— Tu parais bien mal en point, ma pauvre Marlene, dit-elle.

— Comment es-tu arrivée jusqu'ici, Deborah ?

— Avec Osman, bien sûr, répondit la jeune fille.

Elle ôta sa veste et la jeta sur le lit.

— C'est ce que je vois, mais Osman m'a dit que Brunnmann t'avait enfermée chez vous à Munich.

— Oui, mais j'en ai eu assez. Quand Osman m'a appris que tu avais survécu et que tu étais ici, j'ai su que je devais à tout prix te revoir. Alors j'ai joué le repentir pendant des mois : ce n'est pas pour rien que j'ai étudié l'art dramatique. Albrecht a tout avalé et me revoilà.

— J'ai du mal à y croire : il est trop malin pour avoir marché si facilement.

— C'est vrai. En principe, je ne dois pas sortir de l'hôtel. Albrecht est en déplacement avec Otto Je-ne-sais-qui, le gouverneur de Cracovie. Il a posté un soldat bête comme ses pieds devant la porte de la suite, mais je suis sortie par la fenêtre, expliqua Deborah, visiblement égayée de ce bon tour.

— Albrecht t'a logée au rez-de-chaussée ? demanda Marlene avec incrédulité.

— Non, au deuxième, mais j'ai examiné la façade : elle est couverte de saillies parce que l'hôtel est un ancien château-fort. C'est un jeu d'enfant de l'escalader et d'en redescendre. J'ai fait deux essais avant de me lancer. J'ai expliqué à Osman ce que je voulais faire, il m'a attendue devant l'hôtel et conduite ici. Mais raconte à ton tour ce qui t'est arrivé.

— Il n'y a pas grand-chose à raconter. Je passe mes journées allongée à rêver en vain de mourir ou de devenir folle. Ma seule amie ici est une araignée qui a disparu il y a quelques jours. Osman, pourrais-tu rester dans le couloir, fermer la porte et nous prévenir si quelqu'un arrive ?

Osman acquiesça et sortit.

— Vite, Deborah ! s'écria Marlene dès qu'il eut refermé la porte. Aide-moi : je veux essayer de me lever.

— Quoi ? demanda Deborah, persuadée d'avoir mal entendu.

— Ça a commencé au printemps : j'ai cru sentir un chatouillement au gros orteil. C'était l'araignée qui était grimpée sur mon pied ! J'ai petit à petit retrouvé des sensations dans tout mon corps, mais mes muscles sont atrophiés. J'ai quand même envie de sentir enfin le sol sous mes pieds. Ça fait si longtemps… Allez, aide-moi !

Marlene fit péniblement passer ses jambes par-dessus le bord du lit. Ses pieds se balançaient à quelques centimètres au-dessus du sol.

— C'est extraordinaire ! Peut-être que tu pourras bientôt marcher ! exulta Deborah.

Elle passa un bras autour de ses épaules, la soutint et Marlene se laissa glisser à bas du lit avec précaution. Pour la première fois depuis plus de dix-huit mois, ses pieds touchèrent le sol. Ce fut une sensation bouleversante et complètement inattendue. Elle fit porter tout son poids sur ses pieds et desserra l'étreinte de Deborah, mais ses jambes étaient encore trop faibles pour la soutenir. Elle se laissa retomber sur le lit avant qu'elles se dérobent sous elle. C'était toujours un début. Si seulement elle avait quelqu'un avec qui s'entraîner !

— Il faut t'entraîner ! déclara Deborah au même instant.

— Oui, mais ça n'ira pas tout seul. Avec une paire de béquilles, je pourrais m'en tirer…

— Je t'en apporterai : nous sommes bien dans un hôpital, non ?

— Et où les cacherais-je, petite futée ?

— Je graisserai la patte à l'infirmière. L'argent et les bijoux, ce n'est pas ce qui me manque.

Mais Marlene restait sceptique. Elle se demanda une fois de plus si elle devait mettre le médecin dans le secret. Leur confiance mutuelle n'avait fait que croître avec le temps. Le médecin semblait la considérer comme sa fille et la protéger tout comme Osman protégeait Deborah. Il avait déjà écrit et envoyé deux lettres à sa grand-mère, à l'adresse que celle-ci lui avait communiquée, dans le Brandebourg. Marlene ignorait si sa grand-mère les avait reçues. Elle ne lui avait pas répondu. Peut-être von Greiff avait-il intercepté les lettres. Dans ce cas, soit il ignorait que le docteur Hondl les avait écrites pour elle, soit il espérait récupérer d'autres lettres dont il pourrait tirer des renseignements utiles.

— Où en est la guerre ? demanda-t-elle.

— Leopold pense que l'Allemagne la perdra, répondit Deborah avec un haussement d'épaules. Les bombardements des Britanniques sur les villes sont de plus en plus nombreux et il y a beaucoup de réfugiés à Munich. Leopold est d'avis que les Américains vont bientôt nous bombarder à leur tour et que ce sera alors le début de la fin.

— Qui est Leopold ?

— Le frère aîné d'Albrecht. Il vient nous voir de temps en temps, mais son frère et lui ne s'entendent pas du tout. Je crois que Leopold aide des Juifs. Ça ne m'étonnerait pas : il n'aime pas ce que fait Albrecht et réciproquement. Mais, naturellement, Leopold n'en parle jamais. Je le suppose seulement parce qu'Albrecht a fait quelques allusions à ce sujet.

— Il m'a l'air intéressant, ce frère d'Albrecht. J'ai l'impression que tu n'as pas choisi le bon numéro.

— Comme Leopold est prêtre, je n'avais pas vraiment le choix. Mais je l'aime beaucoup.

— Au fait, c'était très courageux de ta part d'attaquer von Greiff. Je l'ai appris par Osman.

Deborah s'assombrit et son regard exprima une infinie tristesse.

— J'ai vu Jakob pendu dans la cour, complètement mutilé, et von Greiff ne faisait que rire ! Il riait ! Ce démon… c'est parce qu'il voulait que je voie Jakob qu'il m'a attendue dans la cour. C'est alors que j'ai voulu le tuer, mais Osman m'en a empêchée. Ensuite, j'étais dans le trente-sixième dessous et j'ai voulu me suicider… regarde… (Deborah releva les manches de son pull et montra à Marlene sur l'un de ses poignets une cicatrice à l'emplacement de l'artère.) Osman m'a sauvé la vie et il m'a laissé un message dans lequel il avait écrit: «Tu dois vivre pour te venger.» Il a raison. Je vis maintenant pour me venger. Un jour, je tuerai Albrecht et von Greiff, j'en fais le serment !

— Non, coupa Marlene, c'est moi qui tuerai von Greiff !

Elles se turent un instant. Deborah parut sur le point de répondre, puis se ravisa. Mais son silence était aussi éloquent que l'expression de ses yeux: comment veux-tu le tuer alors que tu ne tiens même pas debout ?

Deborah passa les mains sur ses avant-bras, visiblement mal à l'aise. Marlene suivit son mouvement des yeux. La vue de ses bras l'avait effrayée, moins à cause de la cicatrice au poignet que des nombreuses coupures toutes récentes qui ressemblaient à de l'automutilation. Et les ongles de la jeune fille étaient rongés à ras. Marlene avait l'impression que Deborah se détruisait parce qu'elle ne supportait plus de vivre. La gaieté qu'elle affichait lui paraissait contrainte. Elle pouvait croire que Deborah était heureuse de la revoir, mais pas le reste. La jeune fille continuait de jouer un rôle. Après avoir feint le repentir auprès de Brunnmann, elle jouait la jeune fille normale. C'était vraiment une bonne actrice, mais Marlene avait entrevu des abîmes de détresse dans son regard.

— Tes bras sont affreux à voir, dit-elle. Tu es vraiment obligée de t'infliger ça ?

Deborah rabaissa les manches de son pull d'un geste énergique.

— Oui, ça me fait du bien, répondit-elle. Je me taillade les bras comme d'autres se saoulent. Et ça cicatrise toujours. Leopold voulait m'envoyer chez le médecin, mais moi, je ne veux pas. Je ne comprends pas pourquoi tout le monde pense que c'est si grave. Même mon frère me gronde et c'est lui qui m'a dénoncée à Leopold. Je ne vois pas à qui ça fait du mal que je me coupe, conclut-elle d'un air buté.

— À toi, Deborah.

— Ne t'inquiète pas pour moi, je vais très bien. Mais explique-moi donc ce que tu fais ici.

Marlene eut un rire sec.

— Tu veux dire pourquoi je ne suis pas morte comme Jakob ? demanda-t-elle. La réponse est simple : von Greiff veut me maintenir en vie dans cet état. Il sait que c'est pour moi le pire des châtiments. C'est la raison pour laquelle on me soigne bien ici. Crois-moi, j'ai mille fois souhaité mourir.

— Je suis désolée de ne pas avoir pu revenir plus tôt, s'empressa de dire Deborah. Albrecht m'a immédiatement fait ramener à Munich par Osman. Il a même envoyé l'un de ses hommes là-bas pour me surveiller.

— Ne te tracasse pas pour moi, je voulais seulement…

— Au fait, j'ai la capsule que je devais t'apporter, l'interrompit Deborah. Tu ne vas pas y croire, mais elle était encore sous l'armoire de la salle de bains.

Deborah fouilla dans la poche de son pantalon et tendit la capsule à Marlene, qui la regarda avec stupeur. La fin de ses maux était à sa portée, mais elle n'avait plus envie d'y recourir. Elle secoua la tête.

— Non, garde-la pour moi, dit-elle.

— Très bien, répondit Deborah en rangeant la capsule dans son sac, mais, dans ce cas, nous devrons trouver un moyen de te faire évader.

Marlene secoua la tête.

— Non, ne te mets pas plus en difficulté que tu l'es déjà, Deborah. Et, maintenant, il vaudrait mieux que tu rentres à l'hôtel avec Osman avant qu'on te voie avec moi.

— Mais je veux t'aider ! Et ces béquilles que je devais t'apporter ?

— Ne t'occupe pas de ça. J'ai un médecin qui m'a déjà aidée. Je vais me confier à lui : c'est ma seule chance si je veux réapprendre à marcher.

Deborah ne parut guère convaincue, mais elle remit sa veste sans discuter plus longtemps.

— Je reviendrai demain, annonça-t-elle. Albrecht est en déplacement et ne rentrera pas avant deux jours au moins. Puis-je faire autre chose pour toi, transmettre un message à quelqu'un, par exemple ?

Cette fois-ci, Marlene n'eut pas le cœur de l'éconduire. Elle sourit.

— Espionne un jour, espionne toujours ! commenta-t-elle. Non, plus de messages, mais, si tu reviens demain, apporte-moi un journal, s'il te plaît.

Deborah rentra dans la suite par la fenêtre.

— Et voilà, c'est bien ce que je pensais : quand le chat n'est pas là… vous autres femmes êtes décidément prévisibles.

Albrecht était assis dans un fauteuil, les jambes croisées. Contrairement à celui de Deborah, son visage était inexpressif. Elle le regarda, désemparée. À sa vue, ses jambes avaient failli se dérober sous elle. Elle s'approcha de lui d'un pas mal assuré.

— Albrecht, je…, commença-t-elle.

— Silence ! Tu me déçois vraiment, Maria. Alors que je t'ai ramenée ici, tu as abusé de ma confiance à la première occasion. Mes doutes étaient donc justifiés. J'ai à peine tourné le dos que tu cours voir une espionne juive alors que je te l'avais interdit ! Que veux-tu que j'en pense ?

Deborah se jeta à genoux devant lui.

— Albrecht, c'est mon amie, l'implora-t-elle. Je ne peux tout simplement pas croire que c'est une espionne.

— J'ai déjà entendu ce refrain. Les preuves ne manquent pourtant pas. Du reste, sa culpabilité est secondaire. Tout ce qui compte pour moi, c'est que tu m'as désobéi et que tu as entraîné Osman dans cette histoire. Il sert ma famille depuis près de cinquante ans et, maintenant, je dois le renvoyer par ta faute ! Cette fois-ci, je suis vraiment furieux contre toi, Maria.

— Osman n'y est pour rien, protesta Deborah, gagnée par la frayeur, mais Albrecht l'interrompit.

— Tais-toi, je ne veux plus rien entendre là-dessus. Il est coupable puisqu'il m'a désobéi, lui aussi. Il savait très bien qu'il n'avait pas le droit de te conduire à l'hôpital et qu'il aurait dû te ramener aussitôt à l'hôtel. Je l'envoie sur le front de l'Est : là-bas, il pourra servir le Führer. Quant à moi, je me passerai fort bien de ses services.

— Je t'en prie, Albrecht, ne punis pas Osman pour ce que j'ai fait ! Il a seulement voulu veiller sur moi.

— Plus un mot ! C'est décidé : il est déjà en route pour l'Est. Déshabille-toi et va t'allonger sur le lit, Maria. Je vais te punir.

Deborah remarqua seulement alors qu'il tenait son fouet à chien à la main.

— Non, Albrecht ! Je ne veux pas ! s'écria-t-elle et, après l'avoir esquivé, elle se précipita vers la fenêtre.

— Crois-tu vraiment que ce que tu veux m'intéresse ? Mais, si tu préfères, je peux faire venir le soldat qui garde la porte pour qu'il te tienne.

Albrecht se leva et se dirigea vers la porte. Deborah grimpa sur l'appui de la fenêtre, pour découvrir qu'un autre soldat montait la garde en contrebas. Toutes les issues étaient bloquées.

En entendant derrière elle le rire d'Albrecht, elle eut envie de sauter par la fenêtre, mais elle pensa soudain à son frère. Il n'avait que dix ans. Elle ne pouvait pas le laisser seul… elle avait promis à ses parents de le protéger.

Elle redescendit et se retourna lentement. La main d'Albrecht était encore sur la poignée de la porte. Il la dévisageait en silence. Deborah commença à se déshabiller. Ce n'était pas la douleur, mais l'humiliation qu'elle redoutait.

53

Le général de la SS Ernst Kaltenbrunner, devenu directeur de l'Office central de la sécurité du Reich à la suite de Reinhard Heydrich, était irrité : son ordonnance Arthur Schitler venait d'entrer dans son bureau sans avoir frappé à la porte.

– Au rapport : le capitaine Hubertus von Greiff est mort, annonça ce dernier. Il a été assassiné cette nuit dans son appartement avec l'un de… euh… de ses hommes, bafouilla-t-il.

Il avait dû courir, car il était encore hors d'haleine.

Kaltenbrunner se leva d'un bond.

– Assassiné ? Qu'est-ce que c'est que ce foutoir, nom de Dieu ? hurla-t-il.

Schitler se mit au garde-à-vous.

– Une enquête est en cours, mon général, répondit-il.

Kaltenbrunner l'observait. Il ne travaillait avec lui que depuis peu. Arthur Schitler avait été l'ordonnance d'Heydrich jusqu'à son assassinat à Cracovie. Il était encore jeune, car il n'avait même pas trente ans. Kaltenbrunner l'avait gardé à son service pour sa connaissance approfondie des structures de l'Office central de la sécurité du Reich fondé par Heydrich.

Kaltenbrunner médita la nouvelle. Il savait que les bruits répugnants qui couraient sur les tendances sexuelles de von Greiff étaient véridiques. Il avait découvert les notes de son prédécesseur à ce sujet quand il avait repris ses fonctions. Heydrich avait en même temps dépeint von Greiff comme son plus fin limier et pris sa défense. Il était vrai que personne n'avait un taux de réussite aussi élevé que lui, mais chacun savait que ses cruautés passaient la mesure. Il n'avait jamais eu peur de se salir les mains. Et maintenant il était mort, assassiné comme son supérieur.

Kaltenbrunner réprima un grognement de contrariété. La liste des suspects pour cet assassinat aurait probablement le volume de l'annuaire téléphonique de Berlin. Une sale affaire, décidément. Le Führer, dont il était l'un des plus proches amis et qu'il était l'un des rares à pouvoir tutoyer, serait fou de rage, et avec raison – comme s'il n'avait pas déjà assez de soucis ! Kaltenbrunner venait de lire un rapport exprimant en termes diplomatiques que les ressources nécessaires pour la solution finale commençaient à manquer. Et c'était à son office d'y remédier. C'était à lui d'y remédier…

— Que savez-vous d'autre ? Pourrait-il s'agir d'une… d'une affaire de mœurs ? demanda-t-il après s'être éclairci la gorge.

C'était l'hypothèse qu'il préférait, car, dans ce cas, l'affaire pourrait probablement être résolue avant qu'elle lui claque entre les doigts.

— Nous en savons encore trop peu pour être en mesure de l'affirmer, répondit Schitler. Les indices sont difficiles à interpréter. D'après le médecin de la police, la gorge de l'autre victime a été sectionnée tandis que le capitaine von Greiff a visiblement été torturé plusieurs heures d'affilée, acheva-t-il après une pause.

— Von Greiff, torturé ? Comment ?

Kaltenbrunner s'était encore assombri. Le bourreau a été exécuté, pensa-t-il.

— On lui a arraché l'œil, on l'a châtré et on a fourré ses testicules et son pénis dans sa bouche, lâcha

Schitler. Le médecin pense qu'il est mort étouffé de cette manière. On en saura plus après les analyses.

Kaltenbrunner se renversa dans son fauteuil.

– Faites en sorte que rien ne transpire de ces détails, Schitler, dit-il. J'ordonne le secret absolu sur cette affaire.

– Cet ordre a déjà été transmis, mon général.

– Très bien. Tenez-moi au courant des progrès de l'enquête. J'attends un rapport détaillé pour ce soir avant mon dîner avec le Führer.

Et il congédia Schitler sur ces mots. L'ordonnance se mit au garde-à-vous et sortit. Il passa sans un mot devant les secrétaires de l'antichambre qui le suivirent des yeux avec étonnement. De retour dans son bureau, il grommela à l'adresse de son propre secrétariat qu'il entendait n'être dérangé sous aucun prétexte avant de s'asseoir à sa table de travail.

Il porta la main à son cœur, qui battait violemment. Il sentait dans la poche de poitrine de sa chemise l'enveloppe qu'un coursier lui avait apportée peu avant que Kaltenbrunner le convoque pour son rapport. Ce courrier venait de son amante Greta et contenait une photographie. On y voyait Greta, uniquement vêtue de la casquette d'uniforme de Schitler, adresser un salut militaire à ce dernier qui, étendu sur un lit dans le plus simple appareil, lui portait un toast avec une coupe de champagne. Il se souvenait plus ou moins qu'il était déjà passablement ivre à ce moment de la soirée.

Les exigences de Greta étaient inscrites au dos du cliché. Elle réclamait deux passeports au nom de femmes et une pièce d'identité pour un garçon de dix ans. Des Juifs, bien entendu. Ces exigences, ainsi que la pensée du complice qui avait pris la photographie, préoccupaient Schitler. À en juger par l'angle sous lequel ce cliché avait été pris, le photographe avait dû se cacher dans l'armoire de la chambre. Schitler savait qu'il avait les mains liées.

Il s'en voulait surtout de sa propre stupidité. Il était fou d'avoir fait confiance à cette femme ! Il avait tenté de se rappeler s'il lui connaissait des relations, mais sans résultat. Greta l'avait abordé alors qu'il allumait une cigarette sur la Wilhelmstrasse, à proximité de son bureau situé dans le palais du prince Albert, quartier général de l'Office central de la sécurité du Reich.

Elle était vêtue avec raffinement, très jolie et extrêmement séduisante. Elle lui avait demandé une cigarette. Il avait trouvé l'audace de cette demande à un officier de la SS, alors que les femmes qui fumaient en public étaient vues d'un mauvais œil, plutôt excitante. C'était ainsi que tout avait commencé. Il comprenait à présent que Greta avait manigancé cette rencontre et qu'il avait mordu à l'hameçon. Et dire qu'elle n'avait pas la moindre caractéristique juive !

Elle lui donnait rendez-vous le soir même à 19 heures devant l'entrée du Jardin zoologique pour la remise des papiers. Schitler consulta sa montre. Il lui restait six heures. Il inspira à fond. S'il se faisait pincer ou si cette femme le dénonçait, il y laisserait sa tête.

Il ne lui restait plus beaucoup de temps pour se dégager du nœud coulant passé autour de sa gorge. Il avait intérêt à réfléchir en vitesse au meilleur moyen de s'en sortir.

54

Marlene observait la maison de la Prinzregentenplatz depuis un bon moment. Personne n'y était entré ni n'en était sorti. Elle avait mal aux pieds alors qu'elle portait de confortables chaussures basses. Bien qu'elle ait retrouvé sa vigueur d'antan grâce à une discipline de fer et à neuf mois d'entraînement intensif, les stations debout prolongées la fatiguaient encore. Elle fit passer le poids de son corps sur son autre pied pour la énième fois. Il lui paraissait toujours miraculeux de pouvoir de nouveau marcher. Cela restait également un mystère pour le docteur Hondl. D'après les suppositions de ce dernier, sa moelle avait subi un choc violent, mais l'enflure qui en était résultée s'était lentement résorbée.

Elle s'était enfuie de l'hôpital avec son aide et cachée dans une cave qu'elle avait aménagée longtemps auparavant en prévision du jour où elle devrait disparaître. Elle y avait laissé des papiers d'identité, des vêtements et de l'argent. Elle avait ensuite repris contact avec ses camarades du réseau qui l'avaient aidée à passer en Allemagne.

Ce bon docteur Hondl… il avait bravé le risque de représailles de la part de von Greiff pour l'aider à se rééduquer. Il l'avait informée un jour que les rapports du bureau de von Greiff à son sujet se faisaient plus rares. Contrairement à Marlene, qui pensait à lui jour après jour, von Greiff semblait l'oublier peu à peu.

Un prêtre qui arrivait de l'autre côté de la place attira son attention. Il avait relevé sa soutane pour marcher plus vite. Alors qu'il était à environ cinquante mètres d'elle, son aspect la frappa. Si elle n'avait su à quoi s'en tenir, elle l'aurait pris pour Albrecht Brunnmann, mais pourquoi ce dernier se serait-il déguisé en prêtre ? Alors qu'elle formulait cette question, elle reconnut l'homme : c'était Leopold, le frère d'Albrecht !

Tout se déroula alors très vite. Le prêtre venait d'arriver devant le 10 quand une voiture sombre surgit derrière lui dans un hurlement de pneus et deux hommes en jaillirent.

Marlene en resta glacée de terreur. La Gestapo ! Le prêtre avait jeté un bref regard autour de lui, reconnu le danger et pris ses jambes à son cou. Il s'enfuyait dans la direction de Marlene, poursuivi par les deux hommes qui lui hurlaient de s'arrêter. Ils avaient sorti leurs armes. Marlene se plaqua contre le mur de la façade, le cœur battant. Le fuyard passa devant elle et parcourut encore quelques mètres quand la détonation d'un tir résonna.

La place était très animée et Marlene entendit des cris de frayeur. Une petite fille serrant la main de sa mère se mit à pleurer. Le prêtre s'arrêta court, leva les bras et se laissa emmener sans résistance par les deux hommes. Marlene regarda la voiture s'éloigner.

Alors qu'elle se demandait si elle devait partir et revenir le lendemain, la porte du 10 s'ouvrit et une robuste femme d'une cinquantaine d'années en sortit, un panier à la main.

Marlene la détailla. Était-ce Ottilie ? Comme Deborah lui avait parlé de la brave domestique employée chez les Berchinger depuis plus de vingt ans, elle savait que cette femme était digne de confiance. Elle avait décidé de la mettre au courant de son projet afin de reprendre contact avec Deborah le plus rapidement possible. Marlene ne voulait pas rester à Munich plus longtemps que nécessaire.

Elle avait longuement réfléchi pour savoir si elle était prête à courir le risque de tirer Deborah et son frère des griffes de Brunnmann, et elle en avait conclu que oui. Elle éprouvait une réelle affection pour cette jeune fille entière et impulsive.

Et toutes deux avaient aimé le même homme : Jakob.

Marlene suivit la femme. Ce fut un long trajet jusqu'à un marché qui ne proposait plus grand-chose. Mais la femme savait visiblement à qui s'adresser pour se procurer ce qu'elle cherchait et elle avait de l'argent. L'argent de Brunnmann. L'argent volé à des Juifs, se dit sombrement Marlene.

Elle s'était approchée comme si elle voulait examiner l'étalage pour entendre ce que disait le marchand de légumes à cette femme.

— Alors, Ottilie, qu'est-ce que ce sera pour aujourd'hui ? demanda-t-il.

Ottilie ! Marlene respira. C'était bien elle.

Quand elle s'éloigna après avoir empilé ses achats dans son panier, Marlene la rattrapa et marcha à côté d'elle.

— Excusez-moi, êtes-vous madame Ottilie ? demanda-t-elle.

— Oui, pourquoi ? répondit la femme, qui recula d'un pas, visiblement sur ses gardes.

Elle toisa Marlene, qui portait une robe d'été toute simple.

— Je suis une amie de Deborah, expliqua cette dernière. J'ai fait sa connaissance à Cracovie.

— Jésus tout-puissant, mais alors vous êtes Marlene !

À la stupeur de Marlene, Ottilie laissa choir son panier pour lui sauter au cou et éclata en sanglots.

Marlene restait figée et toute raide, avec une seule pensée : « Bon sang, ce n'est vraiment pas le moment de me faire remarquer ! »

— Allons, calmez-vous et marchons un peu, dit-elle à Ottilie.

Elle jeta un regard inquiet par-dessus l'épaule d'Ottilie. Le marchand de légumes et quelques badauds les observaient avec curiosité. Marlene se dégagea, ramassa le panier et entraîna Ottilie vers l'entrée d'une maison.

— Surtout pas de noms ! siffla-t-elle.

— Je suis désolée. Je sais que vous êtes espionne, mais j'étais si contente...

Marlene leva les yeux au ciel. Peut-être n'était-ce finalement pas une si bonne idée d'aborder Ottilie.

— Écoutez-moi bien, reprit-elle. Ne prononcez pas de noms et ne parlez surtout pas d'espionne. Vous ne voulez pas que la Gestapo nous jette tous en prison ?

La mention de la Gestapo produisit l'effet habituel. Ottilie blêmit.

— Mon Dieu, vous avez raison, répondit-elle. Mais j'étais si contente parce que Deborah parle de vous si gentiment ! Avez-vous un plan ? demanda-t-elle, ce qui avait le mérite d'aller droit au but.

— Peut-être. Comment va Deborah ?

— Pas trop bien. Elle est enfermée, la pauvre, mais elle tient bon pour Wolferl. Ce Brunnmann est un vrai démon. Quand je vois ce qu'il la force à faire...

La voix d'Ottilie se brisa sur ces dernières paroles et Marlene redouta un nouveau flot de larmes.

— Ne t'inquiète pas, Ottilie, dit-elle. Écoute, j'ai une lettre pour Deborah. Prends-la et apporte-moi sa réponse demain. Je t'attendrai ici à la même heure, c'est d'accord ?

Ottilie acquiesça aussitôt.

Le lendemain, Ottilie arriva au rendez-vous avec plus d'une heure de retard. Marlene commençait à se sentir nerveuse. Elle allait retourner à Prinzregentenplatz quand Ottilie accourut hors d'haleine.

— Excusez-moi, mais j'allais partir quand Brunnmann est arrivé, expliqua-t-elle. On ne l'attendait pourtant que dans une semaine ! Et, comme il était tard, la cuisinière, cette lèche-bottes de nazis, m'a envoyée à la pâtisserie acheter un gâteau, s'il en reste encore, alors je dois me dépêcher, avec ça que le gâteau risque de me fondre dans les mains par cette chaleur !

Elle avait tiré de la poche de son tablier une feuille de papier qu'elle remit solennellement à Marlene. C'était la réponse de Deborah, que Marlene lut aussitôt :

> Chère Marlene,
>
> Je peux à peine croire que tu es ici ! Wolferl et moi sommes enfermés dans nos chambres. Je n'ai pas le droit de sortir, mais peut-être pourrais-tu faire évader mon frère ? Je peux parfois graisser la patte à l'une des employées de Brunnmann pour qu'elle emmène Wolferl se promener une demi-heure. J'essaierai de le refaire demain après-midi. Attends devant chez nous à partir de 14 heures. Merci ! Ne sois pas fâchée contre moi : je suis obligée de rester. Souviens-toi du serment que j'ai fait à C ! Une occasion se présentera tôt ou tard, mais ce sera possible seulement si mon frère est en sûreté.
>
> Adieu,
>
> Deborah

Marlene se souvint du jour où Deborah était venue la voir à l'hôpital de Cracovie. Elle avait juré de tuer Brunnmann et von Greiff, et elle-même avait répondu : « C'est moi qui tuerai von Greiff ! »

Cette fille était décidément un peu folle. Avoir envie de tuer était une chose, passer à l'acte une autre.

Marlene se demanda si elle était vraiment en mesure de faire évader le frère de Deborah et de s'enfuir avec lui. Wolfgang ne la connaissait pas et refuserait probablement de quitter sa sœur.

Elle se souvint d'un passage du Talmud, dont sa grand-mère maternelle lui avait souvent fait la lecture à Cracovie : « Celui qui sauve un seul être humain sauve le monde entier. » Ce qui lui rappela Jakob. Il lui avait souvent dit : « Avant de pouvoir sauver le monde, Anna, tu dois apprendre comment le sauver. »

Il lui avait alors appris à fabriquer des explosifs et à se servir d'une radio.

Elle pensait souvent à Jakob depuis quelque temps et elle avait des conversations imaginaires avec lui. Elle commençait cependant à être en paix avec ses propres démons. Les visions de Jakob torturé cédaient progressivement la place à des souvenirs heureux des débuts de leur amour, au printemps 1939, avant la guerre. Jakob était mort, mais Marlene avait reçu le présent d'une nouvelle vie et elle était résolue à en tirer le meilleur parti. Oui, elle ferait évader Wolfgang et elle l'emmènerait dans le Brandebourg, où sa grand-mère avait trouvé refuge chez des parents. Elle savait qu'ils recueilleraient le petit garçon.

Marlene ne retournerait pas à Cracovie, où elle était trop connue. Elle voulait gagner la France pour rejoindre la résistance de ce pays. Elle devait cette décision à Halina Szyma'nska, résistante et épouse du dernier attaché militaire polonais à Berlin.

L'amiral Canaris, le chef de la Défense passive allemande qui combattait depuis longtemps le gouvernement national-socialiste, avait aidé Halina à s'enfuir en Suisse dès 1939. Elle opérait comme agent de liaison entre Canaris et les services secrets anglais du SIS tout en entretenant de bonnes relations avec le 2e Bureau français. Marlene connaissait Halina depuis l'avant-guerre.

Elle se rendit compte qu'Ottilie s'agitait à côté d'elle : elle devait trouver le temps long.

Marlene lui sourit pour l'apaiser.

— Deborah me demande de mettre d'abord son frère en sûreté, expliqua-t-elle. Elle achètera l'une des employées de Brunnmann pour qu'elle emmène Wolfgang faire une promenade. Dis-lui que c'est d'accord, mais il faut qu'elle prépare Wolfgang à cette évasion afin qu'il n'ait pas peur de moi.

— Elle est merveilleuse : elle pense toujours d'abord à son frère. Demain, nous serons le 13. J'espère que c'est bon signe, déclara Ottilie la superstitieuse.

— Bien, c'est décidé : je…

Marlene n'acheva pas sa phrase car le hurlement de sirènes déchira l'air.

— Jésus, encore un bombardement ! C'est reparti ! Je rentre ! cria Ottilie.

Elle ramassa son panier et s'enfuit.

Marlene partit à la recherche de l'abri antiaérien le plus proche en suivant la foule qui s'enfuyait. Cette alerte arrivait au pire moment imaginable.

Ce fut l'offensive américaine la plus meurtrière sur la ville. Le centre de Munich fut bombardé en continu plusieurs jours de suite. La situation ne s'apaisa que le 20 juillet. Les habitants se risquèrent peu à peu hors de leurs abris, ainsi que Marlene.

Bouleversée, elle scruta les alentours. Le centre de la ville offrait une vision d'après l'Apocalypse. Des rues entières avaient disparu et les structures calcinées de maisons se dressaient dans le ciel comme des doigts pointés en avertissement. La maison de la veuve chez laquelle Marlene logeait avait été littéralement rasée.

Marlene avait sur elle tout son argent, ses papiers et n'avait perdu qu'une valise contenant des vêtements, mais beaucoup de Munichois étaient morts dans le bombardement ou se retrouvaient à la rue.

Elle se fraya un passage au milieu des décombres. Des habitants au désespoir fouillaient et creusaient au milieu des gravats à la recherche de proches disparus. Le pire était l'odeur omniprésente de chair brûlée.

Marlene se retrouva enfin devant les restes désolés du 10, Prinzregentenplatz. La maison avait visiblement été touchée de plein fouet par une bombe : ce n'était plus qu'un amas de pierres fumantes. Marlene n'en partit pas moins à la recherche d'un responsable des abris antiaériens. Elle ne le retrouva que le lendemain après de longues recherches. Épuisée, affamée et assoiffée, elle était sur le point d'abandonner. Elle avait passé la nuit dans l'atmosphère étouffante d'un abri au milieu de réfugiés.

— Je suis désolé, madame, répondit l'homme à sa question, mais personne dans cet immeuble n'a survécu. C'est curieux, je ne vous avais encore jamais vue par ici, ajouta-t-il après l'avoir regardée plus attentivement.

— Je cherche Ottilie : c'est… ma cousine, répondit Marlene, qui avait gardé toute sa présence d'esprit.

— Ah, Ottilie était une brave femme ! C'était un plaisir de bavarder avec elle. Toutes mes condoléances, madame, dit l'homme avant de se détourner pour répondre aux questions de quelqu'un d'autre.

Marlene retourna une dernière fois au 10, Prinzregentenplatz par acquit de conscience, mais il était évident qu'aucun occupant de l'immeuble ne pouvait avoir survécu. Elle tourna les talons et reprit son chemin vers sa prochaine destination : la frontière française.

55

Rome, octobre 1945

La guerre effroyable qui avait ébranlé l'Europe était terminée depuis quatre mois, laissant un cortège de souffrance et de détresse dans son sillage. Des hommes, des femmes et des enfants portaient, avec les maigres possessions qu'ils avaient pu sauver, un lourd fardeau de mort et d'effroi. C'était une foule de réfugiés faméliques qui s'efforçaient de rassembler les ruines de leurs existences pour prendre un nouveau départ. Ne pouvant trouver de réconfort et d'apaisement que dans l'oubli, ils se détournaient du passé pour s'engager dans la voie de l'espoir : l'avenir.

La jeune femme qui se traînait dans la rue ne croyait pas à la possibilité d'une vie nouvelle et ne ressentait nulle aspiration à un nouveau départ. L'avenir ne signifiait rien pour elle. La contrepartie de la guerre, l'espoir, ne serait jamais son lot, car elle restait prisonnière de sa guerre personnelle. Elle la portait en elle et sa semence malsaine croissait dans son corps.

Elle avait perdu tous ceux qui avaient compté pour elle. Elle avait échoué à secourir son frère alors qu'elle aurait tout donné pour lui. Elle avait lutté en vain : le sort avait toujours favorisé Brunnmann.

La veille du jour où Marlene aurait dû faire évader Wolfgang, Brunnmann était soudain réapparu et l'avait emmenée. La pluie de bombes qui avait suivi avait entièrement détruit le 10, Prinzregentenplatz. Afin de garder un moyen de pression contre elle, Brunnmann lui avait appris seulement dans les derniers jours de la guerre la mort de Wolfgang au cours du bombardement. Il lui avait également révélé qu'il avait son père Gustav sur la conscience et qu'il avait fait arrêter Leopold, son propre frère, parce que ses agissements allaient compromettre sa carrière. Alors qu'il gérait le déroulement de la solution finale, son frère secourait des Juifs ! avait-il dit. Toutefois, si lui-même et ses compagnons avaient perdu la guerre, sa victoire contre Deborah n'en restait pas moins entière. Sur ces paroles, il l'avait enfermée, puis abandonnée à son sort.

Deborah avait remarqué un jour la disparition de l'homme qui la gardait prisonnière. Elle s'était enfuie et une patrouille américaine l'avait recueillie quelques jours plus tard à Garmisch, à demi morte de faim.

Elle avait alors appris avec stupéfaction que Marlene la cherchait. Son amie était réapparue quelques jours après la fin de la guerre à Munich avec un capitaine de l'armée américaine. Elle aidait les Américains à identifier des criminels de guerre nazis. Albrecht Brunnmann était en tête de liste. Marlene était allée chercher Deborah à Garmisch et lui avait raconté l'arrestation de Leopold devant chez elle.

Marlene l'avait également informée que Brunnmann s'était enfui en Italie, mais elle avait refusé de lui en révéler davantage. Au contraire, elle avait essayé de convaincre Deborah d'abandonner son projet de vengeance démentiel. Albrecht Brunnmann recevrait le châtiment qu'il méritait. Marlene savait que les Américains projetaient l'instauration d'un tribunal de guerre à Nuremberg devant lequel comparaîtraient tous les nazis de haut rang. L'humiliation d'être traité en criminel serait pour Brunnmann une punition bien pire qu'une mise à mort rapide, argumenta Marlene.

Mais Deborah refusa de se laisser détourner de son projet. Elle était persuadée que Marlene avait tué von Greiff, une hypothèse émise par Brunnmann lorsqu'il avait appris sa mort. Quand Deborah avait posé la question à son amie, Marlene n'avait pas voulu répondre, mais un sourire presque imperceptible avait éclairé son visage. Deborah était furieuse à l'idée que Marlene avait obtenu vengeance mais voulait l'empêcher d'en faire autant. Les deux amies s'étaient séparées après une violente discussion et Deborah était partie le lendemain.

La foule se déversait dans les ruelles du Trastevere, le quartier de Rome portant le nom du fleuve Tevere, le Tibre, et la jeune femme se laissait porter par elle. La plupart des passants se hâtaient et la bousculaient au passage, soulagés d'être libérés du fardeau de la guerre. D'autres en revanche se traînaient, des nouveaux venus comme elle, maigres et blafards, marqués par les privations et l'angoisse devant l'incertitude de l'avenir.

La jeune femme connaissait le chemin. Elle avançait pas à pas comme elle l'avait fait jour après jour pendant près de trois mois, mais peut-être avec moins de vigueur et d'assurance qu'au commencement de son voyage. Ses pieds étaient douloureux et elle avait perdu l'une de ses chaussures, qui en réalité était tout simplement tombée en morceaux.

Aucune des silhouettes lugubres et inquiètes ne prêtait attention à elle. Dans l'activité de cette période de renaissance, personne n'avait de place pour autrui dans ses projets comme dans son cœur.

Comme beaucoup d'autres passants, la jeune femme avançait les yeux baissés sur le pavé posé par les esclaves d'un autre empire bien plus ancien.

Cette guerre avait, comme toutes les guerres menées par des civilisations plus anciennes et avec la même absurdité, réduit les désirs des survivants aux besoins les plus élémentaires de l'existence humaine : un toit, le prochain repas chaud et le gagne-pain qui pouvait les garantir.

L'horizon de chacun se réduisait à soi-même. Avec le temps seulement, avec l'éloignement progressif des événements traumatisants, ce champ de vision pourrait s'élargir.

Car il faudrait du temps pour que les anciens comportements renaissent et qu'à chaque besoin satisfait puisse succéder un autre, plus ambitieux et encore inassouvi.

La jeune femme était parvenue à destination, dans la Via della Conciliazione. Elle se fondit dans la multitude qui, à l'approche du but, se composait pour l'essentiel de pèlerins et de clercs.

Ces deux groupes représentaient l'habituel reliquat de la guerre et reflétaient les destins individuels de leurs membres : silhouettes émaciées en haillons ou, au contraire, bien nourries et bien habillées, on y voyait tous les échantillons d'humanité.

Avec une lueur fébrile dans le regard, la jeune femme contemplait la place Saint-Pierre qui s'étendait devant elle. Elle ne voyait même pas l'impressionnante allée de colonnades qui la ceignait, ni le dôme dont l'imposante coupole se découpait sur le ciel blafard dans la lumière de cette fin d'après-midi.

Toute son attention se concentrait sur le mur de plusieurs mètres de hauteur de l'État du Vatican. C'était derrière lui qu'avait trouvé refuge l'homme qui était la raison et le but de son voyage, l'homme qui lui avait tout volé : sa famille, son amour et sa dignité.

Le père de l'enfant qu'elle portait. Elle haïssait cet enfant, l'enfant d'un criminel qui avait d'innombrables morts sur la conscience, l'enfant de cet homme et non le sien.

En un geste devenu machinal, sa main frêle plongea sous son manteau usé jusqu'à la trame et ses doigts maigres tâtèrent sous sa poitrine l'endroit où elle cachait son trésor. Le soulagement et l'assurance l'envahirent dès qu'elle reconnut les contours familiers du revolver. Elle l'avait échangé, ainsi que l'information sur le lieu de séjour de cet homme, contre sa dernière possession de valeur, la bague en rubis de sa mère.

Le poids apaisant de l'arme l'avait accompagnée comme une promesse tout au long de son voyage éprouvant: la promesse de la vengeance. Vengeance pour toutes les vies détruites par cet homme, pour son propre sort, pour l'humiliation et les tourments qu'il lui avait fait subir.

Et pour la vie qui poussait en elle.

Elle était venue là pour le tuer.

Cinquième partie

FELICITY ET MARTHA

LE PRÉSENT

56

Rome, mai 2012

Bouleversée, Felicity referma son ordinateur portable. Elle avait lu le récit de Maria pendant l'après-midi et toute la nuit en prétextant auprès de sa mère un mémoire sur lequel elle devait travailler.

Mais Martha était bien trop occupée à trier et à coller des coupures de journaux pour faire attention à elle et à ses travaux. Après le petit-déjeuner, Felicity lui annonça qu'elle avait besoin de prendre l'air, mais qu'elle reviendrait sous peu. Elle descendit dans le hall de l'hôtel, où elle téléphona au père Simone. Ne pouvant le joindre, elle laissa un message sur son répondeur, puis sortit sur la Via della Conciliazione. Le bruit et la circulation matinale de la grande ville l'enveloppèrent aussitôt.

Felicity remonta lentement la rue en direction de la place Saint-Pierre. Elle avait à peine fait quelques pas que son téléphone portable sonna. C'était un appel du père Simone.

— *Buon giorno, signorina*, c'est moi, dit-il. Comment allez-vous, votre mère et vous-même ?

— Je vais bien, merci. J'ai tout lu. Vous avez absolument raison, mon père : cette histoire est tout simplement incroyable. Et je suis heureuse que ma grand-mère l'ait rédigée comme un roman : je ne crois pas que j'aurais eu la force de la lire sous la forme d'un journal intime. J'ai dû me répéter que c'était un roman afin d'être capable d'en poursuivre la lecture. Je suis bouleversée, profondément émue et en même temps furieuse. Et j'ai un peu peur de la réaction de ma mère quand elle la lira : si déjà, moi, ça me remue à ce point… elle est, comment dire… ma mère n'est pas quelqu'un de très stable.

Felicity se tut comme si elle avait le sentiment d'en avoir trop dit.

— Je crois comprendre ce que vous tentez d'exprimer, répondit le père Simone. En tant que prêtre, je ne suis pas tout à fait étranger aux blessures des âmes. J'ai remarqué que votre mère… disons qu'elle ne me paraissait pas tout à fait en mesure de faire preuve de sentiments maternels. Nous savons maintenant qu'elle a été privée d'amour maternel, *signorina* Felicity. Quand sa mère ne l'aime pas, un enfant le sent, c'est pourquoi il est si difficile pour votre mère d'accepter l'amour ou de le rendre : elle n'en a pas fait l'expérience enfant. Votre grand-mère s'était fermée à tout sentiment. C'est compréhensible dans la mesure où elle a éprouvé des souffrances inimaginables et connu tout le mal dont l'humanité est capable. Quelle âme pourrait en ressortir intacte ? Ce sont en quelque sorte les lois physiques du mal dont les répercussions se font sentir à plusieurs générations d'intervalle. Votre mère et vous-même les avez subies. Je crois que votre mère ne se juge pas digne d'être aimée et qu'elle vous a légué ce sentiment. Mais voilà que je commence à prêcher, comme dirait mon ami le père Lukas. J'ai encore à faire aujourd'hui, mais je viendrai vous voir en début de soirée et nous parlerons à votre mère, *signorina* Felicity. D'ici là, ne vous faites pas trop de soucis. Vous verrez que le destin ne vous est pas défavorable. *Arrivederci !*

Felicity rentra à l'hôtel.

— Le père Simone m'a téléphoné. Il viendra nous voir en début de soirée, annonça-t-elle.

— Il a donc fini la traduction ? demanda sa mère avec intérêt.

— Oui, à ce qu'il me semble, mais…

— Mais quoi ?

— Il m'a avertie que c'est une histoire très triste et que nous devons nous attendre à des révélations.

Felicity se demanda si elle devait se montrer plus précise, mais elle décida de s'en tenir là.

— Franchement, Felicity, répondit sa mère, qui venait de couper un nouveau bout de Scotch pour coller deux coupures de presse, quand il s'agit de ta grand-mère, je m'attends à tout. Je crois que toute sa vie n'a été qu'un gigantesque mensonge. Je me demande même si en fin de compte je suis vraiment sa fille. Elle ne m'en a jamais donné l'impression, en tout cas. Elle était très agitée, instable et rarement à la maison. Dès qu'elle rentrait, elle voulait aussitôt repartir. Elle préférait mener une vie épuisante de pianiste dans des boîtes de nuit et des bars plutôt que d'être avec sa famille.

« Je l'ai pourtant aimée, mais elle ne voulait pas de cet amour. J'ai fini par le comprendre, mais, depuis ce temps-là, l'amour a toujours été pour moi lié à la souffrance. J'ai trouvé consolation et soutien dans la religion et c'est ainsi que je suis devenue nonne. Au cloître, j'avais une place assurée dans l'existence, j'appartenais à une communauté et c'était ce que j'avais toujours désiré. Il a fallu que je rencontre ton père pour découvrir que l'amour n'était pas nécessairement synonyme de souffrance. Il m'a montré que la vie a bien davantage à offrir. Je ne sais pas si tu peux comprendre cela, Felicity, mais je me suis sentie déchirée intérieurement pendant le plus clair de ma vie.

Felicity avait écouté sa mère avec une surprise croissante. C'était la première fois qu'elle se confiait aussi intimement à elle. Martha, soudain gênée, s'était interrompue dans son travail. Leurs regards se rencontrèrent ; chacune lut dans les yeux de l'autre de l'étonnement et bien davantage. Ce fut un moment de reconnaissance mutuelle et de compréhension plus profonde. Le rapprochement fragile qui se dessinait depuis quelques jours se consolidait, surmontant peu à peu la distance qui avait séparé mère et fille pendant toute une vie.

Felicity se souvint de ce que le père Simone lui avait dit sur l'amour et sur les lois physiques du mal. Il avait touché juste et s'était exprimé dans les mêmes termes que sa mère.

Ce que Martha lui avait si soudainement révélé répondait-il à la question qu'elle-même s'était inconsciemment posée toute sa vie, à savoir pourquoi elle avait toujours eu l'impression que sa mère gardait ses distances avec elle, comme si montrer de l'amour était à ses yeux une preuve de faiblesse ?

Elle avait certes consciencieusement rempli ses devoirs de mère, veillé à ce que sa fille soit convenablement nourrie et vêtue, elle avait surveillé ses devoirs pour l'école et elle lui avait rappelé qu'elle devait ranger sa chambre. Jusqu'à la rébellion adolescente de Felicity, elle l'avait traînée à l'église plusieurs fois par semaine et envoyée en confession au moins une fois par mois, jusqu'au jour où c'en avait été trop pour le père Pescatore lui-même. Mais elle n'avait jamais pris sa fille dans ses bras : malgré tous ses efforts, Felicity ne retrouvait aucun souvenir d'un tel moment.

À l'âge de quinze ans, elle avait catégoriquement refusé d'accompagner plus longtemps sa mère à l'église, avec le soutien de son père dont elle lui avait été infiniment reconnaissante.

Car si sa mère ne faisait que remplir ses devoirs envers elle sans émotion apparente et sans chaleur, Felicity avait le meilleur père du monde.

Mais Martha avait été délaissée par sa propre mère. Pour la première fois de sa vie, Felicity eut l'impression de la comprendre et envie de la prendre dans ses bras. Elle avait assez d'honnêteté pour reconnaître qu'elle-même avait commis des erreurs: elle s'était montrée irréfléchie, elle avait cédé à la facilité en considérant sa relation avec sa mère comme immuable, elle s'était installée dans cette léthargie et elle avait préféré le silence au dialogue. Oui, elle avait une part de responsabilité dans cette situation car elle s'était trop longtemps renfermée sur elle-même. Et c'était également ainsi qu'elle avait blessé Richard. Elle esquissa un geste vers sa mère, mais celle-ci s'était de nouveau réfugiée dans son monde intérieur et recherchait maintenant l'autre moitié d'une photographie. L'instant du rapprochement était passé.

57

Munich

— Monsieur le professeur ?

Grete passa vivement la tête par la porte du cabinet. Elle savait que le professeur n'aimait pas être dérangé dans son travail le matin. C'était ce que lui avait expliqué sa mère, dont elle avait pris la succession quelques semaines plus tôt. Elle était intendante de la troisième génération, car sa grand-mère avait également travaillé pour le professeur.

— Qu'y a-t-il, Grete ? demanda ce dernier.

— Un certain père Simone veut vous parler.

Le professeur fronça les sourcils. Il ne connaissait pas de père Simone.

— A-t-il dit pourquoi il est venu ? s'enquit-il.

— Il a dit que c'était au sujet de votre sœur.

— De ma… sœur ? répéta le docteur stupéfait en fourrageant dans son épaisse chevelure blanche.

Il avait toujours un peu l'allure d'un chef d'orchestre qui vient de diriger une symphonie de Beethoven.

— Mais…, reprit-il avant de s'interrompre, puis il se leva. Bien, faites-le entrer, Grete.

— Excusez-moi, j'aurais dû vous dire tout de suite qu'il est au téléphone.

Grete entra et lui tendit l'appareil d'une main mal assurée. Le professeur réprima un hochement de tête à la pensée qu'elle aurait encore besoin de temps pour marcher sur les traces de sa mère et de sa grand-mère, et prit le téléphone sans fil.

— Berchinger, annonça-t-il avec circonspection.

— Êtes-vous le professeur Wolfgang Berchinger, le frère de Deborah Berchinger ?

— Oui, répondit le professeur, qui sentit son cœur battre plus vite. C'était mauvais signe, car il avait des problèmes de tension et chaque émotion violente le rapprochait d'une attaque. Il avait recherché sa sœur pendant plusieurs décennies, mais elle s'était littéralement évanouie dans l'air à la fin de la guerre. Il avait fini par perdre tout espoir et, maintenant, cet appel téléphonique…

— Je suis le père Simone Olivieri. Je vous appelle de Rome…

— Ma sœur est à Rome ? l'interrompit fébrilement le professeur.

— Euh… non.

« Misère, me voilà bien, pensa le prêtre. Il ne sait pas… il ne sait rien ! » Il s'éclaircit la gorge.

— Je dois malheureusement vous annoncer une triste nouvelle : votre sœur Deborah est tout récemment décédée, dit-il. Veuillez accepter toutes mes condoléances.

— Où ? À Rome ?

— Non, à Seattle.

— En Amérique ? Ma sœur a vécu en Amérique ?

Le professeur, qui avait jusqu'ici arpenté la pièce, se laissa tomber sur le fauteuil de son bureau. Il sentit soudain le poids des ans peser sur lui.

Deborah avait donc vécu pendant toutes ces années ?

— Comment m'avez-vous retrouvé ? demanda-t-il d'une voix sans timbre.

— Par votre nièce Martha Benedict et sa fille Felicity. Si j'ai bien compris, professeur Berchinger, vous êtes le dernier parent encore vivant de votre nièce.

Le père Simone lui expliqua alors la raison de son appel.

58

Rome

Vers 20 heures, on frappa à la porte de leur chambre d'hôtel.

— Ça doit être le père Simone, déclara Martha en allant ouvrir.

— *Buona sera, signora* Benedict, nous voilà, dit le prêtre avec un large sourire.

— Entrez donc, mon père, répondit Martha, que le « nous » surprenait un peu.

Simone entra.

— Je vous ai amené quelqu'un, annonça-t-il en se tournant à demi vers la porte.

Sa corpulence avait dissimulé à Martha le petit homme âgé qui se tenait derrière lui. Quand il s'avança vers elle, elle remarqua qu'il boitait légèrement. Il lui adressa un sourire incertain.

— Puis-je faire les présentations ? intervint le père Simone. Je vous présente le professeur Berchinger. Votre oncle Wolfgang, ajouta-t-il après une pause solennelle.

— Mon oncle ? J'ai donc un oncle ? Ma mère ne m'avait jamais dit que j'avais un oncle ! s'écria Martha abasourdie en regardant le vieil homme. Sa lèvre inférieure tremblait.

Felicity s'avança à côté d'elle et tendit la main au professeur.

— Bonsoir, je suis Felicity Benedict, dit-elle. Veuillez excuser ma mère : elle est bouleversée. Si vous êtes son oncle, je suis votre petite-nièce.

— Je suis très heureux de faire votre connaissance à toutes deux, répondit le professeur.

Il serra la main de Felicity sans pouvoir la lâcher. Il la regardait comme s'il n'en croyait pas ses yeux. De vieux souvenirs resurgissaient du fond du passé et il crut un instant la revoir devant lui à l'âge exact qu'elle avait cet après-midi où elle l'avait quitté à jamais.

Deborah, la grande sœur qu'il avait perdue…

Felicity lui ressemblait à s'y méprendre, en légèrement plus âgée et en moins fragile, mais elles auraient presque pu être jumelles. Ses yeux s'embuèrent. Depuis l'appel téléphonique du père Simone, il oscillait entre la joie et la crainte. Joie de rencontrer les descendants de sa sœur et de savoir enfin ce qu'il était advenu d'eux, et crainte d'une déception qu'il n'était pas certain de pouvoir surmonter. Il était parfois saisi d'angoisse à l'idée que le père Simone s'était peut-être trompé. Après son appel, il avait pris le prochain avion pour Rome. Et, alors qu'il n'osait même plus l'espérer, voilà qu'elle était là, devant lui… sa famille.

Felicity était touchée de l'émotion du professeur et c'était naturellement pour elle un événement de rencontrer son grand-oncle Wolfgang dont elle ignorait encore l'existence la veille. Pourtant, grâce à la lecture des notes de Deborah, elle avait un peu l'impression de le connaître depuis longtemps.

Comme il n'y avait pas de sièges pour quatre personnes dans la chambre d'hôtel, le père Simone proposa de se rendre à la Trattoria da Gino. Il en avait déjà touché un mot à Gino, qui leur avait réservé une salle où ils pourraient aussi manger un morceau, avait-il déclaré.

La famille nouvellement réunie resta là-bas jusque tard dans la nuit. Le père Simone remit à la mère de Felicity la traduction des notes dont il lui résuma le contenu. Il avait entre-temps mené des recherches sur Raffael Valeriani, l'homme qui avait été son beau-père avant de mourir alors qu'elle venait d'avoir quatorze ans.

— Votre beau-père était un jeune prêtre qui a rencontré votre mère Deborah à Rome à la fin de la guerre, expliqua-t-il à Martha. Elle avait traversé des épreuves terribles, *signora* Benedict. Sa vie avait été détruite par Albrecht Brunnmann. Après la mort d'Élisabeth Malpran-Berchinger, ce Brunnmann a séduit sa fille Deborah alors âgée de dix-sept ans. Vous pourrez en lire le récit dans les notes que je vous ai remises. Votre mère est arrivée à Rome en octobre 1945, car elle avait appris qu'Albrecht Brunnmann s'était réfugié là-bas pendant les derniers jours de la guerre. À Rome, un évêque du nom d'Alois Hudal aidait des hauts gradés nazis à s'enfuir en Argentine par une filière devenue célèbre sous le nom de « la ligne des rats ». Ce qui est sûr, c'est que votre mère est venue à Rome dans l'intention bien arrêtée de tuer Brunnmann. Elle a échoué, mais elle l'a grièvement blessé.

« J'ai entrepris des recherches et lu tous les procès-verbaux sur cette affaire. Ils mentionnent que Deborah Berchinger a été arrêtée en octobre 1945 pour tentative d'homicide. Elle avait pénétré dans les jardins du Vatican et tenté d'abattre Albrecht Brunnmann, qui s'y tenait en compagnie de l'évêque Hudal. Elle a tiré plusieurs fois sur lui, mais elle ne l'a touché qu'à l'épaule avant d'être arrêtée par des gardes suisses. Comme elle était enceinte, elle a été remise à la justice italienne. Raffael Valeriani travaillait comme prêtre à la prison. Le sort de votre mère l'a probablement bouleversé.

« Vous êtes donc née à Rome, chère Martha. Raffael s'est procuré des passeports pour votre mère, vous et lui-même et il a organisé votre évasion et votre départ en Amérique. Nous savons maintenant que, pendant des années, il a fait croire à votre mère qu'elle avait tué Albrecht Brunnmann, un pieux mensonge sans lequel elle n'aurait probablement jamais consenti à le suivre en Amérique.

« Et voilà la raison pour laquelle les recherches du professeur n'ont rien donné : il n'existait plus de Deborah Berchinger. Vous voyez donc, *signora* Benedict, que votre mère et vous-même n'avez aucun motif d'avoir honte de ce qui est arrivé, au contraire : votre mère a été très courageuse. Et elle a été, comme tant d'autres, victime de la terreur nazie. Quant à Albrecht Brunnmann, il a été par la suite enlevé en Argentine par des agents israéliens et emmené en Israël, où il a été condamné à mort et exécuté en 1962. Votre mère a assisté à son procès et témoigné contre lui.

Wolfgang « Wolferl » Berchinger compléta ce récit. Martha et Felicity apprirent par lui que sa sœur avait été jusqu'à la fin de la guerre séquestrée par Albrecht Brunnmann et « à son service ».

— Elle est restée prisonnière pour moi parce que Brunnmann l'avait menacée de me faire déporter en tant que Juif si elle ne lui obéissait pas, expliqua-t-il. Après la guerre, j'ai essayé de la retrouver, mais elle avait disparu sans laisser de traces comme mon père Gustav en 1938.

« C'est notre bonne, Ottilie, qui m'a sauvé le jour où Albrecht Brunnmann a emmené Deborah. Peu après leur départ, la ville a subi un bombardement meurtrier. Quand les sirènes ont donné l'alerte, les deux employées de Brunnmann qui me gardaient ont eu un instant de distraction dont j'ai profité pour m'enfuir. J'ai rencontré Ottilie dans la rue et elle m'a emmené dans l'abri antiaérien le plus proche au lieu de se réfugier avec moi à la cave comme nous le faisions d'habitude. C'est ce qui nous a sauvés. Ottilie m'a ensuite conduit dans la ferme de ses parents à Strasslach. C'étaient de braves gens qui ont pris soin de moi.

« Maintenant, ma chère Martha, j'aimerais te montrer ce que mon père m'a laissé le soir où je l'ai vu pour la dernière fois. C'est un poème.

Wolfgang tira de son portefeuille une feuille de papier jauni et il allait la tendre à Martha quand il se frappa le front.

— Excuse-moi, reprit-il, je ne t'ai pas demandé si tu parlais allemand.

Sur un signe négatif de Felicity et de sa mère, il traduisit le texte pour elles :

> Homme ou bête,
> À quatre ou deux pattes,
> De bois ou de pierre,
> De grain ou de chair,
> Chacun trouve la place qui lui revient
> Dans la Création, le plus grand trésor de Dieu,
> Mais l'amour est le don le plus précieux !
> Si tu le rencontres, accueille-le et retiens-le bien,
> Car l'amour est le seul remède aux maux de ce monde

— Ah, comme le monde serait paisible si chacun pouvait respecter cette vérité toute simple ! soupira le père Simone. Notre seigneur Jésus ne désirait pas davantage. Mais l'homme n'est pas fait pour la simplicité, il faut toujours qu'il complique tout et qu'il fasse son propre malheur.

Le silence régna un instant dans la salle. Chacun s'imprégnait du poème et de la vérité qu'il contenait.

Martha releva la tête et contempla sa fille, les larmes aux yeux, avant de lui dire « Mea culpa » d'une voix mal assurée. Tout en prononçant ces paroles, elle lui souriait comme elle ne l'avait jamais fait auparavant. C'était un sourire venu du fond du cœur qui illuminait son regard.

À sa vue, le visage de Felicity refléta un étonnement empreint d'espoir. Martha leva la main, caressa la joue de sa fille avec une tendresse infinie, et ce geste si longtemps attendu combla une distance qui n'aurait jamais dû exister entre elles.

— Maintenant que nous y sommes, que dirais-tu de rester encore quelques jours ici pour visiter Rome, Felicity ? demanda-t-elle.

— Je pense que c'est une excellente idée, maman ! répondit Felicity en lui rendant son sourire.

Alors Martha prit sa fille dans ses bras et la serra contre elle comme si elle ne voulait plus jamais la lâcher.

Épilogue

Moi, Felicity

J'ai dit au début de ce récit que la vérité possède ses propres lois physiques : elle nous rattrape tôt ou tard pour nous accuser. Mais ce n'est qu'un aspect de la vérité, car elle nous libère aussi. Elle peut guérir les blessures et apporter la paix.

Au cours de cette soirée chez Gino, le père Simone, mon grand-oncle Wolfgang, ma mère et moi-même en avons appris encore davantage sur notre famille et sur son destin. Je me suis représenté mes arrière-grands-parents, le bonheur de leur amour et leur malheur d'être nés en des temps funestes. Ils ont été victimes d'une idéologie pernicieuse qui a entraîné tout un peuple dans son sillage et manqué de peu d'en exterminer un autre. À la question du pourquoi, on pourra répondre seulement quand l'humanité saura enfin vivre en paix.

Sur une inspiration, j'ai demandé à mon grand-oncle s'il savait ce qu'était devenue Marlene, l'amie de ma grand-mère, car, à la lecture de ce récit, je m'étais prise d'affection pour elle. Quelle femme forte et courageuse ! Il m'a demandé avec un sourire espiègle si le nom de Greta Jakob me disait quelque chose. J'ai naturellement répondu par l'affirmative : qui ne connaît Greta Jakob, l'une des plus célèbres actrices de son époque ?

J'ai ainsi appris que Marlene Kalten avait réalisé son rêve de jeunesse en devenant actrice. Mon grand-oncle la connaissait bien, car ils étaient amis depuis la fin de la guerre et avaient recherché ma grand-mère ensemble pendant de nombreuses années.

— Mais ma sœur ne voulait pas qu'on la retrouve, sans doute parce que le passé était trop lourd à porter pour elle, dit-il avec tristesse. Elle a toujours eu la possibilité d'entrer en contact avec Marlene. Greta a même déclaré dans plusieurs interviews qu'elle était à la recherche de son amie Deborah, mais…

Il laissa cette phrase en suspens, mais je devinai la souffrance qu'il éprouvait.

Greta Jakob, *alias* Marlene Kalten, avait maintenant quatre-vingt-dix ans, poursuivit-il, mais elle jouissait d'une bonne santé pour son âge et son esprit était resté vif. Elle s'était retirée de la scène vingt ans auparavant et elle était retournée vivre à Cracovie.

À la fin de la soirée, mon oncle Wolfgang me remit le poème de mon arrière-grand-père.

— Ce poème est tout ce qu'il me reste de mon père, dit-il. C'est ma possession la plus précieuse. Je veux que ce soit toi qui le gardes, Felicity, en souvenir des deux êtres merveilleux qu'étaient mes parents. Mon père savait guérir non seulement avec ses mains, mais aussi avec des mots. Il m'a beaucoup appris, mais je me souviens avant tout de sa phrase selon laquelle l'amour est le seul remède aux maux de ce monde.

Sur ces paroles, mon grand-oncle retrouvé me regarda de ses yeux intelligents comme s'il savait que je devais encore résoudre une question cruciale pour mon bonheur.

D'ici à la fin de l'année, j'irai avec maman voir l'oncle Wolfgang à Munich. L'immeuble du 10, Prinzregentenplatz a été détruit pendant la guerre, mais il nous montrera les tombes de mes arrière-grands-parents. Celle de mon arrière-grand-père est vide. Sa fin, comme celle de tant d'autres disparus de la guerre, reste une énigme. Nous irons également voir Marlene à Cracovie. Ma mère et moi tenons absolument à faire sa connaissance. L'oncle Wolfgang lui en a déjà parlé et nous a dit qu'elle se fait une joie de nous rencontrer.

Après mon retour à l'hôtel au petit matin, je relus plusieurs fois le poème qu'oncle Wolfgang avait traduit pour moi. Et j'entendis de nouveau sa voix dire : « L'amour est le seul remède aux maux de ce monde. »

Je pensai alors aux femmes de ma famille, à mon arrière-grand-mère Élisabeth, à ma grand-mère Deborah et à ma mère, ces maillons de la chaîne de mes ancêtres. Toutes avaient connu sous des formes différentes l'amour, qui avait influencé leur destinée. Cet amour avait été ardent, poignant, excessif, dévorant, et parfois si destructeur qu'il avait laissé leur cœur en cendres : c'est dans de telles circonstances que l'amour devient souffrance. Mais il est avant tout éternel, il survit à tout et peut, à plusieurs décennies d'intervalle, guérir les blessures et toucher encore les cœurs, comme il a touché le mien.

Je n'éprouvai soudain plus la moindre incertitude et je pris mon téléphone.

Richard répondit aussitôt comme s'il avait attendu mon appel.

— Felicity ! Comme c'est bon de t'entendre ! dit-il. Tu es déjà levée ? Il doit être encore très tôt à Rome. J'ai su par ton père que tu as retrouvé ta mère. Comment vas-tu, ma ché…

Je l'imaginai se mordant la langue pour réprimer ce mot tendre puisque je n'étais plus sa fiancée.

— Je vais très bien, répondis-je. Maman et moi avons décidé de rester à Rome jusqu'à dimanche. Nous rentrerons ensuite. J'ai une foule de choses à te raconter. Papa m'a dit que tu étais venu le voir deux fois et je t'en remercie vraiment, Richard.

— Tu n'as pas besoin de me remercier. Tu sais combien j'apprécie ton père.

Un court silence suivit.

— Ton offre est-elle toujours valable ? demandai-je d'une voix mal assurée.

— Laquelle ? Le poste de médecin à l'hôpital pour enfants ou le mariage avec moi ? s'enquit Richard, et j'eus l'impression de sentir son cœur battre plus vite malgré la distance.

— Disons que je suis en train de réfléchir aux deux, répondis-je après un temps d'hésitation.

— Et qu'en est-il de Kaboul et de Médecins du monde ? dit Richard en retenant visiblement son souffle.

— Je n'irai pas là-bas, finalement. Quelqu'un d'autre peut sauver le monde : ma place est à Seattle auprès de toi, affirmai-je d'une voix ferme, car je ne ressentais plus ni hésitation ni incertitude.

Un autre silence suivit. Il ne dura que quelques secondes, mais il me parut aussi long que l'océan qui nous séparait. L'angoisse m'étreignit le cœur à l'idée que Richard ne voulait peut-être plus de moi maintenant que c'était moi qui le désirais, mais il me sauva immédiatement.

— Ma chérie, j'ai tellement hâte que tu rentres ! Je t'aime, répondit-il.

— Moi aussi, je t'aime.

Nous avons encore longuement parlé, car nous avions du mal à nous séparer, formé des projets d'avenir, et je lui ai raconté tout ce que je savais sur ma lointaine famille européenne et mes racines en Allemagne. Nous nous sommes enfin dit au revoir et, quand j'ai raccroché, je me suis soudain sentie libérée comme si un fardeau avait glissé de mes épaules. Et je me suis dit que Richard était un homme merveilleux.

Je découvrais enfin ce qu'on appelle le bonheur.

C'est du reste la signification de mon nom, Felicity : bonheur.

Postface

Albrecht Brunnmann est un personnage fictif, contrairement à son modèle historique, Adolf Eichmann. Son plus proche collaborateur s'appelait Alois Brunner. Le nom de « Brunnmann » est un composé de ces deux patronymes. Il en va de même de l'ordonnance de Kaltenbrunner. Il s'appelait en réalité Arthur Scheidler et j'en ai fait un « Schitler » : l'occasion était trop belle pour la laisser passer.

Eichmann est aujourd'hui considéré comme le logisticien de l'Holocauste qui a calculé le nombre des déportés et leur répartition dans des wagons de chemin de fer. Il a également rédigé le procès-verbal de la conférence de Wannsee lors de laquelle a été officiellement décidée l'extermination des Juifs d'Europe, six millions au total.

Eichmann et ses compagnons ont procédé avec une froide logique de gestionnaires dans cette extermination en se posant des questions telles que : Comment tuer six millions de personnes ? Quelle mise à mort sera la moins onéreuse, car les munitions coûtent cher ? Comment se débarrasser des cadavres ? Qui devra les enterrer ? Quel usage peut-on faire de leurs restes ? On a par exemple appris que des cheveux de déportés ont servi de rembourrage pour des matelas. Je n'ai pas besoin d'en dire davantage, car chacun sait comment tout s'est terminé.

Adolf Eichmann est en outre le seul criminel nazi à avoir comparu devant un tribunal de droit commun en Israël et le seul à avoir été condamné à mort par la justice israélienne. Arrêté en Argentine par des agents du Mossad, il a été exécuté en 1962.

Fritz Gerlich est également un personnage historique. Il représente tous les journalistes qui ont le courage de s'opposer à la folie des dictateurs de ce monde. Fritz Gerlich était le rédacteur en chef des *Neuesten München Nachrichten* qui devait plus tard devenir le *Süddeutsche Zeitung*. Il a fondé le journal *Der gerade Weg* (*Le Droit Chemin*) le 3 janvier 1932.

Fritz Gerlich a suivi son droit chemin personnel sans se décourager et sans jamais en dévier jusqu'à sa mort. Emprisonné et torturé pendant seize mois pour ses convictions, il a tenu bon et il est mort pour défendre la vérité.

Le filleul d'Hitler, Egon Hanfstaengl, porte le nom d'Egon Putzinger dans ce roman. Son père, Ernst « Putzi » Sedgwick Hanfstaengl, a été jusqu'en 1937 le chef du service de presse d'Hitler. On l'avait surnommé par raillerie « le pianiste d'Hitler » et sa « secrétaire particulière ».

Ernst « Putzi » Hanfstaengl a bel et bien fait ses études à Harvard, où il s'est lié d'amitié avec le jeune sénateur Franklin D. Roosevelt au sein du très sélect Harvard Club, relation dont il a su adroitement tirer parti vingt ans plus tard. Après avoir fui l'Allemagne pour la Suisse, puis pour Londres, il a été arrêté et emprisonné par les autorités britanniques en 1939 en tant que ressortissant d'un pays ennemi, mais envoyé à Washington sur ordre du même Franklin D. Roosevelt devenu entre-temps président des États-Unis.

Putzi est ensuite devenu le conseiller de Roosevelt dans la guerre contre l'Allemagne nazie, ce qui, d'Hitler à Roosevelt, constitue une carrière pour le moins surprenante ! De manière bizarre mais caractéristique, il a intitulé ses mémoires *Entre la Maison Blanche et la Maison Brune…*

Putzi est devenu Bubi dans ce roman. J'ai également apporté de légères modifications aux noms des lieux dans lesquels évoluent les Putzinger/Hanfstaengl.

Je dois à ce sujet préciser un détail historique : pour des raisons d'ordre dramaturgique, je me suis permis d'adapter à la temporalité de mon récit l'inauguration de la nouvelle chancellerie du Reich. Élisabeth Malpran y entre en juin 1938 alors qu'elle a été inaugurée officiellement le 9 janvier 1939.

J'ai fait la connaissance d'Egon Hanfstaengl, le fils de Putzi, à la villa Tiefland de Munich au milieu des années 1990. J'ai appris seulement plus tard que c'était la villa dans laquelle Hitler a fêté Noël avec la famille Hanfstaengl en 1924 après sa libération de la prison de Landsberg.

C'est Irene, une amie de ma tante, qui m'a présentée à Egon. Elle était en effet venue de Seattle au milieu des années 1990 pour retrouver Egon, dont elle avait été l'amour de jeunesse. Egon et Irene s'étaient mariés chacun de leur côté, puis, après avoir perdu leur conjoint, s'étaient retrouvés et avaient décidé de prendre ensemble un nouveau départ quarante ans plus tard, mais ceci est une autre histoire…

Quand je suis entrée dans la villa avec Irene, je n'avais pas la moindre idée de ce que j'y trouverais. Je ne m'attendais certainement pas à rencontrer quelqu'un dont le père avait été un proche compagnon de route d'Hitler, quelqu'un qui avait été le filleul de ce même Hitler, reçu de lui des sucreries et sauté sur ses genoux.

Nous avons trouvé Egon au milieu de restes de l'héritage transmis par son père : un monceau de lettres, de manuscrits de discours annotés et de dessins d'Hitler. Egon les examinait et les triait car il projetait la publication d'un ouvrage sur Hitler. Il m'a laissé lire quelques notes de la main de ce dernier.

Cet après-midi-là, j'ai passé plusieurs heures en conversation avec Egon. C'était un drôle de zèbre, mais un remarquable témoin de son temps et un conteur fascinant qui a trouvé en moi une auditrice attentive. Irene m'a raconté par la suite que la mère d'Egon, Helen Hanfstaengl, *alias* Helga Putzinger dans ce roman, lui avait confié en 1959 alors qu'elle était fiancée à Egon : « Ma plus grande erreur a été d'enlever ce revolver à Hitler. Si seulement je l'avais laissé se suicider ! » Chacun sait en effet qu'après l'échec de sa tentative de putsch en 1923 Hitler s'est réfugié dans la ferme des Hanfstaengl, où il a été arrêté.

C'est ce jour-là, à la villa Tiefland, que l'idée d'écrire ce roman m'est venue.

On m'a demandé comment j'ai trouvé le titre de mon roman, *Honigtot.*

Je l'ai choisi car le nectar que boivent les dieux nordiques est à base de miel (*Honig*) et porte le nom de *Met.* Or, il se trouve que le mot hébreu *Met(h)* signifie « mort(e) ». Et le destin des abeilles productrices de miel est étroitement lié à celui des hommes. « Quand l'abeille meurt, l'homme n'en a plus que pour quatre ans à vivre. » Cette phrase est d'un homme supérieurement intelligent : Albert Einstein.

REMERCIEMENTS

Ce roman est dédié au petit Simon. Son sourire et sa gaieté resteront inoubliés. Il aimait la vie et les gens. J'ai écrit pour lui l'histoire de Moriah, la première fourmi, mais je ne peux malheureusement plus la lui lire. Simon a dû quitter ce monde à l'âge de six mois, mais il est né dans une famille aimante. Si elle avait pu le garder, il aurait sûrement eu une vie heureuse.

Trop d'enfants n'ont malheureusement pas une telle chance à leur naissance et sont victimes de la pauvreté, de la maladie et de la guerre par la faute d'idéologies et de religions inhumaines. Pour nos enfants, nous devons lutter pour la paix sur Terre, mais il faut reconnaître que jusqu'ici nous avons échoué.

Je dois naturellement remercier en premier mon mari pour sa patience d'ange. En récompense de son soutien, je l'expédie dans mon enfer personnel : ma comptabilité.

Merci, mon chéri, de me décharger de ce fardeau. Que deviendrais-je sans ton amour ? Je t'embrasse tendrement.

J'aimerais également exprimer toute ma gratitude aux personnes suivantes :

Mes lecteurs et lectrices qui luttent pour moi : Mami, Christine, Ro, Ramona, Caroline, Eva, Ludwig, Schneeflöckchen, Juliane, Laura et Daphne. Votre soutien, vos critiques et votre enthousiasme sont cruciaux pour moi.

Myriam et Heike : Myriam m'a entraînée dans le labyrinthe de l'orthographe et renvoyée dans les frontières de la liberté de l'écriture tandis qu'Heike a joué un rôle de garde-chiourme dans la rédaction de ce roman. Ses notes en marge mériteraient et constitueraient à elles seules tout un livre.

Mon ami Johannes zum Winkel qui est fidèlement resté à mes côtés : tu es l'un des êtres les plus foncièrement honnêtes que j'aie rencontrés.

Mon merveilleux agent Lianne Kolf, dont le grand cœur et les prévenances ne le cèdent en rien à ceux de mon mari.

La fascinante Julia Eisele des éditions Piper que j'ai malheureusement rencontrée beaucoup trop tard, mais qui a d'autant plus enrichi mon existence depuis lors. Julia, je te remercie de m'avoir découverte et je te suis reconnaissante de pouvoir encore apprendre grâce à toi. Je tiens également à remercier ici toute la fantastique équipe de Piper.

Et, bien sûr, tous mes lecteurs, du fond du cœur. N'hésitez pas à m'écrire à mail@hannimünzer.de pour me dire ce qui vous a plu ou déplu dans ce roman. Je vous serai reconnaissante de chaque critique, encouragement ou suggestion car, sans vous, je ne suis rien alors que vous êtes tout pour moi. C'est pour vous que j'écris !

Cet ouvrage a été composé
par Atlant'Communication
au Bernard (Vendée)

Dépôt légal : février 2020